广东中华文化王季思学术基金⊙黄天骥学术基金丛书之十九

元杂剧和元代民俗文化

罗斯宁 著

广东高等教育出版社
广州

图书在版编目（CIP）数据

元杂剧和元代民俗文化/罗斯宁著．—2版．—广州：广东高等教育出版社，2011.5

（广东中华文化王季思学术基金·黄天骥学术基金丛书）

ISBN 978-7-5361-4042-4

Ⅰ．①元… Ⅱ．①罗… Ⅲ．①杂剧-文学研究-中国-元代 ②风俗习惯-研究-中国-元代 Ⅳ．①I207.37 ②K892

中国版本图书馆CIP数据核字（2011）第078546号

广东高等教育出版社出版发行

地址：广州市天河区林和西横路

邮政编码：510500 营销电话：87551597

网址：www.gdgjs.com.cn

佛山市浩文彩色印刷有限公司印刷

850毫米×1 168毫米 32开本 12插图 11印张 300千字

2011年5月第2版 2011年5月第2次印刷

印数：1 000~3 000册

定价：32.00元

图 1
元—裹巾子、齐膝短衣、卖茶汤小商贩
（元赵孟頫《斗浆图》）

图2

元—椎髻或戴斗笠、短衣或披蓑衣、赤足或裹腿劳动人民

（元至治刻本《全相五种平话》插图）

图 3
元—甲士、军官和侍卫
（元至治刻本《全相五种平话》插图）

图4
元—长衣的儒流医卜星相和短衣的百工百业人
（右玉宝宁寺水陆画）

图5
元—着唐宋式巾裹、袍服的文人儒流
（右玉宝宁寺水陆画）

图6
元—裹各式巾子、交领衣、奏乐道童
（永乐宫壁画）

图7
元—唐巾、圆领衣贵族仆从和齐膝衣卖鱼人
（山西洪赵县广胜寺壁画）

图 8
元—裹巾子、短衣裤、草履渔民
（元唐棣《秋浦归渔图》）

图9

左、中—元—头上尖顶笠子帽、身穿小袖短袍二奏乐蒙古族青年

（河南焦作金墓出土）

右—元—衣着似汉人唐式幞头、圆领服蒙古族男子

（河南焦作金墓出土）

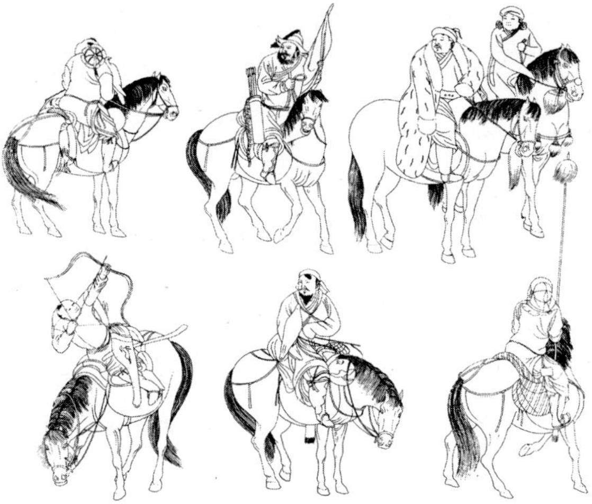

图 10

元—着紫貂缘领银鼠裘皇帝和引弓、臂鹰、执矟行猎随从

(《元世祖出猎图》)

图 11

元—露顶、垂发辫、圆领或交领长袍、玩双陆蒙古族官吏和戴笠子帽仆从

（元至顺刻本《事林广记》插图）

图12
传宋苏汉臣《货郎图》

［以上附图均转引自沈从文《中国古代服饰研究》（增订本），上海，上海书店出版社，1997］

前记一

黄天骥

中国古代戏曲和古代文学作品，是取之不尽用之不竭的宝藏。华夏子孙，有责任发掘开采，分析整理，让体现着东方文化的瑰宝，在世界民族之林中焕发光辉。自然，我们也不能一味陶醉在祖先遗泽之中，审视它，研究它，弃其糟粕，取其精华，使之有助于祖国精神文明建设，才是我们整理古代戏曲、古代文学的目的。

近几年，广东经济有了飞跃的发展，许多有识之士，认识到在这块热土中弘扬中华文化的重要性。因而采取多种方式，大力推动对中华文化的学术研究。因时际会，“广东中华文化王季思古代戏曲、古代文学研究基金”得以乘风御气，建立起来。有了这个条件，我们就有可能出版丛书，在研究我国传统文化的领域中，做一点力所能及的工作。

我们出版这套丛书，也是为了纪念王季思

老师。

王起，字季思（1906—1996），浙江温州人。早岁师从孙诒让、吴梅先生，以《西厢五剧注》名世。20世纪40年代后期，王季思老师到广东中山大学任教，历任中文系主任、古文献研究所所长等职。数十年来，他热爱祖国，热爱中华文化，把全部精力投入到教学和科研的工作中，在古代戏曲、古代文学领域作出了巨大的贡献。"文化大革命"后，拨乱反正，王季思老师被聘为国务院学位委员会第一届学科评议组成员、国家古籍整理出版规划小组顾问，被公认是中国古代戏曲古代文学研究的权威。

王季思老师一生热爱学生，教育青年。他常说：学术乃天下公器。学生和后辈学者向他求教，他从来都认真、热诚地给予帮助。直到七八十岁高龄，他还培养硕士生、博士生，矻矻穷年，不遗余力。他经常强调建设祖国教育和文化事业，要有人继承，渴望薪火相传，让中华文化之光一代又一代照遍大地。

弘扬中华文化，继承王季思老师匡扶后进的精神，是受过他老人家教诲的学生的共同心愿。1993年，广州市政协和中山大学联合主办"庆祝王季思教授从教七十周年大会"。其后，诸位校友像杨资元、赖春泉等学长，深感为促进学术的发展，应做一些更加切实的工作，朱孟依先生积极支持。经过各方面的努力，我们决心出版这一套丛书，希望能实现王季思老师多年的心愿，帮助热心于中国古代戏曲古代文学而又甘心坐冷板凳的学者迅速成长，让学术之花也在生长红棉的土地上盛开。

学术的殿堂是靠一砖一石垒成的，我们希望扎扎实实地奋工添瓦，不想欣赏海市蜃楼。目前，我们的能力有限，更兼文化建设不可能一蹴而就。因此，我们的想法是：环绕着中国古代戏曲、古代文学的论题，逐年出版有较高水平的学术著作。只要持之以恒，锲而不舍，日积月累，代代相传，我们一定能在祖国学术领域的南天，垒筑起一座丰碑。

王季思老师曾有诗云：

人生有限而无限，历史无情还有情；

薪火相传光不绝，长留双眼看春星。

丛书付梓之际，我们抄录这首诗，作为奠基之石，以明旨意，兼励来者。

1996年6月16日于中山大学

前记二

欧阳光　康保成

自1996年广东中华文化王季思学术基金丛书第一种出版以来，迄今已过去了整整十年。十年来，我们根据有限的财力，精心甄选入围选题，在广东高等教育出版社的大力支持下，以每年一到两种的节奏，已陆续出版了13种著作。

看着眼前这套积少成多渐成规模的丛书，不禁让人深深感慨。这套丛书的作者基本上都是中山大学中文系的中青年学者或博士学位获得者，选题以古代戏曲研究为多，同时也涵括了古代文学研究的其他领域。这些著作也许算不上什么鸿篇巨制，我们也没有像时尚所热衷的那样对它进行包装和宣传，在当今热闹非凡的学术著作出版大潮中，它甚至显得有些冷清和落寞，但这些著作都是对有关领域作了艰苦细致的研究之后的心得之作，或对有关研究领域有所开拓，或推动了有关研究向纵深发展，自有其难以掩盖的学术价值。丛书从总体上展现了中山大学中文系中青年学者的风采，也体现了中山大学中文系沉潜、严谨、包容、开放的良好学风。

最近，珠海市民营企业家李平秋先生捐资设立黄天骥学术基金，用于支持我系古代戏曲和古代文学等学科的发展。李平秋先生1983年毕业于中山大学中文系，之后投身于市场经济大潮，艰苦创业，努力打拼，取得了事业的成功；在事业有所成就的时候，却不忘回报社会。他有感于母系的培育之恩，倾心敬佩黄天骥先生的师德人品，因而出资设立以黄天骥先生命名的学术基金，其拳拳赤子之心，殷殷校友之情，令人感佩。

这样一来，我们除了王季思学术基金之外，又有了黄天骥学术基金。两个基金虽然命名不同，其宗旨则是一以贯之的，即为传承和弘扬我国优秀传统文化推进古代戏曲、古代文学的研究而添砖加瓦，略尽绵薄。根据这一宗旨，我们将把两个基金的增值部分合并在一起使用。其中继续资助出版中青年学者高质量的研究成果，帮助中青年学者在学术上更快地成长，仍然是两个基金的主要工作。

王季思先生是中山大学中文系古代戏曲、古代文学学科的开拓者、奠基人；黄天骥先生是继王季思先生之后中山大学中文系古代戏曲、古代文学学科的领军人物，在海内外学术界享有崇高的威望。两位先生的共同特点是不仅重视学术的创造，同时也注重学术的传承，他们都倾力培养后学，提携奖掖不遗余力，这也正是中山大学中文系古代戏曲、古代文学学科能够生生不息，始终充满活力，并不断有创造性成果涌现的原因。

学术的发展离不开传承，也离不开积累，我们所做的正是传承和积累的工作。这一工作也许一时半会儿看不出明显的效果，但正如黄天骥先生在本丛书的“前记一”中所说的：“只要持之以恒，锲而不舍，日积月累，代代相传，我们一定能在祖国学术领域的南天，垒筑起一座丰碑。”

让我们以此互勉。

2006年11月16日于中山大学

目　录

绪　论

元杂剧是中国戏剧史上的一个重要阶段。以往对元杂剧的研究，可分为三个阶段。从王国维《宋元戏曲史》问世（1913）至中华人民共和国成立（1949）为第一阶段，学者们采用的研究方法主要是《宋元戏曲史》的历史考据方法，多致力于元杂剧的文献搜集、整理工作。如王季思的《西厢五剧注》（1944）、孙楷第的《述也园旧藏古今杂剧》（1940）、王季烈的《孤本元明杂剧提要》（1941）、张相的《诗词曲语辞汇释》（1945）等。

第二阶段是新中国成立后（1949）至改革开放前（1977），受当时社会政治思潮的影响，学者们除继续用考据的方法搜集、整理元杂剧外，还运用了社会历史批评的方法研究元杂剧的发展史及其作家作品。1958 年，由郑振铎主持的《古本戏曲丛刊》第四集编成付印，收集了现存的大部分元杂剧剧本，为研究者提供了极大的便利。赵景深的《元人杂剧辑佚》（1953）和《元人杂剧钩沉》（1956）进一步充实了元杂剧的文献搜集。孙楷第的《元曲家考略》（1953）和谭正璧的《元曲六大家考略》（1955）、徐调孚的《现存元人杂剧书录》（1957）和傅惜华的《元人杂剧全目》（1957）则是对元杂剧作家、剧目的研究；中国戏曲研究院编《中国古典戏曲论著集成》（1959）为研究者提供了“杂剧学”的文献史料；周贻白的《中国戏剧史讲座》（1958）、顾肇仓的《元代杂剧》（1962）、台湾孟瑶的《中国戏剧史》（1965）则以社会历史批评的方法研究金元杂剧史。在这时期，对关汉卿和王实甫的研究成为热点，有吴晓玲编校《关汉卿戏曲集》（1958），张友鸾、顾肇仓选注《关汉卿杂剧选》（1963），吴晓玲校注《西厢记》（1954），王季思校注《西厢记》（1957）等。

第三阶段是改革开放（1978）至现在。随着政治、经济领域的思想解放，元杂剧的研究也出现了多元化的倾向。学者们对元杂剧的研究不限于文学、文本的研究，其表演、音乐、舞台、剧场等因素也成为研究对象，近年来，研究的角度还拓展到文化、宗教、民俗等方面。张庚、郭汉城主编的《中国戏曲通史》（1980）、徐扶明的《元代杂剧艺术》（1981）等主要从舞台表演、音乐的角度研究元杂剧；李修生的《元杂剧史》（1996）则从地域文化的角度研究元杂剧作家的群体；廖奔、刘彦君的《中国戏曲发展史》（2000）重视戏曲文物的研究，对元杂剧的表演、剧场作出了新的诠释；日本田仲一成的《中国演剧史》（1998）则从祭祀角度研究元杂剧，开辟了一个新的视角。传统的考据研究方法仍在延续使用，并产生了可观的成果：如叶德均《戏曲小说丛考》（1979），谭正璧《话本与古剧》（1985），王季思主编《全元戏曲》（1999），徐征、张月中等主编《全元曲》（1998），吴国钦校注《关汉卿全集》（1988），庄一拂《古典戏曲存目汇考》（1982），邵曾祺《元明北杂剧总目考略》（1985），王文才《元曲纪事》（1985），方龄贵《元明戏曲中的蒙古语》（1991）等。

本书选择《元杂剧和元代民俗文化》这个题目，是因为中国戏曲深深扎根在中国传统文化之中，而中国的传统文化有两大层次，一层是士大夫阶层的雅文化，另一层是城市市民和乡村农民的民俗文化。雅文化主要以文本传播为主，而民俗文化主要以口头传播为主。对元杂剧的研究，第一、第二阶段的论者较多注意元杂剧与传统雅文化的关系，多注意其文本的文学特色，往往用研究雅文学的“前人治经的方法”和“前人治史的方法”来研究戏曲①，如王国维的《宋元戏曲史》多论述元杂剧对唐诗、宋词的继承；或较多注意元杂剧和元代社会政治的关系，较多分析元杂剧的剧本，如游国恩、王起等著的《中国文学史》第三册有关元杂剧的部分；而较为忽视元杂剧与元代独特的民俗文化的关系，尤其是对元杂剧的口传文学特色与元代少数民族民间文学、民俗、市井文化的关系等，较少涉及。近年来，有一些学者注意到中国古典文学、戏曲与民俗文化的关系，如民俗学的著名学者钟敬文就认为：“古典文学的研究应该借鉴或吸收民俗学的理论和方法。”② 他还认为对少数民族的史诗的某些研究方法可以用于中国戏曲的研究，“这些个约定俗成的‘程式’恰恰说明戏曲源自民间”③。第三阶段的论者虽然已有人对元杂剧和民俗的关系展开了研究，但由于戏曲研究、民俗研究、少数民族文学研究分别属于不同学科或不同方向，这种研究还是比较薄弱的，尤其是少有学者对三者的关系进行综合论述，钟先生的理论未能得到很好的实践。近年来，中国文学批评界也出现另一种倾向，就是在“大文化批评”的热潮中，“将文学的文本拘来面前为神话学、社会学、政治学、历史学、伦理学以及各种主义作注解”，“纯粹意义上的文学研究已经几乎不复存在”，“不讲审美，只讲文化，不讲艺术，只讲主义，已成流行时尚”。④笔者认为，原封不动地沿袭旧的研究方法是不现实的，只会窒息学术研究的

---

① 王季思：《我怎样研究西厢记》，见《玉轮轩曲轮三编》，111 页，北京，中国戏剧出版社，1988。

② 钟敬文：《民俗学与古典文学》，见《钟敬文文集·民俗学卷》，188 页，合肥，安徽教育出版社，1999。

③ 钟敬文：《序》，见朝戈金著：《口传史诗诗学——冉皮勒〈江格尔〉程式句法研究》，11 页，南宁，广西人民出版社，2000。

④ 曹文轩：《质疑“大文化批评”》，载《新华文摘》2004 年第 2 期，81 页。

生机；忘记了文学研究的本体，将文学研究变为文化研究，也是不可取的，只会使文学研究迷失方向。因此，本书主要从元杂剧的审美、深层文化心理、艺术特色等方面研究元杂剧与元代民俗文化的关系，而不仅仅是从元杂剧中捡拾有关元代民俗文化的有关资料加以展示，立足点仍在于元杂剧的文学研究。本书的基本思路和方法是：吸收民俗学、少数民族文学研究的理论和方法，进行古代戏曲的研究，力求做到融会贯通；同时注意不脱离文学研究的本体，适当继承传统的研究方法；在大量占有原始材料的基础上，恰当运用分析法、比较法、归纳法、统计法等方法，力求阐述清晰透彻。

研究这个论题，首先要对“元杂剧”和“民俗文化”作界定。以往有的文学史对元代文学期限的划分，是从1279年忽必烈灭南宋、统一中国始，至1368年元顺帝逃离大都、元朝被朱元璋领导的起义军推翻止，共89年；①近年来的文学史，则从1234年窝阔台灭金、统一北中国始，至元朝灭亡止，约134年。②本书吸收学术界的新意见，将1234—1368年作为元代文学的期限，所研究的“元杂剧”，即为此期限内的杂剧。另外，尊重元明人对元杂剧的界定，以《元刊杂剧三十种》、元人钟嗣成的《录鬼簿》、明人朱权的《太和正音谱》、明人臧晋叔的《元曲选》收录的元杂剧为主要依据，吸收今人的研究成果，以王季思主编的《全元戏曲》为主要研究材料。

关于“民俗文化”，钟敬文在《民俗文化学发凡》中说：“中华民族的传统文化可以分为三条干流。第一条是上层文化，

① 游国恩、王起等主编：《中国文学史》，第三册，169页，北京，人民文学出版社，1964。

② 袁行霈主编，莫励锋、黄天骥本卷主编：《中国文学史》，第三卷，225页，北京，高等教育出版社，1999。

从阶级上说，它主要是封建地主阶级所创造和享用的文化。第二条是中层文化的干流，它主要是市民文化。第三条干流是下层文化，即由广大农民及其他劳动人民所创造和传承的文化。中、下层文化就是民俗文化。”“民俗文化的范围，大体上包括存在于民间的物质文化、社会组织、意识形态和口头语言等各种社会习惯、风尚事物。”①他在此文中还认为，民俗文化具有五个特点：集体性、类型性、传承性和扩布性、相对稳定性与变革性、轨范性与服务性。民俗文化学是民俗学与文化学交叉而产生的一门学科，法国民俗学者山狄夫认为：“民俗学是文明国家内民间文化传承的科学”；日本民俗学家柳田国男则说：“民俗学是通过民间传承，寻检生活变迁的踪迹，以明确民族文化的学问。”② 这些民俗学家的论述，说明民俗文化就是中下层人民的文化，具有浓厚的民间色彩；它不仅表现于民情风俗，还表现在审美、思想观念等“意识形态”；不仅表现于民间文学，还表现在民间语言；不仅表现于多数民族，还表现在少数民族。

根据以上的原则，本书分为六章，从六个方面论述元杂剧和元代民俗文化的关系。第一章从传播的角度，论述元杂剧在元代和明代的传播，为下文的论述张本。元杂剧既通过作家创作的文本传播，又通过演员的二度创作口头传播；元杂剧的作家大部分为下层文人和民间艺人，因此，元杂剧既有传统雅文学的特征，又有民间文学、口传文学的特征。第二章从审美的角度，论述元杂剧独特的审美趣味和元代多民族的民俗文化有重要关系：从少数民族的英雄史诗谈元杂剧独特的酣畅美；从元代平民的审美观

① 钟敬文：《民俗文化学发凡》，见《钟敬文文集·民俗学卷》，17页、13页，合肥，安徽教育出版社，1999。

② 以上二引文均转引自钟敬文：《民俗学与民间文学》，见《钟敬文文集·民俗学卷》，152页，合肥，安徽教育出版社，1999。

谈元杂剧的本色美；从元代的南北饮食文化谈元杂剧的“蒜酪味”和“蛤蜊味”。第三章从民俗的角度，论述元杂剧的题材和元代民俗文化的关系：从元代的节日文化谈元杂剧各种题材的产生和大团圆结局的原因；从元杂剧的鬼魂戏谈元人的祭祀习俗及其文化心理；从元人的家庭观念谈元杂剧的家庭伦理剧等。第四章从文体的角度，论述元杂剧的艺术与元代其他通俗文学、民间文艺的关系：元杂剧从元代散曲、小说、院本、唱货郎儿、莲花落、道情、少数民族史诗等通俗文艺中吸收了丰富的营养，形成多姿多彩的戏剧艺术，并从互动关系的角度，谈元杂剧艺术对元代小说的影响。第五章从市井文化的角度，论述元杂剧的主要人物类型和元代市井文化的关系：元杂剧的书生、小姐、歌妓、商人、清官等形象多为传统儒家文化和元代市井文化交叉坐标上的产物，使元杂剧创造出异于前代文学的鲜活的人物形象。第六章从语言的角度，论述元杂剧的语言受市民思想、民俗的影响，形成了一套市民的语言体系；元杂剧的语言技巧吸取了元代的市井语言技巧；并论述元杂剧和元代少数民族语言、南北方言的关系等。

本书对前人的研究成果采取“人详我略，人略我详”的方法，故对元杂剧中大量的关于元代饮食、服饰、游戏等文化遗存予以略谈；对元杂剧与宋元话本的关系、与民间传说的关系也作略谈处理。

第一章　传播篇——元杂剧的文本传播和口头传播

元杂剧与元代文化有密切的关系，而文化是传播的产物。"文化是一个连续统一体，是一系列事件的流程，是一个时代纵向地传递到另一个时代，并且横向地从一个种族或地域播化到另一个种族或地域。"① 传播就是人类思想感情的交流，文化是纵向传播和横向传播流程的统一体。因此，我们要研究元杂剧和文化的关系，首先就要研究元杂剧的传播问题。

元杂剧是雅俗兼备、以俗为主的体裁，既通过作家创作的剧本作文本传播，又通过演员的二度创作作口头传播，元杂剧至今还有部分剧目在舞台上演出；元杂剧的作家大部分为下层文人和民间艺人，因此，元杂剧既有传统雅文学的特征，又有民间文学、口传文学的特征。钟敬文在《民俗文化学发凡》中说："在传播媒介上，上层文化（如文学、历史、哲学等）的传播，主要依靠文字；而民俗的传播，主要依靠口头语言。由于这种传媒的不同，便使两种文化在某些方面，产生了明显的差异。"② 元杂剧既依靠文字传播，又依靠口头语言传播，兼有两种文化的特

① 莱斯特·怀特著，沈厚等译：《文化的科学》，2页，济南，山东人民出版社，1988。

② 钟敬文：《民俗文化学发凡》，见《钟敬文文集·民俗学卷》，15页，合肥，安徽教育出版社，1999。

点。以往我们较多重视研究元杂剧的文字（文本）传播，而较为忽视其口头传播，使我们对元杂剧的俗文化的特点了解得不够充分。本章试图较为全面地研究元杂剧在元、明两代的文本传播和口头传播的方式、信息及其特色，并论述这种传播中的演员和作家的互动、观众和作家的互动、演员和观众的互动，使元杂剧的民间文学、口传文学的特征更为明显。

第一节　元杂剧在元代的文本传播和口头传播

一、元杂剧在元代文本传播的状况

元杂剧在元代的文本传播，首先得力于出版商的出版。元杂剧在元代出版的文本今存只有一种——《元刊杂剧三十种》，今有1958年《古本戏曲丛刊第四集》影印本，原书现藏于北京图书馆。

但这并非说明元杂剧文本在元代的出版十分寥落，实际上，在元代，这种出版是十分兴盛的，元人钟嗣成《录鬼簿》载："顾仲清，……见传奇，举世行。""吴仁卿，……《手卷记》、《子房货剑》，锦乐府，天下盛行。""顾君泽，……乐府共诗集，开板刊。"这些作家的剧作能"天下盛行"，除了戏班的演出之外，还与大量"开板刊"有关。明人大量出版元杂剧，如果没有丰富的元代版本作基础，是不可能的。

其次，元杂剧在元代的文本传播还有赖于戏班艺人的手抄本。元代南戏《宦门子弟错立身》第五出："（旦白）'你直待要唱曲，相公知道，不是要处。'（生）'不妨，你带得掌记来，敷演一番。'"① 又第十二出:"(末白)'都不招别的,只招写掌记的。'(生唱)'【麻郎儿】我能添插更疾,一管笔如飞。真字能抄掌记,更压着御京书会。'" 这个"掌记"就是戏班艺人对元代戏剧的手抄本。现存元杂剧没有这种元代手抄本,但明人赵琦美辑的《脉望馆钞校本古今杂剧》收元杂剧100种及部分明杂剧,部分剧作为手抄本,很可能就是从元代流传下来的戏班艺人的手抄本。

那么,如何解释现存元代元杂剧版本稀少和元杂剧在元代的文本传播兴盛这一矛盾呢?

让我们通过剖析《元刊杂剧三十种》来探讨这个问题。

其一,全部30种杂剧只有题目名,没有署作者名,说明这是戏班的演出本,演员只关心剧本,不在乎作者是谁。

其二,题目突出"新编"、"新刊"、"关目全",如《大都新编关张双赴西蜀梦》、《新刊关目闺怨佳人拜月亭》、《新刊的本泰华山陈抟高卧关目全》、《新编足本关目张千替杀妻》等,这是书商为了吸引戏班艺人和戏迷购书所用的技巧,突出是书会才人的新作,而且是"关目全"的"足本"(反过来也说明当时存在一种关目不全的本子,可能仅有数段流行的剧曲),值得购买。由此可进一步证明此本主要是供戏班演出之本。

其三,全部30种杂剧的曲词只标明曲牌,不标明所属宫调,而且都没有分折、楔子。而据元人文献记载,元杂剧的曲牌已有所属宫调,剧作已分了折和楔子。元人燕南芝庵的《唱论》载有十七宫调,周德清的《中原音韵》载"自轩辕制律一十七宫调,今之所传者一十有二",并说明这十二宫调的下属曲牌,共

① 王季思主编:《全元戏曲》,第九卷,188页,北京,人民文学出版社,1999。本书引元杂剧主要依据此书,参考臧晋叔编:《元曲选》,隋树森编:《元曲选外编》,下文不再出注。

三百三十五章。钟嗣成《录鬼簿》（曹楝亭本）载：“《开坛阐教黄粱梦》，第一折马致远，第二折李时中，第三折花李郎学士，第四折红字李二。”明初人朱权的《太和正音谱》卷下《【仙吕】端正好》曲名下注：“楔儿。”“无名氏《拂尘子》楔儿。”“楔儿”即楔子。这些记载均说明起码在元代中后期，元杂剧的剧曲已分宫调，并已分折和楔子。《元刊杂剧三十种》之所以不注明曲牌所属宫调，不分折和楔子，是因为此本是“行家”——戏班艺人的演出之本，他们对曲牌所属宫调早已烂熟于心，按每种宫调的曲牌为一折划分剧作的段落也很容易，戏班艺人在抄剧本时为了省事，就把关于宫调、折、楔子的说明都省去了。由此可见，此本是书商据戏班艺人的手抄本出版的文本。

其四，30种杂剧大都曲全而白不全，舞台提示丰富。有些剧只有曲词而没有说白，如《西蜀梦》、《疏者下船》、《赵氏孤儿》。有些剧的舞台提示比说白还多，如《拜月亭》：“孤、夫人上云了，打唤了。旦扮引梅香上云了。见孤科，孤云了。情理打别科。把盏科。父亲年纪高大，鞍马上小心咱。孤云了，做掩泪科。”这里只有一句说白：“父亲年纪高大，鞍马上小心咱。”其余都是对演员表演的舞台提示，而这些表演，演员按一般“情理”就可以即兴创作：“情理打别科”，因此书商为简便起见，也就不再啰嗦，将类似的说白略去。相似的还有《单刀会》：“过去见礼数了。”《冤家债主》：“做与外末厮见礼数了。”说明演员可以按“见礼数”的惯例演出。有些剧本结尾还有“散场”二字，如《气英布》、《介子推》、《霍光鬼谏》，提示演员在剧的结束时作谢幕的表演。这些都再次证明，此本为戏班艺人的演出之本。

其五，此本的错别字、漏字、减笔字、俗字、异体字很多，如将曲牌【滚绣球】写成【衮秀求】，把“刊”字写成异体字“栞”等等。民间常有把笔画多的字简化为笔画少的字的习惯，至今仍然如此，此本的文字状况，显示它的出版者和读者是文化水平不高的群体——市民大众，包括书商、戏班艺人和戏迷。

综上所述，《元刊杂剧三十种》不是元杂剧作家创作的原本，而是书商根据戏班艺人类似“掌记”的手抄本而刻印之本，它根据演员演出的需要而对原作进行了节录，又因为抄写者文化水平不高而文字较为粗糙。

那么，为什么这种元代杂剧的演出本能流传至今，而元杂剧作家创作的原本却没有元刊本传世呢？笔者认为，元杂剧在元代是作为舞台艺术而不是文学作品被看待的，剧作家写了剧，拿给戏班演出，演出受观众欢迎，有市场，书商就拿戏班的手抄本去出版；而在文坛，这些剧作却没有结集出版。关汉卿写了60多种杂剧，并没有出什么《关汉卿集》；马致远写了13种杂剧，也没有出杂剧集，而是以散曲集《东篱乐府》享誉文坛；白朴写了15种杂剧，也没有杂剧集出版，而是出版了词集《天籁集》。而明清戏剧家多将戏剧作品结集出版，如徐渭有《四声猿》、吴炳有《粲花斋新乐府》等。这说明，在元代，无论是剧作家还是演员观众，都将元杂剧看作艺术作品，只用于舞台演出，而非作为文学作品，用于案头欣赏，因此，剧作家无论写了多少剧本，也没有结集出版的意识。

这种观念制约了元杂剧的元刊本的传播。元杂剧的演出本用于演员舞台演出是没有问题的，但这种文本却因为其不完整和文字粗糙而为后世读者所不满，因而很少为明代藏书家和出版商所采用，自然传世者少。

元杂剧在元代的文本传播的另一条途径是书会才人合作创作、切磋修订元杂剧。《录鬼簿》载元代有玉京书会、元贞书会、武林书会等，类似今天的“戏剧家协会”，其中的“才人”多有合作创作、切磋修订元杂剧之举：“元贞书会李时中、马致远、花李郎、红字公，四高贤合捻《黄粱梦》。”“汪勉之，……

鲍吉甫所编：《曹娥泣江》内有先生两折。”“杨显之，大都人，关汉卿莫逆之交，凡为文辞，与公较之，号杨补丁是也。”朱权《太和正音谱》也载：“范冰壶，四人作《鹔鹴裘》，第二折施均美，第三折黄德润，第四折沈拱之。”

这些作家在合作创作元杂剧的过程中，对彼此的剧作十分熟悉，当时剧坛出现一种互相借鉴写剧的风气，同名剧作颇多，内容大同小异，后写之同名剧被称为“次本”。《录鬼簿》（曹楝亭本）载：

> 李文蔚，……《谢安东山高卧》，赵公辅次本，盐咸韵。
>
> 武汉臣，……《虎牢关三战吕布》，郑德辉次本。
>
> 郑光祖，……《虎牢关三战吕布》，末旦头折次本。
>
> 尚仲贤，……《崔护谒浆》，十六曲次本。
>
> 赵子祥，……《太祖夜斩石守信》，次本。
>
> 赵文殷，……《宦门子弟错立身》，次本。
>
> 金仁杰，……《蔡琰还朝》，次本。

综合这些关于次本的记载，可知“次本”为后写之同名剧，其内容应与先写之同名剧（姑称之为“首本”）相同，不同之处往往注明。如李文蔚作《谢安东山高卧》一剧，为首本，赵公辅作同名剧，为次本，两本的不同之处在于次本用盐咸韵。又如武汉臣作《虎牢关三战吕布》一剧，为首本，郑光祖（郑德辉）作同名剧，为次本，但仅是“末旦头折”与首本相同，其余为新创。又查《录鬼簿》载白朴有《崔护谒浆》一剧①，时代比他后的尚仲贤的同名剧便为次本，但只是“十六曲”与首本相同，其余为新创。《录鬼簿》还载李直夫有《宦门子弟错立身》、

① 钟嗣成等著：《录鬼簿》（外四种）卷上：“白仁甫，……《崔护谒浆》（四不知佳人诉恨，十六曲崔护谒浆）”10页，上海，上海古籍出版社，1978。

王仲文有《赵太祖夜斩石守信》，时代较后的赵文殷、赵子祥的同名剧，便为次本，因没有说明，其内容应与首本无大异。

元杂剧有众多次本，说明当时剧作家有借鉴、模仿前人甚至抄袭前人剧作的习惯，这种做法在今天是一种侵权行为，在当时剧坛却被允许，没有听说有作家为此打官司。当时的作家没有“版权意识”，一个剧本被戏班演出受观众欢迎后，受经济利益驱使，其他作家群起而仿效之，于是出现许多赝品——次本，也就不奇怪了。这种创作风气，体现了元杂剧具有俗文学、民间文学的创作特征：集体性与传承性。民歌、民间故事就是由一代又一代的民间艺人传承创作完成的。

除了“次本”之外，元杂剧的文本创作，在人物和情节方面也有互相借用的现象，也体现了民俗文化的集体性和传承性。在书会中，作家们十分熟悉同行的创作，尤其是名家名作，演员、观众也熟悉这些名作中的人物、情节，因而出现这种互相借用的现象。借用得最多的是卓文君和司马相如的故事，多见于元杂剧的爱情戏，因为关汉卿就有以此为题材的剧作《升仙桥相如题柱》，还有无名氏的《卓文君驾车》(见《录鬼簿》)。这些爱情戏有的是借用此故事的思想：

白朴《墙头马上》第四折正旦唱：

【耍孩儿】……不是我家丑事将今喻古：只一个卓王孙气量卷江湖，卓文君美貌无如；他一时窃听求凰曲，异日同乘驷马车，也是他前生福。怎将我墙头马上，偏输却沽酒当垆？

这是李千金借用卓文君和司马相如的故事说明自己自主婚姻的合理性，也是剧作家借用该故事的思想表达自己歌颂自由恋爱、自主婚姻的主题。

有的是借用此故事的情节：

郑德辉《倩女离魂》第二折魂旦唱：

【收尾】各剌剌向长安道上把车儿驾，但愿得文苑客当时奋发；则我这临邛市沽酒卓文君，甘伏侍你濯锦江题桥汉司马。

写张倩女效卓文君夜奔司马相如而夜追王文举之舟，唱词涉及的情节类似关汉卿的剧作《升仙桥相如题柱》。

李好古《张生煮海》第一折正旦唱：

【六幺序】……则见他正色端容，道貌仙丰。莫不是汉相如作客临邛，也待要动文君曲奏求凤凰？不由咱不引起情浓。

借原故事中“奏琴”的情节写张生月夜奏琴，打动龙女琼莲的芳心。

有的爱情戏虽谈到原故事中的情节，实际上戏中并无此情节，原情节只是一个符号，仅用卓文君、司马相如比拟男女主人公：

贾仲明《萧淑兰》第三折正旦唱：

这文君待驾车，谁承望司马抛琴。

借用了原故事中“驾车”、“奏琴”的情节，但剧中并无此情节，仅用以说明萧淑兰有情，而张世英无意。

乔吉《两世姻缘》第二折正旦唱：

【浪里来】你比那题桥的没信行，驾车的无准诚。我把他汉相如厮敬重不多争，我比那卓文君有上梢没了四星。空教我叫天来不应。

借用了原故事中“题桥”、“驾车”的情节，但剧中也并无此情节，仅用以说明玉箫思念恋人时的又爱又恨的感情。

还有的爱情戏仅是借用卓文君、司马相如作男女主人公的名称：

乔吉《金钱记》第二折正末唱：

【煞尾】……干赚的相如走偌远，空着我赶上文君则落的这一声喘。

唱词所写韩翃追赶柳眉儿香车的情节为原故事所无，剧作家仅是借用这个著名故事、名家名剧中的人物卓文君、司马相如作男女主人公的名称。

另外，《西厢记》中崔莺莺与张珙的故事、苏小卿与双渐的故事，在众多元杂剧中，都借用了其情节或人物名。

综上所述，元杂剧在元代的文本传播具有两个特点：

其一，强烈的舞台艺术特征。元杂剧在元代的文本主要是舞台演出本，主要为演员的演出服务；它们主要在剧坛传播，而非在文坛传播；元杂剧被视为艺术作品，而非文学作品。

其二，民间文学的创作特征。作家的个体创作与集体创作并存，后人可对前人作品进行模仿、修订、扩充等，出现“次本”和借用。

二、元杂剧在元代口头传播的状况

元杂剧的演出、传授等口头传播在元代十分兴盛，而元代民间文学、口头文学的迅猛发展，是元杂剧口头传播得以发展的背景。自蒙古族掌握政权的元朝建立以来，以蒙古族为首的少数民族的固有文化和审美趣味影响了社会总体的文化和审美观，少数民族喜爱的民间歌谣、说唱文学得到了长足的发展。如蒙古族的长篇史诗《江格尔》、藏族的长篇史诗《格萨尔王》等都是由民间歌手说唱并世代相传的，属于口传文学；女真族的长篇说唱故事《尼山萨满》也是由民间歌手传唱。在统治民族的审美趣味影响下，汉族的固有文化也发生了改变，以文本传播为主的雅文学比前代相对衰落，而以口头传播为主要特征的俗文学却相当兴盛，如说唱文学诸宫调、音乐文学散曲、说书艺术话本等，都出现了许多名家名作。元杂剧的口头传播在这样的大背景下，以其得力的传播者、广阔的受传者、顺畅的传播方式，得以迅速发展。

美国传播学家哈罗德·拉斯韦尔在1948年提出了著名的传播学“五W”理论：“谁？说什么？通过什么渠道？对谁？有何效果？”①道出构成传播过程的四要素：传播者、信息、媒介、受传者。而在口语传播媒介中，传唱歌谣和聚谈是重要的媒介方式。②因此，我们在探讨元杂剧在元代的口头传播时，不但要关注演员、书会才人、宫廷乐官等“传播者”，还要关注市民、农民、官府官员、宫廷贵族等“受传者”；不但要关注元杂剧的口头传播方式，还要关注元杂剧的内容——传播信息的变化。

（一）元杂剧的口头传播方式

1．元杂剧戏班对各层次的观众的流动演出，是元杂剧口头传播的主要传播方式。

元杂剧戏班对城乡观众的流动演出，通过演唱说白等口头传播，使元杂剧拥有广大的受传者，可谓家喻户晓。当时民间戏班多为家庭成员组成的戏班，进行商业性的演出，集中在几个大城市——大都、杭州、扬州、汴梁等，还有东平、平阳、松江、湖湘等地区。为了谋生，戏班常在各地流动演出，促进了元杂剧的口头传播。

如元代南戏《宦门子弟错立身》第四出赵茜梅云：“老身赵茜梅，如今年纪老大，只靠一女王金榜，作场为活。本是东平府人氏，如今将孩儿到河南府作场多日。今早挂了招子，不免叫出孩儿来，商量明日杂剧。”③这是以王金榜为首的家庭戏班从东平

---

① （美）哈罗德·拉斯韦尔：《传播的结构和功能》，转引自戴元光、金冠军主编：《传播学通论》，32页，176页，上海，上海交通大学出版社，2000。

② 戴元光、金冠军主编：《传播学通论》，302页，上海，上海交通大学出版社，2000。

③ 王季思主编：《全元戏曲》，9卷，186页，北京，人民文学出版社，1999。下文引元代戏曲均见此书。

到河南作流动演出。又如元杂剧《蓝采和》第一折蓝采和说："小可姓许名坚，乐名蓝采和。浑家是喜千金，所生一子是小采和，媳儿蓝山景，姑舅兄弟是王把式，两姨兄弟是李薄头。俺在这梁园棚勾栏里做场。"谓以蓝采和为首的家庭戏班在汴梁城的梁园棚演出。

《青楼集》也记载了元杂剧家庭戏班流动演出的状况：

> 翠荷秀：姓李氏。杂剧为当时所推。自维扬来云间。①
>
> 李芝仪：……女童童，兼杂剧。间来松江，后归维扬。
>
> 小春宴：姓张氏。自武昌来浙西。
>
> 帘前秀：末泥任国恩之妻也。杂剧甚妙。武昌湖南等处，多敬爱之。

元杂剧戏班不但在城市而且也在农村演出。如元杂剧《蓝采和》，蓝采和的家庭戏班先前在汴梁城的梁园棚演出；后来蓝采和出家当了道士，此戏班失了台柱，无法在城市剧场立足，转而到农村演出，第四折蓝采和唱："是一伙村路歧，料应在那公科地，持着些枪刀剑戟，锣板和鼓笛，更有那帐额牌旗。""路歧"即为在路边平地演出的流浪艺人。

元人高安道的散曲《【般涉调】哨遍·嗓淡行院》也描绘了戏班从城市到农村流动演出的状况："【尾】梁园中可惯经，桑园里串的熟。似兀的武光头、刘色长、曹娥秀。则索赶科地沿村转疃走。"②"梁园"代表城市剧场；"桑园"代表农村演出地点，那些水平不高的戏班——"嗓淡行院"，就只好多到农村演

① （元）夏庭芝：《青楼集》，见中国戏曲研究院编：《中国古典戏曲论著集成》，册二，33页，北京，中国戏剧出版社，1959。下文引《青楼集》不再出注。

② 隋树森编：《全元散曲》，下册，1111页，北京，中华书局，1964。

出——“沿村转疃走”了。

元杂剧戏班在勾栏瓦舍和田间地头演出，受市民和农民观众的审美情趣的限制，必须较为通俗，否则不受欢迎，戏班就无法生存。当时戏班演出都有由观众点戏的习惯，《蓝采和》第一折蓝采和向观众钟离开列了几个剧目，请他点戏：“甚杂剧请恩官望着心爱的选。”《青楼集》也载演员小春宴“勾栏中作场，常写其名目，贴于四周遭梁上，任看官选拣需索。”观众的喜好对元杂剧的口头传播起了决定性的作用。

元杂剧戏班还为官府演出，这种应召演出带有被迫的性质，被称为“官身”，稍不如意，便受责罚。元杂剧《谢天香》、《蓝采和》都反映了这种状况。《蓝采和》第二折写蓝采和误了官身，被官府“扣厅打四十”，以致蓝采和愤而出家当了道士。这种口头传播受到官员的审美情趣的限制，必须较为文雅，如《谢天香》第二折写开封府钱大尹要求应官身的歌妓谢天香将柳永词改韵而唱，体现了雅文学的情趣。

宫廷戏班的演出也是元杂剧口头传播的重要传播方式。元王朝从皇帝到王公大臣都喜爱歌舞、戏剧，在宫廷中设立音乐、戏剧演出机构，以供朝廷典礼和自己娱乐的需要。元世祖中统元年（1260）十二月，朝廷就“立仙音院，复改为玉宸院，括乐工”①。中统二年（1261）设立教坊司，《元史·百官志一》载：“教坊司，秩从五品。掌承应乐人及管领兴和等署五百户。中统二年始置。至元十二年，升正五品。十七年，改提点教坊司，隶宣徽院，秩正四品。二十五年，隶礼部。大德八年，升正三品。延祐七年，复正四品。达鲁花赤一员，正四品；……令史四人，

① （明）宋濂等：《元史》，卷四，册一，68页，北京，中华书局，1976。

译史、知印、奏差各二人，通事一人。”①教坊司中乐官品位不断提高，并设立少数民族专职的达鲁花赤为乐官，还有译史、通事等翻译官，说明了元王朝对戏剧的重视。

元教坊司掌管着宫廷戏班的演出，有些乐官参与了杂剧的创作，《录鬼簿》载元杂剧作家张国宾为“教坊勾管”、赵敬夫为“教坊官”，均为元宫廷乐官成员。宫廷戏班收罗了许多著名的演员，如《录鬼簿》载男演员刘耍和属“教坊”，而元初人杜仁杰散曲《【般涉调】耍孩儿·庄家不识构阑》则云“背后么末敷演刘耍和”，刘耍和应为从民间走入宫廷的艺人。著名女演员顺时秀（姓郭，字顺卿）也为教坊歌妓，元末明初人高启诗《听教坊旧妓郭芳卿弟子陈氏歌》：“文皇在御升平日，上苑宸游驾频出。仗中乐部五千人，能唱新声谁第一？燕国佳人号顺时，姿容歌舞总能奇。中官奉旨时宣唤，立马门前催画眉。建章宫里长生殿，芍药初开敕张宴。龙笙罢奏凤弦停，共听娇喉一莺啭。遏云妙响发朱唇，不让开元许永新。……”②描述了宫廷戏班演员顺时秀的高超技艺。

元蒙古贵族由于是北方人的缘故，欣赏的多是元杂剧，明初周宪王朱有燉《元宫词》云：“江南名妓号穿针，贡入天家抵万金。莫向人前唱南曲，内中都是北方音。”③朱有燉另一首《元宫词》云：“初调音律是关卿，《伊尹扶汤》杂剧呈。传入禁垣宫里悦，一时咸听唱新声。”元人杨维桢《宫词》也云：“开国遗

① （明）宋濂等：《元史》，卷八十五，册七，2139页，北京，中华书局，1976。

② （明）高启：《听教坊旧妓郭芳卿弟子陈氏歌》，见（清）金檀辑注：《高青丘集》，上册，330页，上海，上海古籍出版社，1985；又见（清）沈德潜、周准编：《明诗别裁集》，17页，上海，上海古籍出版社，1979，文字略有出入。

③ 傅乐淑：《元宫词百章笺注》，85页，北京，书目文献出版社，1995。下文引朱有燉《元宫词》均见此书。

音乐府传，《白翎》飞上十三弦。大金优谏关卿在，《伊尹扶汤》进剧编。”[1] 都记载了一名叫“关卿”的作家的杂剧《伊尹扶汤》[2] 在宫廷中上演，并受到欢迎。朱有燉又一首《元宫词》云：“《尸谏灵公》演传奇，一朝传到九重知。奉宣赍与中书省，诸路都教唱此词。”从朱、杨二人诗中的剧目来看，宫廷戏班演的多是带有政治色彩的历史剧，符合统治者的欣赏需要。

元杂剧民间戏班的著名演员也常被召入宫廷演出，《青楼集》中载女演员玉莲儿“尤善文楸握槊之戏。尝得侍于英庙，由是名冠京师”。

元杂剧的戏班演出——口头传播虽受到文人、官员、宫廷贵族的审美趣味的影响，有一定雅文学的特点；但更多是受人数众多的民间戏班演员、平民观众的审美趣味的影响，具有民间口传文学的特点，以通俗为主要特色。

2. 戏班演员和作家通过家庭传授和师徒传授学习元杂剧，是元杂剧的口头传播的又一重要方式。

戏班演员主要通过家传学习元杂剧。对于文化水平不高的民间艺人来说，口授是家传元杂剧技艺的主要方式是毋庸置疑的，汤式散曲《【南吕】一枝花·赠明时秀》云：“更有那家传口授的闲谈笑。”[3]通过这种家庭的口头传授方式，使元杂剧艺术得以代代相传。

夏庭芝《青楼集》记载了元代戏班演员通过家传学习元杂剧的资料：

张玉梅，刘子安之母也。刘之妻，曰蛮婆儿，皆擅

---

① （清）顾嗣立编：《元诗选》，初集三，2003页，北京，中华书局，1987。

② 《录鬼簿》中《伊尹扶汤》一剧在郑德辉名下，非在关汉卿名下，而且学术界对“关卿”是否是“关汉卿”有争议。见（元）钟嗣成等著：《录鬼簿》（外四种），31页，上海，上海古籍出版社，1978。下文引此书不再出注。

③ 隋树森编：《全元散曲》，下册，1507页，北京，中华书局，1964。

美当时。其女关关，谓之“小婆儿”，七八岁已得名湘湖间。

张玉梅传授杂剧技艺于其子刘子安，刘子安与其妻蛮婆儿又传技于其女关关，关关的技艺得其母仿佛，故人称“小婆儿”，三代人是一个杂剧世家。

天锡秀，姓王氏，侯总管之妻也。善绿林杂剧；足甚小，而步武甚壮。女天生秀，稍不逮焉。

“善绿林杂剧”的天锡秀传授杂剧技艺于其女天生秀，二人艺名近似，体现出家传渊源，用以号召观众。

小玉梅，姓刘氏。独步江浙。其女匾匾，姿格娇冶，资性聪明。杂剧能生迭按之，外号“小枝梅”。后嫁末泥安太平，常郁郁而卒。有女宝宝，亦唤“小枝梅”，艺则不逮其母云。

小玉梅传授杂剧技艺于其女匾匾，匾匾又传技艺于其女宝宝，即小玉梅之外孙女，宝宝号“小枝梅”也体现出家传渊源。

戏班演员也通过师徒传授元杂剧。有些演员由于技艺高超，为后辈所敬服，成为杂剧教师；有些则因为年老不能再演出，靠授徒谋生。

《青楼集》载：

王奔儿：长于杂剧，……金玉府总管张公，置于侧室。……张没，流落江湖，为教师以终。

女演员王奔儿晚年孤独无依，不能再演出，是靠当教师传授元杂剧技艺为生的。

赵偏惜：樊孛阑奚之妻也。旦末双全。江淮间多师事之。

赵偏惜以杂剧“旦末双全”的高超技艺而成为许多后辈演员的师傅。

顾山山：……至今老于松江，而花旦杂剧，犹少年时体态。后辈且蒙其指教，人多称赏之。

顾山山比王奔儿幸运，晚年还能演出；而传授元杂剧技艺于后辈，也是她的谋生途径之一。

在家传或师徒传授元杂剧技艺的过程中，戏班艺人们主要靠背诵记忆的方法继承元杂剧技艺，《青楼集》载：

> 李芝秀，赋性聪慧，记杂剧三百余段；当时旦色，号为广记者，皆不及也。
>
> 赛帘秀，……中年双目皆无所睹，然其出门入户，步线行针，不差毫发，有目莫之及焉。声遏行云，乃古今绝唱。
>
> 张玉莲，……旧曲，其音不传者，皆能寻腔依韵唱之。
>
> 小春宴，……天性聪慧，记性最高。勾栏中作场，常写其名目，贴于四周遭梁上，任看官选拣需索。近世广记者，少有其比。

李芝秀、小春宴均以“广记”著称；赛帘秀双目失明而仍然能上台演戏，张玉莲能将失传的旧曲唱出来，均靠的是良好的记忆力。而背诵记忆，也是一种口头传播的过程。

元杂剧艺术的相传发展，还得力于元杂剧的剧作家们——书会才人口头交流、切磋元杂剧。书会才人创作了许多杂剧剧本，他们之间当然有文本的交流；但他们经常在书会聚谈，切磋戏剧艺术，也成为元杂剧的口头传播途径之一。

钟嗣成的《录鬼簿》记载了元代“书会才人”口头交流的情况：

> 高文秀：东平府学生员，早卒。都下人号小汉卿。花营锦阵统干戈，谢馆秦楼列舞歌，诗坛酒社闲谈嗑。

从“诗坛酒社闲谈嗑”一句可知号称“小汉卿”的杂剧名家高文秀与同行用口语交流的状况。

鲍天祐：……故其编撰，多使人感动咏叹。余尝共之谈论节要，至今得其良法。

可知钟嗣成与鲍天祐通过“谈论节要”研究剧作法。

施君美：……余尝与赵君卿、陈彦实至其家，多承接纳，多有高谈。

一群戏曲作家聚会高谈，自然少不了戏曲的话题。

赵君卿：名良弼，东平人。与余同里閈，同呵邓善之、曹克明二先生，于省府同笔砚。公讨论经史，酬唱诗文，及乐章小曲、隐语、传奇，无不究意。

可知赵君卿与钟嗣成、邓善之、曹克明等人聚会讨论传奇（杂剧）、诗文等的状况。

元杂剧作家也有通过家传学习、师徒传授元杂剧的途径，钟嗣成的《录鬼簿》载：

花李郎，刘耍和婿。

红字李二，京兆人，教坊刘耍和婿。①

黄德润：……沈和甫同母弟，风流韫藉，不减于兄。

徐德可：名再思，……多有乐府行于世。为人聪敏秀丽，与小山同时。其子善长，亦有才，颇能继其宗风。

此为通过翁婿、兄弟、父子家传学习元杂剧。

《录鬼簿》又载师徒传授元杂剧：

杨显之：……王元鼎，师叔敬；……

谓王元鼎拜杂剧名家杨显之为师。

朱士凯：……王彦中，弓身侍；陈元赞，拱手听；

---

① 此本用曹楝亭刊本《录鬼簿》，见（元）钟嗣成等著：《录鬼簿》（外四种），76页，上海，上海古籍出版社，1978。

包贤持，拜先生。

谓王彦中、陈元赞、包贤持都拜元杂剧作家朱凯（字士凯）为师。

无名氏《录鬼簿续编》也载：

> 贾仲明：……所作传奇、乐府极多，骈丽工巧，有非他人之所及者。一时侪辈，率多拱手敬服以事之。①

元杂剧作家进行家传、师徒传授元杂剧当然有文本传播的途径，但面谈口授亦为传授方式之一。由于文人所受的传统文化教育，在他们进行家传、师徒传授元杂剧时，偏向风格文雅的作品，也是自然之事。

（二）元杂剧的传播信息

从传播信息方面看，元代对元杂剧的内容的口头传播并非是一成不变的，而是具有一定的灵活性。

1. 对戏剧文本的处理具有灵活性，曲词严格按文本演唱，说白则只记大意，即兴演出。

从《元刊杂剧三十种》曲全而白不全来看，正是书商据戏班演出的手抄本出版的刻本，因为戏班演员依曲唱词需合乐，必须一字不差，而说白只需了解大意，可即兴创作，故其所用之本曲全而白不全。臧晋叔《元曲选序》云："或谓元取士有填词科，……或又谓主司所定题目外，止曲名及韵耳，其宾白则演剧时伶人自为之，故多鄙俚蹈袭之语。"可证。元南戏《宦门子弟错立身》中的延寿马说："我能添插更疾，一管笔如飞。真字能抄掌记，更压着御京书会。""添插"说明在抄写剧本之外，还进行了增添充实，这部分增补的内容，很可能就是原剧本较为简略的说白。元代的宫廷戏班乐工也参与了元杂剧文本中宾白的创

① （元）钟嗣成等著：《录鬼簿》（外四种），111页，上海，上海古籍出版社，1978。

作，明人王骥德《曲律·杂论第三十九上》云："元人诸剧，为曲皆佳，而白则猥鄙俚亵，不似文人口吻。盖由当时皆教坊乐工先撰成间架说白，却命供奉词臣作曲，谓之'填词'。凡乐工所撰，士流耻为更改，故事款多悖理，辞句多不通。"①

这类传播信息，受戏班演员的审美趣味影响很大，其说白"多鄙俚蹈袭之语"，语言通俗，多套语，具有鲜明的民间文学的特征。

2. 对元杂剧演出的详略灵活处理，有时演整本戏，有时只演唱部分剧曲。

在正式舞台——勾栏演出时，元杂剧戏班往往演整本戏；《蓝采和》第一折蓝采和的家庭戏班"在这梁园棚勾栏里做场"，并请观众钟离点戏："甚杂剧请恩官望着心爱的选。"说明演的是全剧。

戏班在野外演出时，也会演全剧，元人张碧山散曲《【双调】锦上花·春游》云："燕语莺啼，和风迟日，郊外踏青。禁烟寒食，拜扫人家。……摆一个齐整欢筵会，做一段笑乐新杂剧。杂剧要旦末双全，筵席要水陆俱备。"② 记载了元人在清明、寒食节扫墓时，在野外大摆筵席，并请戏班演出，演的是"旦末双全"的全本戏。

在歌楼酒馆演出时，由于场地的狭窄，有时就只是清唱剧曲了。元无名氏《【般涉调】耍孩儿·拘刷行院》云："【十三煞】穿长街蓦短衢，上歌台入酒楼。忙呼乐探差祗候，众人暇日邀官舍。与你几贯青蚨唤粉头，休辞生受。请个有声名旦色，选标垛

① （明）王骥德：《曲律·杂论第三十九上》，见中国戏曲研究院编：《中国古典戏曲论著集成》，册四，148页，北京，中国戏剧出版社，1959。

② 隋树森编：《全元散曲》，下册，1646页、1647页，北京，中华书局，1964。

娇羞。……【八】青哥儿怎地弹，白鹤子怎地讴。……【三】江儿里水唱得生，小姑儿听记得熟。"① 说明"旦色"等戏剧演员只是弹唱"青哥儿"、"白鹤子"、"江儿里水"等剧曲，并非上演全剧。

3. 通过其他文艺形式传播介绍元杂剧的剧目、剧情、曲名等，扩大其影响。

元散曲多有此类传播介绍元杂剧的曲作，如孙继昌《【正宫】端正好·集杂剧名咏情》："……付能的潇湘夜雨晴，早闪出乌林皓月明。正孤雁汉宫秋静，知他是甚情怀月夜闻筝。那时节理残妆对玉镜台，推烧香到拜月亭。则被这㑳梅香紧将咱随定，不能够写相思红叶题情。指望似多情双渐怜苏小，到做了薄幸王魁负桂英。撇得我冷冷清清。"用"咏情"的方式，巧妙地介绍了《潇湘夜雨》、《汉宫秋》、《月夜闻筝》、《玉镜台》、《拜月亭》、《㑳梅香》、《流红叶》、《王魁负桂英》等杂剧的剧名，通过演员的演唱，促进了元杂剧的传播。

介绍元杂剧剧情的散曲，如无名氏的《【越调】柳营曲·晋王出寨》："……小敲才恰做人，没拘束便胡行。东堂老劝着全不听，信人般弄，家私儿掀腾。便似火上弄冬凌，都不到半载期程。担荆筐卖菜为生，逐朝忍冻饿。每日在破窑中，再不见胡子传柳隆卿。"将秦简夫的《东堂老》的剧情"东堂老劝破家子弟"通过唱散曲加以传播。

又如王仲元的《【中吕】粉蝶儿·集曲名题情》："金盏儿里倦饮香醪，盼到那赏花时甚实曾欢笑。别人都喜春来唯我心焦，出得那庆东园，离亭宴，暗伤怀抱。贪看那喜游蜂蝶恋花梢，想

---

① 隋树森编：《全元散曲》，下册，1821页、1822页，北京，中华书局，1964。

起贺新郎不知消耗。"[①] 用"集调名体"介绍了"金盏儿"、"赏花时"、"喜春来"、"庆东园"、"离亭宴"、"蝶恋花"、"贺新郎"等曲牌名，观众通过听演员唱散曲，也熟悉了这些杂剧常用的曲牌名。

民间说唱文学"唱货郎"也有传播元杂剧剧情的情况，元无名氏杂剧《货郎旦》第四折"唱货郎"的张三姑唱："【转调货郎儿】也不唱韩元帅偷营劫寨，也不唱汉司马陈言献策，也不唱巫娥云雨楚阳台，也不唱梁山伯，也不唱祝英台，只唱那娶小妇的长安李秀才。"其唱词与无名氏《韩元帅暗度陈仓》、关汉卿《升仙桥相如题柱》、杨讷《楚襄王梦会巫娥女》、白朴《祝英台死嫁梁山伯》等杂剧的剧情近似。

诸宫调也涉及元杂剧的剧名或剧情，如王伯成诸宫调《天宝遗事诸宫调·遗事引》："愁临阻险频搔首，曲到关情也断肠。虽脂妆，不比送君南浦，待月西厢。"[②] 以王实甫的《崔莺莺待月西厢记》作比；另外，此诸宫调的套曲标题《杨妃出浴》、《哭香囊》等也与关汉卿杂剧《哭香囊》、庾吉甫杂剧《杨太真浴罢华清宫》等的剧名相同或近似。

元散曲、唱货郎、诸宫调都是口头演唱的文艺形式，它们对元杂剧有意或无意的传播，说明元杂剧的影响已遍及口传文学的各个领域，也显示了元杂剧和其他口传文学的血肉关系。

三、元杂剧文本传播和口头传播的互动关系

元杂剧的文本传播和口头传播并非仅是单线、单向传播的，它还有双向环形传播的特点，通过演员和作家的互动、观众和作家的互动、演员和观众的互动，实现了信息的反馈，使传受双方

---

① 隋树森编：《全元散曲》，下册，1101页，北京，中华书局，1964。

② 朱平楚校点：《全诸宫调》，178页，兰州，甘肃人民出版社，1987。

处于同一个系统中，从而使元杂剧的作家和演员不断改进创作和演出的质量，适应广大观众的需求。

《录鬼簿》记载了许多元代观众对元杂剧作家作品的评价，反馈了信息，多为赞语："关汉卿……驱梨园领袖，总编修师首，捻杂剧班头。""高文秀……都下人号小汉卿。""马致远……战文场，曲状元。姓名香，贯满梨园。""王实甫……《西厢记》，天下夺魁。"观众们对这些作家作品的肯定，必然促使戏班多上演这些剧目，书商多刊刻出版他们的剧本，促进了这些杂剧的传播。

《青楼集》则记载了元代观众对元杂剧优秀演员口传技艺的肯定："玉莲儿：端丽巧慧，歌舞谈谑，悉造其妙。""赛帘秀：……声遏行云，乃古今绝唱。""李娇儿……姿容姝丽，意度闲雅，时人号为'小天然'。"胡祗遹《黄氏诗卷序》总结演员的演唱经验与《青楼集》所载杂剧口传技艺近似："女乐之百伎，惟唱说焉。一、姿质浓粹，光彩动人。二、举止闲雅，无尘俗态。三、心思聪慧，洞达事物之情状。四、语言辨利，字真句明。五、歌喉清和圆转，累累然如贯珠。六、分付顾盼，使人人解悟。七、一唱一说，轻重疾徐，中节合度，虽记诵闲熟，非如老僧之诵经。八、发明古人喜怒哀乐、忧悲愉佚、言行功业，使观听者如在目前，谛听忘倦，惟恐不得闻。九、温故知新，关键词藻，时出新奇。使人不能测度、为之限量。九美既具当独步同流。近世优于此者，李心心、赵真、秦玉莲。"① 据《青楼集》载，赵真真、秦玉莲都是诸宫调的艺人，《黄氏诗卷序》总结的是诸宫调的演唱经验。但在重视演员的举止闲雅、心思聪慧、歌喉圆转方面，两者都是一致的，可互为补充。元代观众对元杂剧优秀演员玉莲儿、赛帘秀等的口传技艺的肯定，也促使演员更努

① 李修生主编：《全元文》，第五册，272页，南京，江苏古籍出版社，1997。

力地钻研口传技艺，促进了杂剧的口头传播。

元代观众对元杂剧的演出质量的批评则反映在元散曲中，无名氏《【般涉调】要孩儿·拘刷行院》："有玉箫不会品，有银筝不会搊。查沙着一对生姜手，眼锉间准备钳肴馔。""唬得烟迷了苏小小夜月莺花市，惊得云锁了许盼盼春风燕子楼。慌煞俺曹娥秀，抬乐器眩了眼脑，觑幅子叫破咽喉。"① 对此戏班演员演出的质量差提出了尖锐的批评。这些批评反馈到演员中，也能促使演员提高艺术修养和演出质量。

元散曲也反映出剧作家对杂剧演员口传技艺的赞扬，如关汉卿《【南吕】一枝花·赠朱帘秀》："金钩光错落，绣带舞蹁跹。"② 又如乔吉的《【越调】小桃红·别楚仪》："一樽别酒断肠词，难说心间事。"③ 都赞扬了杂剧演员朱帘秀、李楚仪等人的出众技艺。这些剧作家对杂剧演员口传技艺的揄扬，使她们名声大振，增强了演员的信心，也促进了元杂剧的口头传播。

元杂剧的双向环形传播，虽然有作家、演员、观众三方面的参加，但却是以元杂剧演出成功为主要目标的，人数众多的平民观众的喜好，在其中起了重要作用。因此，通俗仍然是这种双向环形传播的特点。

综上所述，元杂剧在元代的文本传播和口头传播既有单线传播，又形成双向环形传播；既有雅文学的特点，也有俗文学的特点，但以俗为主；广大平民观众通俗的审美趣味在其中起了重要作用。了解元杂剧在元代口头传播的方式和特点，为我们深入研究元杂剧和民间文学、口头文学、民俗文化的关系，打开了一扇大门。

---

① 隋树森编：《全元散曲》，下册，1821 页、1822 页，北京，中华书局，1964。

② 隋树森编：《全元散曲》，上册，170 页，北京，中华书局，1964。

③ 隋树森编：《全元散曲》，上册，590 页，北京，中华书局，1964。

第二节　元杂剧在明代的文本传播和口头传播

研究元杂剧的学者无法避开的一条路径是：必须研究元杂剧在明代的文本。因为现存元杂剧在元代的文本只有可怜兮兮的一种——《元刊杂剧三十种》，而且是曲全而白不全，版面残缺模糊，令人无法看到元杂剧的全貌；而现存大量的是明代的文本，为明人修改过的元杂剧，它们曲白齐全，版面清晰，是完整的剧本，可以成为学者们对元杂剧进行思想、艺术等各方面研究的较好的基础。当然，这是一种无奈的选择，我们在选取某种元杂剧的明刊本进行研究的时候，明白这是明人修改过的元杂剧，不是原汁原味的元杂剧。而当今研究元杂剧的论者较为忽视的问题是：元杂剧在明代的文本传播的总体状况如何？它们的传播有规律可循吗？它与元杂剧在明代的口头传播的关系如何？我们能否通过这种研究更接近元杂剧的本来面目？

笔者认为，借鉴民俗文化研究和文化传播研究的方法将有助于我们拓宽思路。钟敬文先生在《民俗文化学发凡》中提出中华民族的传统文化可以分为上层文化、中层文化、下层文化三条干流，元杂剧既由以下层文人为主的作家创作剧本，又由以歌妓乐工为主的演员演出，自然属于“中层文化”、“市民文化”的“干流”；但元杂剧在明代的文本（文字）传播，加入了上层文人的修改、出版，其口头语言传播也加入了上层文人的演出与传授、民间艺人的改编与传授，又汇入了上层文化和下层文化的支流，兼有雅、俗两种文化的特点。

本文拟从传播学的角度研究元杂剧在明代的文本传播和口头传播的状况和关系，以图能更深入地了解元杂剧的深层文化意蕴，从本质上理解元杂剧的本来面目。

一、元杂剧在明代文本传播的状况和特点

从传播学的分类来看，有线性传播和网状传播两大类，而在科学还不发达的明代，元杂剧的传播是属于线性传播一类的；在线性传播中，又分为单向传播、双向传播、双向环形传播几类①，元杂剧既有单线传播的特点，如有文字传播和口头传播两条路径；也有双向环形传播的特点。现在先谈元杂剧在明代的单向传播之一——文本传播的状况和特点。

（一）元杂剧版本在明代的流传情况

明人对元杂剧的出版甚勤，并有不少藏书家搜罗、收藏元杂剧的剧本，对元杂剧剧本的保存和传播，功莫大焉。在明代流传的元杂剧版本现存有元刊本、明抄本、明刊本。

元杂剧现存的元刊本原为明人李开先（1501—1568）的旧藏，后为清人黄丕烈所有，继为近人罗振玉所得。1958 年，《古本戏曲丛刊》第四集将此书进行影印，题名《元刊杂剧三十种》。原书现藏北京图书馆。②

元杂剧现存的明抄本是明人赵琦美辑的《脉望馆钞校本古今杂剧》，242 卷，收元杂剧 100 种及部分明杂剧，部分剧本为手抄的稿本，部分为校古名家本、息机子本。赵琦美为藏书家，脉望馆为其藏书室名。此本后归清初钱遵王。1938 年郑振铎得到此本。1958 年上海商务印书馆影印出版，收在《古本戏曲丛刊》第四集。此本剧后多有“穿关”，说明该剧演员的服饰打扮和所用的道具；其中许多剧人物众多，服饰豪华，显见是明代宫

---

① 戴元光、金冠军主编：《传播学通论》，167～172 页，上海，上海交通大学出版社，2000。

② 李修生著：《元杂剧史》，第一章第一节，2 页，南京，江苏古籍出版社，1996。

廷中的内府演出本。

明刊本是明代出版的各种元杂剧的版本，现存有臧晋叔《元曲选》(万历四十三至万历四十四年，1615—1616)、王骥德《古杂剧》(万历十六年顾曲斋本，1588)、息机子《杂剧选》(万历戊戌年，1598)、陈与郊《古名家杂剧》(万历中刊本)、陈某辑《元明杂剧》(万历年间继志斋刊本)、黄正位《阳春奏》(万历三十七年，1609)、孟称舜辑《古今名剧合选》(崇祯癸酉年，1633) 等。① 明刊本以臧晋叔《元曲选》最为著名，收元杂剧94种，明杂剧6种，共100种，明万历中吴兴臧氏刊本。1918年上海商务印书馆据明博古堂本影印，以后被各出版社多次重版、重印。

明刊本多是明代文人修改过的元杂剧的版本，语言比元刊本精炼流畅。另外，有些明刊本还加上了明人的评点，如《古今名剧合选》就有孟称舜的眉批，对元杂剧进行文学批评。

明刊本的别集集中于王实甫的《西厢记》，有弘治十一年(1498) 金台岳家刻本《新刊奇妙全相注释西厢记》、万历元年(1573) 游敬泉刻本《李卓吾批评合像北西厢记》、万历四十二年 (1614) 山阴朱朝鼎香雪居刊本《新校注古本西厢记》等，约有38种。② 这些版本的特点，是多有文学名家校正注释或评点，如明代戏曲家王骥德、屠隆、汪廷讷都有校正《西厢记》

---

① 以上各种元杂剧版本均见古本戏曲丛刊编辑委员会编：《古本戏曲丛刊》四集，出版时间见各剧的扉页及序。

② 此据笔者自己到图书馆查阅结果统计，罗斯宁、赵山林编：《元曲书目》，见蒋星煜主编：《元曲鉴赏辞典》附录，上海，上海辞书出版社，1990。又蒋星煜《明刊本西厢记研究》(北京，中国戏剧出版社，1982) 16～19页统计现存明刊本西厢记亦为38种。但寒声《西厢记古今版本目录辑要》(见寒声、贺新辉、范彪编：《西厢记新论》，北京，中国戏剧出版社，1992) 统计现存明刊本西厢记为68种，录以备考。

之本；著名明代戏曲家沈璟、汤显祖、徐渭，哲学家、文学家李贽等，都有评点《西厢记》之本。

(二) 元杂剧文本在明代的传播方式

按照美国传播学家哈罗德·拉斯韦尔的传播学“五W”理论，传播过程具有四要素：传播者、信息、媒介、受传者。以往的论者多注意元杂剧在明代的版本，但从传播过程的四要素来看，不但要研究元杂剧的版本的流传情况（信息），还应研究出版商（传播者）、收藏家（受传者）、文人和民间艺人的修改和传授（媒介、传播方式）。

从以上我们对元杂剧版本的流传情况的考察，元杂剧的文本传播者主要有元杂剧作家、书商、后代剧作家、收藏家；而受传者主要有读者、书商、后代剧作家、收藏家。

明代书商多出版元杂剧的选集和名著《西厢记》，如臧晋叔《元曲选》的博古堂本，熊龙峰本《西厢记》卷首云“书林熊龙峰绣梓”，刘龙田刊本《西厢记》卷首云“书林刘龙田绣梓”，《汤海若先生批评西厢记》卷首云“书林师俭堂梓”，熊龙峰、刘龙田都是书商的名字，博古堂、师俭堂为书商的房名，亦可视为书商的代号。

明代收藏元杂剧最丰当数李开先，家有元杂剧千余种，其《南北插科词序》云：“予少时综理文翰之余，颇究心金元词曲，……《芙蓉》、《双题》、《多月》、《倩女》等千七百五十余杂剧，靡不辨其品类，识其当行。”① 其次是臧晋叔，其《元曲选序》云：“予家藏杂剧多秘本，顷过黄从刘延伯借得二百

① （明）李开先著、路工辑校：《李开先集》，上册，320页，北京，中华书局，1959。

种，……”①也有元杂剧数百种。另外何良俊也自称“余所藏杂剧几三百种”②。孟称舜的《古今名剧合选序》也云：“元曲自吴兴本外所见百余十种。”另外，赵琦美为明代著名藏书家，其《脉望馆钞校本古今杂剧》收元人杂剧100种。这些藏书家将手中的元杂剧整理出版，对元杂剧的传播功莫大焉。

元杂剧在明代的文本传播大概有以下两种方式：

第一种方式是元杂剧作家的原创—书商的出版—后代作家的修订—文人的收藏—书商的再出版。从明刊本众多和多有文人修改和评点来看，这种传播方式是元杂剧文本传播的主要方式。

明人修改评点元杂剧，主要有修订选编型、选编评点型、释义注音兼评点型、改编评点型等几种。

修订选编型往往将多种元杂剧加以改编结集出版，如臧晋叔的《元曲选》，“刻元人杂剧多至百种，一一手自删定”③，实收元杂剧94种，删去元刊本的一些赘笔和错别字，增添了说白和“丑”的脚色，并用序的形式对元杂剧作总体的评价。笔者曾对元杂剧《范张鸡黍》的楔子和第一折的元刊本和元曲选本进行比较研究，元刊本《范张鸡黍》④不署作者名，多曲少白，而且不分楔子和折，不标明宫调。明刊本楔子部分惯用的曲子【仙吕·赏花时】和【幺篇】（【么】）与第一折的【仙吕·点绛唇】、【混江龙】等曲子连排在一起，中间没有说白。两部分都

① 王学奇主编：《元曲选校注》，第一册，2页，石家庄，河北教育出版社，1994。

② （明）何良俊：《曲论》，见中国戏曲研究院编：《中国古典戏曲论著集成》，册四，6页，北京，中国戏剧出版社，1959。

③ （明）徐复祚：《曲论》，见中国戏曲研究院编：《中国古典戏曲论著集成》，册四，240页，北京，中国戏剧出版社，1959。

④ 此本用《古本戏曲丛刊》第四集影印本《元刊杂剧三十种》，上海，上海商务印书馆，1958。

没有明刊本常见的上场诗。出现的脚色为卜儿、驾、外、外末、正末；但均未说明脚色扮演人物的情况。另外，错漏字非常多。显然，这不是元杂剧作家创作的原本，而是书商据文化水平不高的戏班艺人类似“掌记”的手抄本而刻印之本；演员排戏时，因为曲词要合乐歌唱，故而曲词要句句抄录，而道白只需记住大意，临场可即兴发挥，故而从略。臧晋叔的《元曲选》本①署作者名“宫大用”，分楔子和折，标明宫调，第一折有店小二和王仲略的上场诗。与前本不同的是，此本改正了元刊本的许多错别字，也删去了许多赘句，尤其是【混江龙】一曲，篇幅比元刊本少了近一半；说白比元刊本丰富，但仍较为精炼；在脚色上，标明何脚色扮演何人物，如楔子部分标明“正末扮范巨卿，同冲末扮孔仲山、张元伯，净扮王仲略”；第一折标明“王仲略扮孤”，正末扮范巨卿，并出现了前本未有的新脚色：丑——“丑扮卖酒”。曲词和说白用大小字号分排，并用“某某唱”标明曲词为何脚色演唱；还在每折或楔子的结尾用“音释”注释难字。剧本显得更为精炼文雅，流畅清晰，通过比较可见，臧晋叔的《元曲选》应是两本中文学性较强的文本。

选编评点型见明末孟称舜的《古今名剧合选》，与臧晋叔的《元曲选》多处删改元刊本不同，孟称舜主张尊重原著，尽可能少改，他在《古今名剧合选》中对臧晋叔的《元曲选》的改笔提出了批评，如对《窦娥冤》第一折【后庭花】的眉批云：“吴兴本首二句改云：‘避凶神要择好日头，拜家堂要将香火修’，与下‘梳着个霜雪般’二语语气不贯，不如原本为佳。”② 又评

① 此本用戊午年（1918）涵芬楼据明刊本《元曲选》影印本，上海，上海商务印书馆发行。

② （明）孟称舜：《古今名剧合选》，第十一册，8页，见《古本戏曲丛刊》第四集之六，古本戏曲丛刊编辑委员会据上海图书馆藏明崇祯本影印，上海，上海商务印书馆，1958。

《汉宫秋》第三折【梅花酒】云："吴兴本改数语亦颇有次第，而原本固自佳，不若仍之存饩羊之旧。吾意古本非甚讹谬，不宜轻改，改本有胜前者始不妨稍从之。"① 与臧晋叔的《元曲选》有序而无眉批不同，孟称舜对元杂剧的思想艺术特点用序和眉批的方式进行评点。他将元杂剧和明杂剧修订选编为《柳枝集》和《酹江集》，其编选的原则是用宋词的婉约派和豪放派的风格来比拟和划分元杂剧，其《古今名剧合选序》云："若夫曲之为词，分途不同，大要则宋伶人之论，柳屯田、苏学士者尽之，一主婉丽，一主雄爽。……取元曲之工者，分其类为二而以我明之曲继之，一名《柳枝集》，一名《酹江集》，即取《雨淋铃》'杨柳岸'及《大江东去》'一樽还酹江月'之句也。"② 其对元杂剧的批评也多依据这两个标准，如其《柳枝集》对张寿卿的《诗酒红梨花》第一折的眉批："字字淹润，语语婉隽，近来度曲家以此为鼻祖而气味浑涵，则今人终让此一筹也。"③ 又如其《酹江集》对《赵氏孤儿》第三折【鸳鸯煞】曲的眉批："愤烈肚肠，说得淋漓痛快。"④ 又评《丽春堂》第一折："此曲较

① （明）孟称舜：《古今名剧合选》，第九册，17页，见《古本戏曲丛刊》第四集之六，古本戏曲丛刊编辑委员会据上海图书馆藏明崇祯本影印，上海，上海商务印书馆，1958。

② （明）孟称舜：《古今名剧合选》，"自序"，见《古本戏曲丛刊》第四集之六，古本戏曲丛刊编辑委员会据上海图书馆藏明崇祯本影印，上海，上海商务印书馆，1958。

③ （明）孟称舜：《古今名剧合选》，第五册，1页，见《古本戏曲丛刊》第四集之六，古本戏曲丛刊编辑委员会据上海图书馆藏明崇祯本影印，上海，上海商务印书馆，1958。

④ （明）孟称舜：《古今名剧合选》，第十四册，28页，见《古本戏曲丛刊》第四集之六，古本戏曲丛刊编辑委员会据上海图书馆藏明崇祯本影印，上海，上海商务印书馆，1958。

《西厢》特为雄俊而本色固在。”① 孟称舜按宋词流派的“婉隽”、“雄俊”来选编评点元杂剧，体现了文人对传统雅文学的继承，文雅的审美情趣。

释义注音兼评点型多为对单本元杂剧的注释评点，如《重刻元本题评音释西厢记》②，其首页云：“上饶余泸东校正，书林刘龙田绣梓。”余泸东为释义注音兼评点剧本者，刘龙田为出版者。其剧本的体例类似南戏或传奇，第一页有“末上首引”唱【西江月】一曲，类似传奇的“副末开场”；每一场称“出”，不称“折”；每出有四字题目，如第五出“白马解围”。每出后有“释义”，解释剧中疑难词语，如第一出“释义”云：“梵王宫：佛寺也，梵王太子削发为僧，因名焉。”“释义”后是“字音”，给剧中的难字注音，如同上出“字音”云：“阃：困，上声。”剧本的天头有眉批，评点剧作的思想艺术，如在第一出张生唱【赚煞】曲“怎当他临去秋波那一转”句上评道：“秋波一句是一部西厢关窍。”又第三出张生唱【么】曲“我忽听一声猛惊”，眉批云：“忽听一声猛惊，所谓六声三韵，词家以此见奇。”

明人修改元杂剧，有的按自己的标准作较大的修改，形成改编评点型的文本。如李开先，他改定元杂剧多种，名为《改定元贤传奇》。其《词谑》第二七条记载了他修改编选元杂剧的情况：“《郑月莲秋夜云窗梦》第一出，不知何人作，大势亦中选。

---

① （明）孟称舜：《古今名剧合选》，第十四册，1页，见《古本戏曲丛刊》第四集之六，古本戏曲丛刊编辑委员会据上海图书馆藏明崇祯本影印，上海，上海商务印书馆，1958。

② 见《古本戏曲丛刊初集》，古本戏曲丛刊编辑委员会影印明刘龙田刊本，上海，上海商务印书馆，1954。

止有《那吒令》不成词。摘取《玉箫女》套中一咏易之。"[①]又第二九条："《梧桐雨》中中吕，白仁甫所制也，亦甚合调；但其间有数字误入先天、桓欢、监减等韵，悉为改之。"[②] 又第三一条云："《度城南柳》第四套，再选及。其第一、第三，不相上下，亦割爱舍之。"[③] 第三七条又云："梦符《扬州梦》，四出皆当刻，实则以次序分优劣。今再及第二；其三、四，割爱舍之。"[④] 李开先按自己"成词"、"合调"的标准对元杂剧或改或删，体现了文人文雅精工的审美情趣。

对《西厢记》原著改动得较大的是《槃薖硕人增改定本西厢记》[⑤]，改编者将王实甫的《西厢记》的五本二十一折扩展为三十折，有些是将原来的一折变为二折或三折，有些是新增的场次，如《首开场西厢总题》、《传语会情》、《闲游遣闷》等。其体例亦似传奇。对原著多有改笔，书中《西厢记目录》云："第一折：张生登程：改掇，曲依原，白增新"；"第三折：佛殿奇逢：仍旧，曲易讹，白换新。"都可知改编者对原著的曲白都进行了许多修改。改编的原则，是改俗为雅，书中《刻西厢定本凡例》云："此中词调，原极清丽，且多含有神趣。特近来刻本，错以陶阴豕亥，大失其初。而梨园家优人不通文义，其登台演习，妄于曲中插入诨语，且诸丑态杂出。……兹一换而空之，

---

① （明）李开先：《词谑》，第二七条，见中国戏曲研究院编：《中国古典戏曲论著集成》，册三，334 页，北京，中国戏剧出版社，1959。

② （明）李开先：《词谑》，第二九条，见中国戏曲研究院编：《中国古典戏曲论著集成》，册三，337 页，北京，中国戏剧出版社，1959。

③ （明）李开先：《词谑》，第三一条，见中国戏曲研究院编：《中国古典戏曲论著集成》，册三，340 页，北京，中国戏剧出版社，1959。

④ （明）李开先：《词谑》，第三七条，见中国戏曲研究院编：《中国古典戏曲论著集成》，册三，348 页，北京，中国戏剧出版社，1959。

⑤ 《槃薖硕人增改定本西厢记》，中华书局上海编辑所据北京图书馆藏明刊本影印，1963。

庶成雅局。”剧本的天头有眉批，主要是对剧作的思想艺术的评价，也集合了各种评点本的评价，有集评的性质；还有各种版本的校勘，如第二十七折“飞捷报莺”莺莺的唱词“谁承望跳东墙脚步儿占了鳌头，怎想道惜花心养成折桂手”。（【么】）眉批云：“碧筠斋本用两个‘谁承望’，今依闽本易下句作‘怎想道’。”

从以上对明本元杂剧四种类型的文本的分析，可知明人已将元杂剧的名著作为学术研究的对象，不但对其思想艺术进行鉴赏评价，而且进行注释、注音、集评、校勘；为适应明人尤其是文人的欣赏趣味，他们也对元杂剧的体例、语言等进行了不同程度的修改，体现出浓厚的文人审美情趣。

元杂剧在明代文本传播的第二种方式，是剧作家的原创—戏班演出的手抄本—戏班师徒代代相传—书商的出版。

从《脉望馆钞校本古今杂剧》部分杂剧为手抄本和多有说明演员的服饰打扮和所用的道具“穿关”来看，正是戏班演出的手抄本。王骥德《曲律》亦云：“尝见元剧本，有于卷首列所用部色名目，并署其冠服、器械，曰某人冠某冠，服某衣，执某器，最详；然其所谓冠服、器械名色，今皆不可复识矣。”① 王骥德所见元剧本亦为戏班演出本。明代戏班师徒传授元杂剧时，为通俗易记，常有改动剧本的情况，从而出现较为通俗的元杂剧戏班演出本。王骥德《曲律》载：“《西厢》、《琵琶》二记，一为优人、俗子妄加窜易，又一为村学究谬施句解，遂成千古烦冤。余尝取前元旧本，悉为釐正，且并疏意指其后，目曰‘方

① （明）王骥德：《曲律》，卷三，见中国戏曲研究院编：《中国古典戏曲论著集成》，册四，143页，北京，中国戏剧出版社，1959。

诸馆校注'。二记并行于世。"① 谓明代戏班演员在传授、演出元杂剧的过程中将剧本改得通俗易懂，为王骥德所不满，因而"取前元旧本，悉为釐正"，重新出版，说明已出现了较为通俗的元杂剧戏班演出本。王骥德校注的《新校注古本西厢记》就称这种剧本为"坊本"或"俗本"②，《槃薖硕人增改定本西厢记》所言的"梨园家优人不通文义，其登台演习，妄于曲中插入诨语"的"近来刻本"，也是这种"俗本"。

这种传播方式，受戏班演员的审美趣味影响很大，其文本语言通俗，多套语，具有鲜明的民间文学的特征。但民间戏班的"俗本"往往被文人修改为"雅本"，王骥德、槃薖硕人等人的修改就是明证。

明刊本比元刊本更为精炼文雅，文学性更强，这是毋庸置疑的，但是，离作者的原作有多远，却是有疑问的。学术界对此颇有争议，有些学者对明刊本是否能作为我们研究元杂剧的基础提出了质疑，如荷兰学者伊维德的《我们读到的是"元"杂剧吗？——杂剧在明代宫廷的嬗变》。③ 但是笔者认为，戏剧不是作家一个人就能完成的创作，必须经过演员的二度创作，根据舞台实践加以修订才能完成。元刊本简单粗糙，更近乎戏班的"掌记"，远非经过舞台考验的"写定本"，其剧本的形态具有局部性，不能反映出元杂剧的真实全貌。而元曲选本具有经受舞台实践考验的"写定本"的性质，虽有明人的修改，但其曲目的丰富和剧本的完整胜于残缺不全的元刊本，不应被否定，应视为

① （明）王骥德：《曲律》，卷四，见中国戏曲研究院编：《中国古典戏曲论著集成》，册四，181页，北京，中国戏剧出版社，1959。

② （明）王骥德校注：《新校注古本西厢记》"例三十六则"，北平，北平富晋书社、东来阁书店据万历香雪居本印行，民国十八年（1929）。

③ （荷）伊维德：《我们读到的是"元"杂剧吗？——杂剧在明代宫廷的嬗变》，载《文艺研究》，2001年第3期。

较好的元人杂剧文本。事实上，大多数学者仍然是肯定元曲选本的，王季思主编的《全元戏曲》以元曲选本为底本、他本为校本，王学奇主编的《元曲选校注》对《元曲选》进行校勘注释就是例证。不过，通过对元杂剧在明代的文本传播的研究，却使我们打开了思路：元杂剧的原创并非是现在我们看到的明刊本那样文雅，而是更为通俗的、富有民间文学色彩的作品。

（三）元杂剧文本传播的特点

从以上探讨的元杂剧在明代文本的传播方式，我们可以知道，元杂剧文本的传播有以下特点：

其一，元杂剧文本是以文字传播为主的，通过作家的创作、书商的印刷出版、后代文人的修改评点，使其能流传至今。在此过程中，在元代，杂剧作家的文化修养、文化积淀使元杂剧的文本具有一定的雅文学的特征，他们的市民身份又使他们的作品具有一定的俗文学的特征。在明代，文人则起了决定性的作用，明代文人对元杂剧的修改使其进一步雅化。而戏班艺人也起了一定的作用，他们的手抄本反映了民间艺人的审美趣味，具有俗文学的特征。但民间艺人的“俗本”敌不过文人的“雅本”，因而从总体上看，元杂剧在明代文本的传播主要显示出雅文学的特征。

其二，明代文人积极出版元杂剧，为后人留下了宝贵的戏剧文献；他们对元杂剧进行评点、修改、注释、注音、校勘等，说明明人不但将元杂剧看作是舞台艺术，而且还是文学作品，可以像对诗文作品那样对其进行学术研究，从而使元杂剧从舞台逐步走向案头，从民间走向学术殿堂，成为当时和后代戏剧家的研究对象。

二、元杂剧在明代口头传播的状况和特点

元杂剧单线传播的另一条途径是戏班演员的演出、文人剧作家的口头交流的传播。

在文本传播之外，元杂剧又通过民间艺术团体——戏班的演出、口头交流传播。民间艺人家传、师徒传授杂剧，主要用口语传播；文人作家以剧会友，交流创作心得，也有口头传播的方式。因而元杂剧的传播又具有民间文学口语传播的特征。

（一）元杂剧在明代口头传播的状况

元杂剧在明代继续演出，虽然其在剧坛的主导地位已被传奇所取代，但其气脉一直延续到晚明。有些论者认为“元杂剧的演出明中叶后已经绝迹”①，是不符合历史事实的。与元代类似的宫廷戏班、民间戏班的演出固然还在进行，但明代更值得注意的是被称为“家乐”的隶属于某主人的家庭戏班，演出也以在家宅中的“堂会”为主。因此元杂剧在明代传播具有新的特点。下面主要谈谈元杂剧在明代的口头传播的方式和传播的信息。

1．元杂剧在明代口头传播的方式。

在明初，宫廷戏班的演出是元杂剧口头传播的主要方式。

明初朱元璋等统治者，出于巩固统治的需要，对流行于北方的元杂剧实行压制禁演的政策，而对流行于南方的南戏却大力扶持。顾起元《客座赘语》卷十“国初榜文”载：“永乐九年七月初一日该刑科署都给事中曹润等奏：乞敕下法司：今后人民娼优妆扮杂剧，除依律神仙道扮，义夫节妇，孝子顺孙，劝人为善，欢乐太平者不禁外，但有亵渎帝王圣贤之词曲、驾头杂剧，非律所该载者，敢有收藏、传诵、印卖，一时拿送法司究治。奉旨：‘但这等词曲，出榜后，限他五日，都要干净将赴官烧毁了，敢有收藏的，全家杀了。’”② 从元杂剧的演出、收藏、传诵至印卖，都加以严格管制。另一方面，却对南戏《琵琶记》大加赞

① 李修生著：《元杂剧史》，40 页，南京，江苏古籍出版社，1996。

② （明）顾起元：《客座赘语》，谭棣华、陈稼禾点校，卷十，347 页、348 页，见《历代史料笔记丛刊·元明史料笔记》，北京，中华书局，1987。

赏，徐渭《南词叙录》载："时有以《琵琶记》进呈者。高皇笑曰：'五经、四书，布、帛、菽、粟也，家家皆有；高明《琵琶记》，如山珍海错，贵富家不可无。'既而曰：'惜哉，以宫锦而制鞋也！'由是日令优人进演。"①兼以明初政治文化中心在南方，而南人重南曲，"自吴人重南曲，皆祖昆山魏良辅，而北调几废"②。因此元杂剧的演出走向式微，而南戏的演出日渐兴盛。

但是明宫廷贵族却继续在宫中组织戏班欣赏元杂剧，沈德符《万历野获编》卷一"释乐工夷妇"条："宣德十年，英宗即位，谕礼部曰：'教坊乐工数多，其择堪用者量留，余悉发为民。'凡释教坊乐工三千八百余人。"③ 可见明前期宫廷乐工之众多。同上书卷二十五"杂剧院本"条又云："涵虚子所记杂剧名家，凡五百余本，通行人间者不及百种。然更不止此。今教坊杂剧，约有千本，然率多俚浅，其可阅者十之三耳。"④"涵虚子所记杂剧名家"即朱权的《太和正音谱》，记元杂剧作家作品颇详；明人胡应麟《少室山房笔丛》卷四十一"庄岳委谈下"也说："高氏一变而为南曲，承平日久，作者迭兴，古昔所谓杂剧院本者几于尽废，仅教坊中存什二三耳，诸野史稗官记载率不能详。"⑤均可见当时社会上元杂剧演出衰微而宫廷中元杂剧演出兴盛的状况。元杂剧的剧本多赖宫廷内府本得以保存，臧晋叔《元曲选

---

① （明）徐渭：《南词叙录》，见中国戏曲研究院编：《中国古典戏曲论著集成》，册三，240页，北京，中国戏剧出版社，1959。

② （明）沈德符：《万历野获编》，中册，卷二十五，646页，北京，中华书局，1959。

③ （明）沈德符：《万历野获编》，上册，卷一，15页，北京，中华书局，1959。

④ （明）沈德符：《万历野获编》，中册，卷二十五，648页，北京，中华书局，1959。

⑤ （明）胡应麟：《庄岳委谈下》，见《少室山房笔丛》，卷四十一，425页，上海，上海书店出版社，2001。

序》云："从刘延伯借得二百种，云录之御戏监。""录之御戏监"即抄自内府本。赵琦美辑的《脉望馆钞校本古今杂剧》也多是内府本，剧中多有称颂"吾皇万岁"之语，人物众多，一些武打剧出场人物不下二三十个；剧后的"穿关"记载演员的服饰道具十分华丽，可见当时宫廷戏班演出的盛大场面。

明中后期，统治者对人民的思想钳制有所松动，一些爱好元杂剧的文人不但将自己秘藏的元杂剧文本加以出版，发表有关剧论，而且组织家庭戏班，自己做教师或聘请教师教授元杂剧并加以演出。文人的"家乐"演出成为元杂剧口头传播的重要方式。

如"嘉靖八才子"之一的李开先，将家藏元杂剧修改出版，名为《改定元贤传奇》；出版《词谑》一书，评论元杂剧作家作品颇详；并在家中组织戏班，教授演出元杂剧。他曾自己作了一副对联："书藏古刻三千卷，歌擅新声四十人。"①何良俊《四友斋丛说》亦云："有客自山东来者，云李中麓（李开先号）家戏子几二三十人，女妓二人，女僮歌者数人。……中麓每日按乐，或与童子蹴毬，或斗棋。客至则命酒。"②

嘉靖年间戏曲家何良俊（字元朗）亦教授"家乐"演出元杂剧。沈德符《万历野获编》卷二十五"弦索入曲"条载："嘉隆间，度曲知音者，有松江何元朗，蓄家僮习唱，一时优人俱避舍。然所唱俱北词，尚得金元蒜酪遗风。予幼时，犹见老乐工二三人，其歌童也，俱善弦索，今绝响矣。何又教女鬟数人，俱善北曲。"③谓何良俊在家中组织戏班，教授元杂剧（北曲），进行

① 转引自《词谑提要》，见中国戏曲研究院编：《中国古典戏曲论著集成》，册三，260页，北京，中国戏剧出版社，1959。

② （明）何良俊：《四友斋丛说》，卷十八"杂纪"，159页，北京，中华书局，1959。原文为旧式断句，今笔者改为新式标点，下引此书同。

③ （明）沈德符：《万历野获编》，中册，卷二十五，641页，北京，中华书局，1959。

演出，享有盛名，比专业戏班更在行。何出生于一个爱好戏曲的家庭，其《四友斋丛说》卷十三“史九”云：“余家自先祖以来即有戏剧。我辈有识后，即延二师儒训以经学。又有乐工二人教童子声乐，习箫鼓弦索。余小时好嬉，每放学即往听之。”①即其先祖时已有“家乐”，何良俊的“家乐”实得家庭传授。另外，何的“家乐”的技能又得之于乐工：“当康陵南巡日，乐工顿仁随驾之北京，得金元人杂剧。元朗妙解音律，令家中小鬟尽传之。”② 何良俊的《曲论》则记载了他和乐工顿仁切磋教授元杂剧之事：“老顿于《中原音韵》、《琼林雅韵》终年不去手，故开口、闭口与四声阴、阳字，八九分皆是。文义欠明，时有差处。如马东篱《孤雁汉宫秋》，其双调《尾声》云：‘载离恨的毡车半坡里响。’毡字，他教作闭口。余言：‘毡字当开口。’他说：‘顿仁于韵上考索极详，此字从“占”，当作闭口。’余曰：‘若是从占，果当作闭口；但此是写书人从省耳，此字原从“亶”，亶是开口，汝试检“毡”字正文，无从毡者。’渠始信，教作开口。”③

明末清初人张岱也是元杂剧的爱好者，《陶庵梦忆》卷四的“世美堂灯”记载了他的“家乐”在元宵节演元杂剧的状况：“余敕小奚串元剧 四五十本。演元剧四出，则队舞一回，鼓吹一回，弦索一回。其浓淡繁简松实之妙，全在主人位置。”④

明代文人的家乐戏班因有文化水平较高的主人的教授指导，

① （明）何良俊：《四友斋丛说》，卷十三“史九”，110页，北京，中华书局，1959。

② （清）焦循：《剧说》，卷六，见中国戏曲研究院编：《中国古典戏曲论著集成》，册八，211页，北京，中国戏剧出版社，1960。

③ （明）何良俊：《曲论》，见中国戏曲研究院编：《中国古典戏曲论著集成》，册四，10页、11页，北京，中国戏剧出版社，1959。

④ （清）张岱：《陶庵梦忆》，33页，上海，上海书店印行，上海影印厂，1982。

并受文人审美情趣的影响，其口头传播具有雅文学的特征，较文雅精工，何良俊的家乐戏班字斟句酌，就是一例。

文人清唱元杂剧自娱也是明代文人对元杂剧的口头传播方式之一。明代一些爱好元杂剧的文人，或自弹自唱元杂剧的曲目，或与友人聚会清唱元杂剧，均非出于商业的目的，而为自娱性质。李开先《词谑》载："予家酒会，词客咸集。就中袁西埜长于北词，而短于南；吕东埜长于南词，而短于北；刘修亭无目，板眼最正；东埜时或有失。予尝戏之曰：'西埜不知南，东埜不知北，修亭有板无眼，东埜有眼无板。'座客无不鼓掌大笑。"① 李开先与"词客"聚会唱曲，南北曲兼备，其中当有元杂剧的曲目。

又如徐复祚《曲论·附录》载："衡州太守冯正伯，名冠，邑人，少善弹琵琶歌金、元曲。……村老曰：'余友秦四麟为博士弟子，亦善歌金、元曲，无论酒间、兴到，辄引曼声；即独处一室，而呜呜不绝口。学使者行部至矣，所夹而入行笥者，唯《琵琶》、《西厢》二传。'"②冯正伯、秦四麟都是痴迷于金、元杂剧的票友，其清唱也促进了元杂剧的传播。

张岱《陶庵梦忆·虎邱中秋夜》亦载："更深，人渐散去，士夫眷属皆下船水嬉。席席征歌，人人献技，南北杂之，管弦迭奏。听者方辩句字，藻鉴随之。"③记载了明代末年中秋夜文人在苏州虎邱（今虎丘）聚会清唱"南北"曲的状况，其中也包括元杂剧的剧曲。这说明，文人清唱元杂剧，也是元杂剧在明代的口头传播方式之一。

---

① （明）李开先：《词谑》，第二一条，见中国戏曲研究院编：《中国古典戏曲论著集成》，册三，282 页，北京，中国戏剧出版社，1959。

② （明）徐复祚：《曲论·附录》，见中国戏曲研究院编：《中国古典戏曲论著集成》，册四，243 页，北京，中国戏剧出版社，1959。

③ （清）张岱：《陶庵梦忆》，"虎邱中秋夜"，43 页，上海，上海书店印行，上海影印厂，1982。

与文人的“家乐”演出同时，民间独立戏班对元杂剧的师徒传授与商业演出也一直在延续，为适应南北观众的欣赏趣味，这种传授与演出经常是“南北词”兼备，元杂剧与明传奇并行。

李开先《词谑》中“词乐”记一演员周全授徒事颇详：“徐州人周全，善唱南北词，……曾授二徒，一徐锁，一王明，皆兖人也，亦能传其妙。人每有从之者，先令唱一两曲，其声属宫属商，则就其近似者而教之。教必以昏夜，师徒对坐，点一炷香，师执之，高举则声随之高，香住则声住，低亦如之。”① 李开先喜好元杂剧，他所熟悉的周全善唱“南北词”，其中也包括元杂剧。

戏班师徒传授元杂剧时，为通俗易记，常有改动剧本的情况。何良俊《曲论》载：“乐府辞，伎人传习，皆不晓文义。中间固有刻本原差，因而承谬者；亦有刻本原不差，而文义稍深，伎人不解，擅自改易者。如《两世姻缘》中【金菊香】云：‘眼波眉黛不分明。’今人都作‘眼皮’。”②王骥德《曲律》也载：“《西厢》、《琵琶》二记，一为优人、俗子妄加窜易，又一为村学究谬施句解，遂成千古烦冤。”③ 戏班演员在传授元杂剧的过程中将唱词改雅字为俗字，其口头传授具有通俗文学的特点。

《万历野获编》卷二十五“北词传授”则记载了一个女子戏班演出元杂剧《西厢记》的状况：“自吴人重南曲，皆祖昆山魏良辅，而北调几废。今惟金陵存此调。然北派亦不同，有金陵、有汴梁、有云中。而吴中以北曲擅场者，仅见张野塘一人，故寿州产也，亦与金陵小有异同处。顷甲辰年马四娘以平生不识金阊

① （明）李开先：《词谑·词乐》，见中国戏曲研究院编：《中国古典戏曲论著集成》，册三，353页，北京，中国戏剧出版社，1959。

② （明）何良俊：《曲论》，见中国戏曲研究院编：《中国古典戏曲论著集成》，册四，10页，北京，中国戏剧出版社，1959。

③ （明）王骥德：《曲律》，卷四，见中国戏曲研究院编：《中国古典戏曲论著集成》，册四，181页，北京，中国戏剧出版社，1959。

为恨，因挈其家女郎十五六人来吴中，唱北西厢全本。其中有巧孙者，故马氏粗婢，貌奇丑而声遏云，于北词关捩窍妙处，备得真传，为一时独步。”①

清人焦循《剧说》卷六则记载了明代戏班在“堂会”演出元杂剧《西厢记》的状况：“明弘治末，泉州府学教授，南海人，颇立崖岸。一日，设宴明伦堂，搬演《西厢》杂剧。翼日，有无名子书一联于学门，云：‘斯文不幸，明伦堂上除来南海先生；学校无光，教授馆中搬出《西厢》杂剧。’某出见之，赧然，故态顿去。”② 在学校的宴会上演元杂剧，应为独立戏班的商业演出，而非家乐。而从连道貌岸然的教授也观《西厢》杂剧来看，《西厢记》在明代的确深受欢迎。

焦循《剧说》卷六引《真珠船》则载：“元费唐臣有《苏子瞻贬黄州》传奇，谢宪使朝鲜，正德初以御史升浙之宪副。始上任，开宴，优人以前传奇呈。未几，谢入觐，以遗‘彻宴疏’贬黄州判。”③ 从戏班为庆官员上任而演元杂剧来看，应为戏班的商业演出。

民间艺人也有弹唱元杂剧的商业演出，李开先《词谑·词乐》载：“长于筝者，则有兖府周卿，汴梁常礼，归德府林经（古北词清弹六十余套）；……毛秦亭南北皆优，《北西厢》击木鱼唱彻，无一曲不稳者。”④

---

① （明）沈德符：《万历野获编》，中册，卷二十五，646页，北京，中华书局，1959。

② （清）焦循：《剧说》，卷六，见中国戏曲研究院编：《中国古典戏曲论著集成》，册八，214页，北京，中国戏剧出版社，1960。

③ （清）焦循：《剧说》，卷六，见中国戏曲研究院编：《中国古典戏曲论著集成》，册八，210页，北京，中国戏剧出版社，1960。

④ （明）李开先：《词谑》，见中国戏曲研究院编：《中国古典戏曲论著集成》，册三，354页，北京，中国戏剧出版社，1959。

今山西上党地区乐户保存的明抄本《礼节传簿》“杂剧存目”中有《战吕布》、《巫山神女阳台梦》、《误入长安》、《赵氏孤儿大报仇》等与元杂剧同名或相似的剧目。显然，在明代，山西晋东南地区的民间戏班仍在上演元杂剧。①

民间独立戏班传授元杂剧，采取的是较直观的口授方式，如周全的“视香高低”教唱曲；还有些艺人将唱词改雅字为俗字，其口头传授具有通俗易懂的特点。而其商业演出只顾经济收入，没有更多考虑观众的身份地位及顾忌，都体现了戏班文化水平较低的特点。

民间独立戏班商业演出元杂剧，具有观众面的广泛性、演出的经常性，对比宫廷戏班的观众局限于宫廷贵族、文人“家乐”的票友性质，应是元杂剧在明代口头传播的主要方式。

2. 元杂剧在明代口头传播的信息。

明代演员演元杂剧，演《西厢记》多演全本，其他剧有时只演折子戏，何良俊《曲论》云：“祖宗开国，尊崇儒术，士大夫耻留心辞曲，杂剧与旧戏文本皆不传，世人不得尽见，虽教坊有能搬演者，然古调既不谐于俗耳，南人又不知北音，听者即不喜，则习者渐少，而《西厢》、《琵琶记》传刻偶多，世皆快睹，故其所知者，独此二家。”“郑德辉杂剧，《太和正音谱》所载总十八本，然入弦索者唯《㑇梅香》、《倩女离魂》、《王粲登楼》三本。今教坊所唱，率多时曲，此等杂剧古词，皆不传习，三本中独《㑇梅香》头一折‘点绛唇’尚有人会唱，至第二折‘惊飞幽鸟’与《倩女离魂》内‘人去阳台’、《王粲登楼》内‘尘

① 寒声主编：《上党傩文化与祭祀戏剧》，327页，“上党杂剧”中“明抄《礼节传簿》杂剧存目”，北京，中国戏剧出版社，1999。此书为黄竹三教授提供线索。

满征衣'，人久不闻，不知弦索中有此曲矣。"①

民间戏班在选择演出剧目方面，以通俗为标准，王骥德《曲律》载："戏剧之行与不行，良有其故。庸下优人，遇文人之作，不唯不晓，亦不易入口。村俗戏本，正与其见识不相上下，又鄙猥之曲，可令不识字人口授而得，故争相演习，以适从其便。"② 可证。

明代其他通俗文艺也有传播元杂剧的剧情、片段、剧名等情况。传播得最多的是《西厢记》，明嘉靖四十五年（1566）刻本《雍熙乐府》收《西厢百咏》、明成化年间刻本《新编四季五更驻云飞》收《崔莺莺听琴》、明成化年间刻本《新编题西厢记咏十二月赛驻云飞》收《西厢记》等③，以说唱文学的形式传播了元杂剧《西厢记》的剧情。另外，《明成化说唱词话丛刊》载有《新刊全相说唱包龙图陈州粜米记》、《新编说唱包龙图公案断歪乌盆传》④ 的民间说唱，基本情节均与元杂剧《陈州粜米》、《盆儿鬼》类似，唯人名和细节不同；其"新刊"、"新编"的题目形式也类似元杂剧的元刊本。这些民间说唱对元杂剧的改编与演唱，也促进了元杂剧的口头传播。

（二）元杂剧在明代口头传播的特点

从以上的分析，我们可知元杂剧在明代的口头传播有以下特点：

一是传播方式多种多样，有宫廷戏班、文人的"家乐"和

① 何良俊：《曲论》，见中国戏曲研究院编：《中国古典戏曲论著集成》，册四，6页，北京，中国戏剧出版社，1959。

② 王骥德：《杂论第三十九》，见《曲律》，见中国戏曲研究院编：《中国古典戏曲论著集成》，册四，154页，北京，中国戏剧出版社，1959。

③ 傅惜华编：《西厢记说唱集》，10～37页，上海，上海古籍出版社，1986。

④ 朱一玄校点：《明成化说唱词话丛刊》，126～144页、159～187页，郑州，中州古籍出版社，1997。

民间戏班的演出和传授，还有文人的清唱自娱，尤以文人的“家乐”富有明代特色。

二是元杂剧的演出逐渐萎缩，从演全本到只演折子戏，许多剧或某折的唱法已失传，元杂剧的剧场演出已不可避免地走向衰落。

三是明代的口头传播因有文人的“家乐”的演出和传授，带有一定的雅文学特色，但民间戏班的演出和传授仍是明代的口头传播的主要方式，因而通俗仍为其主要特色。

三、元杂剧在明代文本传播方式和口头传播方式的互动关系

元杂剧在明代的文本传播和口头传播也具有双向环形传播的特点，通过演员和“家乐”主人的互动、读者和出版者的互动、演员和观众的互动、曲家和演员的互动，使元杂剧的出版者和演员不断改进出版和演出的质量，适应明代的观众和读者的需求。

明代的观众通过对元杂剧作家作品的批评，实现了信息的反馈。如李开先《词谑》第二：“郑德辉作《王粲登楼》杂剧，四折俱优，……然白处太繁——词外承上起（启）下，一切应答言语，谓之白——又有不甚整齐者，衬字亦多，大势则不可及。”① 沈德符《万历野获编》卷二十五“杂剧院本”条亦云：“他如《千里送荆（京）娘》、《元夜闹东京》之属，则近粗莽；《华光显圣》、《目连入冥》、《大圣收魔》之属，则太妖诞。”② 何良俊《曲论》也说：“《西厢》内如‘灵魂儿飞在半天’、‘我将你做心肝儿看待’，……语意皆露，殊无蕴藉。如‘太行山高仰望，

① （明）李开先：《词谑》，见中国戏曲研究院编：《中国古典戏曲论著集成》，册三，297页，北京，中国戏剧出版社，1959。

② （明）沈德符：《万历野获编》，中册，卷二十五，648页，北京，中华书局，1959。

东洋海深思渴'，则全不成语。此真务多之病。"[1]观众对元杂剧作品的这些批评意见，反馈到戏班演员处，促使他们修改剧本，提高演出的质量。李开先、何良俊既是观众又是家庭戏班班主，自己动手修改元杂剧，更体现了元杂剧传受双方的互动作用。

明代戏班演员自身也根据观众的反映修改剧本，改进演出质量。王骥德《曲律》云："（剧）勿太蔓，蔓则局懈，而优人多删削。"[2] 说明剧本如太冗长，戏班见演出效果不佳——"局懈"，便会删削剧本的多余之处，以利提高观众的观赏兴趣。这种删削，应当也包括元杂剧。

明代的出版者也批判吸收观众和读者的意见，通过精选修订，出版元杂剧的文本。臧晋叔《元曲选序》云："何元朗评施君美《幽闺》远出《琵琶》上，而王元美目为好奇之过。夫《幽闺》大半已杂赝本，不知元朗能辨此否。……予家藏杂剧多秘本，顷过黄从刘延伯借得二百种，云录之御戏监，与今坊本不同。因为参伍校订，摘其佳者若干，以甲乙厘成十集，藏之名山而传之通邑大都，必有赏音者如元朗氏者。"[3] 臧晋叔因为何元朗欣赏的南戏《幽闺记》"大半已杂赝本"，决心收集各种元杂剧的版本加以校订，出版一种较好的元杂剧的本子，读者的误读促成了《元曲选》这部精品的诞生。

另外，明代文人编纂的曲谱也保留了许多元杂剧的佚文和唱法，赵景深先生据明代曲谱《太和正音谱》、《北词广正谱》、《盛世新声》、《词林摘艳》、《雍熙乐府》等共辑得元人残本杂

---

① （明）何良俊：《曲论》，见中国戏曲研究院编：《中国古典戏曲论著集成》，册四，8页，北京，中国戏剧出版社，1959。

② （明）王骥德：《论剧戏第三十》，见《曲律》，见中国戏曲研究院编：《中国古典戏曲论著集成》，册四，137页，北京，中国戏剧出版社，1959。

③ （明）臧晋叔：《元曲选序》，见《元曲选》第一册，3页，北京，中华书局，1958。

剧 45 种。[①] 明代曲家们将元杂剧曲词的唱法编入曲谱，使演员的演唱有法可依，这是曲家和演员的互动。

其次，元杂剧在明代的文本传播和口头传播体现了一个旧剧种在新时代的传播方式的转化。元杂剧在明代的双向环形传播，虽然有出版者、演员、观众三方面的参加，但因为出版元杂剧的兴盛与演出元杂剧的衰落，这种双向环形传播是不平衡的，元杂剧在明代传播的最终结果是给后人留下了许多元杂剧的版本，留下了关于明人评说元杂剧的论著，而其口头传播却逐渐衰落。元杂剧在后代的口头传播虽然逐渐衰落，但却仍在延续，它的许多唱腔保留在各种地方戏中，如山西上党地区乐户流传下来的牌曲就有《北石榴花》、《节节高》、《金盏儿》、《哭皇天》、《哪吒令》、《青天歌》、《山坡羊》、《小桃红》、《一枝花》等元曲牌曲[②]，昆曲也保留了许多元杂剧的唱腔。[③] 这说明，元杂剧作为一种文学与艺术兼备的体裁，它的传播方式与信息在一定的环境、条件下转化，当它在舞台上逐渐淡出时，却在文坛上被关注、被研究，主要以文本的形式继续流传。

综上所述，从元杂剧在明代的文本传播和口头传播的情况，我们可以了解明人对元杂剧的接受史。统治阶级的压制不能遏止元杂剧在明代的继续传播，而新兴剧种的兴盛却使元杂剧的口头传播逐渐衰落，但它却以兴盛的文本传播得以继续流传，并从舞台走向案头，进入研究者的视野。

另外，从我们以上的考察，元杂剧在明代的文本传播既有雅文学的特点，也有俗文学的特点，但以雅为主；明代文本虽经后

---

① 赵景深：《元人杂剧钩沉》，上海，上海古典文学出版社，1956。

② 寒声主编：《上党傩文化与祭祀戏剧》，111 页，“元代以前曲名”，北京，中国戏剧出版社，1999。

③ 武俊达：《戏曲音乐概论》，第二节“昆剧曲牌音乐和语言”，209 页，北京，文化艺术出版社，1999。

人修改但数量较丰富而完整，仍然是我们今天研究元杂剧的主要文本。元杂剧在明代的口头传播既有俗文学的特点，也有雅文学的特点，但以俗为主。两种传播方式又形成双向环形传播。我们在研究元杂剧时，既要借鉴明代文本，又要注意这文雅的文本并非是原始状态的元杂剧，我们需要更多地注意元杂剧与通俗文化的关系。

第二章　审美篇——元杂剧的审美趣味和元代各民族文化的融合

元杂剧与元代民俗文化的关系，很重要的一点，就是体现在元代社会独特的审美趣味上。元代是由蒙古族统治的多民族大融合的社会，与元以前以汉族为统治民族的社会不同，其审美趣味异于唐宋时期；另外，元杂剧作家多为平民，其审美趣味也异于传统的士大夫作家。元杂剧的审美趣味集中体现了元代俗文化的深层文化心理，是汉族下层人民和以蒙古族为主的少数民族人民的审美趣味的有机结合，以酣畅、本色、拙野为主要的审美特征。下面，从三方面进行具体分析。

第一节　元杂剧的酣畅美和元代少数民族史诗

一

元杂剧获得与唐诗、宋词并称的美誉，魅力何在？王国维在《宋元戏曲考》中归之为："自然而已矣"，"有意境而已矣"。愚意以为，"自然"确乎为元杂剧的特色之一，"而已"则未免绝对了些。元杂剧的魅力是多方面的，酣畅、阳刚亦为元杂剧之特色，非仅为"自然而已矣"。"自然"较多体现了元杂剧对传统文学中"意境美"的继承，而酣畅则体现元杂剧对传统审美观的反叛与创新。换句话说，元杂剧异于唐诗、宋词之美何在？

在酣畅矣。

元杂剧酣畅美的第一个审美特征是抒情上“显而畅”，“舒其郁积不平之气”，具有打动人心的感情力度，此为“情畅”也。吴伟业《北词广正谱序》云：“今之传奇，即古者歌舞之变也。然其感动人心，较昔之歌舞更显而畅矣。盖士之不遇者，郁积其无聊不平之概（慨）于胸中，无所发抒，因借古人之歌呼笑骂，以陶写我之抑郁牢骚，而我之性情，爰借古人之性情，而盘旋于纸上，宛转于当场。……而元人传奇，又其最善者也。”① “显而畅”是指既通俗而又酣畅地抒发剧中人的感情，而这种“歌呼笑骂”，如江河倾泻般的感情宣泄，却是剧作家的“不平之概（慨）”的反映。君不见，《窦娥冤》窦娥临刑前骂天地、斥贪官的唱词：“天地也，做得个怕硬欺软，却原来也这般顺水推船。地也，你不分好歹何为地？天也，你错勘贤愚枉做天！”何等痛快淋漓，吐尽受压迫者胸中的怨气。又不见，《汉宫秋》中汉元帝斥群臣的唱词：“似箭穿着雁口，没个人敢咳嗽。”“少不的满朝中都做了毛延寿。我呵，空掌着文武三千队，中原四百州，只待要割鸿沟。陡恁的千军易得，一将难求。”何等回肠荡气，岂止是汉元帝一人之愤慨，更是作家“借古人之歌呼笑骂”，骂尽天下汉奸，道尽民族屈辱的悲愤。这种文字所产生的美感是一种积储能量的大释放，被压抑感情的大宣泄，从而获得生命的大快酣，从快感转而产生美的魅力。

元杂剧酣畅美的第二个审美特征是“尽而无遗”地“演畅物情”，具有描绘事物的深度和广度，此为“事畅”也。姚华《曲学一勺》云：“惟曲尽而无遗，乃人情之真谛。若论世而尚友，与求之鸿博，不知曲之深切而著明也。”“曲之历世也，亘

① 吴伟业：《北词广正谱序》，转引自蔡毅编著：《中国古典戏曲序跋汇编》，第一册，78页，济南，齐鲁书社，1989。

四五百年，……无非演畅物情，表彰人事。”姚华说戏曲表现人情物态都要“尽而无遗”、“演畅”，形容曲尽，饱满酣畅，这实际上是元杂剧始有之特点。《西厢记》中“闹柬”折写红娘为张生、莺莺传书送简，将本来很简单的情节写得波澜迭起，莺莺内心狂喜而表面假作发怒，张生时而埋怨哭泣时而欣喜若狂，“字字皆击开情窍，刮出情肠”（何壁《西厢记》序），“尽而无遗”地抒写崔、张在挣脱封建枷锁、追求自由爱情过程中的矛盾心理，“人情之真谛”，“演畅物情”，从而具有美的魅力。无名氏《赚蒯通》第四折蒯通历数韩信十大功三大愚，反证韩信是功臣屈杀，其洋洋洒洒的雄辩，也令人击节称赏。孟轲说：“充实之谓美，充实而有光辉之谓大。”（《孟子正义·尽心章句下》）元杂剧那些光彩照人的人物形象、生动饱满的故事情节、精妙细腻的做工、刻画心理细致入微的唱词，就具有这种“充实而有光辉”之美。

元杂剧酣畅美的第三个审美特征是“字畅语俊”，“摹绘神理，殚极才情”，语言绘声绘色，生动逼真，“有如许洒洒洋洋无数文字”（金圣叹《读第六才子书〈西厢记〉法》），此为“字畅”也。周德清云：“关、郑、白、马，一新制作，韵共守自然之音，字能通天下之语，字畅语俊，韵促音调。”（王世贞《曲藻》转引）陈与郊为王骥德《古杂剧》作序云：“夫元之曲以摹绘神理，殚极才情，足抉宇壤之秘。”如何才是“字畅语俊”、“摹绘神理”呢？孟称舜在《古今名剧合选序》中的一段论述可作注解：“迨夫曲之为妙，极古今好丑、贵贱、离合、死生，因事以造形，随物而赋象，……笑则有声，啼则有泪，喜则有神，叹则有气，非作者身处于百物云为之际，而心通乎七情生动之窍，曲则恶能工哉！”即用生动酣畅的语言，“有声”、“有气”地表现人情物态，使观众得到身历其境的真切感受。且看元剧《货郎旦》第四折三姑说唱李春郎一家逃难遇雨的情景：

"【六转】我只见黑黯黯天涯云布，更那堪湿淋淋倾盆骤雨，早是那窄狭狭沟沟堑堑路崎岖，知奔向何方所？犹喜的潇潇洒洒断断续续，出出律律忽忽噜噜阴云开处，我只见霍霍闪闪电光星炷。怎禁那萧萧瑟瑟风，点点滴滴雨，送的来高高下下凹凹凸凸一搭模糊，早做了扑扑簌簌湿湿渌渌疏林人物。倒与他妆就了一幅昏昏惨惨潇湘水墨图。"大量运用通俗的叠字、象声词，有声有色地尽情描绘风雨交加的情景，舞台上虽没有真雨，但观众觉风雨逼人。梅尧臣谓诗要"状难写之景，如在目前"（《六一诗话》转引），元曲亦得之矣，惟其达到的途径不同，诗用含蓄语出之，元杂剧用酣畅语出之。这是中国文学史上一种崭新的语言，王国维《宋元戏曲史·元剧之文章》云："古代文学之形容事物也，率用古语，其用俗语者绝无。又所用之字数亦不甚多。独元曲以许用衬字故，故辄以许多俗语，或以自然之声音形容之。此自古文学上所未有也。""元剧实于新文体中自由使用新语言，在我国文学中，于《楚辞》、《内典》① 外，得此而三。……其写景抒情述事之美，所负于此者，实不少也。"王国维高度评价元剧语言的创新性，这是对的，但他认为元剧语言"新"在"用许多俗语"、"自然而已矣"，则未能道出个中奥秘，陶渊明诗、李清照词何曾不自然、不用俗语？元杂剧语言之新，在于酣畅，大量运用叠字叠句、排比句、象声词等写景抒情，语言精力弥满而通俗自然。此种语言，方能与《楚辞》、《内典》鼎足三立。

二

元杂剧的酣畅美是对传统文学审美观的一个反动。传统中国

---

① 《辞源》，册一，287 页，"内典"条："佛教徒称佛经为内典。"北京，商务印书馆，1979。

文学是以含蓄、简练为美的，“简古”、“简明”、“含蓄”是对诗文常用的赞语。古代以竹简刻字，费时费工，受此传播工具的限制，诗文自然以言简为妥。此外，自《礼记·经解》提出“温柔敦厚，诗教也”以来，诗文都提倡一种温文谦恭、含蓄儒雅的风格，以简练含蓄为贵。钟嵘《诗品》对陶渊明诗的赞语是：“文体省净，殆无长语。”而苏轼则讥讽秦观词《水龙吟》“小楼连苑横空，下窥绣毂雕鞍骤”，为“十三个字，只说得一个人骑马楼前过”（曾慥《高斋诗话》引）。可以说，直至宋代，文坛仍以言简意深为尚，而以言长句复为病。此外，传统文学重视“中和之美”，孔子提出“乐而不淫，哀而不伤”，故诗词都重视吞吐有致，余韵悠长，不将话说尽。而元曲却恰恰犯了传统审美观之忌，一本四折，曲词数十支，洋洋数万言，叙事抒情“显而畅”，“尽而无遗”，完全违反“言简”、“含蓄”、“中和”等传统规矩，但仍然使人观之不厌，读之不倦，何也？这是一种全新的审美观在起作用。人们发现，“言长”不一定等于冗长，语俗不一定等于浅陋，那些如江河倾泻般酣畅抒情的曲词，那些绘声绘色如在目前的景色描绘，令人痛快舒畅，别有一种特别的魅力，不同于传统文学如嚼橄榄，须仔细咀嚼方知甘味，而是如饮甘醴烈酒，畅快淋漓。

酣畅美是俗文学争取读者观众、战胜雅士偏见的重要手段。俗文学面向的是文化水平不高的平民大众，语言浅显，抒情直率。但如一直停留在浅显直率的水平上，就难以适应观众日益提高的欣赏要求，更为雅士们所鄙视；而酣畅叙事抒情，则成了补救浅率的重要手段。元杂剧之酣畅，非简单等同于繁复浅显，而是精心描绘人物的感情世界，充分展示情节以表现人物，浅显中见深刻，繁复中见充沛，从而深化了主题，给观众以充实美的享受。《李卓吾先生读〈西厢记〉类语》云：“读《水浒传》，不知其假；读《西厢记》，不厌其烦。文人从此悟入，思过半矣。”

“尝读短文字，却厌其多；一读《西厢》曲，反反复复，重重叠叠，又嫌其少，何也?”这是因为《西厢记》并非简单地将原来《莺莺传》的故事拉长，而是在更高层次上丰富和充实了故事原本，既“如长河之流，率然之蛇”（方诸生《西厢记》评语），酣畅饱满，又“如花间美人”（朱权《太和正音谱》评语）顾盼多姿，故令雅士俗人一齐俯首。李渔《闲情偶寄·贵显浅》又云：“元人非不深心，而所填之词，皆觉过于浅近，以其深而出之以浅，非借浅而文其不深也。”俗文学有了这种浅中见深、繁中见精的酣畅之美，就能避免粗鄙肤浅，富有艺术魅力。关汉卿的剧作语言质朴而又“曲尽人情”（王国维《宋元戏曲考》评语）、“奔放滉漾”（吴梅《词余讲义》评语），被尊为“元人第一”；明代著名小说《水浒传》、《西游记》等，通俗酣畅，既为市民庄家所喜闻乐见，又为文人雅士们所激赏，都说明了酣畅美对俗文学的重大作用。

酣畅美更是通俗戏剧走向成熟、提高品位的必要条件。中国戏剧发源得很早，不少人认为在先秦已有了戏剧的萌芽，可是为什么直至元代才成熟呢？为什么要经历这样长的孕育过程呢？原因是多方面的。但不可忽视的重要原因之一，就是元以前的戏剧，只有通俗而缺乏酣畅，很难成为成熟的作品。仅以宋杂剧为例，当时戏剧演出已相当兴盛，但多为“大抵全以故事，务在滑稽唱念，应对通遍”（吴自牧《梦粱录》卷二十），为相声式表演或“脱剥杂剧”的武打表演，简单粗糙，连剧本都没有流传下来。而元杂剧则不同，刻画人物浓墨重彩，故事情节丰满曲折，尤其洋洋洒洒的大段唱词将人物的内心感情抒发得十分饱满酣畅。故宋官本杂剧《裴少俊伊州》亡而元杂剧《墙头马上》享盛名，金院本《张生煮海》不存而元杂剧《张生煮海》流传至今，题材相同，命运各殊。更显著的例子是《西厢记》，反封建婚姻主题的作品自《诗经》以来便比比皆是，可是直到《西厢记》之前，没有一部爱情作品能将青年男女挣脱封建枷锁的爱情故事写得如此酣畅透彻，因而此剧成为中国文学史上爱情作品的第一个里程碑。可以说，戏曲是否具有酣畅之美，是其高下、文野之分的标准之一。

三

元杂剧为何会转变传统的审美趣味，由简练含蓄转为酣畅明快呢?

其实，早在唐代、宋代，这种审美趣味的转变已露端倪，只是由于传统文学势力的强大，这种新的审美趣味多局限于宗教文学和民间文学的范畴，在文坛上不占主要地位。唐代佛寺道观为争取信徒而开设的“俗讲”、“变文”、“说经”等说唱文学，就有许多长篇的叙事故事，如著名的《维摩诘经变文》、《目连救母变文》就以通俗畅晓为其特色。被发现于敦煌莫高窟藏经洞的《维摩诘经讲经文》卷末题载：“广政（后蜀孟昶年号）十年八月九日，在西川静真禅院写此第二十卷文书。”可见篇幅之长；同为敦煌宝藏的《大目乾连冥间救母变文》、《目连缘起》和《目连救母》等，成为后世“目连戏”的故事来源，宋代佛教节日多演此类戏剧，孟元老《东京梦华录》卷之八“中元节”云：“构肆乐人，自过七夕，便般‘目连救母’杂剧，直至十五日止。”一个剧能连演数日，可见篇幅之宏伟，故事之曲折动人。不少学者认为，中国唐宋时期的佛教剧本，是印度梵剧随着佛教东渐向中国渗透的结果，如新疆新发现的佛教剧本——回鹘文《弥勒会见记》成书于公元767年，其序章中提到了马鸣等五位古代印度梵文文学的鼻祖和剧作家的名字和古代焉耆翻译大师法来、福授、圣月等;① 尤为重要的是，印度梵剧的渗透使中国的叙事文学改变审美趣味，主要是由简练含蓄转为丰满酣畅。胡适《白话文学史》云：“印度人的幻想文学之输入确有绝大的解放力。试看中古时代的神仙文学如《列仙传》、《神仙传》，何等简单，何等拘谨！从《列仙传》到《西游记》、《封神传》，这里面才是印度的幻想文学的大影响呵。”郑振铎先生也认为：“戏文产生的很早，是受了印度戏曲的影响而产生的。”（《中国俗文学史》）外来的审美趣味开始影响中国文学的进程，但由于唐代文坛的主要体裁为诗文，也由于传统势力的强大，社会总体的审美趣味并未发生根本性的变化。

至宋代，由于城市经济的繁荣，市民队伍的壮大，对俗文学的需求日益增长；而活字印刷术的出现，使书籍可以大量印刷出版，也使文学作品可以更为酣畅地叙事抒情。雅文学的一统天下已被打破，以俗词和话本为标志的俗文学占据了文坛的一席之地。俗词的代表人物是柳永，他的《望海潮》写杭州的繁荣景象，被陈振孙称为“承平气象，形容尽致”（《直斋书录解题》）。李之仪《姑溪词跋》也誉之为：“铺叙展衍，备足无余。”这些评论都透露了这样一个信息：即柳永词不是像晏殊、欧阳修词那样以含蓄精炼见长，而是以“形容尽致”、“备足无余”取胜，虽然既篇幅长又一览无余，违反了传统文学的审美趣味，受到晏殊等“雅士”的侧目，但却因写景抒情的酣畅明快而深受市民大众的欢迎。另一支俗文学的生力军是话本，“瓦舍”说书人用长篇叙说故事，塑造人物浓墨重彩，反复渲染。宋话本《风月相思》写冯琛与云琼的恋爱故事，用了二十多首诗、词叙述他们花前月下互题情诗的绵绵情意；《大唐三藏取经

① 多鲁坤·阚白尔：《〈弥勒会见记〉成书年代新考及剧本形式新探》，见《西域戏剧与戏剧的发生》，18页，乌鲁木齐，新疆人民出版社，1992。

诗话》① 写唐三藏西天取经途中经历的重重苦难，更具有了长篇小说的气势。

至金代，则有诸宫调这支俗文学的劲旅。诸宫调在北宋已经产生，王灼《碧鸡漫志》云："熙、丰、元祐间，……泽州孔三传者，首创诸宫调古传。"但从现存宋诸宫调《张协状元诸宫调》、《刘知远诸宫调》等情况来看，内容和形式都较为简单粗糙，远不是成熟的作品。而金代董解元《西厢记诸宫调》共有193套曲，长达五万余字，抒情叙事形容尽致，被胡元瑞《庄岳委谈》称为："精工巧丽，备极才情"，"当是古今传奇鼻祖，金人一代文献尽此"。金朝与北、南宋同期而异域，为何诸宫调盛于金而非两宋？掌权的女真族的文学趣味影响是重要因素。女真族擅长说唱文学，其古代长篇说唱故事《尼山萨满》刻画一位英雄女萨满（女真族信奉的萨满教的女巫）尼山，用过人的巫术上天入地，锄强扶弱，描写细腻传神，作品长达二万余言。《西厢记诸宫调》叙事写人酣畅精工，女真族说唱文学的影响不容忽视。但是，由于与金对峙的南宋仍为汉族政权，金国的汉族人民，仍保留着北宋的文化传统，文坛的主要体裁仍以诗文为主，而诗多江西诗风，元好问编的《中州集》、房祺的《河汾诸老诗集》等，都"正坐染江西习气，能摆脱者无几人"②。社会总体的审美观亦未发生根本性的变化。

在宋、金俗文学"山雨欲来风满楼"的情势下，元代出现了改变社会总体审美观的决定性因素——蒙古族掌握了中原的政权。大量的西北少数民族如回回、畏吾儿（即今维吾尔）族的

① 《风月相思》、《大唐三藏取经诗话》一般归入"宋元话本"；胡士莹《话本小说概论》（北京，中华书局，1980）经考证定为宋话本，此取后者。

② （清）顾奎光：《金诗选》，卷四，26页，陶玉禾眉批，乾隆十六年（1751）刻本。

成员随蒙古军征战而最后定居中原，元蒙统治者实行民族歧视政策，汉族儒生被抛到了社会的底层，这时，汉族文学根深蒂固的传统审美观被击破，而以蒙古族为首的少数民族的固有文化和审美趣味则占据了文坛的压倒地位，社会总体审美观产生了突变：酣畅明快代替了简练含蓄。中国的汉族少有长篇叙事诗，而少数民族却多有长篇史诗，如蒙古族的《江格尔》长达十万诗行；藏族的《格萨尔王传》的蒙古文本多达十三章，塑造了三千多个艺术形象；柯尔克孜族的《玛纳斯》也长达二十多万诗行，被称为“三大英雄史诗”。这些史诗都是说唱文学，由众多民间艺人世代口耳相传，其篇幅不受印刷工具和个体作家才力的限制，一般都篇幅较长；而在风格上，蕴含着古代北方游牧民族的性格特征，富有雄伟的魄力和奔放的气势。《岭·格萨尔王·霍岭战争》中册写格萨尔王的大臣珠·德·却江外乃亥唱道：

轰呀！轰呀！对着敌人轰！/轰得辽阔天宇似火红。

轰呀！轰呀！对着敌人轰！/轰得广大虚空声隆隆。

轰呀！轰呀！轰轰轰！/对准霍尔军营轰！/保卫格萨尔大好江山，/给我岭尕尔争威留名。/轰它个地角天涯都在摇动，/“勾”、“贞”、“浩”之声震荡苍空。

轰呀！轰呀！轰轰轰！/对准霍尔军营轰！/让万恶的敌人粉身碎骨，/罪魁祸首白帐王无处逃生；/愿我东方花花岭国，/苍松一样万古长青！①

其唱段用反复、夸张的手法，刚健有力的语言，表现战胜敌人的英雄气概，富有酣畅之美。元代蒙古族信奉藏族佛教，尊番僧八思巴为帝师，随着藏族佛教的东渐，藏族英雄史诗《格萨尔王》也传入蒙古族地区，演变改造为蒙古族史诗《格斯尔传》。

---

① 王歌行、左可国、刘宏亮整理：《岭·格萨尔王·霍岭战争》，中册，7页，北京，中国民间文艺出版社，1986。

蒙古族的英雄史诗《江格尔》，在13世纪前已产生，用饱满而明快的笔调写古代英雄江格尔和洪古尔的征战事迹。《江嘎尔（江格尔）》第十一章“西拉·胡鲁库败北记”写英雄洪古尔与敌人胡鲁库的战斗场面：

洪古尔高呼宝木巴的战斗口号，/挥舞着钢枪冲入敌人的中军。/洪古尔跨着铁青马左撞右冲，/好像灰狼冲进羊群，/杀得敌人胆战心惊。……

英雄的洪古尔心中暗想：/在我未进七层地下之前，/在我未去红海受难之前，/我要砍断西拉·胡鲁库的大纛，/我要鞭打西拉·胡鲁库的头颅，/我要揪住他的七十层衣甲拎过马背，/那时江嘎尔的宫殿不知将会怎样，/那时西拉·胡鲁库又不知是什么下场？①

大量采用铺陈、夸张、反复等表现手法，富有酣畅之美。另外，蒙古族等少数民族喜爱并擅长歌舞，往往在节日喜庆、重大集会时举行盛大歌舞演出，不少史诗说唱伴以歌舞表演，已初具戏剧的成分，如哈萨克族史诗《英雄托斯提克》就在节日说唱，需演唱一昼夜。② 元蒙统治者在掌握政权之后，庙堂歌舞就更为豪华排场，《元史》卷七十一“乐队”记载了皇宫元旦庆典时“乐音王队”的盛况：“次四队，男子一人，戴孔雀明王象面具，披金甲，执叉，从者二人，戴毗沙神象面具，红袍，执斧。”“次十队，妇女八人，花髻，服销金桃红衣，摇日月金鞚稍子鼓舞唱同前。”这些乐舞多用演员戴面具扮演鬼神，已初见歌舞戏的形式；而演员阵容多达数百人，反复“舞唱同前”，足见场面

① 色道尔基、梁一孺、赵永铣编译评注：《蒙古族历代文学作品选》，109页，呼和浩特，内蒙古人民出版社，1980。

② 马学良等编：《中国少数民族文学史》，上册，145页，北京，中央民族学院出版社，1992。

之豪华，表演之酣畅。元代回回族诗人萨都剌的《上京杂咏》诗也记载了蒙古贵族喜爱歌舞的状况："一派箫韶起半空，水晶行殿玉屏风。诸王舞蹈千官贺，高捧蒲萄寿两宫。""凉殿参差翡翠光，朱衣华帽宴亲王。红帘高卷香风起，十六天魔舞袖长。"何为"十六天魔舞"？元末明初叶子奇《草木子》云："其俗有十六魔天舞，盖以朱缨盛饰美女十六人，为佛、菩萨相而舞。"另一元诗人袁桷《上京杂咏》诗亦云："沙场调俊鹘，草窟射丰貂。闹舞花频簇，狂歌酒恣浇。"这"闹舞"、"狂歌"亦体现出蒙古族奔放粗犷的民族性格，崇尚阳刚、酣畅的审美倾向。

元代蒙古族及其他北方少数民族的审美趣味影响了整个元代文学，戏曲、散曲、话本等富有酣畅美的俗文学上升为文坛的主要形式，而诗文等富有含蓄美的雅文学则退居次要地位。但是，元代文学的创作主力仍然是汉族作家，历史悠久的汉族文学与刚从奴隶社会脱胎的蒙古族等少数民族文学相比，毕竟有精粗之分；如果没有广大汉族作家的参与，元代文学只能停留在粗糙幼稚的阶段。元代的汉族作家在遭受自身价值和传统审美价值的巨大失落之后，经过艰难的探索，终于在外来文化的冲击和本民族的原来文化结构之间，找到了一个恰当的"契合点"，这就是既为汉族人民所欢迎又为蒙古族等少数民族人民所喜爱的戏剧形式——元杂剧。这种中国戏剧史上崭新的戏剧形式，既保留了唐诗宋词意境优美、文词绮丽的特长，又富有北方少数民族长诗奔放酣畅的优点；既保留了汉代以来汉族的角觝戏、歌舞戏、参军戏、宋杂剧的创作经验，又吸收了少数民族歌舞戏的成就，融合为一种"唱念做打"俱全，集说白、歌舞、武打为一体的戏剧形式，改变了宋金杂剧功能较为单一、内容较为简单的状况。元杂剧的风格特色为自然、酣畅、阳刚，三者都具有西北少数民族崇尚勇武与质朴、激情饱满的特征，而自然美又包含着汉族自庄子以来就崇尚的“返璞归真”的天然美，自《诗经》以来的诗词所包含的意境美，元杂剧那些时而精力弥满时而优美动人的唱词，时而泼辣刚强时而情思缠绵的人物形象，是汉族文学和少数民族文学的结晶。且看《汉宫秋》第三折的名曲【梅花酒】：

呀！俺向这迥野悲凉，草已添黄，兔早迎霜。犬褪得毛苍，人搠起缨枪，马负着行装，车运着糇粮，打猎起围场。他、他、他伤心辞汉主，我、我、我携手上河梁。他部从入穷荒，我銮舆返咸阳。返咸阳，过宫墙；过宫墙，绕回廊；绕回廊，近椒房；近椒房，月昏黄；月昏黄，夜生凉；夜生凉，泣寒螀；泣寒螀，绿纱窗；绿纱窗，不思量……

此曲以深秋郊野景色之凄清烘托汉元帝送别昭君出塞之哀愁，情景交融，被王国维作为“写景之工者”、“有意境”的例证（《宋元戏曲史·元剧之文章》），激赏者多类此。而我认为更具创新意识的是其运用修辞中“顶真续麻”的手法，用反复回旋的句子，生动描绘出汉元帝一步一回头的舞台形象，缠绵而酣畅地抒写出他内心的忧伤，将意境美与酣畅美融合为一体。

此外，如《西厢记·长亭送别》一折中【正宫端正好】“碧云天，黄花地”一曲化用范仲淹《苏幕遮》词句塑造优美动人的意境，而【叨叨令】“见安排着车儿、马儿，不由人熬熬煎煎的气”一曲运用叠词、排比句，酣畅地抒发崔莺莺的离愁别绪，以往论者多注意其语言“选择和融化古代诗词里优美的词句和提炼民间生动活泼的口语，镕铸成自然而华美的曲词”（游国恩等《中国文学史》），而忽视了少数民族文学的审美趣味的影响，仅注意意境美，而忽略了酣畅美，是有所欠缺的。

可以说，没有少数民族酣畅美的审美观的渗入，没有汉族知识分子审美观的改变，就没有元杂剧的丰厚收获；反过来说，如果元代汉族作家没有找到少数民族文学与汉族文学恰当的“契合点”，不能将两种审美观完美结合，兼收两种文学的成就，那么，也就不能使元杂剧如此丰富生动，创造出中国戏剧史上的黄金季节。

四

元杂剧的酣畅美对我国通俗文学的发展具有重要的意义。如果没有这一审美观的重大突破，仍是以言简意深为美，就不可能有长篇的叙事作品，就不可能有元杂剧以及明清戏曲小说的繁荣。我国第一部文人创作的长篇戏剧是元杂剧《西厢记》；我国长篇章回小说的开山之作《三国演义》产生于元末明初，它的作者罗贯中同时又是杂剧作家，从此开始了中国长篇戏剧和长篇小说的新纪元，这一现象发人深省。

其二，元杂剧“情畅”、“事畅”、“语畅”的特色，为后世长篇叙事文学作品提供了塑造丰满人物、敷演动人故事的有效手段，从此中国的戏曲和小说创作才摆脱了简单幼稚，进入成熟和鼎盛的阶段，创造出崔莺莺、曹操、诸葛亮、武松、贾宝玉、林黛玉等一系列既丰满复杂又光彩照人的人物形象；中国剧坛才出现了堪与世界一流悲喜剧媲美的《窦娥冤》、《西厢记》，小说界才出现了成为中华民族骄傲的《红楼梦》等四大名著。

历史的经验说明，每一次外来文学的进入，都会对传统文学带来冲击，但要开拓文坛的新局面，还须在传统文学和外来文学之间找到一个恰当的“契合点”，一种恰当的表现形式，北朝人、金人未能找到，而元人找到了，这就是酣畅美和意境美兼备的元杂剧。

第二节　元杂剧的本色美和元代平民的审美观

元杂剧的自然本色，是最令后世评曲家心仪的。明人臧晋叔认为“大抵元曲妙在不工而工”(《元曲选序》),明人王骥德也认为“曲之始止本色一家,观元剧及《琵琶》、《拜月》二记可见”(《曲律·论家数》)。实际上,元杂剧还有文采焕然的其他风格的作品,但是,最能代表元杂剧总体风格的,是质朴自然的“本色”。关汉卿、石君宝、杨显之、高文秀、康进之、纪君祥等一大批杰出的元杂剧作家被称为“本色派”①,他们的审美观是元代平民审美趣味的反映,体现出元杂剧强烈的俗文学特色。

一、“本色”的由来和发展

“本色”本是宋人用于批评诗词的术语。陈师道《后山诗话》说:“退之以文为诗,子瞻以诗为词,如教坊雷大使之舞,虽极天下之工,要非本色。”② 他将“本色”视为“本然之色”。严羽的《沧浪诗话》亦说:“大抵禅道惟在妙悟,诗道亦在妙悟。……惟悟乃为当行,乃为本色。”并认为:“谢灵运至盛唐诸公,透彻之悟也。”③ 他将风格自然天成的作品视为“妙悟”,亦即“本色”,其“本色”的含义则为“天然之色”。

明代的一些戏曲理论家,把本色的概念引入古典剧论。比较重要的是臧晋叔,他在《元曲选序》中说:“而填词者必须人习其方言,事肖其本色,境无旁溢,语无外假,此则关目紧凑之难。”又说:“曲有名家,有行家,名家者出入乐府,文采烂然,在淹通闳博之士,皆优为之。行家者随所妆演,无不摹拟曲尽,宛若身当其处,而几忘其事之乌有,能使人快者掀髯,愤者扼

---

① (日)青木正儿:《元人杂剧概说》,北京,中国戏剧出版社,1975;王季思:《元人杂剧的本色派和文采派》,载《王季思学术论著自选集》,北京,北京师范学院出版社,1991。

② (清)何文焕辑:《历代诗话》,上册,309页,北京,中华书局,1981。

③ 严羽著:《沧浪诗话校释》,郭绍虞释,12页,北京,人民文学出版社,1983。

腕，悲者掩泣，羡者色飞，是为优孟衣冠，然后可与于此。故称曲上乘首曰当行。”① 臧氏认为戏剧必须“事肖本色”，就是依照事物的本来面貌来创作戏剧，而“习其方言”、“境无旁溢，语无外假”，是说语言要通俗自然，没有雕饰或假借，情境要逼真，归根到底还是为了“事肖本色”，他并把“本色”这一类戏归为一类，其作家演员即为“行家”。

另一明代论曲家徐渭在《西厢记序》中提出戏剧作家应该“贱相色，贵本色”②。认为生活中有本色和相色之分，本色即正身，相色即替身，“贵本色”就是要求戏曲艺术天然而没有雕饰地反映生活的真实。

吕天成《曲品》却又认为：“当行兼论作法，本色只指填词。”“殊不知果属当行，则句调必多本色，果其本色，则境态必是当行。”③元末人顾瑛《制曲十六观》也道：“句法中有字面，若遇中有生硬字用不得，须是深加锻炼，字字敲打得响，歌诵妥溜，方为本色语。”④ 将“本色”局限于戏曲语言的质朴自然。

这些论述虽有出入，各自注意了某个方面，但综合起来，我们就能对戏曲的“本色”尤其是元杂剧的“本色”有一个总体的看法：本色指戏曲艺术真实地反映生活的本来面目，符合戏曲艺术自身的发展规律，包括戏曲语言、戏曲结构、戏曲人物刻画等内容，而在审美观念上以真切、质朴、自然为标准，呈现出自

---

① 臧晋叔：《元曲选》，第一册，4页，北京，中华书局，1958。

② 蔡毅编著：《中国古典戏曲序跋汇编》，第二册，647页，济南，齐鲁书社，1989。

③ 吕天成：《曲品》，见中国戏曲研究院编：《中国古典戏曲论著集成》，册六，211页，北京，中国戏剧出版社，1959。

④ （元）顾瑛：《制曲十六观》，见《丛书集成初编》，第2684册，2页，北京，中华书局，1985。

然纯真的风格特征。

二、元杂剧本色美的审美特征

元杂剧本色美的第一个特点是“以真为美”，真实地反映生活的本来面目，真切地反映人的感情，因而具有动人的艺术魅力。庄子认为：“真者，精诚之至也，不精不诚，不能动人。”(《庄子·渔父》)强调只有真诚自然的感情才是美的。元杂剧本色派的作家真率自然地抒发他们对现实生活的真切感受，塑造出有血有肉、真实可信的人物，无论是关汉卿式的豪放激越，还是郑廷玉式的消极冷峻，都能真实地反映元代社会的现实，极少概念化、粉饰现实之作。这正是庄子“以真为美”的美学思想的积极继承和发扬光大。如关汉卿《鲁斋郎》第二折写小吏张圭被迫送妻给鲁斋郎蹂躏的痛苦心情：

> 【南吕·一枝花】全失了人伦天地心，依仗着恶党凶徒势。活支刺娘儿双拆散，生各札夫妇两分离。从来有日月交蚀，几曾见夫主婚妻招婿。今日个妻嫁人夫做媒，自取些奁房断送陪随，那里也羊酒花红段匹！

描写张圭内心的痛苦、羞愧、愤怒而又无可奈何的复杂心情，非常真切。这种精彩的内心独白，源于作家对生活的细致观察，也得力于他们“以真为美”的审美观念。

元杂剧本色美的第二个特点是以质朴自然为美。关汉卿的剧作“珠玑语唾自然流”①，代表了元杂剧本色派作家的普遍特点，他们用质朴自然的方言俗语，贴切生动地刻画出人物的性格心理，但又不是粗鄙无文，而是有作家的艺术加工，巧妙而不露痕

① (元)钟嗣成等著：《录鬼簿》(外四种)，卷上，贾仲明对关汉卿的吊曲，8页，上海，上海古籍出版社，1978。

迹，与庄子的“大巧若拙”① 的美学思想相似。

如杨显之《潇湘雨》第三折张翠鸾的唱段：

【古水仙子】他他他，忒狠毒，敢敢敢，昧己瞒心将我图。你你你，恶狠狠公吏监束，我我我，软揣揣罪人的苦楚。痛痛痛，嫩皮肤上棍棒数，冷冷冷，铁锁在项上拴住。可可可，干支剌送的人活地狱，屈屈屈，这烦恼待向谁行诉！来来来，你是我的护身符。

几乎纯为浅白的口语，但经过重叠、排比等艺术加工之后，这些看似拙朴无华的语言却变得如泣如诉，绘声绘色地刻画出含冤负屈、悲苦无告的女主人公形象。这正是“大巧若拙”的审美观在语言、人物形象上的体现。

元杂剧本色美的第三个特点，是抒情直率明快，极少隐晦，与传统雅文学的抒情含蓄大相径庭。在关汉卿一类本色派作家的作品里，甚至是大声疾呼、恣意横肆。他们继承了前代俗文学的审美趣味，如关汉卿的杂剧《谢天香》直接引用柳永词《定风波》大胆真率地抒发剧中人之情；石子章的剧作也“疏狂放浪无拘禁，展腹施锦心”②，类似柳永词的疏狂风格。柳永是宋代写俗词的名家，以抒情直率、语词通俗著称，元杂剧的直率与柳词一脉相承，都呈现出一种特殊的美。杨维桢在《沈生乐府序》中说：“肆口而成者，情也。”并称赞贺方回乐府“肆口而成，不待思虑雕琢”、“情至而此”、“妙绝一世”，道出这种特殊的美在于贴近人情，明白易晓，因而具有打动人心的艺术魅力。

---

① 曹础基：《庄子浅注》“胠箧第十”，138页，北京，中华书局，1982。

② （元）钟嗣成等著：《录鬼簿》（外四种），卷上，贾仲明对石子章的吊曲，20页，上海，上海古籍出版社，1978。

三、元杂剧的本色美与元代平民的审美观

元杂剧本色派作家以真切、自然、直率为美，与传统雅文学以中庸、含蓄、文雅为美不同，这主要是平民的审美观在其中起了重要作用。

在元代，大批北方少数民族人民到中原和汉族人民杂居，引起全社会总体审美观的转变。当时蒙古族和其他北方少数民族多以游牧为生，跃马驰骋在北方大草原，具有强悍勇敢、质朴刚健的民族性格，其审美观以自然真率为美，其民歌便呈现出雄健明快、真率自然的风格特征。著名的古代蒙古族史诗《江格尔》第八章写英雄阿拉德尔江格尔与哈尔萨纳拉之初战："于是两位勇猛的英雄，忙从各自的腰带上抽出宝剑，宝剑用精钢做柄，用乌钢做刃。他们右手紧握剑柄，握得手心鲜血淋淋。两位英雄拍马飞奔，举剑直戳对方的心窝。"① 约产生于1240年的《蒙古秘史》也体现出雄健真率的风格，该书卷三写札木合说："祭我认望之纛矣，擂我黑犍牛皮幔，响声咚咚之鼓矣！乘我乌骓快马矣！着我弹韧之衣矣！搦我点钢之枪矣！搭我划桃皮箭矣！欲与合阿惕蔑儿乞惕，进而决战也矣！"② 这些史诗、史书都是以民间艺人的说唱方式而流传的，早已深入蒙古族平民的内心深处，成为蒙古族整体尤其是平民的审美观。随着蒙古族进入中原，建立元朝大帝国，随着各民族的大融合，这种审美观成为元代文化艺术新的审美观的组成部分。

其二，元代文艺创作的主力——知识分子，阶级地位发生了

---

① 黑勒·丁师浩译，浩·巴岱校订：《江格尔》（汉文全译本），第一册，152页，乌鲁木齐，新疆人民出版社，1993。

② 道润梯步新译简注：《蒙古秘史》，66页，呼和浩特，内蒙古人民出版社，1979。

剧变。在元前期取消科举的八十年内，他们大多从过去的统治阶级后备军，变为平民的一员，他们的审美观念、审美趣味必然随之产生巨大的变化。车尔尼雪夫斯基在《生活与美学》中分析俄国农民和贵族不同的审美观时指出，乡下农民心目中的美人，必须体格强壮，面色红润，而上流社会贵族却“为美人的慵倦和苍白所迷惑”。元代的下层文人，或由高层跌落下层的文人，大多喜欢在作品中反映平民的生活，推崇真率自然的风格，其审美观与平民百姓接近。元好问《论诗三十首》道：“慷慨歌谣绝不传，穹庐一曲本天然。”非常欣赏《敕勒歌》的质朴天然的风格；由宋入元的诗人方回在《桐江集》卷一《赵宾诗集序》也道：“古之人，虽闾巷子女风谣之作，亦出于天真之自然。”至于隐逸诗人王冕，更以诗作反映民生疾苦、诗风质朴自然而著称。元杂剧本色派的作家大多落魄潦倒，“偶倡优而不辞”（臧晋叔《元曲选序》），与市井小民为伍，平民的审美观影响着他们的创作，坦率诚挚、真切自然成为他们剧作的普遍风格特色。而元杂剧文采派的作家如马致远、郑光祖，元诗人萨都剌等，都曾入过仕，跻身于统治阶级的行列，他们的作品就保留了较多的封建文人的审美趣味，作品风格多倾向于绮丽文雅。

其三，元代盛行道教，尤其是道教中的全真教，在下层人民中有广泛的影响。全真教始创于南宋王喆，本是世人在宋元之交动乱中避乱存身的产物。元人虞集《道园学古录·非非子幽室志》说：“昔者汴宋之将亡，而道家之说，诡幻益甚，乃有豪杰之士，佯狂说世，志之所存，则求返其真而已，谓之全真。”在金元词中，有大量全真道士的词作，反映出全真教的教义，也体现出道士们对“真趣”、“自然”的美学追求。全真教主丘处机《忍辱仙人》（《渔家傲》）词云：“千古圣贤皆一抛，亘初得得从心起。除此逍遥安稳地。无余理，自然消息恬然美。”① 另一道士王丹桂《上月霄》词亦云：“得真闲，投真趣，傲萍蓬。”②全真教的宗教思想和审美趣味对士人有重要的影响，元代许多士人信奉全真教，或与道士有密切关系，元诗人张雨、杂剧散曲作家马致远都为道教徒，元好问多有与道士唱和的诗篇，虞集多有为道观题跋的散文，在元杂剧的神仙道化剧中，反映全真教内容的，占了绝大部分。全真教如此深入士人之心，其“求返其真”的教义当然会影响士人的审美观，使他们在创作时自觉或不自觉地追求一种“真趣”，一种自然之美。

其四，戏剧文学与其他文学体裁不同，具有票房价值，受到观众欢迎的戏剧才能得到生存和发展。观众的审美趣味在很大程度上决定了作家的审美观。元杂剧本色派作家多生活在元代北方的都市和农村，尤其是都城大都一带，他们又是靠创作来谋生的，不像马致远、郑光祖等作家，做着或做过小官，生活有保障，创作时可以较少考虑观众。关汉卿等职业作家在写戏时，要充分考虑观众的审美趣味，让自己的审美观与观众一致，剧本才能卖座，取得成功。

城乡观众的审美要求，使元杂剧本色派作家必须做到：内容反映城乡人民的思想、生活，情节曲折动人，语言通俗易懂。如在语言方面，元杂剧本色派多用观众喜闻乐见的方言俗语，多用叠词复句，多用象声词，使观众易懂，为之称赏。如杨显之《酷寒亭》第二折运用市井俗语刻画泼妇的形象：

> (正末云)……这妇人生得通草般身躯，灯心样手脚，闲骑蝴蝶傍花枝，被风吹在妆梳阁，蜘蛛网内打筋斗，鹅毛船上邀朋友。海马儿驮行，藕丝儿牵走，有时

① 唐圭璋编：《全金元词》，上册，466页，北京，中华书局，1979。

② 唐圭璋编：《全金元词》，上册，491页，北京，中华书局，1979。

蘸水在秤头秤，定盘星上何曾有。这妇人搽得青处青，紫处紫，白处白，黑处黑，恰便似成精的五色花花鬼。他生得兔儿头，老鼠嘴，打街坊，骂邻里。则你是个腌腌臢臢泼婆娘，少不得瓦罐儿打翻在井水底。

元代观众中有部分是蒙古人和其他北方少数民族成员，元杂剧本色派的剧作也照顾了他们的审美趣味，在剧中时时插入蒙古语，或描写他们的生活习俗，使剧作更易为这些观众所接受和欣赏。如陈以仁《存孝打虎》第二折李克用白：

众义儿家将，……手弹着乐器，有弩杜花迟准备着相持得胜也。安排着筵会，金盏子满斟着赛银打剌苏，胆瓶中插一枝万金千柳，帐房内摆几个描不成画不就娇滴滴酥胸胡女，帐房外三二百鬈黄发乱番官，赛银齐将弩苏门也舍吃。……

“弩杜花迟”为汉语“营盘”之意，“赛银”为“好”之意，“打剌苏”即“酒”，“弩苏门”即“弓箭”，都是蒙古语。[1]而帐房、弓箭、胡女的意象，都构成了沙陀族人的生活画面。

元杂剧以本色为美的审美观念对后世剧坛有积极的影响。明代徐渭的杂剧《四声猿》质朴自然，充满反对束缚、争取人格自由的激情，与元杂剧的审美观一脉相承，汤显祖的“临川四梦”虽然语言绮丽，但因描绘人物心理真切自然，被王骥德认为：“掇拾本色，参错丽语，境往神来，巧凑妙合。”（《曲律》）与元杂剧本色派有神似之处。清末花部的许多地方戏具有浓厚的乡土气息，用方言俗语反映当地人民的生活，也是对元杂剧本色美的继承和发展。

---

① 方龄贵：《元明戏曲中的蒙古语》，上海，汉语大词典出版社，1991。

第三节　元杂剧的“蒜酪味”和“蛤蜊味”

中国古典诗学向来以“味”来评价文学作品风格，将饮食文化的味觉比拟诗词的余韵悠长，因而产生了诗评的“滋味说”。南北朝人钟嵘《诗品序》说：“五言居文词之要，是众作之有滋味者也。”① 认为五言诗是各类诗体中最“有滋味”者；刘勰《文心雕龙·总术》则以甘甜之味比喻诗文的华美：“味之则甘腴。”② 唐人司空图提出好诗要有“其咸酸之外”的“味外之旨”③；宋人欧阳修却以先苦后甜的“橄榄味”喻诗的似拙实厚：“近诗尤古硬，咀嚼苦难嘬，初如食橄榄，真味久愈在。”④

元明人则用“蒜酪味”和“蛤蜊味”来比喻元杂剧的风格。元人钟嗣成《录鬼簿序》说：“今因暇日，缅怀古人，门第卑微，职位不振，高才博艺，俱有可录，……若夫高尚之士，性理之学，余有得罪于圣门者。吾党且啖蛤蜊，别与知味者道。”⑤明人何良俊《曲论》则说：“高则诚才藻富丽，如《琵琶记》‘长空万里’，是一篇好赋，岂词曲能尽之！然既谓之曲，须要有蒜酪，而此曲全无，正如王公大人之席，驼峰、熊掌、肥腯盈前，

---

①（清）何文焕编：《历代诗话》，上册，3页，北京，中华书局，1981。

②（南朝梁）刘勰：《文心雕龙》，转引自北京大学哲学美学教研室编：《中国美学史资料选编》，上册，208页，北京，中华书局，1985。

③（唐）司空图：《与李生论诗书》，转引自北京大学哲学美学教研室编：《中国美学史资料选编》，上册，316页，北京，中华书局，1985。

④（宋）欧阳修：《水谷夜行寄子美圣俞》，见杜维沫、陈新选注：《欧阳修选集》，85页，上海，上海古籍出版社，1986。

⑤（元）钟嗣成等著：《录鬼簿》（外四种），2页，上海，上海古籍出版社，1978。

而无蔬、笋、蚬、蛤，所欠者，风味耳。”①

何、钟两人分别用“蒜酪味”和“蛤蜊味”形容元杂剧，但“蒜酪味”和“蛤蜊味”是怎样的“风味”？两者是否等同？

首先看“蒜酪味”。“蒜酪”指大蒜和乳酪，大蒜的味道是辛辣的，乳酪的味道是香甜浓醇的。李文蔚《蒋神灵应》杂剧第一折说：“擂槌上抹些稀蒜，就马上辣作一堆。”萨都剌《上京即事》诗道：“野草生香乳酪甜。”②这味觉上的辛辣和甜醇，用以比拟元杂剧，就体现为一种泼辣而醇美的艺术风格。元杂剧中有许多性格泼辣的女性。关汉卿《救风尘》第一折赵盼儿唱：“【油葫芦】姻缘簿全凭我共你？谁不待拣个称意的？他每都拣来拣去百千回。待嫁一个老实的，又怕尽世儿难成对；待嫁一个聪俊的，又怕半路里轻抛弃。遮莫向狗溺处藏，遮莫向牛屎里堆，忽地便吃了一个合扑地，那时节睁着眼怨他谁？”在泼辣的声口中道出妓女生涯的辛酸，体现了元杂剧辣而醇的“蒜酪味”。

大蒜和乳酪是中国北方人民尤其是少数民族常用的食品。在元代这个少数民族掌握中原政权的时代，“蒜酪味”尤为时人所熟悉。元人王祯《农书》卷三十《谷谱四·蒜》载：“北方食饼肉不可无此，家有其种多者，收一二顷，以供岁计，今在在种之。”③ 元人熊梦祥《析津志辑佚》中《风俗》载：“都中经纪生活匠人等，每至晌午以蒸饼、烧饼、䭔饼、软糁子饼之类为点心。早晚多便水饭（稀饭）。……菜则生葱、韭蒜、酱、干盐之

① （明）何良俊：《曲论》，见中国戏曲研究院编：《中国古典戏曲论著集成》，册四，11页，北京，中国戏剧出版社，1959。

② （清）顾嗣立：《元诗选》，初集二，1252页，北京，中华书局，1987。

③ （元）王祯：《农书》，卷三十，清刻本。

属。”[①]北宋人王易《燕北录》载契丹妇女生儿子“服酥调杏油”，生女儿则“服黑豆汤调盐”。[②] 宋人洪皓《松漠纪闻》载女真人用乳酪制茶喝：“宴罢，富者瀹建茗留上客数人啜之，或以粗者煎乳酪。”[③] 元人杨允孚《滦京杂咏》写蒙古族的风俗道：“营盘风软净无沙，乳饼羊酥当啜茶。”[④]而元代南方人却不喜“蒜酪”，元杂剧《酷寒亭》中江西人张保就对“大蒜臭韭”、“秃秃茶食”表示厌恶：“小人江西人氏，……遭驱被掳，来到回回马合麻沙宣差衙里。……他家里吃的是大蒜臭韭、水答饼、秃秃茶食，我那里吃的？我江南吃的都是海鲜。”“秃秃茶食”又叫“秃秃麻食”，是一种以“蒜酪”作调料的羊肉面，是元代回回人喜爱的食品，元人忽思慧《饮膳正要》说：“秃秃麻食系手撇面，补中益气。白面六斤，作秃秃麻食，羊肉一脚子，炒焦肉乞马，右件用好肉汤下炒葱调和匀，下蒜酪、香菜末。”[⑤]因此，“蒜酪味”是一种北方风味小吃的味道，它让人想起的是飘散着乳酪香味的蒙古包以及北方嚼着大蒜吃烙饼的“卖浆者流”，从而涌起浓厚的山野气息，北国风情。用之比拟元杂剧，就是富有元代北方地域特色、少数民族特色的文学风格。它雄健、质朴而带有“野性”，与传统文学迥异，故而别有风味。元杂剧中吃蒜酪的多是些粗豪的将军或粗野的小人物。《蒋神灵

---

① （元）熊梦祥著：《析津志辑佚》，207～208页，北京图书馆善本组辑，北京，北京古籍出版社，1983。

② （元）陶宗仪等著：《说郛三种》，册五，2583页，上海，上海古籍出版社影印明刊本，1986。

③ （元）陶宗仪等著：《说郛三种》，册五，2555页，上海，上海古籍出版社影印明刊本，1986。

④ （元）杨允孚：《滦京杂咏》，见《丛书集成初编》，第3180册，1页，北京，中华书局据商务印书馆1935—1937年版重印，1991。

⑤ （元）忽思慧：《饮膳正要》，卷一，38页，景印《四部丛刊》续编本，子部。

应》第一折慕容垂道："谁比我将军快吃食，白米闷饭吃二十碗，硬面烧饼嚓九十，经带阔面轮五碗，卷煎烂蒜夹肉吃。"《裴度还带》第二折粗野和尚则说："阿弥陀佛，南无烂蒜吃羊头。"人物粗豪的语言和性格，对剧作形成雄豪拙野的风格起了重要作用。后人也往往将"蒜酪味"比作北方元曲的风格特色。清人焦循《剧说》道："嘉、隆间，松江何元朗（何良俊字）蓄家僮习唱，一时优伶俱避舍，然所唱俱北词，尚得蒜酪遗风。"①

次看"蛤蜊味"。蛤蜊是汉族人民尤其是东南沿海平民百姓喜食的一种海产品，《本草纲目》卷四十六《介》二《蛤蜊》说："蛤蜊生东南海中，白壳紫唇，大二三寸者，闽浙人以其肉充海错。"宋人孟元老《东京梦华录》卷二《饮食果子》、卷三《马行街铺席》介绍汴京的饭店菜色就有"炒蛤蜊"、"假蛤蜊"、"蛤蜊"② 等名目。蛤蜊个小而味道清纯，以之喻元杂剧，就是指天然轻灵的风格。如元人王举之散曲《【双调】折桂令·赠胡存善》说："问蛤蜊风致何如？秀出乾坤，功在诗书，云叶轻盈，灵华纤腻，人物清癯。采燕赵天然丽语，拾姚卢肘后明珠。"③ 可知元人心目中的"蛤蜊味"就是天然轻灵，不造作，不板滞。乔吉《两世姻缘》第二折玉箫唱道："趁着那游丝儿恰飞过竹坞桃溪，随着这蝴蝶儿又来到月榭风亭。觉来时倚着这翠云十二屏，恍惚似坠露飞萤。多咱是寸肠千万结，只落得长叹两三声。"刻画玉箫相思的心理真切、自然，而笔调又轻灵优美，应属"蛤蜊风致"一类。值得注意的是，这种轻灵天然的笔调多为南方汉族的元杂剧作家所拥有，后期的元杂剧作家尤著

① （清）焦循：《剧说》，见中国戏曲研究院编：《中国古典戏曲论著集成》，册八，89 页，北京，中国戏剧出版社，1960。

② （宋）孟元老等著：《东京梦华录》、《都城纪胜》、《西湖老人繁胜录》、《梦粱录》、《武林旧事》五种合订本，17 页、22 页，北京，中国商业出版社，1982。

③ 隋树森编：《全元散曲》，下册，1321 页，北京，中华书局，1964。

此风。

“蛤蜊味”比之元杂剧，还体现为浓厚的平民文学风格。蛤蜊是平民大众化的食品，宋人吴自牧《梦粱录》卷十六《酒肆》载：“更有酒店兼卖血脏、豆腐羹、熬螺蛳、煎豆腐、蛤蜊肉之属，乃小辈去处。”①用“蛤蜊味”形容文学风格，就与传统雅文学风格有别。元诗等雅文学常写鸡豚鱼虾，但未见写蛤蜊，因为鸡豚鱼虾在传统诗文中往往成为雅士隐居生活的载体；而蛤蜊只入元散曲等俗文学，因为蛤蜊往往代指小民的山野趣味。

蛤蜊的“野味”还包含有思想上的离经叛道，它非关乎封建礼教的理性之学，也非关乎高头讲章的学问，而是反映了平民百姓的喜怒哀乐，富有平民文学通俗自然、贴近人情的特点。因此，钟嗣成《录鬼簿序》所说的“啖蛤蜊”的“吾党”均为“门第卑微，职位不振，高才博艺”之人。他们的剧作不同于“高尚之士，性理之学”，“有得罪于圣门者”，从内容上就异于传统雅文学，如《西厢记》等爱情剧违反封建传统婚姻观，《李逵负荆》等水浒戏歌颂聚众造反的起义军等，都为离经叛道之作。从这个意义上看，“蛤蜊味”又属于元杂剧的整体风格。

最后看评曲家对此二“味”的态度。“蛤蜊味”的提出者钟嗣成是元末人。从《录鬼簿》可知，他虽为大梁（今开封市）人，但后期生活在杭州，他的戏曲界朋友也多为江浙人。因此，“蛤蜊味”是他站在南方汉族人的角度对整个元杂剧做出的评价，包含着他对整个元杂剧的理解，但他又是以南方汉族的元杂剧作品为重心的，故以南方人熟悉的“蛤蜊味”为喻。而“蒜酪味”却是明人何良俊对前代戏曲总体特色的评价，他更重视元杂剧的北方文学特色和少数民族文学特色。从元杂剧中的使用

① （宋）吴自牧：《梦粱录》，卷十六，见《东京梦华录》等五种合订本，131页，北京，中国商业出版社，1982。

频率看，“蒜酪”高于“蛤蜊”，元杂剧中较少“蛤蜊”的描写，可能是其作家多为北方作家之故。因此，“蒜酪味”当更能体现出元杂剧的总体风格。但钟嗣成作为元人研究元杂剧的杰出成就为后人所推崇，他的评价具有权威性，后来的论者往往将“蛤蜊味”和“蒜酪味”相提并论。如何良俊评元曲说：“既谓之曲，须要有蒜酪”，又说宴席如无“蔬笋蚬蛤”，即“欠风味”，就是将两者并提的。

综上所述，用“蒜酪味”和“蛤蜊味”形容元杂剧，是既有区别又有联系的。但两者又互相交融，从整体上反映出元杂剧与雅文学迥异的泼辣粗豪、质朴拙野、通俗自然等风格。

第三章　题材篇——元杂剧的题材和元代的民俗文化

元杂剧的题材多取材于元代的社会生活，为人们所熟知；但以往的论者多关注于政治、经济方面的社会生活，对民俗方面则关注较少。实际上，元杂剧的题材与元代的节日习俗、祭祀习俗、家庭观念等都有密切关系，真实反映了元代下层人民的生活习俗，其内容被许多元史研究者所引用。①

第一节　元杂剧的题材和元代的节日文化

元杂剧的题材和元代的节日有着密切的关系，部分杂剧以节日活动和节日的传说人物故事为主要内容，更多的杂剧以节日为背景展开故事情节。据粗略的统计，涉及各种节日的有 38 种之多②，其中有相当部分为应节之作。这些剧作，反映出元代汉族和少数民族的节日风俗，反映出元代节日的娱乐、择偶、娱神等多种功能，为我们进一步了解元杂剧丰富的文化内涵打开了一扇窗户。

---

① 史卫民：《元代社会生活史》，北京，中国社会科学出版社，1996；（德）傅海波、（英）崔瑞德编：《剑桥中国辽西夏金元史》，史卫民等译，中国社会科学出版社，1998；均录元杂剧有关元人习俗的材料。

② 见臧晋叔编：《元曲选》；隋树森编：《元曲选外编》；赵琦美辑：《脉望馆钞校本古今杂剧》。

节日文化有很强的连续性，无论怎样改朝换代，人们总是一如既往地过年过节；当然，节日文化也会随着民族文化的发展变化而改变，但其传统文化的内涵却依然长久保存。元代汉族的节日风俗多承两宋，南宋孟元老的《东京梦华录》、吴自牧的《梦粱录》、周密的《武林旧事》等都详细记载了北宋、南宋关于元宵、清明、中秋等节日的文化活动，元代熊梦祥的《析津志辑佚》对元代节日的记载与宋人笔记所载近似，并描绘了元代少数民族接受汉俗的状况，显示出各民族文化交融的特色。

元代的节日文化深深影响了元杂剧作家的题材选择，元杂剧多爱情剧、武打剧、宗教剧，与此有很大关系。

一、元杂剧的爱情剧和元代的节日择偶习俗

（一）元杂剧以节日为背景的爱情剧

元杂剧的爱情剧与元代节日关系密切，故事发生的背景多在元宵、上巳、清明、七夕、中秋等节日，多写男女青年自由恋爱的故事。下面择其要者以述之。

1．元宵节。

又称上元节。原为佛教节日，汉明帝时，佛法初东渐，僧人摩腾竺法兰与道士比赛法力而胜之，明帝敕于上元（正月十五）点灯以表佛法大明（见《法本内传》）。后世效之，但宗教色彩渐淡，而成为庆新春的重要节日。汉族传统有看灯、闹社火的习俗，《东京梦华录》卷六介绍了宋代元宵节“望之蜿蜒如双龙飞走”的龙灯盛况，还有“奇术异能、歌舞百戏”[①] 的演出。元承宋俗，《析津志辑佚·岁纪》记载了元代大都元宵节的景况：

① （宋）孟元老：《东京梦华录》，卷六“元宵”，见《东京梦华录》与《梦粱录》、《都城纪胜》、《西湖老人繁胜录》、《武林旧事》五种合订本，37 页、38 页，北京，中国商业出版社，1982。

“又于草屋外悬挂琉璃蒲萄灯、奇巧纸灯、谐谑灯与烟火爆仗之属。自朝起鼓方静，如是者至十五、十六日方止。宫中有世皇所穿珍珠垂结灯，殿上有七宝漏灯。……每元会圣节及元宵三夕，于树身悬挂诸色花灯于上，高低照耀，远望若火龙下降。树旁诸市人数，发卖诸般米甜食、馓饼、枣面糕之属，酒肉茶汤无不精备，游人至此忘返。此景莫盛于武宗、仁宗之朝。”① 不但百姓观灯游赏，皇室也张灯结彩，可见蒙古人也接受了元宵节。

曾瑞的杂剧《留鞋记》描写了卖胭脂女子王月英和秀才郭华的爱情故事，他们的约会就在热闹的元宵节。《留鞋记》第二折王月英唱道：“灯轮呵红满街，沸春风管弦一派，趁游人拥出蓬莱，莫不是六鳌海上扶山下，莫不是双凤云中驾辇来，直恁的人马相挨。”梅香又云：“姐姐，你看这般月色，映着一片灯光，宝马香车，往来不绝，果然是好景致也。”与宋词的“宝马雕车香满路，凤箫声动，玉壶光转，一夜鱼龙舞”（辛弃疾《青玉案》词）同一境界。

2. 上巳节。

汉时以阴历三月上旬巳日为“上巳”，“官民皆絜（洁）于东流水上，曰洗濯祓除”（《后汉书·礼仪志》）。魏晋以后为三月三日，到水边嬉游，以消除不祥，谓之“修禊”（王羲之《兰亭集序》）。元代上巳节在三月上旬，因按天干地支计，日期不定，有时在三月三日，有时在三月八日，也有到水边游乐之俗。张可久散曲《【越调】寨儿令·三月三日书所见》云：“牡丹亭畔秋千，蕊珠宫里神仙。三月三日曲水边，一步一朵小金莲。穿，芳径坠花钿。”② 元人杨允孚《滦京杂咏》诗亦云：“脱圈窈窕意如何，罗绮香风漾绿波。信是唐宫行乐处，水边三月丽人

① （元）熊梦祥：《析津志辑佚》，213页，北京，北京古籍出版社，1983。

② 隋树森编：《全元散曲》，上册，786页，北京，中华书局，1964。

多。”自注云：“上巳日，滦京士女竞作绣圈，临水弃之，即修禊之义也。”①

白朴的《墙头马上》、石君宝的《曲江池》、乔吉的《金钱记》都反映了此节的风俗。《墙头马上》第一折裴少俊说：“今日乃三月初八日，上巳节令，洛阳王孙士女，倾城玩赏。”《曲江池》第一折李亚仙说：“今日在曲江池上……时遇三月三日，果然是好景致也呵。”又唱道：“你看那王孙蹴踘，仕女秋千，画屧踏残红杏雨，绛裙拂散绿杨烟。”可知元代上巳节有时在三月三日，有时在三月八日，不但玩水踏青，还打秋千、蹴踘。“蹴踘”是汉族一种踢皮球的体育运动，汉人刘向《别录》云：“蹴踘者，传言黄帝所作，或曰起战国时。”②元人汪云程《蹴踘图谱》对此有详细介绍，“蹴踘”分为“球门式”和“场户”两大类，前者类似今天的足球，后者类似今天的踢毽子，唯踢的是皮球，男女均可。③ 元散曲多有描述女子蹴踘的作品，如萨都剌的《【南吕】一枝花·妓女蹴踘》、邓玉宾的《【仙吕】村里迓古·仕女圆社气球双关》等。在明媚的春光中，少女们打秋千的飘飘衣袂、蹴踘的翩翩倩影，使这个节目充满了诗情画意。元杂剧有不少剧目描写青年男女在这个春意盎然的节日里自由恋爱，如描写李千金与裴少俊约会、私奔的《墙头马上》，李亚仙与郑元和一见钟情的《曲江池》、韩翃开展对柳眉儿的热烈追求的《金钱记》等，都是在此节日中开始了他们动人的爱情故事。

3. 寒食节与清明节。

宋以前两节分别庆祝，寒食节在清明“节前两日”（《梦粱

① （清）顾嗣立：《元诗选》，初集三，1965页，北京，中华书局，1987。

② （汉）刘向：《别录》，（清）陶浚宜辑，稷山馆辑补书。

③ （元）汪云程：《蹴踘图谱》，见《说郛三种》，第八册，上海，上海古籍出版社，1986。

录》卷二），相传起于晋文公悼念被火焚死的介子推，定于此日禁火寒食，晋文公“第二天素服徒步，登山致哀”，因介子推遗诗有“臣在九泉心无愧，勤政清明复清明”之句，“把这一天定为清明节”①。清明节在“冬至后一百五日”（《东京梦华录》卷七），有祭祖、踏青、打秋千、蹴踘等活动。宋词人张先词《木兰花·乙卯吴兴寒食》云：“龙头舴艋吴儿竞，笋柱秋千游女并。”便写出宋代寒食节妇女打秋千的风俗。元代将两节合并，也举行祭祀、郊游等活动，唯寒食节已不“寒食”。《析津志辑佚·岁纪》云：“三月京师寒食早，苑墙柳色摇宫草，太室荐新皇祖考。培街道，元勋衔命歌天保。紫燕游丝穿翠葆，桃花和饭清明到，追远松楸和泪扫。莺花晓，人心莫逐东风老。”《析津志辑佚·风俗》又云：“清明寒食，宫庭于是节最为富丽。起立彩索秋千架，自有戏蹴秋千之服，金绣衣襦，香囊结带，双双对蹴。绮筵杂进，珍馔甲于常筵。中贵之家，其乐不减于宫闼。达官贵人，豪华第宅，悉以此为除祓散怀之乐事。”蒙古贵族也一如汉族过此节。

元杂剧的爱情剧对此节多有描述。关汉卿《诈妮子》第二折丫环燕燕唱：“年例寒食，邻姬每斗来邀会。去年时没人将我拘管收拾，打秋千，闲斗草，直到个昏天黑地。”无名氏《百花亭》第一折书生王焕说：“时遇清明节令，……，只见香车宝马，仕女王孙，蹴踘秋千，管弦鼓乐，好不富贵也呵。”贾仲名《萧淑兰》第一折萧公让云：“今日清明，举家俱往祖茔祭祀。”《诈妮子》写小千户在寒食节春游时邂逅贵家小姐莺莺，移情别恋，抛弃丫环燕燕；《百花亭》写书生王焕清明游百花亭，遇妓女贺怜怜，两相爱慕；《萧淑兰》写少女萧淑兰趁清明家人出外祭祖的机会，主动向家中的教书先生张世英表达爱慕之情，都是发生

① 一苇编：《中国民俗传说》，101页，北京，中国广播电视出版社，1996。

在节日期间。

4. 七夕节。

古代神话，七月七日晚上，牛郎织女在天河鹊桥上相会。因有织女灵巧，成为妇女斗巧的“女孩儿节”；又因有牛郎织女的爱情故事，成为汉族的“情人节”。此节宋代有“种生”（浸谷物发芽）、“乞巧”（对月穿针）、“得巧”（贮蜘蛛结网）等风俗。[①] 元俗与此近似，《析津志辑佚·岁纪》云：“七夕皇朝祠巧夕，化生庭院罗金璧。彩线金针心咫尺，堪怜惜。星前月下遥相忆，钿盒蛛丝觇顺逆，觚棱萤度凉生腋，天巧不如人巧怿。年光掷，长生殿里空尘迹。”“长生殿”指唐明皇与杨贵妃七夕定情的故事，显示出“情人节”的特色。同上书又云：“市中小经纪者，仍以芦苇夹棚，卖摩诃罗巧神泥塑，人物大小不等，买者纷然；官庭宰辅、士庶之家咸作大棚，张挂七夕牵牛织女图，盛陈瓜、果、酒、饼、蔬菜、肉脯，邀请亲眷、小姐、女流，作巧节会，称女孩儿节。”

描述七夕风俗的元杂剧有白朴的《梧桐雨》。[②] 第一折写杨贵妃在七夕节乞巧，并与唐明皇对着牛郎织女星海誓山盟，杨贵妃云：“今日是七月七夕，牛女相会，人间乞巧令节。已曾分付宫娥，排设乞巧筵在长生殿，妾身乞巧一番。”唐明皇则唱道：“龙麝焚金鼎，花萼插银瓶。小小金盆种五生，供养着鹊桥会丹青帧，把一个米来大蜘蛛儿抱定。搀夺尽六宫宠幸，更待怎生般智巧心灵。”此折结末唐明皇又唱：“在天呵做鸳鸯常比并，在地呵，做连理枝生。月澄澄银汉无声，说尽千秋万古情。咱各办

---

① （宋）孟元老：《东京梦华录》，卷八，54页；（宋）周密：《武林旧事》，卷三，48页，合订本，北京，中国商业出版社，1982。

② 此剧虽不属爱情剧，但唐玄宗和杨贵妃的爱情故事是该剧的重要内容，七夕定情为主要情节。

着志诚，你道谁为显证，有今夜度天河相见女牛星。”曲中描述的种生、乞巧、得巧以及挂牛郎织女像供奉的习俗与《析津志辑佚》所载何其相似。此折结末李杨二人对着牛郎织女星誓盟，也是元人所熟悉的七夕风情。

5．中秋节。

中秋节是汉族的重要节日，有合家团聚、设宴赏月之俗，元代汉族延续之。元无名氏散曲《【中吕】迎仙客·十二月》中《八月》云：“风露清，月华明，明月万家欢笑声。洗金觥，拂玉筝，月也多情，唤起南楼兴。”① 而元蒙古皇室每年四月赴上京避暑，秋末方回，在上京过中秋节，也登楼设宴赏月，如元顺帝“每于中秋于此阁（上京穆清阁）燕赏乐，如环佩隐隐然在九霄之上”（《析津志辑佚·岁纪》）。

吴昌龄的杂剧《张天师断风花雪月》写书生陈世英与月中桂花仙子在中秋节的恋爱故事；李好古的《张生煮海》写龙女琼莲约张生中秋节在海边相会；无名氏的《云窗梦》写歌妓郑月莲中秋对月伤怀，梦中与书生张均卿团聚，都涉及中秋节。

（二）元代节日的择偶风俗

汉族传统的封建婚姻和元代的正统婚姻都采用“父母之命、媒妁之言”的方式而缔结，元代的法律还规定结婚需有婚书、媒人、聘礼，并规定不同等级的人的聘礼数目及婚书写法，自由择偶被视为非法。② 但是，元杂剧的爱情剧却少写父母包办的正统婚姻，而多以节日为背景敷演自由恋爱的故事，何也？这恐怕不能仅从政治、思想、法律等方面去寻找原因，还要从民俗方面去寻找原因。

---

① 隋树森编：《全元散曲》，下册，1684 页，北京，中华书局，1964。

② 《大元圣政国朝典章》（《元典章》），上册卷十八“户部卷之四·婚姻”，657～660 页，北京，中国广播电视出版社，1998。

元杂剧的爱情剧多以节日为背景敷演爱情故事，显示了节日的择偶功能。《金钱记》第一折王府尹说："今奉圣人的命，明日三月初三，但是在京城里外官员、市户军民、百姓人家，或妻或妾或女，都要赴九龙池赏杨家一捻红。"书生韩飞卿听说后，急忙赶往美女如云的九龙池，找到了意中人柳眉儿。他如《玉壶春》的歌妓李素兰与书生李唐斌在清明节踏青时相识相恋，《百花亭》的贺怜怜与王焕在清明游陈家园百花亭一见钟情等，都是在欢乐的节日中自由择偶的。

汉族古代的一些节日，本来就具有自由择偶的功能。《周礼·地官·婚氏》说："中春之月，令会男女，于是时也，奔者不禁。"唐代书生崔护在清明节与桃花树下的少女恋爱，留下了"人面桃花相映红"的诗句①，成为千古美谈。自汉代独尊儒学，至宋代程朱理学盛行，自由择偶变为"淫奔"之举。但节日文化有一定的延续性，人们对于在节日中恋爱的青年人似乎格外宽容，即使在理学禁锢森严的宋代，情侣们也可在元宵节"月上柳梢头，人约黄昏后"（欧阳修《生查子》词）。至于中国古代少数民族就更多节日择偶的风俗了，辽代契丹族、金代女真族都有在正月十六日"纵偷"之俗，南宋洪皓《松漠纪闻》云："金国治盗甚严，……唯正月十六日则纵偷一日以为戏，妻女宝货车马为人所窃，皆不加刑。""亦有先与室女私约，至期而窃去者，女愿留则听之。自契丹以来皆然，今燕亦如此。"②另一南宋人文惟简的《虏廷事实》也有类似的记载："虏中每至正月十六夜谓之'放偷'，俗以为常，官亦不能禁。其日夜，人家若不畏谨，

① （唐）孟棨：《本事诗》，见丁福保辑：《历代诗话续编》，上册，10页，北京，中华书局，1983。

② （宋）洪皓：《松漠纪闻》，见陶宗仪：《说郛三种》，册五，2556页，上海，上海古籍出版社，1986。

则衣裳、器用、鞍马、车乘之属为人窃去，隔三两日间主人知其所在，则以酒食钱物赎之，方得原物。至有室女随其家出游，或家在僻静处，为男子劫持去，候月余日方告其父母，以财礼聘之。"①这种在节日中窃室女而不责的风俗，是契丹族、女真族节日择偶功能的反映。

元代的节日延续了这种择偶功能，元散曲对此多有记载。如张可久散曲《【中吕】齐天乐过红衫儿·元夜书所见》云：

红妆邂逅花前，眼挫秋波转。相怜，天，愿长夜如年。看鳌山尽意儿留连，俄延。翠袖相扶，朱帘尽卷。妙舞清歌，亸袖垂肩。香尘暗绮罗，小径闲庭院，回步金莲。　半掩芙蓉面，慢捻桃花扇。月团圆，共婵娟，无计相留恋。遇神仙，短因缘，回首蓬莱路远。②

写作者在元宵节与一美人邂逅，彼此一见钟情，是节日择偶风俗的反映。

又如王举之散曲《【双调】折桂令·七夕》：

鹊桥横低蘸银河，鸾帐飞香，凤辇凌波。两意绸缪，一宵恩爱，万古蹉跎。剖犬牙瓜分玉果，吐蛛丝巧在银盒。良夜无多，今夜欢娱，明夜如何？③

写情人在七夕节幽会，其中对鹊桥、乞巧的描写，与白朴的《梧桐雨》写杨贵妃在七夕节与唐明皇对着牛郎织女星誓盟相似。

再如无名氏《【商调】梧叶儿·十二月·正月》：

年时节，元夜时，云鬓插小桃枝。今年早，不见

① （宋）文惟简：《虏廷事实》，见陶宗仪：《说郛三种》，册五，2563页，上海，上海古籍出版社，1986。

② 隋树森编：《全元散曲》，上册，829页，北京，中华书局，1964。

③ 隋树森编：《全元散曲》，下册，1322页，北京，中华书局，1964。

你，泪珠儿，滴满了春衫袖儿。①

写情人在元宵节约会，与曾瑞的杂剧《留鞋记》描写王月英和郭华在热闹的元宵节约会近似。

在元词中也有节日自由择偶风俗的反映。如张翥词《多丽》（清明上巳，同日会饮西湖寿乐园）：

凤凰箫，新声远度兰桡。漾东风、湖光十里，参差绿港红桥。暖云蘸、郁金衫色，晴烟抹、翡翠裙腰。罨画名园，闹红芳榭，蒲葵亭畔彩绳摇。满鸳甃、落英堪藉，犹作殢人娇。渍罗袂、莫揉痕退，生怕香销。

忆当年、尊前扇底，多情冶叶倡条。浴兰女、隔花偷盼，修禊客、临水相招。旧约寻欢，新声换谱，三生梦里可怜宵。从留得、楝花寒在，啼鴂已无聊。江南恨、越王台下，几度回潮。②

词中描绘了上巳节杭州西湖游人如织的热闹情景，回忆作者与歌女在往年上巳节“偷盼”和“相招”的恋爱往事，不胜感慨。其男女青年眉目传情的描写，与白朴的《墙头马上》、石君宝的《曲江池》、乔吉的《金钱记》的描写近似。

又如张玉娘词《汉宫春》（元夕用京仲远韵）：

玉兔光回，看琼流河汉，冷浸楼台。正是歌传花市，云静天街。兰煤沈水，澈金莲、影晕香埃。绝胜□，三千绰约，共将月下归来。　　多管是春风有意，把一年好景，先与安排。何人轻驰宝马，烂醉金罍。衣裳雅澹，拥神仙、花外徘徊。独怪我、绣罗帘锁，年年憔悴裙钗。③

① 隋树森编：《全元散曲》，下册，1724页，北京，中华书局，1964。
② 唐圭璋编：《全金元词》，下册，998页，北京，中华书局，1979。
③ 唐圭璋编：《全金元词》，下册，873页，北京，中华书局，1979。

张玉娘曾与表兄沈佺恋爱，因家长反对，好梦难成。后沈佺因病去世。[①] 此词写她在元宵节遇上了一个“轻驰宝马”、“衣裳雅澹”的男子，可惜他已拥如仙美眷，自己只好独自憔悴了。在悲哀之中透露出对爱情婚姻的渴求。

在元代笔记小说中也有节日自由择偶的故事。宋末元初人周密《癸辛杂识续集》云：

> 南丹州男女之未婚嫁者，于每岁七月聚于州主之厅，铺大毯于地，女衣青花大袖，用青绢盖头，手执小青盖；男子拥髻，皂衣皂帽，各分朋而立；既而左右队长各以男女一人推仆于毯，男女相抱持，以口相呵，谓之听气；合者即为正偶，或不合，则别择一人配之。盖必如是而后成婚，否则论以奸罪也。[②]

记载了宋元时南丹州（在今广西省西北部）的壮族于每年七月青年男女通过“听气”自由择偶的特殊风俗，而且还有州长主持的仪式，说明元代的少数民族节日择偶风俗不但盛行，并被官方所允许或提倡。

明初人李昌祺的笔记小说《秋千会记》则记载了元代蒙古族青年节日择偶的故事：

> 元大德二年戊戌，孛罗以故相齐国公子拜宣徽院使，奄都剌为佥判，东平王荣甫为经历，三家联住海子桥西。……每年春，宣徽诸妹、诸女，邀院判、经历宅眷，于园中设秋千之戏，盛陈饮宴，欢笑竟日。各家亦隔一日设馔。自二月末至清明后方罢，谓之秋千会。适枢密同佥帖木尔不花子拜住过园外，闻笑声，于马上欠身望之，正见秋千竟蹴，欢哄方浓，潜于柳阴中窥之，

---

① 张玉娘生平见《四库全书总目·别集类存目二·兰雪集》。

② （宋）周密：《癸辛杂识续集》，见《四库全书》，第1040册，92页。

> 睹诸女皆绝色，遂久不去，为阍者所觉，走报宣徽，索之，亡矣。拜住归，具白于母。母解意，乃遣媒于宣徽家求亲。宣徽曰："得非窥墙儿乎？吾正择婿，可遣来一观，若果佳，则当许也。"媒归报，同佥饰拜住以往。宣徽见其美少年，心稍喜，但未知其才学，试之曰："尔喜观秋千，以此为题，《菩萨蛮》为调，赋南词一阕，能乎？"拜住挥笔，以国字写之曰：……宣徽喜曰："得婿矣！"遂面许第三夫人女速哥失里为姻，且招夫人，并呼女出，与拜住相见。……①

此文描写清明节前后宣徽家诸女打秋千，是《析津志辑佚·风俗》所载元代皇室寒食节、清明节妇女打秋千风俗的反映；而蒙古族青年拜住在此节日邂逅少女速哥失里，遣媒求亲，成就一桩美好姻缘，也是元人节日求偶习俗的体现。文中描写拜住于园外马上觅得佳偶，与元杂剧《墙头马上》的裴少俊于墙头马上抱得美人归相似，可见元杂剧的节日求偶故事是元人风俗的真实写照。

直至今天，江苏娄东地区二月十二日的花神会、江苏宜兴地区三月初一的双蝶节等，都是汉族青年自由择偶的民间节日。至于少数民族的许多节日，则一直保留着择偶功能，如侗族、瑶族、苗族、黎族都有在"三月三"男女盛装聚会歌舞、自由择偶的风俗，还有苗族正月十八的芦笙节、彝族二月初八的插花节、湘西苗族在清明节时的挑葱会等，都是青年男女择偶恋爱的节日。②

---

① （明）李昌祺《剪灯余话》，见（明）瞿佑等著：《剪灯新话》（外二种），卷四，266页，中华书局上海编辑所编辑，北京，中华书局，1962。

② 以上现代各族人民节日择偶资料均见雪犁主编：《中华民俗源流集成》（节日岁时卷），兰州，甘肃人民出版社，1994。

这说明，元杂剧的爱情戏反映的既是元人节日择偶的风俗，也是中华民族民情风俗的一个组成部分，具有深厚的文化底蕴。

（三）元杂剧的爱情剧描绘节日择偶的文化内涵

元代各族人民喜欢在节日择偶，首先是青年人平常分散劳动生活，往往在节日中才有相聚的机会，而汉族青年还要受封建礼教的约束，只有在节日中才能得到一定程度的自由，因而节日择偶的成功率较高。但更重要的是，青年男女盛装赴会，在欢乐轻松的节日气氛中，自由地寻觅自己的意中人，比"父母之命、媒妁之言"的死板择偶方式，更浪漫温馨，更富于爱情婚姻的文化和美学意味。马林诺夫斯基《两性社会学》说：

> 但文化对于性的冲动并不只是消极的影响。每个地方社会都是求爱和爱情等引诱物同着禁令和隔绝等制度并行存在的。许多宴会的节令以及跳舞和个人炫示的时候，……通常的限制，多到这等时候就被解放，少男少女可以自由会见。实际，这等节候是大自然界促人求爱的；所用的手段是刺激物，美术的钻求，兴高采烈的神情。①

道出了人类择偶求爱是生理和心理的混合过程，其中节日文化起了重要作用。节日多有郊游、游戏、宴会等，美丽的、生机勃勃的大自然促使人们求爱；节日的盛装使人们兴高采烈；游戏和宴会成为少男少女自由会见的机会；这一切都使人感到美好、浪漫而愉悦。因此，节日择偶的故事为宋元以来的戏曲小说所津津乐道，而明人还视描写封建伦理道德（包括封建婚姻）的剧

① （俄）马林诺夫斯基：《两性社会学》，李安宅译，第四编第三章，184页，北京，中国民间文艺出版社，1986。

作为“措大书袋子语，陈腐臭烂，令人呕秽”①。元杂剧的爱情剧大多描绘的是浪漫的“节日择偶”婚姻，《留鞋记》的王月英私约郭华在元宵节于佛门净地相国寺相会；《墙头马上》的李千金在上巳节跟随裴少俊私奔，都完全违反了传统的封建婚姻和元代正统婚姻的规矩，但无论作者还是观众都对此大为赞赏。以往论者多认为这些剧作反映元代反封建的民主思想的高涨，这固然正确，但元代“节日择偶”的文化因素、美学因素却为人们所忽视。实际上，反封建的进步思想和节日择偶的浪漫气息相结合，才使许多元杂剧爱情剧散发出动人的艺术魅力。

其次，元代少数民族的自由择偶习俗对打破汉族青年的封建思想禁锢也起了一定的作用。明初人岷峨山人的《译语》载元代蒙古人的风俗云：“女好踏歌，每月夜，群聚，握手顿足，操胡音为乐；虏中少年，间有驰马挟去野合者。”②女真族还有“拜门”的风俗，男女自由结合，生了孩子，两人才带着茶食美酒等礼物到女家行礼，叫做“拜门”。元代女真族作家李直夫杂剧《虎头牌》第二折金住马唱：“【大拜门】……我也曾吹弹那管弦，快活了万千，可便是大拜门撒敦家的筵宴。”便写了女真族此种风俗。在金、元两代民族大融合的过程中，少数民族与汉族通婚并不罕见，《松漠纪闻》便记载了西北地区的女真族与汉族的通婚：“其（女真人）居秦川时，女未嫁者先与汉人通，有生数子，年近三十始能配其种类。媒妁来议者，父母则曰：‘吾女尝与某人某人昵。’以多为胜，风俗皆然。……今亦有目微深而

① （明）徐复祚：《曲论》评《五伦全备记》、《龙泉记》，见中国戏曲研究院编：《中国古典戏曲论著集成》，册四，236页，北京，中国戏剧出版社，1959。

② （明）岷峨山人：《译语》，见《丛书集成初编》，第3177册，62页，北京，中华书局，1991。

髯不虬者，盖与汉儿通而生也。”①蒙古族、女真族这种自由婚配的风俗自然会影响汉族，因而，节日——这个青年男女可以自由聚会的特殊日子，被汉族青年作为自由恋爱的大好机会，并反映在元杂剧的创作中，也就不奇怪了。

二、元杂剧的武打剧和元代少数民族的节日竞技习俗

（一）描绘元代少数民族节日竞技习俗的元杂剧

女真族、蒙古族初不识汉族节日，“以草青为一岁”（孟珙《蒙鞑备录》），在金、元代，通过与汉族聚居通婚，逐步接受了汉族的文化，包括节日文化。元世祖在至元元年（1264）对官员的假日规定为：“若遇天寿、冬至，各给假二日；元正、寒食，各三日；七月十五日、十月一日、立春、重午、立秋、重九、每旬，各给假一日。”② 但他们也保留了自己民族的节日风俗，如《马可波罗游记》载蒙古人于正月初一过“白节”，《元史·祭祀六·国俗旧礼》载蒙古皇室六月二十四日“洒马奶子”、十二月下旬“射草狗”等，尤其喜爱在节日举行体育竞技活动，如《析津志辑佚》载女真人、蒙古人于端午、重九射柳击球，均体现出元代少数民族重视游牧和崇尚勇武的节日文化特色。

元杂剧有部分的武打剧描绘了元代女真族和蒙古族节日竞技的风俗，如王实甫的《丽春堂》、无名氏的《射柳捶丸》、元明之际无名氏杂剧《立功勋庆赏端阳》等，均反映了女真族、蒙古族在端午节射柳、打马球的习俗。

① （宋）洪皓：《松漠纪闻》，见陶宗仪：《说郛三种》，册五，2551页，上海，上海古籍出版社，1986。

② 黄时鉴点校：《通制条格》卷二十二《给假》，269页，杭州，浙江古籍出版社，1986。

端午节，元杂剧中又称蕤宾节。蕤宾本为古乐十二律之一，位于午，在五月，故又为农历五月的别称。[1] 此节汉族向有吃粽子、挂艾叶、赛龙舟之俗，而元代则在此基础上加上女真族、蒙古族的射柳比武、打马球的习俗。金时，女真族已有端午射柳打球的习俗，文惟简《虏廷事实》说："虏人州军及军前，每遇端午、中九、重九之节，择宽敞之地，多设酒醴牢饩饼饵果实，祭于其所，名曰'拜天'。祭罢，则无贵贱老幼能骑射者，咸得射柳，中者则金帛赏之；不中者则褫衣以辱之。射柳既罢，则张宴饮以为极乐也。"[2] 《金史》也载："金因辽旧俗，以重午、中元、重九日行拜天之礼。……行射柳、击球之戏，亦辽俗也，金因尚之。"[3] 蒙古人继承此俗，《析津志辑佚·风俗》便细致描绘了大都蒙古贵族端午节打马球、射柳的活动："击球者，今（金）之故典，而我朝演武亦自不废。常于五月五日，……先以一马前驰，掷大皮缝软球子于地，群马争骤，各以长藤柄球杖争接之。而球子忽绰在棒上，随马走如电，而球子终不坠地。……马走如飞，然后打入球门中者为胜。……此王者之击球也，其国制如此。""斲柳者于端午日，……诸王行觞为节令筹。前列三军，旗帜森然。武职者咸令斲柳，以柳条去青一尺，插入土中五寸。仍各以手帕系于柳上，自记其仪。有引马者先走，万户引弓随之，乃开弓斲柳。断其白者，则击锣鼓为胜，其赏如前。"唐、宋代也有射柳、打马球的活动，但多为军事演习或体育竞技，非节日风俗。《东京梦华录》卷七载宋代三月时"驾登宝津

[1] 《国语·周下》："四曰蕤宾，所以安靖神人，献酬交酢也。"《注》："五月蕤宾。"又见《礼·月令》："仲夏之月"："其音徵，律中蕤宾。"

[2] （宋）文惟简：《虏廷事实》，见陶宗仪：《说郛三种》，册五，2563 页，上海，上海古籍出版社，1986。

[3] （元）脱脱等撰：《金史》卷三十五志第十六《礼八·拜天》，87 页，上海，上海古籍出版社、上海书店 1986 年版《二十五史》本。

楼诸军呈百戏”：“以柳枝插于地，数骑以划子箭，或弓或弩射之，谓之‘蜡柳枝’。”《宋史》卷一百二十一志第七十四《礼·军礼》载宋代君臣打马球：“打球，本军中戏，……三月，会鞠大明殿。……帝乘马出，教坊大合《凉州曲》。……帝击球，教坊作乐奏鼓。……帝再击之，始命诸王大臣驰马争击。”也非在端午节。至于唐代，也未见端午射柳、打马球的记载。元代端午射柳、打马球的活动，是属于少数民族的节日习俗，体现了女真族、蒙古族擅长骑射的民族特点。

《丽春堂》写金国丞相完颜乐善于蕤宾节与监军李圭在御园比赛射柳；《射柳捶丸》写番王耶律万户率兵侵犯宋土，女真人延寿马大败番兵，而葛监军临阵脱逃，却在庆功会上争功，兵部尚书范仲淹奉旨于蕤宾节在御园中设宴射柳打球，让延寿马和葛监军各施武艺以定军功真假；《立功勋庆赏端阳》写唐都尉柴绍征讨北番吐谷浑得胜回朝，将军李建成、李元吉等不服柴绍之功，约在端午节于御苑比赛射柳捶丸，以角武艺高下。三剧分别写了金代、宋代、唐代的故事，实际上反映的是元代的状况。《丽春堂》写蕤宾节时“文武官员，都到御园中赴射柳会”，其余二剧均写端午节众官到御园射柳、打马球，这正是元代女真族、蒙古族尤其是蒙古皇室的节日习俗。

三剧细致描绘了端午节射柳、打马球的过程，与《析津志辑佚》所载略同。比赛前和比赛时都有乐队伴奏，击鼓助威。《射柳捶丸》第四折延寿马唱道：“锦标就地铺，翠柳阶旁竖。则听的箫韶彩仗摆，更和那鼓吹声喧助。”射柳时骑马弯弓，边跑边射，《丽春堂》第一折乐善唱：“不剌剌引马儿先将箭道通，伸猿臂，揽银鬃，靶内先知箭有功。忽的呵，弓开秋月；扑的呵，箭飞金电。脱的呵，马过似飞熊。”射柳之后的“捶丸”即打马球，《射柳捶丸》第四折延寿马唱：“款款的骤龙驹，轻轻的探身躯，杓棒起月轮孤，彩球落晓星疏。”“呀，我则见过球门一点透明珠，见文武将尽欢娱。”《立功勋庆赏端阳》第四折李道宗也说：“小校，接了弓箭者，将棒来，看我打过球门。马也，跑圆着过去。”[①] 射柳、击球比赛还有裁判，判决胜负与赏罚，《丽春堂》有押宴官徒单克宁：“我奉圣人的命，在此押宴。左右那里，将这圣人赐来的锦袍玉带，若射着的，将这锦袍玉带赏与他，先饮酒；射不着的，则饮酒无赏。”（第一折）《射柳捶丸》由范仲淹判决胜负：“葛监军射柳打球，都在完颜将军之下，那擒那耶律万户的功，端的是完颜将军的了。”（第四折）《立功勋庆赏端阳》是房玄龄定赏罚：“射中柳、打过球门者赐宫花御酒，射不中柳、打不过球门者面涂粉墨。”（第四折）

（二）元杂剧节日体育竞技剧的文化内涵

元杂剧这类描绘节日体育竞技的作品，反映了蒙古族、女真族等少数民族通过节日加强群体团结，尤其是上层统治集团团结的文化心理，体现了节日加强群体凝聚力的功能。《丽春堂》等三剧都写了武将争功，通过比赛定高下，得胜者多为少数民族（如女真人乐善、延寿马），失败一方如李圭监军、葛监军、李建成、李元吉等，本来不服他人军功，出言不逊；通过在快乐热闹的节日里，进行公平的武术比赛，输得心服口服，妒忌、不满等倾斜的心态得到了平衡，而官员们则从分裂达到了团结。《射柳捶丸》第四折葛监军比输后说：“罢罢罢，我也不与他争了，做了他的功罢，俺自先回去也。”《立功勋庆赏端阳》的李建成、李元吉比输后：“无言低首面如烧，将前言罢却”（第四折柴绍唱词）。三剧的结尾都是大设筵宴，犒劳功臣，“俺则待尽良忠开疆展土，辅助着万万年巩固皇图。”（《射柳捶丸》）通过节日

---

① 元杂剧的“捶丸”指打马球。元无名氏：《丸经》（见《说郛三种》第八册，上海，上海古籍出版社，1986）载有“捶丸”的另一种打法，为用棒将球打入地洞，类似今天的高尔夫球。

竞技，达到了加强统治集团的团结、巩固皇朝的目的。

其次，元杂剧这类描绘元代少数民族节日体育竞技的作品，将射柳打球的体育活动改造为舞台身段和舞蹈表演，绘声绘色，生动活泼，动作性强，并吸收了其他应节文娱体育活动的表演技巧，舞台热闹好看，适应了观众在节日中追求热闹快乐的愿望。如南宋孟元老的《东京梦华录》卷八载北宋汴京六月六日崔府君生日的“百戏”表演：

> 自早呈拽百戏，如上竿、趯弄、跳索、相扑、鼓板、小唱、斗鸡、说诨话、杂扮、商谜、合笙、乔筋骨、乔相扑、浪子、杂剧、叫果子、学像生、倬刀、装鬼、砑牌、道术之类，色色有之，至暮呈拽不尽。

周密的《武林旧事》卷三“社会”记载南宋二月八日桐川张王生辰的节日演出：

> 二月八日为桐川张王生辰，震山行宫朝拜极盛，百戏竞集，如绯绿社（杂剧）、齐云社（蹴球）、遏云社（唱赚）、同文社（耍词）、角抵社（相扑）、清音社（清乐）、锦标社（射弩）、锦体社（花绣）、英略社（使棒）……

其中的“倬刀”、“使棒”、“相扑”等武术表演技巧，也为这类剧所兼用。如《射柳捶丸》第四折夹杂有打拳使棒的武术表演：“（部署云）……兀那几个打拳的教手每，上露台来耍一会拳，服侍众位大人每。（众做耍杆子打拳科）”

又如元人周德清散曲《【越调】斗鹌鹑·双陆》云：“四角盘中，三十骑里，多少机关，包藏见识。席上风前，花间树底，起斗刚，各论智。盘样新奇，声清韵美。”① 描绘了元代一种被称为“双陆”的棋类竞技运动，“双陆”的玩法见弋春源《赌博史》：“元代，一些文人、风流子弟喜爱双陆，……双陆盘用毯或

---

① 隋树森编：《全元散曲》，下册，1343 页，北京，中华书局，1964。

榇木精心做成。棋子叫‘马’，多为棒槌形（日本、真腊是圆形马）。全局分左右两方，每方十二路，……即黑白双方各十五马。……玩时，用二枚骰子掷骰行马，……最终以出尽马者为胜。”① “双陆”也见于元杂剧，《丽春堂》杂剧第一折李圭云：“我与四丞相不射箭，和他打双陆。”即在描写射柳的体育竞技活动的同时，还插入“打双陆”的体育活动。

凡此种种，都使元杂剧武打剧的演出更为丰富多彩，也更适合人们在节日中喜欢热闹的欣赏习惯。

三、元杂剧和元代的宗教节日文化

（一）描绘元代宗教节日的元杂剧

元代还有众多的宗教节日，如每年正月十九日的道教节日“燕九节”、二月二十四日佛教节日“游皇城”、三月二十八日东岳帝王生辰、四月八日“浴佛会”、六月六日崔府君生日、七月七日灌口二郎生日、七月十五日中元节、十二月八日腊八节等。② 部分元杂剧以这些节日所祭祀之神及其故事为主要内容，并多在该节演出，显示出娱神和娱人的浓烈色彩，并寄托着元人克服人生厄运和征服自然灾害的理想愿望。

与现存元杂剧关系密切的宗教节日有以下三种：

1. 东岳圣帝诞辰。

东岳圣帝是道教所奉泰山神，宋代大中祥符四年（1011）封为“东岳天齐仁圣大帝”，元世祖至元二十八年（1291）封为

---

① 弋春源：《赌博史》，20页，上海，上海文艺出版社，1995。本书附图11也有“双陆”的图示。

② （明）宋濂等撰：《元史·祭祀六》，北京，中华书局，1976；（元）熊梦祥撰：《析津志辑佚·岁纪》，北京，北京古籍出版社，1983。

“东岳天齐大生仁圣帝”①。传说东岳圣帝主治生死，宋人张君房的《云笈七签》卷七十九《五岳真形图序》说：“东岳泰山君领群神五千九百人，主治死生，百鬼之主帅也。血食庙祀所宗者也。”宋、元时在山东泰山有其寺庙，各郡邑也有东岳帝庙，香火甚盛。吴自牧《梦粱录》卷二云：“三月二十八日，乃东岳天齐仁圣帝诞辰之日，其神掌天下人民之生死，诸郡邑皆有行宫奉香火。”《武林旧事》卷三则载此节有“百戏竞集”的演出，有杂剧、蹴球、相扑等。元沿宋俗过此节，《析津志辑佚·岁纪》云：“（三月）二十八日，乃岳帝王生辰，自二月起，倾城士庶官员、诸色妇人，酬还步拜与烧香者不绝，尤莫盛于是三日。道涂买卖，诸般花果、饼食、酒饭、香纸填塞街道，亦盛会也。”《析津志辑佚·祠庙》又云：“岳庙，南北二京有四处：……廿八日，齐化门内外居民，咸以水流道以迎御香。香自东华门降，遣官函香迎入庙庭，道众乡老甚盛。”“诸般小买卖，花朵小儿戏剧之物，比次填道。妇人女子牵挽孩童，以为赛愿之荣。”均可见元代贵族、平民隆重过此节的盛况。另外，《元典章》卷五十七“刑部卷之十九·诸禁”也记载了此节一种“投醮舍身”的陋习：“禁投醮舍身烧死赛愿：……本道封内有太山东岳，……今士农工商至走卒相扑俳优娼妓之徒，不谙礼体，每至三月，多以祈福赛还口愿。……近为刘信酬愿，将伊三岁痴男，抛投醮纸火池，以至伤残骨肉，灭绝天理。”②

反映此节的元杂剧有无名氏的《焚儿救母》、《独角牛》。《小张屠焚儿救母》写小张屠的母亲生病，久治不愈，小张屠就向“主治死生”的东岳圣帝许愿，如果能治愈母病，就将儿子

---

① 宋封号见《全宋文》卷一百三十四晁迥《天帝仁圣碑铭》，成都，巴蜀书社；元封号见《元史》，卷七十六，《祭祀五》，北京，中华书局，1976。

② 《元典章》，下册，2112页，北京，中国广播电视出版社，1998。

在神诞日奉献给神："俺两口望着东岳爷拜，把三岁喜孙到三月二十八日，将纸马送孩儿焦杯内做一枝人，一了好歹救了母亲的病。"后来母病果愈，小张屠就实践诺言，携子前往东岳庙，在三月二十八日将儿焚死在神像前。后得崔府君派来的急脚鬼将其子与为富不仁的王员外之子换过，方才使张子平安返家。此剧表现出元人对东岳帝"主治死生"的深信不疑，当然也显示出元人"愚孝"的思想，用儿子的性命换取母亲的性命，为了孝敬母亲居然杀害儿子。小张屠焚儿酬神还愿的举动，与《元典章》中"刘信酬愿焚儿"何其相似。另一方面，小张屠与王员外两家携子上东岳庙进香许愿，正是《析津志辑佚》中载元人携孩童赛愿的风俗的反映。《独角牛》则反映了元人在此节打擂台比武娱神的风俗，该剧第三折降香大使说："今日是三月二十八日，乃是东岳天齐大生仁圣帝圣诞之辰，小官奉命降香一遭。端的是人稠物穰，社火喧哗。别的社火都赛过了也，还有这一场社火，乃是那吒社，未曾酌献。"接着写"擂家出身"的独角牛打败了拆拆驴，而貌似瘦弱的刘千又打败了身体魁梧的独角牛，得到了"银碗花红表里段匹"的奖品。剧中描写"打擂"的过程细致具体，是热闹喧哗的武打戏。

2．崔府君生辰。

崔府君名崔子玉，曾在磁州任职，传说能审阳世阴间之事，后世奉为神，于六月六日其诞辰祭祀。但对于崔府君的籍贯、所属时代及生平细节，各种记载有所出入。

《祁州志》① 载："府君姓崔，名子玉，祁鼓城人。父让，无子，祷于北岳，生府君，秀异绝人。及长，应唐贞观七年贤良诏，授潞州长子县令，多异政。县尝有虎伤人，君咒以符而死。

---

① 见（清）陈梦雷等辑：《古今图书集成》，第 49 册，《博物汇编·神异典》，卷三十九，《杂鬼神部》，中华书局、巴蜀书社，1986。

猎者朱赛一夜梦府君服王者服，检阅诸人簿籍，各治以罪。及觉，始知为神人也。既去，邑人立生祠祀之。迁磁州滏阳县令，又迁卫州卫县令，卫有水灾，君设坛治之，水遂下去。其邑亦建生祠焉。一日，君与奕者杨叟奕，见黄衣使执符立厅下，牵白马至。君呼二子曰：'吾将去世。'语毕而逝，时年六十有四。及元宗值禄山乱，梦府君语曰：'毋他适，贼不久灭矣。'贼平，特命建祠阙下，封灵圣护国侯。""武宗会昌年封崔府君为护国威胜公。""肃宗至德年……封崔府君为灵圣护国侯。""真宗加封崔府君为护国西齐王。"

从此记载可见，崔府君为唐贞观年间人，籍贯祁州鼓城，曾任潞州长子县令、磁州滏阳县令、卫州卫县令等，有治虎、治水、治罪、护国等事迹，唐代、宋代都有帝王授予封号。

而明代弘治刻本《磁州志》[①] 卷二《名宧》则载："崔珏，字子玉，唐德宗真（应为贞）元间为滏阳令，擢为蒲（原文不清）州刺史，后葬滏阳，有除虎、祛狐（原文不清）、祷雨治水之功，异政及民，民立庙以祀，称为府君。"同书卷一《坊牌》也载："崔府君庙坊，正德年间立。"

此志说崔府君名珏，字子玉，与《祁州志》载"名子玉"不同，同为唐人，但时代后于前者，"府君"为民间称呼。

宋人吴自牧《梦粱录》卷四《六月》却记载崔府君为东汉人："六月初六日，敕封护国显应兴福普佑真君诞辰，乃磁州崔府君，系东汉人也。"周密《武林旧事》卷三"都人避暑"又载："六月六日，显应观崔府君诞辰，自东都时庙食已盛，是日都人士女，骈集炷香，已而登舟泛湖，为避暑之游。"可知在宋代，崔府君已为道教之神，而六月六日为其诞辰，祭祀甚盛。

元代也有崔府君庙，《析津志辑佚·祠庙》云："崔府君庙，

① 见《天一阁藏明代方志选刊续编》，上海，上海书店据明弘治刻本影印。

在南城南春台坊街东，火巷街南，今玉虚宫道士看守。前朝所建，无碑。”

元代无名氏杂剧《崔府君断冤家债主》便写崔府君的故事。楔子部分，崔府君上场说：“自家晋州人氏，姓崔名子玉。世人但知我满腹文章，是当代一个学者，却不知我秉性忠直，半点无私。以此奉上帝敕旨，屡屡判断阴府之事。果然善有善报，恶有恶报，如同影响，分毫不错，真可畏也。”第二折崔府君又说：“自与兄弟张善友别后，到于京都阙下，一举状元及第，所除磁州福阳县令。”此剧所写的崔府君为晋州人，晋州在元代又称鼓城①，与《祁州志》所载“祁鼓城人”一致，即今河北省晋县。剧又写崔府君在“磁州福阳县”任职，与《祁州志》所载“迁磁州滏阳县令”不同，滏阳在隋唐以后为磁州治，即今河北磁县，而“福阳”却无案可稽，“福阳”当为“滏阳”的音误。剧载崔府君名子玉，则与《祁州志》同。至于崔府君所属的时代，剧中没有介绍。剧的第四折写崔府君的朋友张善友说：“老汉张善友，昨日到俺哥哥崔子玉跟前告状来。……你哥哥不比他人，日断阳间，夜理阴间，还赛过那包待制，你怎么不告去?”可见元人是将崔府君与主持正义的宋代清官包拯等同看待的，剧中还写崔府君入梦阴间，请阎君（阎王）判案，正与其他元杂剧所描述的包公神力相同，与《祁州志》所描述的崔府君法力超凡也近似。

无名氏《小张屠焚儿救母》也有关于崔府君的描写。第三折李能说：“生前曾跟磁州崔相公，相公死后，为神人□□君，取小人做个鬼急脚。今蒙神旨，差送孝子张屠孩儿还家。”小张屠又对妻说：“娘娘那里有个神灵，在生时是包待制，死后为神

① 见《中国历史地图册》第七册《元明时期》第7~8号图，第②竖格第6横格位置，“鼓城”，又称“晋州”，北京，中华地图学社，1975。

速报司是也。”“磁州崔相公”正是如同包公一样能判阳世阴间的崔府君。最后他派急脚鬼将恶人王员外之子代替孝子张屠之子焚死，也显示了“善有善报，恶有恶报，如同影响”(《冤家债主》）的“速报司”的特色。

3．灌口二郎神生日。

宋代在阴历六月二十四日，元代已与七夕节合并，在七月七日。二郎神，世以为水神，但传说记载不一。

清《同治苏州府志》[①] 卷三十七《坛庙祠宇二》载：

> 清源妙道真君庙，在娄门内平江路。皇甫汸《长洲志》：神姓赵名昱，灌州人也。幼从异人学仙。隋大业中，召为嘉州守，曾握剑入江斩蛟。寻隐去，不知所终。后嘉州江水泛滥为害，神显迹平之，星幢羽葆，出入江波间，当时神其事。累封神勇大将军、赤城王。宋真宗时进今封。邑中患疡者，祷之辄应。相传六月二十四日为神生辰，倾城男女奔赴以祈灵贶。

《龙城录》[②] 又载：

> 赵昱，字仲明，与兄冕俱隐青城山，从事道士李珏。隋炀帝知其贤，征召不赴督让。益州太守臧剩强起昱至京师，縻以上爵，不就，乞为蜀嘉州守。时犍为潭中有老蛟，为害日久，截没舟船，蜀江人患之。昱莅政五月，有小吏告昱，会使人往青城山置药，渡江，溺死者没舟航七百艘。昱大怒，率甲士千人及州属男子万人，夹江岸鼓噪，声震天地。昱乃持刀投水，顷，江水

① 见《中国地方志集成》中《同治苏州府志》(二)，江苏古籍出版社、上海书店、巴蜀书社据光绪八年（1882）江苏书局刻本影印。

② 见（清）陈梦雷等辑：《古今图书集成》，第49册，《博物汇编·神异典》，卷三十九，《杂鬼神部》，中华书局、巴蜀书社，1986。

尽赤，石岩半崩，吼声如雷。昱左手执蛟首，右手持刀，奋波而出，州人顶戴，事为神明。隋末隐去，不知所终。后嘉陵涨溢，水势汹然，蜀人思昱，顷之，见昱青雾中，骑白马，从数尊者，见于波面，扬鞭而过。舟人争呼之，遂没。蜀眉山守以闻太宗，封神勇大将军，庙食灌口。岁时民疾病，祷之无不应。

从以上记载可知，灌口二郎姓赵名昱，字仲明，兄弟排行第二，故称二郎。为隋人。任蜀嘉州守时，握剑入江斩蛟平水患，后化为神。唐太宗时封神勇大将军，宋真宗时封清源妙道真君，庙食灌口（今四川省灌县），但全国各地都有其庙宇。

另有一说二郎神为秦蜀君李冰之子，朱熹《朱子语录》："蜀中灌口二郎庙，……当时是李冰因开离堆有功立庙，……乃是他第二儿子。"

第三种说法，小说《西游记》和《封神演义》均称二郎神为杨戬。

宋元人祭祀的灌口二郎多为赵昱。孟元老《东京梦华录》卷八云：

（六月）二十四日州西灌口二郎生日，最为繁盛。庙在万胜门外一里许，敕赐神保观。……天晓，诸司及诸行百姓献送甚多。其社火呈于露台之上，所献之物，动以万数。自早呈拽百戏，如上竿、趯弄、跳索、相扑……之类，色色有之，至暮呈拽不尽。

这个"六月二十四日"生日的灌口二郎，与《苏州府志》载赵昱的生日相同，当非为李冰子或杨戬。《八闽通志》① 又载：

元至正十四年，福宁州大饥，清源妙道真君赵昱化

① （清）陈梦雷等辑：《古今图书集成》，第49册，《博物汇编·神异典》，卷三十九，《杂鬼神部》，中华书局、巴蜀书社，1986。

为商人，由湖广附米舟至指松山，谓舟人曰：“米至是，其直十百。”遂以所执扇畀舟人，乃由小舟登陆，约曰：“明当相迓。”是夕，见梦于乡人曰：“米舟至矣，亟往松山迓之。”明日米舟果至，视舟人所执扇，则庙中旧物也。有司以闻，封灵惠威正博济真君，二十一年乃重建庙宇。

可见，元人祭祀的也是赵昱，唯将祭祀日移至七月七日。《析津志辑佚·岁纪》在“七月皇朝祠巧夕”下云：“都中人民，此日迎二郎神赛愿。”

元末明初的杂剧《二郎神醉射锁魔镜》、《灌口二郎斩健蛟》、《二郎神锁齐天大圣》均敷演二郎神的故事，剧中的二郎神均为嘉州太守，名赵煜（煜、昱可通用）。《二郎神醉射锁魔镜》第一折二郎神云：“吾神姓赵名煜，字从道。幼年曾为嘉州太守。嘉州有冷、源二河，河内有一健蛟，兴风作浪，损害人民。嘉州父老，报知吾神。我亲身仗剑入水，斩其健蛟，左手提健蛟首级，右手仗剑出水，见七人拜降在地，此乃梅山七圣。吾神自斩了健蛟，收了梅山七圣，吾神骑白马白日飞升。灌江人民，就与吾神立庙。奉天符牒玉帝敕，加吾神为灌口二郎之位，清源妙道真君。”《二郎神锁齐天大圣》杂剧第一折二郎神也说：“吾神乃二郎真君是也。俗姓赵名煜。幼从道士李班隐于青城山。至隋炀帝知吾神大贤，封为嘉州太守。郡左有冷、源二河，内有健蛟，春夏为害。吾神持刃入水，斩蛟而出。后弃官学道，白日冲升。加吾神清源妙道真君。”《灌口二郎斩健蛟》剧中二郎神也自称：“姓赵名煜，官拜嘉州太守。”与《苏州府志》、《龙城录》所载的赵昱略同。三剧都有二郎神斩蛟定水患的叙述，以《灌口二郎斩健蛟》一剧描述最为详尽，而《二郎神醉射锁魔镜》还有二郎神与哪吒大战牛魔王等妖魔的情节，《灌口二郎锁齐天大圣》则有二郎神率天兵天将打败齐天大圣及其兄弟通天大圣、耍耍三郎的情节，演员众多，武打场面盛大，剧后还有规定演员服装道具的“穿关”，是当时的内府本。

（二）元杂剧描写宗教节日的文化内涵

现存有关元代宗教节日的元杂剧，全部都是关于道教之神的，反映了元代道教的兴盛；而所祭祀之神除泰山神东岳圣帝外，多为民间传说之“杂神”，由一些为民除害的清官演变而成，往往在正史中没有记载，具有浓烈的民间色彩。

元杂剧有关宗教节日的剧作，极有可能就是在该节日演出、尤其是在庙会上演出的。现存山西省的元代戏曲舞台，就多在庙宇近旁，如山西省临汾市魏村牛王庙、王曲村东岳庙、东羊村东岳庙、永济县董村三郎庙都有元代戏台保存至今①，而“东岳庙”就是祭祀东岳圣帝之庙。山西省洪洞县明应王庙有一幅描绘元杂剧演出的壁画，舞台上的帐幔画一壮士挥剑斩青龙，而明应王为水神，幔上所绘当为二郎神斩蛟。有些庙址的碑上还记载了当时应节演出的盛况，元延祐六年（1319）的《重修明应王殿》之碑载：“每岁三月中旬八日，居民以令节为期，……争以酒肴香纸，聊答神惠。而两渠资助乐艺牲币献礼，相与娱乐数日，极其厌饫，而后顾瞻恋恋犹忘归也。”《牛王庙元时碑记》亦云：“至于清和诞辰，敬诚设供演戏，车马骈集，香篆霭其氤氲，杯盘竞其交错，途歌里咏，伛偻提携，往来而不绝者，至日致祭于此也。”而应节演出的剧作有部分为“内府本”，说明这些剧作除在庙会演出外，也有可能在宫廷中演出。这些应节之作，通过节日的锣鼓弦歌，通过敷演有关神的剧作，“聊答神惠”，娱乐众神。

娱神的最终目的是为了娱人。元杂剧中的平民百姓敬神，往

---

① 笔者曾在1986年10月到以上戏曲文物所在地考察，廖奔《宋元戏曲文物与民俗》亦有载。

往是生活中有无法解决的困难，寄望于法力无边的神道，以求解除痛苦厄运。《焚儿救母》的小张屠敬奉东岳圣帝是为了治母病；《冤家债主》的张善友因为老婆孩子都死了，“可怜见送的俺灭门绝户”，恳求崔府君向阎王求情，以求与死去的亲人相见；《灌口二郎斩健蛟》歌颂威武正直的二郎神，是为了征服水患，使百姓免遭灾祸。《灌口二郎斩健蛟》第一折二郎神唱：“凭着我胆气精神壮，非是我虚言自奖，我替这穷百姓每除灾瘴。”第四折下场诗又道：“健蛟斩首除残害，民安国泰胜汤尧。”这种求神免灾的心理甚至导致百姓去拜祭一些凶神，《灌口二郎斩健蛟》第二折健蛟神说：“吾神乃健蛟神是也。在此嘉州冷源二河内，千百余年，通灵显圣，一郡黎民，与吾升堂立庙，一年四季祭祀吾神。若是虔心志意祭祀的，吾神欢喜呵，风调雨顺，五谷丰登，浪稳舟平，风恬云净；若祭祀的吾神烦恼呵，风雹乱下，损坏船只，五谷难收，人民遭害，掀房揭瓦，士庶不安。”剧作最后以二郎神战胜了健蛟神，表现了百姓期望正义战胜邪恶、人类战胜自然灾害的理想。在庆祝神诞的缭绕香火中，人们观赏着这些描述正直威武之神除魔消灾的戏剧，自然会得到心灵的大慰藉、大快酣。

四、元代节日文化对元杂剧题材风格的影响

元代节日万民聚集，商业繁荣，是各种文艺演出的大好时机。元杂剧戏班多在节日里为皇家和平民作商业演出，这是他们自身生存和发展的需要，也是元杂剧繁荣的需要。《王矮虎大闹东平府》杂剧第三折社头说：“自家东平府在城社头，时逢稔岁，节遇上元，在城内鼓楼下，作一个元宵社会。数日前出了花招告示。俺这社会，端的是有驰名的散乐、善舞的歌工，做几段笑乐院本，搬演些节义戏文。更有那些鱼跃于渊的筋斗，惊眼惊心的百戏。”其中的“院本”、“戏文”泛指在元宵节演戏，应当

也包括元杂剧。《析津志辑佚·岁纪》又载:“(五月)十五日,……仪凤教坊诸乐工戏伎,竭其巧艺呈献,奉悦天颜。”宗教节日的戏剧演出更盛,上文已述。应节演出的特点直接影响了剧作的题材和风格,元杂剧或以与节日有关的神或人的故事作内容,或配合节日的各种功能(如择偶、娱神)选材,因而爱情剧、武打剧以及宗教剧较多;喜庆的气氛和吉祥的话语是这些剧作常用的调料:“从今后一生荣耀,双双的齐眉到老。”(《金钱记》第四折)热闹的开场和大团圆的结尾是大多数剧作的惯例,不少娱神的武打戏自始至终刀枪交加,热闹非常。当然,形成元杂剧选材特点和大团圆结局的还有元人的仕宦婚姻理想、伦理道德观念、宗教信仰等多种原因,但应节演出,适应节日娱乐大众的需要,当是其中的一个重要原因。

其二,元杂剧的应节之作多在大街的“鼓楼”下、庙宇旁的戏台上演出,面向的是在节日中寻求娱乐的平民大众,通俗性、娱乐性是这些剧作共有的特点。但是节日演出除戏剧外还有歌舞、杂技、角抵等其他文艺节目,竞争的对手很多,促进元杂剧的作家、演员努力提高剧作的质量和演出水平。因而元杂剧的应节之作又并非一味简单肤浅地描绘节日的娱乐活动和有关节日的传说,而多以节日为背景,对元代社会作广泛而深入的反映,并注意情节的曲折引人、曲辞的华美流畅、科白的活泼生动等,有浅中见深、寓教于乐的特点。

其三,吸收其他应节文娱体育活动的表演技巧,丰富充实元杂剧的表现力。如《独角牛》第三折刘千唱:“我恰才吐架子左闪来右闪,我踢了个提过脚里臁也那外臁,咀缝上直拳并塌那厮脸,着这厮头完搰,早着拳,打这厮自尊。”配合唱词的身段表演就吸收了“角抵”的武术表演技巧。《射柳捶丸》第四折也夹杂有武术表演,至于《立功勋庆赏端阳》等剧将射柳打球的体育活动改造为舞台身段或舞蹈表演,都使元杂剧的演出更为丰富多彩。

元杂剧对元代各族节日习俗的描绘，反映了元代各族节日文化的融合，并体现了元代节日娱神与娱人、择偶以及加强群体团结等多种功能，具有丰富的文化内涵。元杂剧应节演出促进戏剧繁荣的经验，剧作家和演员对元代节日文化心理的恰当把握，也值得今天的剧坛借鉴。

第二节 元杂剧的鬼魂戏和元代的祭祀习俗

元杂剧有一类题材的剧作，以鬼魂为主要人物，多出现鬼魂托梦、要求实现生前愿望、要求祭奠亡灵的情节，我们称之为“鬼魂戏”。鬼魂戏的出现，和元代的黑暗社会政治有关，也与元人的祭祀习俗有关。

这类鬼魂戏有：关汉卿的《窦娥冤》、《西蜀梦》，武汉臣的《生金阁》，孔文卿的《东窗事犯》，朱凯的《昊天塔》，郑廷玉的《后庭花》，杨梓的《霍光鬼谏》，无名氏的《刘弘嫁婢》、《盆儿鬼》、《神奴儿》、《碧桃花》等。

从祭奠的角度来分类，这类鬼魂戏可分为祭奠神明剧、祭奠亡人剧、祭奠冤魂剧三种。

一、祭奠神明剧

这类鬼魂戏多描写古代著名的历史英雄，剧尾都有祭奠英灵的情节。这些英雄后来都转化为神，被官方和民间立庙祭祀，这些剧作多为在神诞日或其他节日上演的祭神娱神之戏，如关羽戏、岳飞戏等。

比较典型的祭奠神明剧是关汉卿的《双赴梦》和孔文卿的《东窗事犯》。

《双赴梦》第三折写张飞、关羽被杀后，鬼魂赴成都向刘备托梦，要求报仇雪恨，祭奠亡灵：“【三煞】君王索怀痛忧，报了仇也快活。除了刘封，槛车里囚着三个。并无喜况敲金镫，有甚心情和凯歌。若是将贼臣报，君王将咱祭奠，也不用道场锣钹。”“【二煞】……咱可灵位上端然坐，也不用僧人持咒，道士宣科。”“【收尾】也不用香共灯，酒共果。但得那腔子里的热血往空泼，超度了哥哥发奠我。”这个剧的第三、四折都由正末扮演的张飞鬼魂主唱，托梦诉冤，要求祭奠亡灵，很可能是在关公、张飞的庙宇祭祀关、张时上演的剧作。剧中反映了元人祭奠的习俗：道士作道场或僧人念经超度亡灵，有香灯、酒果等祭祀之物。

关羽自宋代以来已被尊奉为神，宋真宗大中祥符年间敕修关圣庙，经过历朝加封，在南宋淳熙年间，关羽已被封为“壮缪显烈忠惠义勇武安英济王”①，被官方和民间广为祭祀。元人也举行盛大的祭祀活动，时有歌舞戏剧演出。《元史》卷七十七《祭祀六》载：“岁正月十五日，宣政院同中书省奏，请先期中书奉旨移文枢密院，八卫拨伞鼓手一百二十人，殿后军甲马五百人，抬舁监坛汉关羽神轿及杂用五百人。……大都路掌供各色金门大社一百二十队，教坊司云和署掌大乐鼓、板杖鼓、筚篥、龙笛、琵琶、筝、纂七色，凡四百人。兴和署掌妓女杂扮队戏一百五十人，祥和署掌杂把戏男女一百五十人，仪凤司掌汉人、回回、河西三色细乐，每色各三队，凡三百二十四人。凡执役者，皆官给铠甲袍服器仗，俱以鲜丽整齐为尚，珠玉金绣，装束奇巧，首尾排列三十余里。都城士女，闾阎聚观。……至十六日罢，谓之游皇城。”这是元代正月“游皇城”的习俗，其中有祭关羽的重要内容，由朝廷出资，场面盛大奢华，其中有“队

① （清）陈梦雷等辑：《古今图书集成》，第49册，《博物汇编·神异典》卷三十七“关圣帝君部”，60218页，中华书局、巴蜀书社，1986。

戏"、"把戏"的演出。元文宗天历年间加号关羽"显灵"①，可见元代官方对关羽的重视。元代百姓也祭祀关羽，多有吊关羽的诗篇。周午《题显烈庙》云："三国鼎峙烈九洲，群飞择木各为谋。帝君天挺万人敌，不事他人只事刘。分虽君臣情骨肉，此岂汉贼所能禄。……嵯峨一塚千余年，长使英雄泪如水。"迺贤《赋汉关帝印》诗也道："志在复汉鼎，古今孰与俦？先主势孤危，恃帝作坚垒。……令人千载下，拂拭空嗟吁。"②官方祭祀关羽，是将其作为助军取胜的战神看待，《古今图书集成》"关圣帝君部纪事"载，元太祖时有个将军名梁琼，"梦有髯将军，披甲执刀，若世之画关帝者，告曰：'梁元帅可无惧，吾护助尔。'言讫乘马而去。琼寤而异之。已而，左右搜索，于空桑中得文书一卷，发而视之，乃关帝像也。持以献琼，琼置于帐中，事之甚虔。由是屡战屡胜，若有神焉。""丁亥年，琼奏凯还乡，建庙岁祀之。"③而民间祭祀关羽，多寄托对汉族政权的思念，从以上诸人诗中"汉鼎"、"汉贼"，可知作者借关羽以呼唤汉族英雄的寄意。当然，民间祭关羽还有祈福之意，《古今图书集成》"关圣帝部纪事"《关帝圣迹图志》就有南宋人向友正梦中得关羽所传药方治愈顽疾的记载。每年阴历五月二十日（一说十三日）是"关圣帝君诞"，至今民间还有庆祝活动，元杂剧中祭祀关羽的鬼魂戏很可能就在神诞日演出。

《东窗事犯》杂剧写岳飞父子被秦桧冤杀，鬼魂向宋高宗托梦，控诉秦桧卖国求荣，祭奠冤魂。该剧第三折岳飞的鬼魂唱：

---

① （清）陈梦雷等辑：《古今图书集成》，第49册，《博物汇编·神异典》卷三十七"关圣帝君部"，60218页，中华书局、巴蜀书社，1986。

② 二诗均见（清）陈梦雷等辑：《古今图书集成》，第49册，60224页，中华书局、巴蜀书社，1986。

③ （清）陈梦雷等辑：《古今图书集成》，第49册，60227页，中华书局、巴蜀书社，1986。

【紫花儿序】三魂儿潇潇洒洒，七魄儿怨怨哀哀，一灵儿荡荡悠悠。俺不是降灾邪祟，俺是出力公侯。你问缘由，我对圣主明言剐骨仇。俺说的并无虚谬，谢上圣将这屈死冤魂，放入这凤阁龙楼。

……

【络丝娘】臣舍性命出气力请粗粮将边庭镇守，秦桧没功劳请俸干吃了堂食御酒。他待将咱宋室江山一笔勾，好金帛和大金家结勾。

【绵答絮】臣趁着悲风淅淅，怨气哀哀，天公不管，地府难收。相伴着野草闲花满地愁。不能够敕赐官封万户侯。想世事悠悠，叹英雄逐水流。

……

【收尾】忠臣难出贼臣彀，陛下宣的文武公卿讲究。用刀斧将秦桧市曹中诛，唤俺这屈死冤魂奠盏酒。

剧作还有秦桧的鬼魂在阴间被地藏王审讯，最后岳飞、岳云、张宪三人上升仙界的情节，岳飞已由人间忠臣变为神明。从剧中对“宋室江山”的眷恋、对“大金家”的仇视、对汉奸秦桧的憎恶可以看到，此剧是有反民族压迫的强烈情绪的。从剧中多鬼魂和祭奠的描写，此剧又可能是在岳飞庙祭奠岳飞时所演之剧。

对岳飞的祭祀在南宋已经开始。周密《武林旧事》卷五载：“岳武穆王飞所葬，其子云亦祔焉。”① 吴自牧《梦粱录》卷十五《古今忠烈孝义贤士墓》：“忠武岳鄂王墓，在栖霞岭下。”②《浙江通志》也载，南宋宋孝宗建岳飞庙：“忠烈庙，庙

① （宋）周密：《武林旧事》（与《东京梦华录》等4种合订本），106页，北京，中国商业出版社，1982。

② （宋）周密：《武林旧事》（与《东京梦华录》等4种合订本），128页，北京，中国商业出版社，1982。

祀宋少保鄂王岳武穆，在杭州府栖霞岭墓侧。初，宋孝宗即故智果院为庙祀，王赐额褒忠。”①

元人续修岳飞的墓与庙，祭祀也绵延不绝。陶宗仪《南村辍耕录》卷三载：

岳武穆王飞墓，在杭栖霞岭下，王之子云祔焉。自国初以来，坟渐倾圮，江州岳氏讳士迪者，于王为六世孙，与宜兴州岳氏通谱，合力起废，庙与寺复完美。……而郑君明德元祐为作疏语曰：“西湖北山褒忠演福禅寺，窃见故宋赠太师武穆岳鄂王，忠孝绝人，功名盖世，方略如霍骠姚，不逢汉武，徒结志于亡家。意气如祖豫州，乃遇晋元，空誓言于击楫。赐墓田栖霞岭下，建祀祠秋水观西。落日鼓钟，长为声冤于草木；空山香火，犹将荐爽于渊泉。岂期破荡子孙，尽坏久长规制。典祊田，堕佛宇，春秋无所烝尝。塞墓道，毁神栖，风雨逐颓庙貌。休留夜啼拱木，踯躅春开断垣。泪落路人，事关世教。盖忠臣烈士，每诏条有致祭之文，岂狂子野僧，挽国典出募缘之疏。望明有司告之台省，冀圣天子锡之珪璋。褒忠义在天之灵，激死生为臣之劝。周武封比干墓，事著遗经；唐宗建白起祠，恩覃异代。”疏成，郡人王华父一力兴建，于是寺与庙又复完美。且杭州路申明浙省，转咨中书，以求褒赠。适赵公子期在礼部，倡议奏闻，降命敕封并如宋，止加“保义”二字。自我元统一函夏以来，名人士多有诗吊之，不下数十百篇。其最脍炙人口者，如叶靖逸先生绍翁云：“万古知心只老天，英雄堪恨亦堪怜。如公少缓须

① （清）陈梦雷等辑：《古今图书集成》，第49册，卷五十，60369页，中华书局、巴蜀书社，1986。

臾死，此虏安能八十年。漠漠凝尘空偃月，堂堂遗像在凌烟。早知埋骨西湖路，悔不鸱夷理钓船。”赵魏公孟頫云：“岳王坟上草离离，秋日荒凉石兽危。南渡君臣轻社稷，中原父老望旌旗。英雄已死嗟何及，天下中分遂不支。莫向西湖歌此曲，水光山色不胜悲。”……①

陶宗仪自己也有吊岳飞诗，中有“黯黯冤魂游狴犴，纷纷雨泪泣貔貅”、“圣世即今崇祀典，伫看宠渥到松楸”之句。②

从陶宗仪的记载来看，元初统治者是不重视对岳飞的祭祀的，因此岳飞的墓和庙才会倾废。但民间对岳飞的祭祀并没有停止，因此才有多次重修之举。后来，元朝皇帝也接受了岳飞，加封“保义”二字，郑明德的《疏》道出了官方祭祀岳飞的目的：“褒忠义在天之灵，激死生为臣之劝。”即借助岳飞的“忠义”来激励臣子效忠元朝。而元代诗人悼念岳飞之诗却另有深意：“如公少缓须臾死，此虏安能八十年”、“英雄已死嗟何及，天下中分遂不支”，以凭吊岳飞寄托对汉族政权灭亡的哀思。这与《东窗事犯》的民族情绪是一致的。无论目的如何，元人祭祀岳飞却是一个事实，这是元杂剧岳飞戏中多鬼魂托梦、祭奠亡灵情节的社会原因。

二、祭奠亡人剧

祭奠亡人剧是描写祭奠死去亲人的元杂剧，多有鬼魂向活着的亲人托梦，诉说生前未遂的愿望，亲人为之实现，最后拜祭亡人的情节，很可能是元人在亲人死后举行祭奠仪式时上演之剧。

朱凯《昊天塔》第一折写杨令公和杨七郎鬼魂向杨六郎托梦，诉说被奸臣所害，战死虎口交牙峪，骨殖被吊在幽州昊天

① （元）陶宗仪：《南村辍耕录》，卷三，40~41页，北京，中华书局，1980。
② （元）陶宗仪：《南村辍耕录》，卷三，42页，北京，中华书局，1980。

塔，被番卒每日轮射，要求报仇雪恨，盗骨归葬。六郎说："父亲，您孩儿那里知道这般冤苦！到来日追斋累七，超度父亲和兄弟也。"第二折写孟良盗杨令公的骨殖匣云："准备着迎魂一首幡，安灵的几朵花。众儿郎都把那麻衣搭，紧拴将亡父驮丧马。哥也，你牢背着亲爷的灰骨匣，孝名儿传天下。"第四折写杨六郎和杨五郎在五台山兴国寺将追赶前来的番将韩延寿杀死，"将韩延寿枭下首级，剜出心肝，在父亲骨殖前，先祭献了。就在这五台山寺里，做七昼夜好事，超度俺父亲和兄弟，早升天界也"。莱国公寇准也说："奉圣人的命，并八大王令旨，直至瓦桥关，迎取已故护国大将军杨继业并杨延嗣骨殖，归葬祖茔。"

剧中反映了元人抗击异族侵略，歌颂忠臣、斥责奸邪的政治思想，同时，也反映了元人祭奠亡人的习俗。元代北方的葬俗，受少数民族葬俗的影响，多为火葬，亲人的骨灰要放在匣子里，称"骨殖匣"。骨殖匣不能流落在外，要放在寺庙中或归葬祖茔。死者出殡后，每隔七日作一次佛事，先后七次，称作"累七"。元人在亲人去世后，常举行盛大的祭祀仪式，常有歌舞戏剧的演出。《元典章》卷三十《礼部卷之三·丧礼》谈到元代的江南葬俗："近年以来，江南尤甚。父母之丧，小殓未毕，茹荤饮酒，略无顾忌。至于送殡，管弦歌舞导引，循柩焚葬之际，张筵排宴，不醉不已。"死者出殡之后，"累七"的祭祀活动也很隆重："及追斋累七，大祥小祥，祭祀之日，遇其迎灵，必须置备酒食，邀请店铺亲朋人等，务以奢靡相尚，遂用百色华丽采段之物，纷然陈列，装锦绣梳洗影楼，金银珍翠坛面，杂以僧道，间以鼓乐，服丧之人随之于后，迎游街市以为荣衔。"①《昊天塔》中孟良盗杨令公骨殖匣归葬祖茔，杨五郎、杨六郎为杨令

① 《大德典章遗文》，见黄时鉴辑点《元代法律资料辑存》，50～51页，杭州，浙江古籍出版社，1988。

公、杨七郎做七昼夜道场，超度亡灵，都是这种葬礼的反映。

元人在埋葬亲人后，还有在初一、十五洒酒饭祭奠亡人之俗。熊梦祥《析津志辑佚》中《风俗》写大都葬俗云：“初一、月半，洒酒饭于黄昏之后。”元杂剧中也描写了此俗。《窦娥冤》第三折窦娥临刑前向蔡婆说：“婆婆，此后遇着冬时年节，月一十五，有瀽不了的浆水饭，瀽半碗儿让我吃，烧不了的纸钱，与窦娥烧一陌儿：则是看你死的孩儿面上。”元杂剧《刘弘嫁婢》写使君之女裴兰孙卖身葬父，到员外刘弘家为婢，刘弘为她父亲“高原选地，破木造棺，建起坟茔”，并将兰孙许配李春郎为妻。兰孙在出嫁前请求刘弘代为祭祀父亲：“则怕到冬年节下，月一十五，瀽不了的浆水，与俺父亲瀽半碗儿，烧不了的纸钱，与俺父亲烧一陌儿。”（第二折）两剧写为亡人“瀽浆水饭”的祭俗与《析津志辑佚》的“洒酒饭”是一致的，初一、十五日的时间也一致，是给死者的鬼魂以吃食，慰藉亡灵。

与《昊天塔》祭奠为国捐躯的亲人不同，《碧桃花》是以人鬼相恋的形式祭奠那些因爱情婚姻不幸而死的亲人。《碧桃花》写潮阳县丞张珪之子张道南，聘知县徐瑞之女碧桃为妻。徐瑞请亲家观赏牡丹，张道南在后花园与碧桃相见，徐瑞夫妇闯来，辱骂碧桃是“辱门败户的小贱人”（楔子），碧桃羞愧而死。张道南在碧桃死后，思念不已，取碧桃花一枝插瓶中，并弹琴悼念碧桃。碧桃阴魂不散，假作邻女与道南相会。她唱道：“为什么我一上青山便化身？端的愁杀人。常只是安排肠断又黄昏，害了个恹渐渐的鬼病儿，积趱下重重叠叠恨，做了个虚飘飘的恶梦儿，捱不出凄凄凉凉运。一会家急急煎煎腹内焦，一会家寻寻思思心内忍。闪的我悲悲切切孤儿寡女无投奔，因此上凄凄惨惨无语暗消魂。”（第一折）她变成鬼魂后还在追求爱情，与道南人鬼相恋，最后借妹玉兰之尸还魂，与道南终成眷属。

这部剧作反映了元代青年男女在封建礼教压迫下婚姻不能自

主的痛苦，通过人鬼相恋，表达了对自由爱情婚姻的渴望；同时，也反映了元代文人祭奠亡人的一种形式。张道南以对碧桃花弹琴的方式，来悼念他的未婚妻碧桃，是文人一种文雅的祭祀。陶宗仪《南村辍耕录》卷十三“绿窗遗稿”条载，新喻人傅汝砺妻孙淑（字蕙兰）贤惠而有诗才，有诗集《绿窗遗稿》，中有“春风昨夜碧桃开，正想瑶池月满台。欲折一枝寄王母，青鸾飞去几时来”诗句。她去世后，傅汝砺写《追和蕙兰》诗悼念之：“小窗开尽碧桃枝，忆得青鸾化去时。昨夜秋风妒幽怨，梦中吹断素琴丝。”也以碧桃花、琴声来祭奠亡妻。傅汝砺的故事与《碧桃花》的故事是否是巧合不得而知，但从祭奠方式的相同上，可知《碧桃花》的祭祀是有一定依据的。

三、祭奠冤魂剧

这类剧多写百姓为奸人所害，冤魂不散，到处游荡，造成许多社会不稳定的因素，或大旱多年，或鬼魂出现扰民。清官为稳定社会，重审案件，昭雪冤情，超度冤魂。剧作多有包公审案时，门神户尉不放冤鬼进门，包公令人烧纸钱祭奠冤魂的情节。这类剧反映了元代吏治腐败、冤狱众多、人民要求平反冤狱的社会状况，也反映了元人祭奠冤魂以求太平的习俗。

《窦娥冤》写窦娥被桃杌太守冤杀，临刑前发出“血飞白练”、“六月飞雪”、“大旱三年”的誓愿，均一一实现。她的鬼魂“我每日哭啼啼守住望乡台，急煎煎把仇人等待”（第四折），念念不忘报仇雪恨。最后，她向做了肃政廉访使来楚州查案的父亲窦天章托梦诉冤，昭雪了冤案。窦天章结案的判词云：“莫道我念亡女与他灭罪消愆，也只可怜见楚州郡大旱三年。昔于公曾表白东海孝妇，果然是感召得灵雨如泉。”（第四折）作者认为，社会上遇到旱灾等自然灾害，是因为有冤魂在作怪，只有昭雪冤案，才能消除自然灾害，为百姓求得太平。

武汉臣的《生金阁》也有类似的描写。此剧述书生郭成和妻李幼奴携宝物生金阁赴京城求官，被权贵庞衙内夺去宝物，杀死郭成，霸占了李幼奴。郭成冤魂不散，成为无头鬼到处闯荡，骚扰百姓。包公派衙役娄青去城隍庙烧牒文，召冤鬼到开封府问案。郭成鬼魂欲进衙门，被门神所阻，包公说："老夫心下自裁划，你将银钱金纸快安排。邪魔外道当拦住，只把屈死冤魂放入来。"（第四折）娄青烧了纸钱，郭成的鬼魂便随一阵冷风进了门。郭成鬼魂向包公诉冤后说："因此一点冤魂终不散，日夜飘摇枉死城。只等报得冤来消得恨，才好脱离阴司再托生。即今上元节令初更候，正遇庞姓无徒出看灯，被我绕着街头追索命，吵的游人大小尽担惊。……只愿老爷怀中高揣轩辕镜，照察我这悲悲痛痛、酸酸楚楚、说无休诉不尽的含冤负屈情。"（第四折）也说明元人认为冤鬼会索命，骚扰世人，只有昭雪冤情、祭奠冤魂，才会得到安宁。

此剧祭奠冤魂的仪式是烧"银钱金纸"，让门神放鬼魂入门，在元杂剧《盆儿鬼》、《神奴儿》中都有类似的情节。《盆儿鬼》写小贩杨国用被赵盆罐夫妇谋财害命，将其骨灰和泥做成一只盆儿，送给张懒古，鬼魂随盆到了张家，要求张懒古为他伸冤。张懒古埋怨门神将鬼放进来，撕碎门神图："呸，俺将你画的这恶支杀样势，莫不是盹睡了门神也那户尉？两下里桃符定甚大腿！（做扯掉钟馗科）手攞了这应梦的钟馗。"（第三折）可知元代的门神为手拿桃符驱鬼的钟馗。第四折写包公判案，门神不让杨国用的鬼魂进入，包公说："大家小户有个门神户尉，那屈死的冤魂被他当住，所以进来不得。张千，你去取将金钱银纸来者。（诗云）老夫心下自裁划，金钱银纸速安排。邪魔外道当拦住，单把屈死冤魂放过来。"（第四折）从以上之剧可知，烧牒文、烧纸钱是元杂剧祭奠冤魂仪式的通例，包公的"诗云"已成为祭奠时的套语，各剧均可套用。

这些剧作还显示了门神的功能是将恶鬼挡在门外，将善鬼放进门来。门神钟馗见宋人高承《事物纪原》卷八：“钟馗：开元中，明皇病痁，居小殿，梦一小鬼……颇喧扰，上叱之，曰：‘臣虚耗也。’上怒，欲呼武士，见一大鬼，顶破帽，衣蓝袍，束角带，径捉小鬼，以指刳其目，劈而啖之。上问为谁，对曰：‘臣终南山进士钟馗也。因应举不捷，触殿阶而死。奉旨赐绿袍而葬，誓除天下虚耗妖孽。’言讫，觉而疾愈。乃召吴道子图之。……是以今人画其像于门也。”① 可知钟馗也是个鬼，不过是能捉恶鬼的善鬼。元杂剧中烧纸钱祭奠门神的祭仪，就是用钱打点善鬼钟馗，让其将冤鬼放入门来。

门神除钟馗外，还有黄帝时期的神荼和郁垒：“东海度朔山有大桃树，蟠屈三千里，其卑枝向东北曰鬼门，万鬼出入也。有二神，一曰神荼，一曰郁垒，主阅领众鬼之出入者，执以饲虎。于是黄帝法而像之，立桃板于门户上，画神荼郁垒以御凶鬼。此门桃板之制也。盖其起自黄帝，故今世尽画神像于板上，犹于其下书左神荼右郁垒，以除日置之门户也。”② 另外，唐代的秦叔宝和尉迟敬德也被尊为门神，传说唐太宗患病，闻门外有鬼呼号，秦叔宝请与尉迟敬德戎装立门外守候，夜果无事。太宗乃令画工画二人图像，悬挂宫门左右，后世遂以为门神以镇邪。③

四、元杂剧鬼魂戏的祭祀功能和文化内涵

元杂剧的鬼魂戏反映了元人的祭祀习俗。从这个民俗的角

① （宋）高承：《事物纪原》，卷八，见《丛书集成初编》，第1209册，300页、301页，北京，中华书局据商务印书馆1935—1937年版重印，1991。

② （清）如林辑：《三教源流圣帝佛帅搜神记》，上卷，59页，紫贵堂藏版，咸丰乙卯年镌。

③ （清）如林辑：《三教源流圣帝佛帅搜神记》，下卷，65页，紫贵堂藏版，咸丰乙卯年镌。

度，我们可以知道元杂剧的功能是多方面的，除娱乐功能、教化功能、宣泄功能之外，还有祭祀的功能。

元杂剧鬼魂戏的祭祀功能含有深厚的文化内涵。

其一，祭奠神明剧体现了元人的偶像崇拜。崇拜，是人类有史以来就存在的一种文化现象，是人们受现实社会生活困扰而寻求支持的一种精神需要。“蒙昧时代的人们崇拜他们生活中遇到而不能解释的事物、现象；进入文明初级阶段的人们则将先人崇拜的事物、现象人格化为神而加以崇拜。”① 关羽的神化过程便是一个明显例证，关羽在汉代被封为“壮缪侯”，还是个人间英雄；到宋代则已成为神，被称为“关圣帝”，设庙祭祀。《荆门志》载：“淳熙十四年告敕曰：‘生立大节，与天地以并存；没为神明，亘古而不朽。荆门军当阳县显烈神壮缪义勇武安王，名著史册，功存生民，一方所依，千载如在。’”②元杂剧将历史英雄关羽、岳飞“人格化为神”，定时祭祀，即将关羽、岳飞作为崇拜的偶像。将历史人物演变为神，这是我国民众造神的惯用手段；而关羽、岳飞都是为国家民族英勇战斗、为国捐躯的英雄，元人对关羽、岳飞的崇拜又带上了浓烈的民族情绪、反抗民族压迫的时代要求。而在元代，关羽已作为道教之神被祭奠，又体现出道教文化的影响。

其二，祭奠亡人剧体现了元人的佛教轮回转生观念和忠孝节义的儒家礼教思想。佛经称人有六道流转：下地狱、成饿鬼、变畜生、投生为人、升天、变恶神。如果七天内没寻得生缘，就要再延续七天，直到七七四十九天结束，必生一处。死者家属在这四十九天里为亡灵举行祭奠，请和尚诵经，称“七七”或“累

---

① 乔继堂著：《中国人的偶像崇拜》，12 页，台北，台北市百观出版社，1993。

② （清）陈梦雷等辑：《古今图书集成》，第 49 册，《博物汇编·神异典》卷三十七“关圣帝君部”，60218 页，中华书局、巴蜀书社，1986。

七”。《瑜伽师地论》卷一云：“若未得生缘极七日住，有得生缘即不决定。若极七日未得生缘死而复生，极七日住。如是展转未得生缘，乃至七七日住。自此已后决得生缘。”① 元杂剧《昊天塔》为杨令公、杨七郎做“累七”，便体现出这种佛教轮回观念。而儒家礼教规定服丧期间，死者家属按亲疏尊卑居丧，以表忠孝，从服饰打扮、服丧礼仪到服丧时间长短都有一系列的规定。唐孔颖达疏《礼记正义》卷六十三《丧服四制第四十九》云：“父母之丧，衰冠、绳缨、菅屦，三日而食粥，三月而沐，期十三月而练冠，三年而祥。……”又说：“比终兹三节者，仁者可以观其爱焉，知者可以观其理焉，强者可以观其志焉。礼以治之，义以正之，孝子、弟弟、贞妇，皆可得而察焉。”② 即以丧礼表现儒家忠孝节义的思想。《刘弘嫁婢》剧写女儿为死去的父亲在初一、十五瀽水饭、烧纸钱，即为儒家“忠孝”思想在祭俗中的反映。

其三，祭奠冤魂剧体现了元人的鬼魂崇拜。元人相信人虽死去，魂灵不灭，如果人死后的鬼魂得不到安抚，便会成为野鬼游魂，骚扰生人，因而要举行招魂、送魂、祭奠等活动。元代吏治腐败，冤狱众多，老百姓认为冤死的鬼魂成为怨鬼厉鬼，生事复仇，因而要平反冤狱，并举行祭奠冤魂的活动，才能使阳世的人得到太平。元杂剧中多写清官平反冤狱，并举行祭奠冤魂的仪式，就体现了平民百姓的鬼魂崇拜。当然，鬼魂崇拜是在科学不发达的封建社会中常有的现象，而元代的鬼魂崇拜也有独特的色彩，就是带有平反冤狱的内容，有追求政治清明的强烈愿望。

---

① 《瑜伽师地论》，卷一，见《大藏经》卷三十《瑜伽部上》，282页，台北，台北佛陀教育基金会，1990。

② （唐）孔颖达疏：《礼记正义》，1039页、1040页，见《藏世传书》，第三册，海南国际新闻出版中心，1996。

综上所述，元杂剧的鬼魂戏既反映了元代社会政治的黑暗，表达了平民要求政治清明的愿望；也反映了元人的祭祀习俗，体现了元人的偶像崇拜、鬼魂崇拜，反映了儒、道、佛的思想在元代祭礼上的影响，含有深厚的文化内涵，不可以“封建迷信”一言以蔽之。

第三节 元杂剧的家庭伦理剧和元人的家庭观念

元杂剧的家庭伦理剧是反映元人家庭生活和家庭观念为主的剧作。这类题材的剧作有刘唐卿的《降桑椹蔡顺奉母》、秦简夫的《宜秋山赵礼让肥》、《晋陶母剪发待宾》、《东堂老劝破家子弟》，郑廷玉的《看钱奴买冤家债主》、宫大用的《生死交范张鸡黍》，武汉臣的《散家财天赐老生儿》，高茂卿的《翠红乡儿女两团圆》，张国宾的《相国寺公孙合汗衫》、《罗李郎大闹相国寺》，萧德祥的《杀狗劝夫杨氏女》，无名氏的《小张屠焚儿救母》、《崔府君断冤家债主》等，约有二十余种。这类题材剧作的产生，与元代的哲学思想有关，但更与元代民俗文化中的家庭观念有密切关系。

一、受传统家庭道德观念影响的剧作

元杂剧的家庭伦理道德观有相当部分是传统道德观的延续。自从孔子、孟子提出了封建社会的伦理道德规范之后，中国历代的统治者将他们的著作奉为经典，大力推行，以巩固自己的统治秩序。传说为孔子所作的《孝经》说：“夫孝，天之经也，地之义也，民之行也，天地之经而民是则之，王政不严而治。”汉代班固的《白虎通》提出“三纲六经”：“君为臣纲，父为子纲，夫为妻纲。”“诸舅有义，族人有序，昆弟有亲，师长有尊，朋

友有旧。”北齐颜之推的《颜氏家训》也指出：“治家之宽猛，亦犹国焉。”（《治家第五》）都将治家与治国联系在一起。宋代的程颐、程颢和朱熹，更将这种伦理道德观发展为“三纲五常”、“五德”（仁、义、礼、智、信），并将其抬高到“天理”的高度：“父子君臣，天下之定理，无所逃于天地间。”（《遗书》卷五）元代的理学家继承了程朱理学的衣钵，吴澄、许谦等理学家都是朱熹学派的嫡传弟子。吴澄在他的《草庐精语》中说：“三纲二纪，人之大伦也，五常之道也。君为臣之纲，其有分者义也。父为子之纲，其有亲者仁也。夫为妻之纲，其有别者智也。长幼之纪，其序为礼。朋友之纪，其任为信。”①许谦在八华山讲授理学四十年，弟子千余人，被称为“白云先生”。他在《白云集·八华讲义》中也说：“举天下之事，错综万变，莫不毕在五伦之中。天之赋人以形，即命之以性，其类亦有五：曰仁、义、礼、智、信。五者，天下之常道，举天下之理，枝派万殊，莫不毕在五性之中。”“父子有亲，君臣有义，夫妇有别，长幼有序，朋友有信，……盖人伦之外，无余事也，五常之外，无余理也。”②足见他们对程朱理学的亦步亦趋。但元代的理学家在继承宋代理学的同时，也受到元代社会思潮的影响，因而具有一些与宋人不同的特点。他们虽然主张“君为臣纲”、“君臣有义”，却不喜谈忠君，而热衷于宣传家庭伦理道德，尤其是孝道。这与程朱理学把重点放在忠君上是不同的。这种奥妙的差异，反映了元人对蒙古贵族统治者的抗拒心理。孝道的热心宣传者是郭守正，他的《二十四孝》记载了虞舜、汉文帝、曾参、

---

① （元）吴澄：《草庐精语》，见（明）黄宗羲等编：《宋元学案》下册《草庐学案》，646页，北京，中国书店，1990。

② （元）许谦：《白云集·八华讲义》，卷三，见《丛书集成初编》，第2080册，43～44页，北京，中华书局，1991。

闵损、仲由、董永、郯子、江革、陆绩、唐夫人、吴猛、王祥、郭巨、杨香、朱寿昌、庾黔娄、老莱子、蔡顺、黄香、姜诗、王褒、丁兰、孟宗、黄庭坚二十四人的"孝行"故事①，对当时和后世的影响很大，有不少人为之题诗、作画，如元人张宪就有《题王克孝二十四孝图》诗（《玉笥集》）。元代的统治者自身十分荒淫无耻，却要求百姓遵守封建伦理道德，《元史》中的《孝友传》、《烈女传》都记载了不少孝子烈妇的事迹，如"割股疗疾"、"舔目复明"、"夫死殉葬"等，并载皇帝对其褒奖备至："天子皆表其门闾。"元人陶宗仪的《南村辍耕录》也多载孝义节烈的故事，这类条目多达37条，如《孝行》条记载了延祐乙卯年常熟之民朱良吉割心肉疗母病之事，又如《马孝子》、《杨贞妇》等，足见"孝节义"仍是当时的统治思想。

元杂剧的部分家庭伦理剧就是着重宣传传统封建伦理道德中的"孝节义"的。这些剧作多取历史上著名的伦理故事，或当代生活中遵守封建伦理道德的楷模人物，加以铺陈敷演。如刘唐卿的《降桑椹蔡顺奉母》写"二十四孝子"之一蔡顺的故事，蔡母冬日生病，思食桑椹，蔡顺"对天祈祷，叩头出血"，终于感动神灵，使"枯桑荣旺，椹子发生"，情节荒诞不经。无名氏的《小张屠焚儿救母》实际上也是"二十四孝"中"郭巨埋儿"的翻版。屠户小张为了母病得愈，向神许愿，将3岁儿子烧死在神坛前，既愚昧又残忍。这两个剧都宣传子女对父母无条件服从的愚孝，甚至到了自残骨肉的程度，是这类戏中的糟粕。另一类戏良莠并存，但从总体上仍是宣传封建伦理道德。秦简夫的《宜秋山赵礼让肥》写赵礼、赵孝兄弟遇贼争死事，取材于《后汉书》的《赵孝传》，而与《元史》中的《孝友传》的郭道

① 《二十四孝》一说为无名氏所作，见《辞源》，第一册，127页，北京，商务印书馆，1979。

卿、郭佐卿兄弟事相吻合：

……闽盗起，居人窜匿，道卿与弟佐卿独守孝子祠不忍去，遂俱被执，盗将杀佐卿，道卿泣告曰："吾有儿已长，弟弱子幼，请代弟死。"佐卿亦泣告曰："吾家事赖兄以理，请杀我。"道卿固引颈请刃，盗相顾曰："汝孝门兄弟若此，吾何忍害。"两释之。①

显然，此剧如此取材，是为了歌颂"昆弟有亲"的家庭伦理道德。又如秦简夫的《晋陶母剪发待宾》，取材于《晋书·陶侃传》，写陶侃之母为不失信于人，剪发卖作酒资，宴请陶侃之友，终于使陶侃得官之事，宣传了"朋友有信"的道德观。宫大用的《死生交范张鸡黍》为类似的剧作，取材于《后汉书》，写范式、张劭结为生死之交，相约作"鸡黍会"，死后魂魄也不忘践约，也歌颂了"朋友有信"的道德观念。无名氏的《孟德耀举案齐眉》则歌颂"夫为妻纲"的封建伦理道德，取材于《后汉书·梁鸿传》，写孟光对丈夫梁鸿十分恭敬，口称"夫乃妇之天"，吃饭时举食案齐眉献给丈夫。这些剧作虽然也包含着一些符合劳动人民利益、有普遍意义的道德，如夫妻相敬、朋友守信等，还有某些不满现实的思想倾向，如《孟德耀举案齐眉》反对歧视贫寒士子、《死生交范张鸡黍》对"承荫"制度发牢骚等，但总的宗旨是宣传孝悌信义的伦理道德。

由于"主题先行"，这类剧作多有说教意味，概念化的倾向较明显，在艺术上较为呆板，语言多学究式的"书袋子语"，剧中人物无论是屠夫农妇，还是医生酒保，都满口经典，俨然道学先生，缺乏个性和真实的感情，基本上是作者道德说教的传声筒。如《小张屠焚儿救母》中小张屠对妻子说："我虽不读论孟

---

① （明）宋濂等撰：《元史》，第15册，卷一百九十七，4441页，北京，中华书局，1976。

□，多闻孝义章，人子孝母天养。郭巨埋子天恩降，孟宗□人天垂象，王祥卧鱼标写在史书中，丁兰刻木图画在丹青上。”《降桑椹蔡顺奉母》的江湖医生也说：“在下虽不读孔孟之书，颇知先王之礼。岂不闻圣人云：徐行后长者谓之弟，疾行先长者谓之不弟。……兄乃我之长，我乃兄之弟，既有长幼，须分尊卑，先王之礼，亦不差矣。”夫妇间谈话也要谈经数典，两人走路也要分尊卑先后，这就脱离了人物身份与特定环境，变为干巴巴的说教。这些剧的结尾必定是剧中主角的孝道义行上达天听，皇帝加官赏赐，亦为雷同化、模式化之弊。

二、受元代市民家庭伦理观影响的剧作

除了受传统的家庭伦理观和元代哲学思想制约外，元代的家庭伦理剧还受到元代社会经济条件的制约，受到元代平民尤其是市民的家庭伦理观的影响。元代是一个城市经济繁荣、商业经济空前发展的社会，市民重视小家庭，重视金钱在家庭生活中的作用，与传统农耕社会重视大家庭，重视道德胜于金钱有所不同。元代的家庭伦理剧受此影响，出现了一批带有元代民俗文化特色的剧作。

元代部分家庭伦理剧着重反映家庭财产的继承问题，具有元代商业经济发达的时代特征。封建社会的家庭建立在生产资料私有制的基础上，为了使财产能代代相传，家庭中确立起男子的权威，重视生男孩子，以便继承财产，从而形成了重男轻女的传统观念。在宋以前，中国是以农耕经济为主体的社会，与这种生产方式相适应，家庭也以“几代同堂”的大家庭为主，财产分配的问题并不十分突出。到了元代，城市经济高度繁荣，为了流动经商的需要，市民的家庭纷纷离析为一代或二代同居的小家庭，财产的分配和继承问题就显得尖锐突出起来。现存二十多种元代家庭伦理剧中有二十种就是写两代人的家庭的，剧中人“自报

家门”时介绍家庭成员多为父母、子女两代人，如《降桑椹蔡顺奉母》：“老夫姓蔡，名宁，字以静，本贯汝南人也。嫡亲的四口儿家属：婆婆延氏，所生一子，乃是蔡顺，……媳妇儿李氏润莲。”例外的是张国宾的《相国寺公孙合汗衫》和无名氏的《小张屠焚儿救母》，都写了祖、子、孙三代人的家庭；另外无名氏的《九世同居》写乡民张公艺九世兄弟不分家，更是属于凤毛麟角之事。大家庭离析为小家庭时往往以子息来分配财产，故元人重子息，尤重男孩。《南村辍耕录》就载有关于子息纠纷的故事，如“戴氏绝嗣”：

> 华亭枫泾戴君实，其家巨富，妻王氏，妒悍无比。仅有一女，赘谢季初为婿。君实纳一妾于嘉兴外舍，得男。王闻之，早夜怒詈。君实不得已，遣其妾，取儿以归。而女恐其长大分我财产，遂于襁褓中酷加凌虐，致成惊疾，又不容医疗，竟就夭亡，大为喜幸。越三年，自孕将产，梦抱此儿，及娩，得男，后随殒于蓐，儿亦不育。此妇女妒悍之报。今戴氏绝嗣，天道岂远也哉。事在至正十五年四月上旬也。①

载富人戴君实因妻女妒悍，凌虐妾儿至夭亡，导致绝嗣，从反面说明家庭子息的重要性。

又如“算命得子”：

> ……都下有李总管者，官三品，家巨富，年逾五十而无子。闻枢密院东有术者，设肆算命，谈人休咎多奇中。试往叩焉。且语之曰：“吾之禄寿，已不必言，但推有子与否。”术者笑曰：“君有子矣，何为绐我？”李曰：“吾实无子，岂绐汝耶？”术者怒曰：“君年四十当

---

①（元）陶宗仪：《南村辍耕录》，卷二十七，340页，北京，中华书局，1959。

有子，今年五十六矣，非给我而何？”同座者皆军官，见二人争执，甚讶之。李沉吟良久曰：“吾年四十时，一婢有娠，吾以职事赴上都，比归，则吾妻鬻之矣，莫知所往。若有子，则此是也。”术者曰：“此子终当还君。”相别而出。时坐中一千户，邀李入茶坊，告之曰：“十五年前，吾亦无子，因到都，置一婢，则已有孕；到家时，适吾妻亦有孕。前后一两月间，各生一男，今皆十五六矣。岂君之子耶？”两人各言妇人之容貌齿岁相同。李归语于妻，妻往日诚悍妒，至是，见夫无嗣，心颇惭而怜之。翼日，邀千户至家，享以盛馔，与之刻期而别，千户先归南阳府。李以实告于所管近侍大官，乞假前往。大官曰：“此美事也，我当与汝奏闻。”既而有旨，得给驿以行，凡筵席之费皆从官办。李至，众官郊迎，往千户宅，设大宴。李所以媿献千户并其妻子仆妾之物甚侈。千户命二子出拜，风度不殊，衣冠如一，莫知何者为己子。致请于千户，千户曰：“君自认之。”李谛视良久，天性感通，前抱一人曰：“此吾子也。”千户曰：“然。”于是父子相持而哭，坐中皆为之堕泪。……①

写李总管无子，算命寻得被妻逐出之婢所生子，大事庆贺，从正面说明家庭子息的重要性。元杂剧受此社会风气的影响，公案戏中有许多争夺家产的案件，家庭伦理剧中有许多子息纠纷的故事，都反映了元人特别是市民对子息、财产继承权的重视。

武汉臣的《散家财天赐老生儿》和高茂卿的《翠红乡儿女

① （元）陶宗仪：《南村辍耕录》，卷二十二，272页，北京，中华书局，1959。

两团圆》①，都是从子息角度写家庭财产继承权的剧作。《散家财天赐老生儿》写刘员外广有财产，有女无子，女婿张郎企图谋杀已怀孕的刘妾，以便独占家财。这与“戴氏绝嗣”的记载何其相似。《翠红乡儿女两团圆》写财主韩弘道家财丰饶，但无子嗣，嫂嫂为多分家产，调唆韩妻赶走韩妾。另一个财主俞循礼对临产的妻子说：“若得一个小厮儿”，“杀羊造酒，做个喜庆的大筵席”，“若得一个女儿，便打灭休题着”。于是其妻生了女儿，便命人丢到河里，而找了个男婴（韩子）冒充己子抚养。郑廷玉的《看钱奴买冤家债主》写乞丐贾仁掘得秀才周荣祖祖上埋藏的银子，成为暴发户，但他无子继承财产；而周荣祖贫穷落魄，无法养活儿子，于是贾仁用一贯钱买了周荣祖之子充作己子。但贾仁性格十分吝啬，一文不花，半文不使。他死后，周荣祖父子相认，财产仍归周家。剧作者认为一个人无论多么富有，如果没有儿子，就只不过是个替人看管钱财的“看钱奴”，剧名就标明了作者的意旨。这些剧或从正面、或从反面说明了子息尤其是男丁对家庭财产继承权的重要性，生动反映了元人特别是市民重子息、重财产继承权的家庭伦理观念。

在重视子息问题的同时，元杂剧还提出了教育子女的问题。秦简夫的《东堂老劝破家子弟》和萧德祥的《杨氏女杀狗劝夫》都通过教育浪子回头的故事，说明如果家庭虽然后继有人，但却是个败家子，家庭财产无法保存；只有教育子女勤劳致富，才能使家业兴盛。这些剧中往往有两个教唆浪子败家的骗子，都叫胡子转、柳隆卿，是元代社会上骗子的艺术反映，《元典章》卷五十七“刑部卷之十九”“诸禁·禁局骗”有其原型：

---

① （明）臧晋叔《元曲选》载此剧为杨文奎作，而赵景深、邵曾祺编：《元明北杂剧总目考略》（郑州，中州古籍出版社，1985）经过考证，认为是高茂卿所作，今取赵、邵说。

[局骗钱物]……杭州一等无籍之徒，游手好闲，不务生理，寻常纠合恶党，欺遏良善，局骗钱物，恃此为生。其局之名七十有二，略举如太学龟、美人局、调白之类是也。其党则有曰张公、曰贴身、曰舍人等名号。其意专一寻访良家子弟、富商大贾，到来本路，此辈则群聚密议，以意测料各所嗜好者，迤渐交结，设赌扑戏，骗取人财，要罄取蓄，令子弟客商贫乏失所者有之，钦愤死亡者有之。①

元杂剧中的胡子转、柳隆卿自称“读半鉴书的秀才”、“饱学秀才”，很可能是元朝取消科举之后，因生活无着而蜕变为骗子的堕落文人，他们“自报家门”时往往说：“不做营生则调嘴，拐骗东西若流水。”正是《元典章》中“游手好闲”、“局骗钱物”的“恶党”的写照。

秦简夫的《东堂老劝破家子弟》就写了浪荡子扬州奴被胡子转、柳隆卿投其所好，吃喝嫖赌，荡尽家产；后经邻居东堂老李实教育，改尽恶习，勤俭持家。“楔子”部分扬州奴之父赵国器云：“想老夫幼年间做商贾，早起晚眠，积攒成这个家业，指望这孩儿久远营运。不想他成人以来，与他娶妻之后，只伴着那一伙狂朋怪友，饮酒非为，吃穿衣饭不着家业。……老夫一死之后，这孩儿必败我家。”果然扬州奴被胡子转、柳隆卿教唆，败尽家业，沦为乞丐；邻居东堂老受赵国器之托，用贫穷和劳动医治扬州奴的痼疾，在他饿得要上吊的情况下也不肯接济他一碗面条，迫使他挑筐卖菜，终于改造成刻苦耐劳的新人。剧作在歌颂不负友人之托的“义气”的同时，提出了如何教育子女的问题，即娇生惯养出败家子，勤劳节俭才能使子女继承家业。

萧德祥的《杨氏女杀狗劝夫》写孙荣、孙华父母双亡，孙

① 《元典章》，下册，2101页，北京，中国广播电视出版社，1998。

荣与胡子转、柳隆卿为友，吃喝玩乐，将孙华赶出家门。孙荣妻杨氏屡劝其夫，不听，于是设计杀一狗，披上衣服丢在后门。孙荣夜归，以为人尸，请胡、柳帮忙移尸，二人不允。孙荣转求弟孙华埋尸河边。胡、柳诬告孙荣杀人灭尸，杨氏在公堂说出真情，胡、柳受到惩罚，孙荣兄弟和好如初。此剧的教育者不是长辈，而是妻子，但在批判教唆犯、教育浪子回头上是和《东堂老》一致的。

无名氏的《崔府君断冤家债主》则是将子息问题和教育子女问题结合在一起写，张善友家财丰饶，生了两个儿子，一为乞僧，勤俭持家："披星戴月，早起晚眠。"（第一折）另一子福僧却受胡子转、柳隆卿教唆，"每日则是吃酒赌钱，不成半分儿器。""将家私可便由他使、由他败，这的是破家五鬼，不弱如横祸非灾。"（第一折张善友语）最后家产被福僧败光，两个儿子也先后去世，张善友痛苦地唱道："可怜见送的俺灭门绝户。"（第三折）说明作者认为即使有儿，如果"不成器"也会败家；如果年寿不永则使家庭"灭门绝户"。

这类剧是元代市民重视子息、重视家庭财产的继承、重视教育子女等家庭伦理观的反映。

这类家庭伦理剧在艺术上比前一类剧生动活泼，因为不是从概念出发，而是从现实生活出发来写人物故事，人物性格鲜明生动，故事富有生活气息，尤以反面人物的塑造为活灵活现。

《看钱奴买冤家债主》运用夸张手法塑造贾仁极度贪婪吝啬的性格十分成功。第三折写他病重垂危，得病的原因是被狗舔了一个带烧鸭油的指头，一气成病；临死前想吃点好东西，只肯花一文钱买半块豆腐；安排后事，吩咐儿子将他剁成两段装到喂马槽去，好省下棺材钱，斧子还不要用自家的，免得砍坏了又要花钱修理。这些近乎违背常理的夸张描写，突出了贾仁异乎寻常的吝啬性格，突出了他对金钱强烈的占有欲，给观众留下了深刻的印象。

《东堂老劝破家子弟》则用细节描写塑造扬州奴好逸恶劳、愚中带诈的性格。第一折描写扬州奴将祖传家宅卖给东堂老：

(正末云) 你把这钞使完了时，再没宅子好卖了，你自去想咱。(扬州奴云) 是您孩儿商量做买卖，各扎邦便觅合子钱。(背云) 哥，这五百五十锭尽勾了，先去买十只大羊，五果五菜，响糖狮子，我那丈母与他一张独桌儿，你们都是鸳鸯客。……

扬州奴卖掉栖身的房子之后，马上和两个骗子商量去妓院吃喝玩乐，却骗东堂老是去做生意。这段对白，通过（背云）对“十只大羊，五果五菜”的奢华酒宴的细节描写，揭示了扬州奴贪图享受、愚而诈的性格。

第三折写扬州奴沦为叫化子之后，梦中还在狎妓享乐，被妻子唤醒时还大发脾气：“我打你这丑弟子，天那，搅了我一个好梦，正好意思了呢。”这个细节进一步说明他的劣根性根深蒂固，把这个浪荡子、败家子塑造得入木三分。

元杂剧作家在塑造胡子转、柳隆卿这两个骗子的形象时，则更多地运用插科打诨的手法，从而产生喜剧的效果。《杀狗劝夫》写胡、柳二人携假酒去贺孙荣生日，然后假装不小心踢翻酒瓶，令孙荣请吃真酒；《崔府君断冤家债主》描述两个骗子在哭奠乞僧时没有眼泪，便用姜汁浸手帕抹眼睛，乘机偷盗。这些插科打诨处处不离人物的狡诈性格，既塑造了可憎的骗子形象，又产生了可笑的喜剧效果。

这类剧也有不足之处。《看钱奴买冤家债主》、《崔府君断冤家债主》等剧都有因果报应、宿命的消极迷信思想。如《看钱奴买冤家债主》写贾仁掘得周荣祖的银子，成为暴发户，但他死后，财产仍归周家，他只不过是个替人看管钱财的“看钱奴”；《崔府君断冤家债主》写张善友家庭悲剧的产生，是因为贼人赵廷玉偷了他家的银子，投生为乞僧“干家做活”，而福僧是被张妻混赖了寄存银两的五台山僧所投生，故而“百般的破败家财”。这些剧的迷信思想也是时人思想的反映，但却削弱了这些剧批判现实的力量。

综上所述，元杂剧的家庭伦理剧是元代家庭伦理道德观的反映，其中有相当部分是传统道德观的延续，着重宣传传统封建伦理道德中的“孝节义”，在艺术上较为呆板，有概念化的倾向；更多元杂剧的家庭伦理剧受到元代社会经济条件的制约，受到元代平民尤其是市民的家庭伦理观的影响，重视子息、重视家庭财产的继承、重视教育子女等，在艺术上较为生动活泼，结构故事富有生活气息，塑造了鲜明生动的人物形象。从研究元杂剧的家庭伦理剧的状况再次说明，元代民俗文化对元杂剧的创作有积极的作用。

第四章 艺术篇——元杂剧的艺术和元代其他通俗文学

元杂剧的艺术受到唐诗、宋词、唐传奇、宋话本的影响，这在诸家文学史、戏曲史中已多有论述。但我们在注意纵向的文学承传的同时，还应注意横向的元代通俗文学对元杂剧的影响。更为重要的是，元代通俗文学是元代俗文化的重要组成部分，研究元代俗文化对元杂剧的影响，就必须探讨元代的通俗文学。实际上，在元代的散曲、院本、小说、民间说唱文学的滋润作用下，才诞生了元杂剧的灿烂艺术之花；另一方面，元杂剧也反过来给其他姐妹艺术的成长提供养分，于是形成元代通俗文学万紫千红的繁盛局面。

第一节 元散曲对元杂剧的桥梁作用

元杂剧作家大多地位低下，在诗文等雅文学领域极少看到他们的踪迹，但元杂剧不乏雅俗兼备、雅俗共赏的佳作；元杂剧少数民族作家寥寥可数，但元杂剧却“蒜酪味”① 甚浓，具有鲜明的北方文学与少数民族文学风格。其重要的原因之一，是元散曲在其中起了桥梁作用。元散曲拥有大量的文人雅士和少数民族作

① （明）何良俊：《曲论》，见中国戏曲研究院编：《中国古典戏曲论著集成》，册四，11 页，北京，中国戏剧出版社，1959。

家，并与杂剧拥有共同的套曲、部分共同的作者与演员，成为雅、俗文学，汉族与少数民族文学之间的桥梁，使元杂剧这一原本在民间流行的俗文学样式得以进入元代的主流文学，促进了它的繁荣兴盛。

一、元人对散曲和杂剧的观念

宋杂剧虽然在宋元笔记中多有记载，但它并没有进入宋代的主流文学，其剧本并没有流传下来，仅有剧本名目散见于宋元笔记。而元杂剧随着元散曲的兴起在元初已十分兴盛，元初人杜仁杰的散曲《【般涉调】耍孩儿·庄家不识勾栏》已生动细致地描绘了当时杂剧演出的情况。由于散曲和杂剧都以套曲的形式进行演唱，艺人们也兼演散曲和杂剧，元人经常将散曲和杂剧混同一起进行评论，统称之为“论曲”。《燕南芝庵论曲》、《高安周挺斋论曲》主要是谈散曲的作法，但也兼及杂剧：“凡经史语、乐府语、天下通语，可入杂剧。”①《吴兴赵子昂论曲》则道：“良家子弟扮杂剧，谓之行家生活，娼优所扮，谓之戾家把戏。”②《丹丘先生论曲》又道：“杂剧有正末、副末、狚……之名。”③赵孟頫和柯丹丘都以论杂剧为主。至于元末，论曲更以杂剧作家作品为主。《录鬼簿》卷上收“前辈才人有所编传奇行于世者五十六人”，纯为杂剧作家；卷下则收“方今才人相知者”，兼及杂剧与散曲作家。《录鬼簿续编》也是二者兼收，以杂剧为主。从元初到元末，元人都将散曲与杂剧相提并论，但呈现出从以散曲为主到以杂剧为主发展变化的轨迹。

但元人对散曲与杂剧的看法又同中有异，总的来说是贵曲轻

① （元）周德清：《高安周挺斋论曲》，见（明）臧晋叔：《元曲选》，第一册，19页，北京，中华书局，1958。

②③　（明）臧晋叔：《元曲选》，第一册，20页，北京，中华书局，1958。

剧。虽然，散曲也属于俗文学的范畴，与诗文等雅文学相比，还受到雅士们一定程度的鄙视；但作为当时最新潮、最流行的歌曲，散曲已取代了诗词的原有地位，成为雅俗共赏、贵贱咸宜的新兴抒情诗体。元人罗宗信《中原音韵序》说："世之共称唐诗、宋词、大元乐府，诚哉。学唐诗者，为其中律也；学宋词者，止依其字数而填之耳；学今之乐府，则不然。儒者每薄之。愚谓：迂阔庸腐之资无能也，非薄之也；必若通儒俊才，乃能造其妙也。"① 道出元人对散曲既有鄙薄又有爱好的复杂状况。这种状况，正如宋初人之于词：既好之又鄙之。《全元散曲》（隋树森编）所载的刘秉忠、虞集、伯颜、不忽木、卢挚、阿里耀卿、孛罗御史等人均为高官，其中伯颜、不忽木等30余人还为少数民族作家。② 此外，元好问、姚燧、刘因、萨都剌等一批诗词文名作家也参加了元散曲的创作。《全元散曲》与《元诗选》（顾嗣立编）兼收的作家有30人；《全元散曲》与《全金元词》（唐圭璋编）兼收的作家有32人，均可说明，元散曲已成为各族作家、雅俗不同层次作家共同喜爱的新文学体裁。

与元人视散曲为娱己的抒情诗不同，一般元人尤其是元初的正统文人，继承历史上对戏剧的传统观念，将杂剧视为娱人的游戏之作，鄙视剧作家和演员。杨宏道为元初益都路提举学校官，以道德文章师表一世，他的《优伶语录》写他在旅途上见一伶人不用负粮而行，靠沿途相识优伶接济，慨叹道："优伶，世之弄人也，而有是哉！而有是哉！"③ 正因为世人向来鄙视"世之弄人"的优伶，这位学究先生偶然发现他们也有仁义之心，才

① （元）罗宗信：《中原音韵序》，见中国戏曲研究院编：《中国古典戏曲论著集成》，册一，177页，北京，中国戏剧出版社，1959。

② 详见门岿：《谈兄弟民族对元曲发展的贡献》，载《中央民族学院学报》，1985年第2期。

③ 李修生主编：《全元文》，第1册，207页，南京，江苏古籍出版社，1997。

会发出惊叹。至于那些“偶娼优而不辞”（《元曲选序》）的“书会才人”关汉卿、白朴们，也被“用世者嗤之”（《青楼集序》）。元杂剧的作家多为“门第卑微，职位不振”（《录鬼簿序》）之人，高官、雅文学名家以及地位较高的少数民族作家，都很少参与杂剧的创作。以《录鬼簿》、《录鬼簿续编》所载元杂剧作家的职业为例，见表4－1。

表4－1

项目	元杂剧作家
不载职业者（共52人）	郑廷玉、白朴、李直夫、吴昌龄、王实甫、武汉臣、王仲文、石君宝、杨显之、纪君祥、于伯渊、费唐臣、赵子祥、李好古、王伯成、孙仲章、赵明道、岳伯川、康进之、石子章、侯正卿、孟汉卿、李行道、费君祥、汪泽民、陈宁甫、陆显之、狄君厚、孔文卿、彭伯成、范康、曾瑞、沈和甫、陈以仁、乔吉甫、睢景臣、屈彦英、秦简夫、陆登善、朱凯、王晔、王仲元、孙子羽、张鸣善、钟嗣成、罗贯中、金文质、杨景贤、高茂卿、陶国瑛、唐以初、贾仲明
平民职业者（共9人）	关汉卿（太医院户）、高文秀（东平府学生）、红字李二（民间艺人）、花李郎（民间艺人）、张时起（东平府学生）、赵善庆（术士）、萧德祥（医生）、丁野夫（西监生）、李时英（医生）
低级官员（共37人）	庾吉甫（中山府判）、马致远（江浙行省务官）、李文蔚（瑞昌县尹）、李寿卿（县丞）、尚仲贤（江浙行省务官）、戴善夫（江浙行省务官）、王廷秀（益都淘金千户）、姚守中（平江路吏）、赵文殷（教坊色长）、张国宾（教坊勾管）、赵天锡（镇江府判）、梁退之（大兴府判）、赵公辅（儒学提举）、李子中（县尹）、李进取（官医大夫）、顾仲清（清泉场司令）、李宽甫

续上表

项目	元杂剧作家
	(合肥县尹)、张寿卿(浙江省掾吏)、刘唐卿(皮货所提举)、李时中(工部主事)、宫天挺(钓台书院山长)、郑光祖(杭州路吏)、金仁杰(建康崇宁务官)、鲍天祐(昆山州吏)、赵良弼(嘉兴路吏)、周文质(路吏)、吴仁卿(府判)、汪勉之(浙东帅府令吏)、屈子敬(学官)、郲经(浙江省考试官)、陆进之(福建省都事)、李唐宾(淮南省宣使)、刘君锡(省奏)、须子寿(钱塘县吏)、汤舜民(县吏)、汪元享(浙江省掾)、谷子敬(枢密院掾史)
高官(共2人)①	史九散仙(武昌万户)、陈伯将(中书参知政事)

表4-1中可见,元杂剧作家100人,其中不载职业者52人,平民职业者9人,低级官员37人,只有两位作家是高官。少数民族作家也仅有李直夫、吴昌龄、杨景贤、丁野夫4人,他们的身份也都是平民。另一例证是元杂剧作家在诗文等雅文学领域难觅踪迹,仅白朴一人有词集流传至今。也许是这批作家没有进行诗文的写作,也许是他们的诗文作品不入时人之眼,逐渐流失,后者的可能性更大,因为胡祗遹曾为优伶作《黄氏诗卷序》、《优伶赵文益诗序》,艺妓伶人尚有诗作,何况文人如关汉卿、马致远乎?可见,现存元代诗文集的状况,一定程度上反映了元代雅文学对元杂剧作家的排斥。

元人这种重曲轻剧的观念,使元杂剧的创作和评论出现“曲本位”的现象,现存的《元刊杂剧三十种》曲词完整而科白

① 资料来源:见(元)钟嗣成:《录鬼簿》、(明)无名氏:《录鬼簿续编》,上海,上海古籍出版社,1978;以浦汉明:《新校录鬼簿正续编》(成都,巴蜀书社,1996)校正。

不全；《录鬼簿》、《太和正音谱》评论杂剧作家作品多注意剧曲的文词和音律，而对戏剧情节、戏剧结构等方面很少谈及。《青楼集》介绍杂剧艺妓的才能，也往往突出其“唱功”，如李定奴“歌喉宛转，善杂剧。勾栏中曾唱《八声甘州》，喝采八声”，朱锦绣“杂剧旦末双全，而歌声坠梁尘”，等等。

当然，元人对杂剧的看法也是在发展变化之中的，一方面，杂剧的创作与演出的繁荣使正统文人不得不正视它的存在；另一方面，一批有名气、有地位的散曲家、文学家为其揄扬、“正名”，提高了杂剧的地位。提刑按察使胡祗遹是著名的散曲家，他在《赠宋氏序》中说：“乐音与政通，而伎剧亦随时所尚而变。近代教坊，院本之外，再变而为杂剧。既谓之杂，上则朝廷君臣，政治之得失，下则闾里市井，父子、兄弟、夫妇、朋友之厚薄，以至医药、卜筮、释道、商贾之人情物理殊方，异域风俗语言之不同，无一物不得其情，不穷其态。”① 将杂剧的作用提到“乐音与政通”的高度。建德路总管府推官、元后期著名文学家杨维桢也在《优戏录序》中提出“台官不如伶官”之说，认为杂剧的讽谏之功“岂可少乎”②。出身于松江巨族的散曲家夏庭芝也认为杂剧“可以厚人伦，美风化”③。随着杂剧地位的逐渐提高，元代后期出现了重点研究元杂剧作家作品和演员的著作——《录鬼簿》和《青楼集》，以这两本著作作为标志，元杂剧已进入了元代文学的主流，它的作家已被称为“名公才人”。

---

① 李修生主编：《全元文》，第5册，260页，南京，江苏古籍出版社，1997。

② （元）杨维桢：《优戏录序》，见《四部丛刊》本“集部”，《东维子文集》，卷十一，15页。

③ （元）夏庭芝：《青楼集志》，见中国戏曲研究院编：《中国古典戏曲论著集成》，册二，7页，北京，中国戏剧出版社，1959。

二、杂剧、散曲双栖名作家的联结作用

元杂剧作家中有些人同时兼作散曲，并取得了骄人的成绩，成为杂剧与散曲的双栖名作家。通过他们在这两个领域的名作家效应，联结了两大作家群和观众群，使世人在欣赏“今乐府”元散曲的同时，也了解了元杂剧的艺术。

《录鬼簿》和《录鬼簿续编》收录的100名元杂剧作家之中，有42名在《全元散曲》有作品，成为杂剧、散曲的双栖作家，而关汉卿、马致远、白朴、乔吉则是其中的著名作家。

关汉卿是元杂剧的“梨园领袖”、“杂剧班头”（《录鬼簿》），同时也是元散曲的一大名家。杨维桢就赞道：“士大夫以今乐府鸣者，奇巧莫如关汉卿、庾吉甫、杨淡（澹）斋、卢苏（疏）斋……”[①]关汉卿与散曲家王和卿关系密切，两人同为性格滑稽挑达之人，经常互相讥谑，以至在王的丧礼上，关还与之开玩笑。[②] 关汉卿为元杂剧本色派之首，在他麾下切磋杂剧艺术的有杨显之、费君祥、梁退之等人，高文秀和沈和甫还分别被人称为“小汉卿”、“蛮子汉卿”。[③] 关汉卿以在杂剧和散曲的名人地位，使一批本色派的杂剧作家也为散曲界所熟知。

马致远的散曲和杂剧同样负盛名。贾仲明【凌波仙】挽马致远说：“战文场，曲状元，姓名香，贯满梨园。”朱权也评马致远之曲道：“若神凤飞鸣于九霄，岂可与凡鸟共语哉？宜列群英之上。”（《太和正音谱》）马致远的散曲名作《【天净沙】秋

---

① 杨维桢：《周月湖今乐府序》，见《四部丛刊》“集部”，《东维子文集》，卷十一，2页。

② （元）陶宗仪：《南村辍耕录》卷二十三《嗓》，279页，北京，中华书局，1959。

③ 均见（元）钟嗣成：《录鬼簿》（贾仲明本），卷上，上海，上海古籍出版社，1978。

思》多为其他散曲家、杂剧家所摹仿化用，如武林隐的《【双调】蟾宫曲·昭君》："只见三对两对搠旌旗古道西风瘦马，千点万点噪疏林老树昏鸦。哀哀怨怨，一曲琵琶。没撩没乱离愁悲悲切切，恨满天涯。"① 郑光祖的杂剧《倩女离魂》第三折【秃厮儿】一曲也用了"枯藤老树昏鸦"之语。马致远既与杂剧家王伯成为"忘年交"，与李时中、花李郎、红字李二合撰《黄粱梦》杂剧；又与散曲家卢挚、张可久交往，《全元散曲》载有马致远《【双调】湘妃怨·和卢疏斋西湖》、张可久《【双调】庆东原·次马致远先辈韵九篇》等曲。而张可久与散曲名家贯云石、刘时中、马九皋都有密切关系，多有曲作相赠。通过马致远这位杂剧、散曲的双栖名作家，联结了一批文采派的杂剧作家和一批以典雅清丽风格为主的散曲作家。

《录鬼簿》的作者钟嗣成，也兼擅杂剧与散曲。他的名气虽不及关、马，但交游甚广，与他"同舍"的有杂剧作家刘宣子、屈子敬；与他深交的有杂剧作家王仲元、周仲彬，并与高丽人、散曲家李齐贤为"同窗"，又常与散曲家赵君卿、陈彦实到南戏作家施惠家去"高谈"等等。正是以这样广泛的交游为基础，他才写出了《录鬼簿》这一戏曲史上的佳作，并广泛联结了元代杂剧、散曲的后期作家。

三、元散曲作家对元杂剧的推介作用

由于元杂剧与元散曲有着众多的"双栖"作家，也由于散曲和杂剧有着同样的套曲，喜欢散曲的观众往往也喜欢杂剧，元散曲作家往往有意无意地在散曲作品中介绍元杂剧；评曲家也以评散曲的眼光对"剧曲"评头品足。凭借着散曲的推介，元杂

---

① 隋树森编：《全元散曲》，下册，1174页，北京，中华书局，1964。下文选录的元散曲均见此书。

剧进入高层次的欣赏层面。

元杂剧的许多题材、故事内容为散曲作品所反复吟咏，如《西厢记》的张生和莺莺的故事、《汉宫秋》中汉元帝与王昭君的故事、《曲江池》中李亚仙与郑元和的故事、《两世姻缘》中玉箫与韦皋的故事等，或整体叙说，或局部化用。如关汉卿的散曲《【中吕】普天乐·崔张十六事》用16支曲叙说张生和莺莺的恋爱故事，无名氏的《【越调】柳营曲》则用杂剧《东堂老》的本事入曲："小敲才恰做人，没拘束便胡行，东堂老劝着全不听。……担荆筐卖菜为生，逐朝忍冻饿。每日在破窑中，再不见胡子转柳隆卿。"汤式的套数《【南吕】一枝花·劝妓女从良》中【牧羊关】一曲则用了四个与杂剧同题材的故事："试点检莺花簿，细摩挲烟月文。真乃是有奇花便有东君。玉箫女结韦皋两世丝萝，苏小卿配双渐百年眷姻。谢天香遂却耆卿志，李亚仙疼煞郑生贫。"

有的作家则运用"嵌字体"的技巧，将杂剧名嵌入散曲作品中，虽是游戏之作，客观上却扩大了杂剧的影响。如孙季昌的套数《【正宫】端正好·集杂剧名咏情》：

> 【滚绣球】常记的曲江池丽日晴，正对着春风细柳营。初相逢在丽春园遣兴，便和他谒浆的崔护留情。曾和他在万花堂讲志诚，锦香亭设誓盟，谁承望下场头半星儿不应，央及杀调风月燕燕莺莺。则被这西厢待月张君瑞，送了这花月东墙董秀英。

其中嵌入了《曲江池》、《丽春园》、《崔护谒浆》、《调风月》、《西厢记》、《东墙记》等杂剧名，妙在串连自然，天衣无缝。类似的还有季子安的套数《【中吕】粉蝶儿·题情》："张生煮海金钱梦。"用《张生煮海》杂剧名；陈克明套数《【中吕】粉蝶儿·怨别》："到做了三不归离魂倩女。"用《倩女离魂》杂剧名。人们在欣赏这些散曲的同时，也加深了对杂剧的了解。

元散曲和元杂剧都有“曲”，两者的作家都竭力钻研曲的艺术技巧，如运用对句、排比句、叠字叠句、双声叠韵等，评论家们也往往以评散曲的眼光来评剧曲，并以剧曲的优劣来定剧的高下。周德清在《高安周挺斋论曲》中评论“乐府”的“扇面对”、“重叠对”、“救尾对”之后，对杂剧《西厢记》的【麻郎儿·幺】一曲的“忽听、一声、猛惊”之句大加赞赏，认为“有六字三韵，词家以为难”。另一散曲家顾瑛则以评词的眼光来评曲：“曲要清空，不可质实。清空则古雅峭拔，质实则凝涩晦昧。”“曲欲雅而正，志之所之，一为物所役，则失其雅正之音。”[①]用南宋词人张炎等人的词论，将曲评引入“雅正”之道。通过以散曲评论为中介，“剧曲”的评论进入传统文学批评的范畴，元杂剧由此而摆脱了在民间小打小闹的局面，可品可味，可圈可点，进入元代文学的大雅之堂。

四、元代艺妓的纽带作用

元代艺妓大多兼擅杂剧与散曲，据《青楼集》载，朱帘秀、顺时秀、宋六嫂、天然秀、赛帘秀、李芝秀、连枝秀等人都是其中的佼佼者。元代艺妓因此与杂剧、散曲作家都有密切的联系，成为这两类作家之间的纽带。

被称为“朱娘娘”的朱帘秀，与著名杂剧作家关汉卿，著名散曲家冯子振、卢挚、胡祗遹、王恽等都有词曲唱酬之作。[②]关为卑微的“太医院户”（或云“太医院尹”），而冯、卢、胡、王都身份尊贵，冯为承事郎集贤待制，卢为翰林学士、江东道廉

---

① （元）顾瑛：《制曲十六观》，见《丛书集成初编》，第2684册，2、3页，北京，中华书局，1985。

② （元）夏庭芝著：《青楼集》，见中国戏曲研究院编：《中国古典戏曲论著集成》，册二，19页，北京，中国戏剧出版社，1959。又见隋树森编：《全元散曲》，上册，69页、127页、170页、354页，北京，中华书局，1964。

访使，胡为应奉翰林文学、江南浙西道提刑按察使，王为翰林学士、福建按察使。[①] 通过朱帘秀演唱他们的作品，他们的曲作得以互相交流、互相影响。这样，朱帘秀就在元代俗文学的名家关汉卿和元代雅文学的名家卢挚、王恽等人之间，架起了一道桥梁。元杂剧极有可能是通过元代艺妓和散曲的桥梁，接受了雅文学的信息，形成俗中见雅的特色。胡祇遹《优伶赵文益诗序》说："赵氏一门，昆季数人，有字文益者，颇喜读知古今，趋承士君子。……遇名士则必求诗文字画，似于所学，有所自得已。"[②] 优伶赵文益会向名士学诗文，其他杂剧作家当也有类似之举。

艺妓张怡云则既与诗词文名作家姚燧、赵孟頫、张埜交往，又与散曲家商正叔交往。《青楼集》载："张怡云，能诗词，善谈笑，艺绝流辈，名重京师。赵雪松、商正叔、高房山，皆为写《怡云图》以赠，诸名公题诗殆遍。姚牧庵、阎静轩，每于其家小酌。"《全金元词》则收有张埜的词《南乡子》（赠歌者怡云，和卢处道韵）。张怡云周旋于这一群诗文、散曲作家之中，无疑也起了穿针引线的作用。

有些艺妓不但与汉族散曲、杂剧作家交往，还与少数民族作家交往，为这些不同民族的作家群起了纽带的作用。著名艺妓顺时秀，擅演闺怨杂剧，亦善歌。她与汉族散曲家虞集、刘时中都有密切交往，曾与虞集酬唱《广寒秋》一曲（《南村辍耕录》卷四）；与西域人、散曲家王元鼎更过从甚密，王为了她病中思食马板肠而杀所骑骏马（《青楼集》）；一方面，她拜杂剧作家杨显

① 冯子振见《元史》卷一百九十，卢挚见《新元史》，卷二百三十七，胡祇遹见《元史》卷一百七十，王恽见《元史》，卷一百六十七，北京，中华书局，1976。

② 李修生主编：《全元文》，第5册，273页，南京，江苏古籍出版社，1997。

之为师，尊称杨为“伯父”（《录鬼簿》卷上）；另一方面，她又是康里人金文石的师傅，金“幼年从名姬顺时秀歌唱”（《录鬼簿续编》）。顺时秀可谓八面玲珑，既联结了杂剧、散曲作家，又联结了汉族、少数民族作家。

与少数民族散曲家关系密切的还有艺妓刘婆惜。《录鬼簿续编》、《青楼集》记载她在汉族散曲家刘廷信的宴席上为西域人兰楚芳的《落梅花》一曲续作；又在高昌人全子仁的宴席上续作《清江引》一曲。她的散曲酬唱活动，客观上也对各族的杂剧、散曲家产生了联结作用。

综上所述，元杂剧与元散曲这对姐妹艺术有着天然的、密切的关系，而元杂剧这个原本属于民间文学的样式，在一定程度上，凭借着元散曲这个“时代曲”为桥梁，接受了雅文学和少数民族文学的熏陶，成为雅俗共赏的新文学体裁。当然，元杂剧与元散曲是互为借鉴、互为补充的，元杂剧能进入元代的主流文学也有着多种复杂的原因。本文只就元散曲对元杂剧的桥梁作用这一角度展开讨论。

第二节　元院本与元杂剧

宋杂剧和金院本作为中国戏曲萌芽时期的戏剧样式，对元杂剧的形成和发展产生了积极的影响，院本在元代还在继续演出。对于这些中国戏曲的演变过程，王国维等戏曲史家已有精确的论述。但是，元院本的具体情况如何？它与元杂剧的关系怎样？则少有论者的研究。本文认为，在元代，院本和杂剧是两种既互相独立又互相联系的戏剧形式，前者为戏班艺人所创作，后者主要为文人作家所创作，两者往往同台演出，前者对后者起辅助作用。同时，两者的审美趣味各有不同而又互相交融，民间艺人和文人戏剧家切磋合作，共同促进了元代戏剧的繁荣兴盛。

一、元院本和元杂剧“分而为二”

元人陶宗仪《南村辍耕录》卷二十五道：“金有院本、杂剧、诸宫调。院本、杂剧，其实一也。国朝院本、杂剧，始厘而二之。”另一元人夏庭芝的《青楼集志》也道：“金则院本、杂剧合而为一。至我朝乃分院本、杂剧而为二。”

在宋、金二代，戏剧是文人们不屑创作的文体，院本和杂剧都是民间艺人创作的一些滑稽小戏，宋人耐得翁《都城纪胜·瓦舍众伎》载：“杂剧中，末泥为长，每四人或五人为一场，先做寻常熟事一段，名曰艳段；次做正杂剧，通名为两段。末泥色主张，引戏色分付，副净色发乔，副末色打诨，又或添一人装孤。其吹曲破断送者，谓之把色。大抵全以故事世务为滑稽，……”《南村辍耕录》卷二十五则载：“院本则五人，一曰副净，古谓之参军；一曰副末，古谓之苍鹘，鹘能击禽鸟，末可打副净，故云。一曰引戏，一曰末泥，一曰孤装，又谓之五花爨弄。”“又有焰段，亦院本之意，但差简耳。取其如火焰易明而易灭也。其间副净有散说，有道念，有筋斗，有科泛。”王国维认为陶氏所指之院本为金院本（《宋元戏曲史》第六章《金院本名目》）。将宋杂剧和金院本两相比较，在脚色方面，相同名称的有末泥、副净、副末、引戏、装孤（孤装），结构上都有艳段（焰段），风格都以滑稽调笑为主，故陶宗仪等说二者“其实一也”；仅因宋金南北地域的不同而称为杂剧与院本。

在元代，院本与杂剧却是从内容到形式都有很大不同的两种戏剧。元杂剧为人们所熟知，元院本又如何？

现存的元院本，据前人的研究，有《清闲真道本》（见李文蔚杂剧《张子房圯桥进履》第一折）、《针儿线》（见无名氏杂剧《摩利支飞刀对箭》第二折）、《鸡鸭论》（见关汉卿杂剧《五侯宴》第四折）、《双斗医》（见刘唐卿杂剧《降桑椹》第二折)，另外，与元朝仅有一步之遥的明初朱有燉的杂剧《吕洞宾花月神仙会》第二折插演的院本《长寿仙献香添寿》，也被视为是元院本。①

余以为，元院本实际上还不止此数。

元无名氏杂剧《百花亭》第三折王焕扮小贩卖“查梨条”时说：

> 须记的京城古本，老郎传流；这果是家园制造，道地收来也。有福州府甜津津香喷喷红馥馥带浆儿新剥的圆眼荔枝，也有平江路酸溜溜凉荫荫美甘甘连叶儿整下的黄橙绿桔，也有松阳县软柔柔白璞璞蜜煎煎带粉儿压扁的凝霜柿饼，也有婺州府脆松松鲜润润明晃晃拌糖儿捏就的龙缠枣头，也有蜜和成糖制就细切的新建姜丝，也有日晒皱风吹干去壳的高邮菱米，也有黑的黑红的红魏郡收来的指顶大瓜子，也有酸不酸甜不甜宣城贩到的得法软梨条。俺也说不尽果品多般，略铺陈眼前数种。香闺绣阁风流的美女佳人，大厦高堂俏倬的郎君子弟，非夸大口，敢卖虚名，试尝管别，吃着再买。

“京城古本，老郎传流”一句，说明这段“卖果品”的叫唱是自京城老艺人的“古本”流传下来，而《南村辍耕录》卷二十五《院本名目》中的《打略拴搐》中就有《果子名》的剧名，《诸杂院爨》中还有《讲百果爨》的剧名，这段叫唱很可能就是这一类金院本经过改造而成的元院本。有些学者认为“京城古本”是指前辈说书艺人的话本，因“老郎”是说书艺人对

---

① 《清闲真道本》、《针儿线》见胡忌《金元戏剧的新资料——“针儿线”和“清闲真道本”》，载《文学遗产》，第102期，1956年4月；《鸡鸭论》、《双斗医》见季国平《论元杂剧艺术的渊源与发展》，载《河北师院学报》，1993年1月；《长寿仙献香添寿》，见王国维《宋元戏曲史》第十三章《元院本》。

老前辈、老师傅的尊称。① 而余以为，元杂剧和元散曲中的“古本”指前代剧本，多指金院本，元人高安道散曲《【般涉调】哨遍·嗓淡行院》道：“末泥引戏的嗔劳嗽，做不得古本《酸孤旦》。”②《酸孤旦》正是《南村辍耕录》中《院本名目·诸杂大小院本》中剧名。元杂剧《蓝采和》第一折蓝采和唱：“俺将这古本相传，路歧体面。习行院，打诨通禅，穷薄艺知深浅。……做一段有憎爱劝贤孝新院本，……”因此，我们将这段戏称为元院本是可以成立的。

元院本沿袭金例仍为滑稽小戏，以说白和动作表演为主。《圯桥进履》第二折乔仙道：

> ……等得天色将次晚，躲在人家灶火边。若是无人撞进去，偷了东西一道烟。盗了这家十匹布，拿了那家五斤绵。为甚贫道好做贼，皆因也有祖师传。施主若来请打醮，清心洁净更诚坚。未曾看经要吃肉，吃的饱了肚儿圆。平生要吃好狗肉，吃了狗肉念真言。不想撞着巡军过，说我破斋犯戒坏醮筵。众人将我拿个住，背绑绳缚都向前。见我不走着棍打，嘴头上打了七八拳。拿在厅前见官府，连忙跪膝在阶前。大人着我说词因，道我败坏风俗罪名愆。背上打到二百棍，眉毛上打了七八千。大人心里犹不足，再着这厮顶城砖。被我宁心打一坐，无语悲悲大笑喧。我这般喜喜孜孜无欢悦，呷呷大笑无语言。众人齐声皆都赞，两边闲人一发言，道我是个《清闲真道本》，说我是个无忧无虑的散神仙。

《清闲真道本》为《南村辍耕录》中《院本名目·先生家

---

① 王学奇主编：《元曲选校注》，册四，3626页，石家庄，河北教育出版社，1994。

② 隋树森编：《全元散曲》，下册，1110页，北京，中华书局，1964。

门》中剧名，也是个由金流传至元的“古本”，其中可能有元人的改造在内。其内容为道人犯戒受罚，由一个角色演出，语言动作都滑稽可笑。

另一元院本亦为滑稽语言动作表演，见《飞刀对箭》第二折：

（净扮张士贵领卒子上云）自小从来为军健，四大神州都走遍；当日个将军和我奈相持，不曾打话就征战。我使的是方天画杆戟，那厮使的是双刃剑；两个不曾交过马，把我左臂厢砍了一大片。着我慌忙下的马，荷包里取出针和线；我使双线缝个住，上的马去又征战。那厮使的是大杆刀，我使的是雀画弓带过雕翎箭；两个不曾交过马，把我右臂厢砍了一大片。被我慌忙下的马，荷包里取出针和线；着我双线缝个住，上的马去又征战。那厮使的是簸箕大小开山斧，我可轮的是双刃剑；我两个不曾交过马，把我连人带马劈两半。着我慌忙跳下马，我荷包里又取出针和线；着我双线缝个住，上的马去又征战。那里战到数十合，把我浑身上下都缝遍。那个将军不喝采，那个把我不谈羡；说我厮杀全不济，嗨！道我使的一把儿好针线。

《南村辍耕录》中《院本名目·卒子家门》有《针儿线》剧名，这段戏用夸张的手法讽刺那些常败将军，很可能就是此剧，或由此剧改编而成。剧中把使枪弄棒和穿针引线的动作混合表演，极为荒诞可笑。

杨景贤《西游记》第二本第六出《村姑演说》中胖姑儿唱：“见一个粉搽白面皮，红绘着油鬏髻，笑一声打一棒椎，跳一跳高似田地。”接着老张祖说：“这是做院本的。”“笑一声打一棒椎”正是陶宗仪所说的“末打副净”的逗笑动作。元南戏《宦门子弟错立身》第十二出也有关于元院本表演的描写：

(末白) 不嫁做杂剧的，只嫁个做院本的。(生唱)【调笑令】我这爨体，不查梨，格样，全学贾校尉。趋跄嘴脸天生会，偏宜抹土搽灰。打一声哨子响半日，一会道牙牙小来来胡为。

高安道散曲《【般涉调】哨遍·嗓淡行院》则写看客对院本演员表演的不满："没 一个生斜格打到二百个斤斗。"

吹口哨、打斤（筋）斗都是滑稽动作表演，打筋斗更是金院本副净色的拿手好戏。

元院本除了滑稽的动作表演之外，还有诙谐的歌唱表演。与元杂剧"一人主唱"的体制不同，元院本各个脚色都可以唱。如朱有燉杂剧《吕洞宾花月神仙会》① 第二折有一段 院本的描写：

扮净同捷讥、付末、末泥上，相见科，做院本《长寿仙献香添寿》。……（捷）我有一管玉笙，有一架银筝，就有一个小曲儿添寿，名是《醉太平》：有一排玉笙，有一架银筝，将来献寿凤鸾鸣，感天仙降庭。……（末泥）我也有一管龙笛，一张锦瑟，就有一个曲儿添寿：品龙笛凤声，弹锦瑟泉鸣。供筵前添寿老人星，庆千春百龄。……（付末）我也有一面琵琶，一管紫箫，就有个曲儿添寿：拨琵琶韵美，吹箫管音齐。琵琶箫管庆樽席，向筵前奏只。……（净趋抢云）小子也有一条弦儿的一个眼儿的丝竹，就有一个曲儿添寿：弹棉花的木弓，吹柴草的火筒，这两般丝竹不相同，是俺付净色的受用。……

剧中净、捷讥、付末、末泥都有说有唱，尤以净的演唱为

① 杨家骆主编：《全明杂剧》，第 4 册，影印脉望馆藏古名家杂剧本，台北，台湾鼎文书局，1979。

滑稽。

元院本的结构简单，不分折或出，从上文的《清闲真道本》、《针儿线》、《长寿仙献香添寿》等院本可知。

元院本的脚色也大致如同金院本，上剧中的净、付末、末泥即同金院本的脚色副净、副末、末泥，仅“捷讥”有异。高安道散曲《【般涉调】哨遍·嗓淡行院》也道：“末泥 引戏的嗔劳嗽，”“末泥”、“引戏”都与金院本脚色同名。均可见元院本脚色对金院本的沿袭。当然，也有差异较大的，如《清闲真道本》和《针儿线》都只有一个演员表演。

元院本的人物扮相多为丑扮，元初杜仁杰散曲《【般涉调】耍孩儿·庄家不识勾栏》道：“前截儿院本《调风月》，……中间里一个央人货，裹着枚皂头巾顶门上插一管笔，满 脸石灰更着些黑道儿抹。知他待是如何过。浑身上下，则穿领花布直裰。”上文《宦门子弟错立身》写院本演员“抹土搽灰”也是如此。

元院本的剧本同金院本一样，为戏班艺人创作的“行院之本”。明初朱权的《太和正音谱》道：“院本者，行院之本也。”王国维《宋元戏曲史·金院本名目》说：“《张千替杀妻》杂剧云：‘你是良人良人宅眷，不是小末小末行院。’则行院者，大抵金元人谓倡伎所居，其所演唱之本，即谓之院本云耳。”元代戏班艺人多自称“行院”，大概是从居所“行院”发展而来。《蓝采和》杂剧第三折旦云：“都是一般行院，你多拿了几文钱出来，我务要平分。”外人称戏班演员也叫“行院”，同上剧第一折钟离对蓝采和说：“你是什么好驰名的行院？”元无名氏散曲《【般涉调】耍孩儿·拘刷行院》写客人在酒楼叫戏班演出：“道有教坊散乐，拘刷烟月班头。”① 是将“教坊散乐”、“烟月

① 隋树森编：《全元散曲》，下册，1822 页，北京，中华书局，1964。

班头”称作“行院”的。演员创作的剧本仍称院本，《蓝采和》第一折蓝采和唱：“做一段有憎爱劝贤孝新院本，觅几文济饥寒得温暖养家钱。”南戏《宦门子弟错立身》第十四出写戏班演院本，班主王恩深向河南府同知呈上院本剧本：

> （外白）……六儿，我如今在此闷倦，你与我去叫大行院来，做些院本解闷。（净叫介）（生旦上）（末上见外介）（外说关子）（末禀院本）

元院本少有完整的剧本流传至今，但却有剧名的记载。《宦门子弟错立身》第十二出云：

> （末白）你会做甚院本？（生唱）【圣药王】更做《四不知》；《双斗医》；更做《风流浪子两相宜》；《黄鲁直打到底》；《马明王村里会佳期》；更做《搬运太湖石》。……做院本生点个《水母砌》，拴一个《少年游》。

从中可见院本剧目的丰富多彩。

而元杂剧却与宋杂剧、金院本有本质的不同。在元代，大量的文人因失去科举考试的进身之道，转向戏剧创作，也许是身份的关系，他们的目光并非放在戏班的“行院之本”上，而是放在被称为“杂戏”① 的元杂剧上，从而使元杂剧发生了脱胎换骨的变化，从宋、金的滑稽小戏变为内容丰富、艺术成熟的大戏，从内容到形式都产生了飞跃，成为元代剧坛的主体戏剧形式。胡祗遹《赠宋氏序》道：

> 近代教坊，院本之外，再变而为杂剧。既谓之杂，上则朝廷君臣，政治之得失，下则闾里市井，父子、兄弟、夫妇、朋友之厚薄，以至医药、卜筮、释道、商贾

① （明）朱权：《太和正音谱》：“杂剧者，杂戏也。”见中国戏曲研究院编：《中国古典戏曲论著集成》，册三，53页，北京，中国戏剧出版社，1959。

之人情物理殊方，异域风俗语言之不同，无一物不得其情，不穷其态。①

夏庭芝《青楼集志》也说：

院本大率不过谑浪调笑，杂剧则不然，君臣如：《伊尹扶汤》、《比干剖腹》，母子如：《伯瑜泣杖》、《剪发待宾》，……皆可以厚人伦、美风化。②

《蓝采和》第一折正末（蓝采和）也唱：

甚杂剧请恩官望着心爱的选。（钟云）你这句话敢忒自专么？（正末唱）俺路歧每怎敢自专？这的是才人书会划新编。（钟云）既是才人编的，你说我听。（正末唱）我做一段《于祐之金水题红怨》，《张忠泽玉女琵琶怨》。（钟云）你做几段脱剥杂剧。（正末云）我试数几段脱剥杂剧。（唱）做一段《老令公刀对刀》，《小尉迟鞭对鞭》，或是《三王定政临虎殿》。（钟云）不要，别做一段。（正末唱）都不如《诗酒丽春园》。

蓝采和介绍的杂剧剧目，有历史剧，有言情剧，还有武打剧等，内容丰富多彩，正是胡祗遹言杂剧“无一物不得其情，不穷其态”的注脚。而且，蓝采和声明，这些杂剧不是“路歧”——流浪戏班艺人写的，而是书会才人——主要是文人作家创作的，只有这种杂剧才有被观众挑选的资格，如果是“路歧”们编的，钟离们大概要嗤之以鼻了。

由此可知，在元代，院本虽然仍在演出，但因其短小粗糙，又为戏班艺人所作，不为世所重，故少有剧本传世，现存的院本均为插在元杂剧中之剧本；而元杂剧内容丰富且富于文采，以文

① 李修生主编：《全元文》，第5册，260页，南京，江苏古籍出版社，1997。

② （元）夏庭芝：《青楼集志》，见中国戏曲研究院编：《中国古典戏曲论著集成》，第二册，7页，北京，中国戏剧出版社，1959。

人为创作主体，进入了元代的主流文学，剧本得以结集出版，有《元刊杂剧三十种》、《元曲选》等流传至今。

二、元院本对元杂剧的辅助作用

作为一种古老的戏剧形式，元院本是可以独立演出的，高安道散曲《【般涉调】哨遍·嗓淡行院》道："待去歌楼作乐，散闷消愁。倦游柳陌恋烟花，且向棚阑玩俳优。赏一会妙舞清歌，瞅一会皓齿明眸，躲一会闲茶浪酒。"接着看客便欣赏了由"末泥引戏"演出的院本"古本《酸孤旦》"。

但元院本因为简单粗糙，不能吸引更多的观众，往往和元杂剧同台演出，以院本的小戏穿插在杂剧的大戏中，起调节气氛、使元杂剧主唱演员得以休息等辅助作用，也使自己得到生存和发展。

元代演员或"票友"多兼擅院本与杂剧，王实甫《丽春堂》杂剧第一折官员李圭说："也会做院本，也会唱杂剧。"元无名氏杂剧《立功勋庆赏端阳》第一折李道宗说："我幼习弓马兵书，颇会做的院本，攻的杂剧。"《蓝采和》杂剧第四折演员蓝采和唱："你待着我做杂剧，扮兴亡贪是非。……旧么麽院本我须知，论同场本事我般般会。""么麽"即元杂剧①，"同场本事"正透露出杂剧和院本同台演出的信息。

也有些戏班将演员分工，此演杂剧，彼演院本。往往是女演员演杂剧，以姿色秀丽和歌喉婉转吸引观众；而男演员演院本，以滑稽表演调节气氛。《青楼集》载："赵偏惜，樊孛阑奚之妻也，旦末双全。……樊院本，亦罕与比。""朱锦绣，侯要俏之妻

① 么麽：又称"幺末"、"幺末"，元杂剧的别称。（元）钟嗣成《录鬼簿》卷上："高文秀：……除汉卿一个，将前贤疏驳，比诸公，幺末极多。"又见龙潜庵：《宋元语言词典》，87页，上海，上海辞书出版社，1985。

也，杂剧旦末双全，而歌声坠梁尘，虽姿不逾中人，高艺实超流辈。侯又善院本。时称负绝艺者，前辈有赵偏惜、樊孛阑奚，后则侯朱也。”均为妻演杂剧夫演院本的最佳搭档。

元院本和元杂剧的同台演出，有时是分段进行的，如杜仁杰散曲《庄家不识勾栏》道：“前截儿院本《调风月》，背后么末敷演《刘耍和》。”“么末”即杂剧，即此剧团先演院本《调风月》，再演杂剧《刘耍和》。有时是将院本穿插在杂剧中演出，往往按元杂剧的题材类别适当插入相应题材的院本，使二者融为一体。如上文已述，将《讲百果爨》插入《百花亭》中王焕卖查梨条的情节，将有关道人的《清闲真道本》插入《圯桥进履》中道人乔仙指点张良的情节，将讽刺败将的《针儿线》插入《飞刀对箭》中张士贵与薛仁贵争功的情节，都使戏剧场面更加生动有趣。至于将《长寿仙献香添寿》插入《吕洞宾花月神仙会》的演出，则烘托了喜庆的气氛。另外，《西厢记》第三本第四折写红娘探望张生病情，也插入有关医生的院本的演出：“洁引太医上，《双斗医》科范了。”（《双斗医》为《南村辍耕录》、《宦门子弟错立身》载院本名）也加强了该剧的喜剧效果。

元院本亦可在元杂剧的折与折之间演出，除调节气氛外，还造成间隙，使“一人主唱”的元杂剧主唱演员得以休息。有些学者质疑过杂剧“一人主唱”的体例，认为演员的体力不可能支持连续唱完全剧：“一个演员连唱四折，若中间没有间歇，他（她）能吃得消吗？更重要的是，如何解决角色身份的问题呢？”① 从而提出，在元杂剧的折与折之间，当有一些小节目穿插演出，使主唱演员得以休息，或改换服装，变换角色。本文赞成这种观点，并认为这些小节目中，就有院本。臧晋叔在改定

① 黄天骥：《元杂剧的“杂”及其审美特征》，载《文学遗产》，1998 年第 11 期。

《玉茗堂四种传奇》的《还魂记》第二十五折的眉批中说："北剧四折，只旦末供唱，故临川于生旦等皆接踵登场。不知北剧每折间以爨弄、队舞、吹打，故旦末当有余力。""爨弄"即陶宗仪说的"五花爨弄"，即院本。

值得注意的是，元院本除与元杂剧同台演出之外，还与南戏、傀儡戏等其他元代戏剧合作演出。南戏《宦门子弟错立身》第十二出写延寿马为追求女演员王金榜而要求加入戏班，王父（末）说："只嫁个做院本的。"接着延寿马吹嘘自己表演院本的技能；该剧第十四出还有延寿马之父"叫大行院来，做些院本解闷"的情节，均为南戏中串演院本。元杂剧《西游记》第二本第六出《村姑演说》描述"社火"盛况，是先演院本，后演傀儡戏；南戏《耿文远》【喜还京】曲也道："看舞傀儡，傀儡呈院本，身份诙谐越样美。"① 则是将院本和傀儡戏合二为一了。

三、元院本和元杂剧不同的审美趣味及其互补的关系

元院本和元杂剧有着不同的审美趣味。前者反映的是民间艺人和下层百姓的审美趣味，后者主要反映的是文人剧作家的审美趣味。

其一，元院本产生于社会最底层的"倡优"，受传统封建道德的束缚较少，其剧作也有自己的思想道德价值判断，但不担负什么"传道"的责任，以娱乐观众为主。元无名氏杂剧《王矮虎大闹东平府》第三折社头说："做几段笑乐院本。""笑乐"是其追求的演出效果，也是其审美趣味的重点。

而元杂剧的作家主要由下层文人组成，他们虽穷困潦倒，但

---

① 王季思主编：《全元戏曲》，第12卷，459页，北京，人民文学出版社，1999。

在文化上仍然受传统雅文学的影响很深，“文以载道”的思想根深蒂固，“厚人伦，美风化”（夏庭芝《青楼集志》）是其审美趣味的重点，在亦庄亦谐的剧作中承载着他们匡济世人、实现自我价值的审美理想。

其二，元院本以滑稽为美，因而在舞台造型上经常“抹土搽灰”，在动作表演上“打棒椎”、“打哨子”、“打斤斗”，唱曲也多滑稽小调，以插科打诨为主要表演形式。

而元杂剧则崇尚酣畅美，偏重抒情性，剧作虽然唱念做打俱全，但无论是剧作家还是演员，都十分重视“曲”，以大段的唱词酣畅地抒发剧中人的感情，塑造人物形象。

其三，元院本喜欢“小”，剧作短小随意，没有固定结构，便于“路歧”在歌楼、广场、田头等各种场合随时演出。

而元杂剧崇尚“大”，剧作长而端整，以一本四折为惯例，有开端、发展、高潮、结束，类似文章的起承转合，比较规范，便于在勾栏瓦舍等正规舞台演出。

总之，元院本体现了民间文学娱乐性强、简朴、不规范的特点；而元杂剧则体现了文人文学思想性、抒情性、规范性均较强的特点，呈现出不同的审美心态和文化特征。

但是，元院本和元杂剧不是“井水不犯河水”地截然分开，由于两者的同台演出，民间艺人和文人作家得以互相学习，审美趣味互相交融，形成院本和杂剧互相补充的关系。

在共同进行戏剧实践的过程中，一些水平较高的民间艺人也参与了元杂剧的创作。有时以参加“书会”为依托，与文人共同撰写杂剧，《录鬼簿》卷上载：“《开坛阐教黄粱梦》，第一折马致远，第二折李时中，第三折花李郎学士，第四折红字李二。”① 四人均为大都元贞书会才人②，而马致远和刘时中为小官，红字李二和花李郎均为民间艺人。③ 有时民间艺人也独立创作杂剧，《录鬼簿》卷上载，赵文殷（教坊色长）有杂剧《渡孟津武王伐纣》、《宦门子弟错立身》、《张果老度脱哑观音》；张国宾（教坊勾管）有《汉高祖衣锦还乡》、《薛仁贵衣锦还乡》、《相国寺公孙汗衫记》；红字李二有《病杨雄》、《板踏儿黑旋风》、《折担儿武松打虎》；花李郎有《懒躁判官钉一钉》、《莽张飞大闹相府院》。④《太和正音谱》中“倡夫不入群英四人，共十一本”也有类似的记载。从现存的《相国寺公孙汗衫记》等剧可知，这些民间艺人之作也具有较强的思想性、抒情性、规范性，是文人审美情趣向民间艺人渗透的结果。

文人杂剧作家则向民间艺人创作的院本吸收营养，从剧作题材到表演形式都加以借鉴。王国维《宋元戏曲史》第八章《元杂剧之渊源》列举了20种元杂剧剧名近似院本的名目，这些院本名目多取自《南村辍耕录》，王氏认为：“其为金院本，而非元之院本。”余以为这些院本在元代仍在演出，亦可视为元院本。因为陶氏在此书中说：“教坊色长魏、武、刘三人，鼎新编辑，魏长于念诵，武长于筋斗，刘长于科泛，至今乐人皆宗之。偶得院本名目，用载于此。”“至今”二字，说明这些院本剧作在元代仍在演出，其中可能有元代艺人的改造在内。元院本对元

① （元）钟嗣成等著：《录鬼簿》（外四种），卷上，78页，上海，上海古籍出版社，1978。

② （元）钟嗣成等著：《录鬼簿》（外四种），卷上，23页：“元贞书会李时中、马致远、花李郎、红字公，四高贤合捻《黄粱梦》。”上海，上海古籍出版社，1978。

③ （元）钟嗣成等著：《录鬼簿》（外四种），卷上，12页、23页、29页、78页，上海，上海古籍出版社，1978。

④ （元）钟嗣成等著：《录鬼簿》（外四种），76页，上海，上海古籍出版社，1978。

杂剧题材的影响，是显而易见的。

此外，元院本各个脚色都可演唱的体制，对元杂剧也有一定的影响。一些反面人物或喜剧人物的表演，偶尔也会随机演唱，打破“一人主唱”的惯例。如关汉卿《望江亭》杂剧第三折结尾：

(李梢唱)【马鞍儿】想着想着跌脚儿叫。(张千唱)想着想着我难熬。(衙内唱)酩子里愁肠酩子里焦。(众合唱)又不敢着傍人知道。则把他这好香烧，好香烧。咒的他热肉儿跳。(衙内云)这厮每扮戏那！

我们可能会奇怪：关汉卿身为“杂剧班头”，为何违反“一人主唱”的规矩，来了这么不伦不类的一段？但如果用院本的体制来衡量，就一点也不奇怪了：这不过是副净、副末、装孤在“发乔”、“打诨”，分唱合唱而已。关汉卿将院本的表演艺术融汇到杂剧中，加强了对衙内及其走狗的嘲讽力量。

《西厢记》第一本第四折《张君瑞闹道场》也突破了“一人主唱”的惯例，张生、莺莺、红娘都有演唱：

(末唱)【乔牌儿】大师年纪老，法座上也凝眺；举名的班首真呆傍，觑着法聪头做金磬敲。【甜水令】老的小的，村的俏的，没颠没倒，胜似闹元宵。稔色人儿，可意冤家，怕人知道，看时节泪眼偷瞧。……

(旦与红云)那生忙了一夜。(唱)【锦上花】外像儿风流，青春年少；内性儿聪明，冠世才学。扭捏着身子儿，百般做作，来往向人前，卖弄俊俏。

(红云)我猜那生。(唱)【幺篇】黄昏这一回，白日那一觉，窗儿外那会镬铎。到晚来向书帏里比及睡着，千万声长吁捱不到晓。

塑造了三人性格各异的喜剧形象和众僧为莺莺美貌而倾倒的滑稽场面，从中也不难看到院本多人演唱、滑稽表演的痕迹。

赵景深先生《元曲札记·元杂剧一人独唱的例外》① 指出了12种破例的剧作，并认为“唱破例之曲的每为丑角，至少不是正角”。以丑角的滑稽演唱为主正是元院本的特色，从而可证这些“破例”实为元杂剧受元院本多人演唱的影响之故。当然，南戏也有多人演唱的体例，元杂剧可能也受到南戏的影响，但与前者并不矛盾。

元院本滑稽的插科打诨对元杂剧的影响更为显著，《针儿线》等剧中人物的自嘲，与元杂 剧中昏官自嘲“官人清似水，外郎白如面；水面打一和，糊涂成一片”可说是一脉相传。

更重要的是，元院本自然、谐趣的审美趣味深深地影响了元杂剧，元杂剧与元院本相比，固然显得“雅”；但与元代诗、文等雅文学相比，又是相当“俗”的，其中，元院本等民间戏剧的审美趣味的渗入，是重要的原因。

综上所述，元院本继承金院本的成就，继续在元代演出，对元杂剧起辅助和补充的作用。元院本和元杂剧相辅相成，反映出元代民间艺人和文人作家密切合作的关系，正是这种交融，使元代戏剧既有文人的文采风流，又有民间艺术的生动自然。元院本和元杂剧，正如绿叶映衬红花，装点出元代剧坛万紫千红的春天。

第三节　元杂剧与元代民间说唱文学

元代的说唱文学种类繁多，如诸宫调、话本等，它们对元杂剧的内容和艺术产生了重要的影响，前人论述已详，此处不赘。而民间说唱文学唱货郎儿、莲花落、道情等，与元杂剧同样关系密切，实际上，这些民间文学同样哺育了元杂剧的成长。对此虽

① 赵景深：《读曲小记》，北京，中华书局，1959。

有叶德均先生的《宋元明讲唱文学》等研究，但从总体上来看，这种研究还是较为薄弱的。鉴于此，本文拟作进一步的研究。

一、元杂剧和唱货郎儿

在元代，唱货郎儿是流浪艺人说唱故事以谋生的一种说唱文学形式，在民间很流行。《元典章》卷五十七《刑部十九·诸禁》载："［禁弄蛇虫唱货郎］至元十二年，……一等无图小人，因弄蛇虫禽兽，聚集人众，街市货药，非徒不能疗病，其间反致害人。又在都唱琵琶词、货郎儿人等，聚集人众，充塞街市，……唱琵琶词、货郎儿人等止禁大都。"① 说明唱货郎儿为下层艺人所为，极受百姓欢迎，统治者禁而不止。元杂剧中也有唱货郎儿的演出，无名氏《货郎旦》第四折："（驿子云）我这里无乐人，只有姐妹两个，会说唱货郎儿，唤将来服侍大人。"接着副旦扮的张三姑唱："【南吕一枝花】虽则是打牌儿出野村，不比那吊名儿临拘肆。……【梁州第七】……我本是穷乡寡妇，没甚的艳色娇姿，又不会卖风流弄粉调脂。"接下来张三姑又云："为俺这一家儿这一桩事，编成二十四回说唱。"然后演唱了从【转调货郎儿】至【九转】九支曲，间以说白：

> 【转调货郎儿】也不唱韩元帅偷营劫寨，也不唱汉司马陈言献策，也不唱巫娥云雨楚阳台，也不唱梁山伯，也不唱祝英台。（小末云）你可唱甚么那？（副旦唱）只唱那娶小妇的长安李秀才。
>
> （云）怎见的好长安。（诗云）水秀山明景色幽，地灵人杰出公侯。华夷图上分明看，绝胜寰中四百州。（小末云）这也好，你慢慢的唱来。（副旦唱）
>
> 【二转】我只见密臻臻的朱楼高厦，碧耸耸青檐细

① 《元典章》，下册，2103 ~2104 页，北京，中国广播电视出版社，1998。

瓦。四季里常开不断花，铜驼陌纷纷斗奢华。那王孙士女乘车马，一望绣帘高挂，都则是公侯宰相家。

（云）话说长安有一秀才，姓李名英，字彦和。嫡亲的三口儿家属：浑家刘氏，孩儿春郎，奶母张三姑。那李彦和共一娼妓，叫做张玉娥，作伴情熟，次后娶结成亲。

（叹科云）嗨，他怎知才子有心联翡翠，佳人无意结婚姻。（小末云）是唱的好，你慢慢的唱咱。……

从《货郎旦》中这一段唱货郎儿，我们可以知道它的一些特点。

首先，它是由走村串户的流浪艺人演唱的，这些艺人的地位比勾栏瓦舍中有固定演出场所的演员还要低，连庄家农户也鄙视之，该剧第三折李彦和云："我与人家看牛哩，不比你这唱货郎的生涯这等下贱。"可证。

其次，演唱时无弦乐器，仅有蛇皮鼓和"醒睡木"。同上剧第四折："（副旦唱）……又不会按宫商品竹弹丝，无过是赶几处沸腾腾热闹场儿，摇几下桑琅琅蛇皮鼓儿，唱几句韵悠悠信口腔儿。一诗一词，都是些人间新近希奇事。""（副旦做排场敲醒睡科）"演员在开始演唱时敲"醒睡木"以静场，引起观众的注意，然后一边摇蛇皮鼓一边说唱。

其三，唱货郎儿在陈述故事时，既有歌曲，又有诗词吟诵，善于写景叙事抒情，将听众带进既定的故事情景；而用说白解说故事时，韵散交错，又不时与听众交流，对故事加以评论，让观众置身故事之外加以欣赏品味。这种叙事方法，可说是"既入又出"，演员既是"局内人"，又是"局外人"，灵活机动，能够牢牢抓住听众。

"唱货郎儿"为何如此称呼？从《货郎旦》的剧情看，张三姑的卖唱纯粹为艺术活动，非小贩卖货。而元杂剧中有真正卖货的货郎的描写，《渔樵记》第三折货郎张忺古唱："我摇着这蛇皮鼓可便直至庄门。""（做摇鼓科，叫云）笊篱马杓，破缺也换那！"又如《留鞋记》第三折张千假扮货郎寻找绣鞋的主人："我扮做个货郎，挑着这绣鞋儿，体察这一桩事，若有人认的呵，便拿他见老爷去。自有发落。（做摇鼓科）"其摇鼓叫卖的动作和唱货郎的摇鼓伴奏相似，所用之鼓都是蛇皮鼓，可见二者的渊源关系。

此外，货郎悠扬的叫卖声与歌唱相似，逐步演变为特定的曲调，成为唱货郎曲调的来源。元无名氏杂剧《鲁智深喜赏黄花峪》第三折就有李逵扮货郎的叫卖声："买来买来！卖的是调搽宫粉麝香胭脂柏油灯草，破铁也换！"另一无名氏杂剧《百花亭》第三折王焕扮小贩卖"查梨条"的叫卖声更为抑扬顿挫："这果是家园制造，道地收来也。有福州府甜津津香喷喷红馥馥带浆儿新剥的圆眼荔枝，也有平江路酸溜溜凉荫荫美甘甘连叶儿整下的黄橙绿桔……"其实，早在宋代，就有将叫卖声变为艺术表演的记载，周密《武林旧事》卷六《诸色伎艺人》就有"吟叫：姜阿得、钟胜、吴百四、潘善寿、苏阿黑、余庆"。灌园耐得翁的《都城纪胜》中《瓦舍众伎》也载："叫声，自京师起撰，因市井诸色歌吟卖物之声，采合宫调而成也。若加以嘌唱为引子，次用四句就入者，谓之下影带。无影带者，名散叫。若不上鼓面，只敲盏者，谓之打拍。"从这些记载可知，货郎的叫卖之声，经过民间艺人"采合宫调"而形成了新的表演艺术形式——吟叫（叫声），其中还分为"下影带"、"散叫"、"打拍"等种类。金院本也有《讲百果爨》、《果子名》等源自小贩叫卖的名目，元杂剧《百花亭》中王焕叫卖查梨条的一段就是《讲百果爨》的元代版本。到了元代，已有标明为"货郎"或"货郎儿"的歌曲，在元杂剧和元散曲中都时有出现。如杨显之杂剧《潇湘雨》第四折《【正宫】端正好》套曲中就有一支【货郎儿】；萧德祥杂剧《杀狗劝夫》第二折也有一支【货郎儿】，亦在《【正宫】·端正好》套曲中；范居中套数《【正宫】金殿喜重重·秋思》中也有【货郎儿】一曲；刘时中套数《【正宫】端正好·上高监司》亦有【货郎】一曲。① 由此可见，经过宋代的“吟叫”、金代的“讲……爨”到元代的“货郎儿”，民间货郎的叫卖声已逐渐演变为有固定曲调的歌曲，曲牌名就叫【货郎儿】或【货郎】，属【正宫】宫，经常跟在【端正好】一曲之后。

但是杂剧《货郎旦》中张三姑唱的【转调货郎儿】等九支曲并非跟在《【正宫】端正好》之后，而是插在《【南吕】一支花》套曲之间，和套曲的三支曲不同韵；九支插曲也各不同韵，如【转调货郎儿】用的是佳灰韵，而【二转】为家麻韵，【四转】为微齐韵，显见是和《【正宫】端正好》中的【货郎儿】有区别的。前者是流浪艺人唱的【货郎儿】，演出随意性、灵活性强，故一套曲中各曲不必同韵；后者是文人或专业艺人创作的套曲中的【货郎儿】，必须遵循套曲一韵到底的规矩，具有规范化的特点。由此可反证【转调货郎儿】等九支曲就是原汁原味的元代“唱货郎儿”的曲调。

由此可见，元代文学存在着两种“货郎儿”，一种是民间说唱文学的“唱货郎儿”；一种是纳入宫调成为元曲曲牌的“货郎”或“货郎儿”，是散曲或杂剧的剧曲。二者具有既有区别又有联系的复杂关系，如【转调货郎儿】的曲调结构，有【二转】、【三转】至【九转】之多，显然是借鉴元杂剧、散曲套曲《【般涉调】哨遍》从【一煞】至【十煞】的结构方法。而二者都来源于小贩叫卖的歌唱，同时存在于元杂剧，可见元杂剧和民间文学的密切关系。

---

① 隋树森编：《全元散曲》，上册，535 页、670 页，北京，中华书局，1964。

二、元杂剧和莲花落

在元杂剧中还可见到另一种民间说唱文学形式——莲花落。莲花落在宋元时期是乞丐乞讨时的说唱，在元杂剧中多为描写乞丐的情节时使用。

郑廷玉《忍字记》楔子刘均佑云：“兀的不是一个大户人家？我问他寻些茶饭吃。……唱个莲花落咱：一年家春尽一年家春。”

关汉卿《金线池》第一折：“（卜儿云）好运好运，卑田院里赶趁。你要嫁韩辅臣这一千年不长进的，看你打莲花落也。（正旦唱）他怎肯教一年春尽又是一年春。”

在元散曲也有关于莲花落的描写，刘时中小令《【南吕】四块玉·咏郑元和》云：“风雪狂，衣衫破，冻损多情郑元和。哩哩连连连哩罗学打莲花落。”①

完整的莲花落见朱有燉《李亚仙花酒曲江池》第三折，郑元和与四净唱《四季莲花落》：

> （正净）俺去来到街上唱个《四季莲花落》讨些吃的。（末四净同唱）到春来，正月二月三月是艳阳天。（和）见才子共佳人，绿杨中、红杏外、载香车、乘宝马，来来往往斗骈阗。（和）见几对黄莺儿、紫燕儿、游蜂儿、粉蝶儿，衔泥的、唤友的、偷香的、采蜜的闹喧喧。（和）城里人、城外人、为士的、为农的、为工的、为商的，都来庆贺太平年。（和）到夏来，四月五月六月是热炎天。（和）见才子共佳人，凉亭中、水阁上，卷珠帘、开翠幕，悠悠韵韵的奏冰弦。（和）则见几对锦鸳儿、玉鹭儿、游鱼儿、蜻蜓儿，同栖的、共浴

① 隋树森编：《全元散曲》，上册，653页，北京，中华书局，1964。

> 的、跃波的、点水的，戏满一池莲。（和）城里人、城外人、为士的、为农的、为工的、为商的，都来庆贺太平年。（和）到秋来七月八月九月是渐凉天。（和）见才子共佳人，乞巧亭、玩月馆、东篱边、南楼上，欢欢喜喜的看婵娟。（和）见几对鸣鸠儿、促织儿、苍鹰儿、白雁儿，唤晴的、泣露的、决云的、传信的，咿咿哑哑落霞边。（和）城里人、城外人、为士的、为农的、为工的、为商的，都来庆贺太平年。（和）到冬来，十月十一月腊月是冻云天。（和）见才子共佳人，拥红炉、开暖阁，玩梅花、赏瑞雪，齐齐整整列华筵。（和）见几对寒鸦儿、冻雀儿、鹌鸽儿、黄鹄儿，投宿的、争梅的、抟风的、在原的，冲散了一林烟。（和）城里人、城外人、为士的、为农的、为工的、为商的，都来庆贺太平年。（和）①

从以上元、明初杂剧中的莲花落资料可知，莲花落为乞丐所唱的民间歌曲，可一人唱，也可多人唱，可独唱，也可和唱；其内容多为叙说美景和天下太平等，多吉祥语，如“一年春尽一年春”等，以讨好娱乐观众；多有“哩哩连连连哩罗”的衬词。莲花落在艺术上用民间小调，但没有曲牌名流传下来。从现存的《四季莲花落》看，多用反复、重叠、排比的句式是其显著的语言特色，富有酣畅之美。另外，唱莲花落不用弦乐器，仅用竹板按拍。

说唱莲花落的较早记载，见南宋普济的《五灯会元》卷十九《琅琊起禅师法嗣·金陵俞道婆》：“俞道婆，金陵人也。市油糍为业。常随众问琅琊，琊以临济无位真人话示之。一日，闻

---

① 杨家骆主编：《全明杂剧》，第四册，1848页，台北，台湾鼎文书局，1979。

丐者唱莲华乐云：‘不因柳毅传书信，何缘得到洞庭湖？’忽大悟。”①“莲华乐”即“莲花落”，可知南宋已有莲花落的演唱。而元人钟嗣成的小令《【正宫】醉太平·落魄》云：“俺是悲田院下司，俺是刘九儿宗枝。郑元和当日拜为师，传留下莲花落稿子。”② 那么是否唐代已有乞丐唱莲花落了？但郑元和是唐代白行简传奇小说《李娃传》中人物，非历史人物；而且小说只写郑元和做乞丐，唱挽歌，歌技出众，并没有唱莲花落。至于《曲江池》杂剧写郑元和唱莲花落，钟嗣成奉郑元和为莲花落的祖师，可能是郑从文人沦为乞丐，而歌技又十分了得，元代落魄文人有感而加以附会。

莲花落的名称来由，应是取自民间的“采莲歌”，后因多为乞丐所唱，以花之凋零喻人之落魄，故云“莲花落”。明人刘元卿《贤奕编》卷三《习气难祛》云：“吴中一老，故微而窭，初弄蛇为生。其长子行乞，次钓蛙，季讴采莲歌以丐食。晚致富厚。一日，其老聚族谋曰：‘吾起家侧微，今幸饶于赀，须更业习文学，方可振家声也。’于是延塾师馆督，令三子受业。……名儒至，则试以偶语。初试季子云：‘纷纷柳絮飞。’季对曰：‘哩哩莲花落。’……”③可知“莲花落”出自“采莲歌”。又《曲江池》楔子郑元和诗云：“万丈龙门则一跳，青霄有路终须到。去时荷叶小如钱，回来必定莲花落。”其父郑府尹云：“前两句尽有些气概，后面两句也还不见怎的。孩儿，自来功名之事，前程万里，全要各人自去努力，若但因循懒惰，一年春尽一年春，有甚么程期在那里。”以景物“莲花落”暗示郑元和后来

① （南宋）普济：《五灯会元》，下册，1271页，北京，中华书局，1984。

② 隋树森：《全元散曲》，下册，1351页，北京，中华书局，1964。

③ （明）刘元卿编：《贤奕编》，见《丛书集成初编》，第2940册，77页，北京，中华书局据宝颜堂秘笈本排印，1985。

变成叫花子。

三、元杂剧和元代道情

在元代，还有一种民间说唱文学叫“道情”，是描绘道士生活、宣传道教教义的歌曲。由于元代道教尤其是全真教的盛行，这种歌曲相当流行，在元杂剧、元散曲中屡见不鲜。元杂剧的神仙道化剧往往有游方道士唱道情的描写：

范子安《竹叶舟》第四折：“（列御寇引张子房、葛仙翁执愚鼓简板上，诗云）……暂到长街市上，唱些道情曲儿，也好警醒世人咱。”接着列御寇唱了【村里迓鼓】、【元和令】、【上马娇】、【圣葫芦】四支道情曲：

> 【村里迓鼓】我这里洞天深处，端的是世人不到。我则待埋名隐姓，无荣无辱，无烦无恼。你看那蜗角名，蝇头利，多多少少。我则待夜睡到明，明睡到夜，睡直到觉。呀！早则似刮马儿光阴过了。
>
> 【元和令】我吃的是千家饭化半瓢，我穿的是百衲衣化一套。似这等粗衣澹饭且淹消，任天公饶不饶。我则待竹篱茅舍枕着山腰，掩柴扉静悄悄。叹人生空扰扰。……

值得注意的是，这四支曲属【仙吕】宫①，与下文正末（吕洞宾）唱的属【正宫】宫的【端正好】、【滚绣球】、【倘秀才】、【叨叨令】等七支曲不同宫调，打破了元杂剧一折一种宫调和一人主唱的惯例，显然是作为“道情曲”插入的。

另一道情曲见无名氏《玩江亭》第二折：

> （牛员外打渔鼓简子上，唱道情曲云）年少青春正好修，一口咬破铁馒头。滋味得时合着口，稳取白日赴

① 《曲谱》，卷二，北京，中国书店，1990。下文所述曲调的归属均见此书。

瀛洲。（又）未生我时谁是我？生下我来我是谁？今日方知我是我，休也，合眼知他谁是谁。……（唱）

【十二月】穿的是麻袍和这草履。（云）呸！是草鞋，错唱了草履。便也罢。则是难为我唱了。从头都改过哩。也罢也罢，一言既出，驷马追而不及。我若不改了，显的我就无才学了。（唱）穿的是麻袍和这草鞋，更强似着绿穿白。我伴的是鲇鱼和这鲤鱼，铺的是干草茅柴，采的是不老长生的药材。俺可便每日家厮捱。（云）你不知道怎么捱？俺师父有两个徒弟，一递一日打柴。他打柴，我学道；我打柴，他学道。该我我便去，该他他便去。他不去，我肯去。（唱）俺可便每日家厮捱。……

这一折也打破了元杂剧一人主唱的惯例，由刘员外之妻赵江梅唱属【南吕】宫的【一枝花】、【梁州第七】、【贺新郎】、【尾声】等8支曲，中间插入牛员外唱的属【中吕】宫的【十二月】、【尧民歌】2支曲和属【南双调】的【锦上花】、【清江引】等4支曲，曲的内容都是写道士学道的生活。显然，牛员外所唱的6支曲就是道情曲。

在元散曲中也有题名“道情”的曲子，也多属【中吕】宫和【仙吕】宫。如张可久小令《【中吕】普天乐·道情》：“北邙烟，西州泪，先朝故家，破冢残碑。樽前有限杯，门外无常鬼。未冷鸳帏合欢被，画楼前玉碎花飞。悔之晚矣，蒲团纸被，归去来兮。”① 朱庭玉《【仙吕】祆神急·道情》亦云：“不求三品贵，唯厌一身多。假是功勋。图像麒麟阁，争如忙里闲。暂放眉间锁，来今往古英与豪，到头都被他，日月消磨。……【元和令】有为须有失，无福亦无祸。但高山流水少知音，短歌共谁

① 隋树森编：《全元散曲》，上册，872页，北京，中华书局，1964。

作。对清风明月，更看人浊醪还自酌。”① 另外王仲元的套数《【中吕】粉蝶儿·道情》用了【醉春风】、【迎仙客】、【耍孩儿】等9支曲②，写的是“俺吃的是仙酒仙桃”、“清闲落魄，快活逍遥”的道士生活，均可证“道情”为以【中吕】和【仙吕】为主要曲调的歌曲。

道情除了唱曲之外，也是可以念白的。如马致远《岳阳楼》杂剧第三折：“（正末愚鼓简子上）（词云）披蓑衣，戴箬笠，怕寻道伴；将简子，挟愚鼓，闲看中原。打一回，歇一回，清人耳目；念一回唱一回，润俺喉咽。”又如朱有燉《群仙庆寿蟠桃会》第四折：“（扮四毛女愚鼓简子念）寿同天地永无疆，自在云游遍十方。白鹿玄猿为伴侣，青松翠柏是糇粮。闲来跨虎朝金阙，闷后乘鸾谒紫皇。红颜不老春常在，自是仙家日月长。”

由此可知，道情是道士宣传道教和描绘自己生活的一种说唱文学，可说可唱，以唱为主；可一人说唱，也可多人说唱，以打愚鼓和简子作伴奏。愚鼓又叫鱼鼓、渔鼓，是以长竹蒙皮的长鼓，以手击之发声；简子又称简板，以手击之打节奏。至今湖北渔鼓仍用这两件乐器演出。③ 道情在艺术上的特点是风格洒脱雄放，与道士逍遥放达的生活相一致；在语言上，道情的曲词和念白都是韵文，比唱货郎和莲花落显得文雅。在音乐上，多采用“清新绵邈”的【仙吕】宫和“高下闪赚”④ 的【中吕】宫，也和描绘道人潇洒生活的内容相称。

---

① 隋树森编：《全元散曲》，下册，1200页、1201页，北京，中华书局，1964。

② 隋树森编：《全元散曲》，下册，1102页、1103页，北京，中华书局，1964。

③ 《中国大百科全书·戏曲曲艺卷》插图，72页，北京，中国大百科全书出版社，1983。

④ （明）朱权：《太和正音谱》评仙吕宫和中吕宫语，见《中国古典戏曲论著集成》，册三，51页，北京，中国戏剧出版社，1959。

根据前人的研究，道情源出于唐代道教在道观内所唱的“经韵”，后吸收词调、曲牌，演变为在民间布道时演唱的“新经韵”，也称“道歌”①。在唐代，已有宣传道教的乐曲，《唐会要》卷三十三云：“林钟宫，时号道调、道曲。《垂拱乐》、《万国欢》、《九仙步虚》、《飞仙》……”②但为何这种歌曲不叫“道歌”、“道曲”而称为“道情”呢？元人燕南芝庵在《论曲》中说：“三教所尚：道家唱情，僧家唱性，儒家唱理。”③ 朱权《太和正音谱》也说：“道家所唱者，飞驭天表，游览太虚，俯视八纮，志在冲漠之上，寄傲宇宙之间，慨古感今，有乐道徜徉之情，故曰‘道情’。”④ 道出个中消息。“道情”的较早记载，见南宋周密《武林旧事》卷七：“后苑小厮儿三十人，打息气唱道情。”⑤ 可见南宋时已有道情这种说唱形式，而且演员阵容颇强，多至三十人。而道情的盛行期则在元代，元杂剧和元散曲中大量的道情曲足可证明。道情在现代则是一种民间曲艺或戏曲的名称，已很少宗教的色彩，中国艺术研究院曲艺研究所编写的《说唱艺术简史》说：“晋北说唱道情：别名坐腔。形成期：元代初叶。形成地：山西。主要曲调：【耍孩儿】、【西江月】、【步步娇】。”⑥ 从形成期和主要曲调等方面看，现代道情当与元代道情有渊源关系。

---

① 《中国大百科全书·戏曲曲艺卷》，58页，北京，中国大百科全书出版社，1983。

② （宋）王溥撰：《唐会要》，卷三十三，616页，北京，中华书局，1955。

③ （明）臧晋叔：《元曲选》，第一册，18页，北京，中华书局，1958。

④ 中国戏曲研究院编：《中国古典戏曲论著集成》，册三，49页，北京，中国戏剧出版社，1959。

⑤ （元）孟元老等：《东京梦华录》、《武林旧事》等五种合订本，152页，北京，中国商业出版社，1982。

⑥ 中国艺术研究院曲艺研究所编：《说唱艺术简史》“附录一”，196页，北京，文化艺术出版社，1998。

四、元代民间说唱文学对元杂剧的影响

元代民间说唱文学除了上述唱货郎儿、莲花落、道情之外，还有唱琵琶词、倒刺等，限于资料和篇幅，此处从略。但仅以前三者为例，已可见其对元杂剧的影响。

其一，元杂剧一般是按剧情需要加入各种民间说唱的。如写郑元和等乞丐卖唱，就用莲花落；写张三姑痛陈家史，就用唱货郎儿；写道士劝人出家，就唱道情。在曲调处理上，打破元杂剧每折一个宫调的惯例，将这些不同宫调的民间歌曲穿插在原有宫调的曲子之间。这样，元杂剧的音乐，就兼有了民间音乐的成分，显得更为丰富多彩，更有泥土气息。

其二，元代民间说唱文学的歌曲逐渐演变为元杂剧的曲牌，从“唱货郎”到“货郎”可见其演变的痕迹；从音乐上丰富了元杂剧的曲牌。

其三，在叙事艺术上，唱货郎儿“既入又出”的叙事技巧，在元杂剧里留下了痕迹。元杂剧的演员在叙事时，常会跳出戏外，发表议论，与观众交流。如《望江亭》第三折：“（衙内云）这厮每扮戏那!”又《冤家债主》楔子赵廷玉云：“天呵，我几曾惯做那贼来?”“（内云）你是贼的公公哩!”与《货郎旦》中张三姑边说唱故事边与观众春郎交谈近似。

其四，说唱文学为招徕观众，念白多是韵白，既浅显自然，又朗朗上口。无论是唱货郎儿还是唱道情，都喜欢吟诵诗词。元杂剧的道白也喜用韵文，且不说有上场诗下场诗，说白中也常间以“诗云”、“词云”，如尚仲贤《单鞭夺槊》杂剧第四折：“（徐茂公云）好探子，他从那阵上来，你只看他喜气旺色，那输赢胜败早可知了也。（诗云）我则见雉尾金环结束雄，腰间斜插宝雕弓。两脚能行千里路，一身常伴五更风。……”关汉卿《金线池》杂剧第二折韩辅臣云：“只得将我羞脸儿揣在怀里，

再到蕊娘家去走一遭。(词云)我须是读书人凌云豪气，偏遇这泼虔婆全无顾忌。天若使石好问复任济南，少不的告他娘着他流递。……”这些诗词的加入，使人物的道白抑扬顿挫，增加了艺术感染力。当然，元杂剧韵散结合的道白也受到宋元话本的影响，但这与唱货郎等说唱文学的影响并不矛盾，两者的影响可说是同步进行的。

更重要的是，唱货郎儿、莲花落、道情的作者多为下层流浪艺人、乞丐、游方道士，低微的身份使他们的创作贴近平民大众，曲调语言通俗质朴，具有强烈的俗文学色彩。元杂剧吸收这些民间说唱文学的养分，使其也有很强的俗文学气息，形成生动活泼、质朴自然的风格特色。

第四节　元杂剧的程式化语言与《江格尔》等民间文学

元杂剧的部分语言具有程式化的特征，这与元杂剧为师徒相授的口传文学有关，也与宋、金、元以来其他口传文学尤其是少数民族的口传史诗有关。本文将元杂剧和蒙古族的著名史诗《江格尔》以及宋元话本等民间文学、口传文学的程式化作比较研究，从民间文学、口传文学的角度探讨元杂剧语言的程式化特征的成因，以期更深入地理解元杂剧的俗文学特质。

一

元杂剧部分语言的大同小异早已为前辈学者所注意，清人梁廷楠在《曲话》中云：“……《生金阁》等剧，皆演包待制开封府公案故事，宾白大半从同；而《神奴儿》、《生金阁》两种，第四折魂子上场，依样葫芦，略无差别。相传谓扮演者临时添造，信然。”① 但是他只是从雅文学的角度批判元杂剧创作上的“雷同”，并没有从俗文学的角度解释这种现象产生的原因，《曲话》云：“元人杂剧多演吕仙度世事，叠见重出，头面强半雷同。”②从雅文学、精英文学的角度来看问题，文人的创作，以富有个性、独创性为上；但如果从民间文学、口传文学的角度来看问题，元杂剧的“雷同”就未可厚非，因为集体性、承传性就是这类文学的特点。《曲话》也说：“此又作曲者之故尚雷同，而非独扮演者之临时取办也。”③ 可知当时的剧作家不但不以“雷同”为耻，而且还“故尚雷同”。

元杂剧作家为什么会“故尚雷同”？这与他们对元杂剧的观念有关。他们将元杂剧视为供戏班演出用的舞台艺术，而不是用于博取功名或藏之名山的文学作品，这从元杂剧作家并没有杂剧别集出版、现存元刊本杂剧为演出本可以得到证明。既然是民间舞台艺术，当然就可以用民间文学的创作方法；加以他们有“书会”的行会性组织，使他们的仿效之作、集体创作有一个活动的平台，于是，民间文学程式化的语言大为盛行，即“故尚雷同”是也。

另外，元杂剧虽主要为下层文人创作的剧本，但其搬上舞台演出时，靠的是文化水平不高的民间艺人师徒相授和演出。为了传授方便，对剧本的曲词，因为要合乐歌唱，往往全文背诵；而对说白，则分门别类形成一些程式化的套语，到演出时由演员视具体情况选择运用，有时可以在现成的套语上作加工，进行即兴创作。

---

①③ （清）梁廷柟：《曲话》，见中国戏曲研究院编：《中国古典戏曲论著集成》，册八，262页，北京，中国戏剧出版社，1960。

② （清）梁廷柟：《曲话》，见中国戏曲研究院编：《中国古典戏曲论著集成》，册八，258页，北京，中国戏剧出版社，1960。

何谓“程式化”？上海艺术研究所、中国戏剧家协会上海分会编《中国戏曲曲艺词典》对“程式”的解释是：“在戏曲艺术中，特指表演艺术的某些技术形式。它是根据戏曲舞台艺术的特点和规律，把生活中的语言和动作提炼加工为唱念和身段，并和音乐节奏相和谐，形成规范化的表演法式。”① 对“程式化”的解释是：“在戏曲排演时，按照现成的一套程式设计安排人物的活动，称为‘程式化’。”②

可知“程式化”指的是戏曲表演艺术中“按照现成的一套程式设计安排人物的活动”，包括“唱念和身段”。

元杂剧的身段表演，除了舞台提示之外，已经很难看到了，而元杂剧的唱念还保留在剧本中，程式化的语言，多表现在其念白。

下面，先从介绍人物、描绘情景两方面看元杂剧说白的“程式化”。

（一）介绍人物的程式化

元杂剧中各类人物上场时，往往有“自报家门”的上场诗，这类诗往往按不同人物的身份、年龄、品格分类，形成一些大同小异的套语，显示出程式化的特征。

1．不同身份人物的套语。

如描写青年书生是：“黄卷青灯一腐儒，九经三史腹中居。试看金榜标名姓，养子如何不读书？”（《㑳梅香》楔子白敏中语）或是：“黄卷青灯一腐儒，三槐九棘位中居。世人只说文章贵，何事男儿不读书？”（《倩女离魂》楔子王文举语）

描写文官则是：“龙楼凤阁九重城，新筑沙堤宰相行。我贵我荣君莫羡，十年前是一书生。”（《荐福碑》第一折范仲淹语、

①② 上海艺术研究所、中国戏剧家协会上海分会编：《中国戏曲曲艺词典》，169页，上海，上海辞书出版社，1981。

《冻苏秦》第三折张仪语）

描写武将则是："少年锦带挂吴钩，铁马西风塞草秋。全仗匣中三尺剑，会看唾手取封侯。"（《单鞭夺槊》楔子徐茂公语）或是："少年锦带挂吴钩，铁马西风塞草秋。全仗匣中三尺剑，坐中往往觅封侯。"（《飞刀对箭》第一折徐懋功语）

写村民是："段段田苗接远村，太公庄上戏儿孙。庄农只得锄刨力，答贺天公雨露恩。"（《荐福碑》第一折张浩语）或是："段段田苗接远村，醉来携手弄儿孙。虽然只得刨锄力，托赖天公雨露恩。"（《伍员吹箫》第三折老人语）

写小市民是："耕牛无宿料，仓鼠有余粮。万事分已定，浮生空自忙。"（《燕青博鱼》第一折燕大语、《儿女团圆》第二折俞循礼语）

2．不同年龄人物的套语。

写中年人为："急急光阴似水流，等闲白了少年头。月过十五光明少，人到中年万事休。"（《朱砂担》、《生金阁》楔子孛老语）

写老妇的套语是："花有重开日，人无再少年。休道黄金贵，安乐最值钱。"（《铁拐李》第一折李氏语、《秋胡戏妻》等剧亦有类似语）或为："花有重开日，人无再少年。不须长富贵，安乐是神仙。"（《窦娥冤》楔子蔡婆语）

3．不同品格人物的套语。

写贪官的套语是："官人清似水，外郎白似面；水面打一和，糊涂做一片。"（《神奴儿》第三折孤语）或为："官人清似水，外郎白如面；水面打一和，糊涂成一片。"（《魔合罗》第二折令史语）

写权豪势要为："花花太岁为第一，浪子丧门世无对。闻着名儿脑也疼，只我有权有势庞衙内。"（《生金阁》第一折庞衙内语）或为："花花太岁为第一，浪子丧门世无对。街下小民闻吾怕，则我是势力并行的杨衙内。"（《金凤钗》第三折杨衙内语）

元杂剧的演员只要背熟了这些套语，就可以灵活运用在各个剧的类似人物上，简捷便利，脱口而出。从而，这些上场诗就成了程式化的语言。

（二）描绘情景的程式化

元杂剧描绘一些常见的情景，如订婚、结婚、祭神、等候、杀敌等，往往也有套语，也有程式化的特点。

如写订婚："恰才这三钟酒是肯酒，这块红是红定。"（《秋胡戏妻》第二折李大户语）或为："才此这杯酒是肯酒，这褡膊是红定。"（《李逵负荆》第一折鲁智恩语）

如写结婚："帽儿光光，今日做个新郎；袖儿窄窄，今日做个娇客。"（《窦娥冤》第一折张驴儿语、《李逵负荆》第二折李逵语、《鸳鸯被》第二折道姑语等）

如写祭门神："老夫心下自裁划，你将银钱金纸快安排。邪魔外道当拦住，只把屈死冤魂放过来。"（《生金阁》、《盆儿鬼》第四折包公语，《神奴儿》第四折包公也有类似语）

如写等候消息："我眼观旌节旗，耳听好消息。"（《金凤钗》楔子李氏语）或为："我眼观旌捷旗，耳听好消息。"（《渔樵记》楔子王安道和杨孝先语，《合汗衫》、《冻苏秦》、《柳毅传书》等剧均有类似语）

如书生等候约会："无端三足乌，团团光闪烁。安得后羿弓，射此一轮落？"（《㑳梅香》第三折白敏中语，《张天师》第二折陈世英语，《西厢记》第三本第二折张生也有类似语）

又如写李逵杀敌："一只手揪住衣领，一只手搭住腰带，滴留扑摔个一字，阔脚板踏住胸脯，举起我那板斧来，觑着脖子上，可叉！"（《李逵负荆》第二折李逵语）或为："我一只手揪住衣服领上，一只手搭住脚腕，滴留扑摔个一字交，阔脚板踏着那厮胸膛，举起我这夹钢板斧来，觑着那厮嘴缝鼻凹，恰待砍下。"（《双献功》第一折李逵语）

元杂剧的演员根据这些现成的套语，灵活运用在各种戏剧情景中，也省却了许多背诵的功夫，这些套语也成为了程式化的语言。

二

程式化的语言不是元杂剧的独创，早在宋、金、元的口传文学作品已有此先例，元杂剧部分语言程式化的特点是在宋、金、元的民间文学、口传文学的基础上发展而来的。

宋元话本的语言就有程式化的倾向。如刻画类型化的人物就有一些各话本通用的套语：

如写年轻女子多为："桃萼淡妆红脸，樱珠轻点绛唇。"①（《西湖三塔记》、《洛阳三怪记》）写老妇人则为："鸡皮满体，鹤发盈头。"② （《洛阳三怪记》）或为："鸡肤满体，鹤发如银。"③（《西湖三塔记》）

描写情景也有套语，如写人物将要遇险："猪羊走屠宰之家，一脚脚来寻死路。"④（《错斩崔宁》）或为："猪羊走入屠宰家，一脚脚来寻死路。"⑤ （《西山一窟鬼》）又如写静候佳音："眼望旌节旗，耳听好消息。"⑥ （《风月瑞仙亭》）或为："端的

① （明）洪楩编，谭正壁校点：《清平山堂话本》，27页、72页，上海，上海古籍出版社，1987。

② （明）洪楩编，谭正壁校点：《清平山堂话本》，69页，上海，上海古籍出版社，1987。

③ （明）洪楩编，谭正壁校点：《清平山堂话本》，26页，上海，上海古籍出版社，1987。

④ 程毅中等校点：《京本通俗小说等五种》，77页，南京，江苏古籍出版社，1991。

⑤ 程毅中等校点：《京本通俗小说等五种》，33页，南京，江苏古籍出版社，1991。

⑥ （明）洪楩编，谭正壁校点：《清平山堂话本》，44页，上海，上海古籍出版社，1987。

眼观旌节旗，分明耳听好消息。”①（《陈巡检梅岭失妻记》）再如写平民忙碌的生活：“万事分已定，浮生空自忙。”②（《合同文字记》等）

这些套语，对元杂剧语言程式化的影响甚深，如“眼望旌节旗，耳听好消息”、“万事分已定，浮生空自忙”等套语就被元杂剧原封不动地套用。

产生于13世纪之前的蒙古族史诗《江格尔》，是由蒙古族歌手师徒相授、世代相传的，演唱者叫“江格尔奇”（或“江格尔齐”），属于口传文学、民间文学，也具有众多的程式化的套语。朝戈金在《口传史诗诗学·冉皮勒〈江格尔〉程式句法研究》中说：“口传史诗的歌手在学习演唱的时候，从一开始就没有逐字逐句地记诵史诗文本，而是学习口传史诗创编的‘规则’，他们需要大量地掌握结构性的单元——这有时表现为程式，有时是更大的单元——‘典型场景’或‘故事范型’。”“就拿‘程式’来说，它通常被理解为一组在相同的韵律条件下经常被用来表达一个特定的基本观念的‘片语’。”“它的基本功能是帮助歌手在演唱现场即兴创编史诗，使他不用深思熟虑地去‘遣词造句’，能游刃有余地将演唱的语流转接在传统程式的贯通与融会之中，一到这里就会脱口而出，所以程式也就成了口传史诗的某种标志。”③

《江格尔》是歌手演唱的史诗，主要用第三人称的叙述方法介绍人物，也有许多程式化的套语：

---

① （明）洪楩编，谭正璧校点：《清平山堂话本》，131页，上海，上海古籍出版社，1987。

② （明）洪楩编，谭正璧校点：《清平山堂话本》，34页，上海，上海古籍出版社，1987。

③ 朝戈金：《口传史诗诗学·冉皮勒〈江格尔〉程式句法研究》，104～105页，南宁，广西人民出版社，2000。

如形容英雄江格尔："江格尔有副带鳞的黑鞭，鞭绳用散拜绸子编成。他把鞭子攥在手中，攥得鞭柄直淌津液。"①形容另一英雄洪古尔也有近似的语言："他把带带鳞的黑鞭，攥在手心直流津液；他那额头上的青筋，像鞭柄一样鼓起。"②可知这是形容英雄的套语。

又如形容美女："美丽的达赖格日勒公主，……她的额顶犹如白雪，她的脸颊血红般漂亮，她的眼睛恰似孔雀的花冠，她的牙齿如同洁白的海螺，她的嘴唇犹如通红的胭脂。"③"若问阿盖公主模样如何？她有一双孔雀冠的眉毛，有一对乌黑的眼睛，有四十颗整齐的玉齿，有十个灵巧的手指，有一副艳红的脸颊，有白皙如玉的额顶，有樱桃般绯红的嘴唇。"④描述两位公主的眼睛、牙齿、嘴唇、脸颊大同小异，可知这是形容美女的套语。

再如形容足智多谋的人："这时有计有谋的阿拉坦策吉，忽地从人群中走了出来，他能追述过去九十九年的往事，也能预卜未来九十九年的吉凶。"⑤"这时一代孤儿江格尔，他能预卜未来十二年的吉凶，他能追述过去十二年的往事。"⑥可知这是形容谋士的套语。

---

① 黑勒·丁师浩译，浩·巴岱汉文全译：《江格尔》，第一册，390页。全四册，乌鲁木齐，新疆人民出版社，1993年出版第一、二册，1999年出版第三、四册。

② 黑勒·丁师浩译，浩·巴岱汉文全译：《江格尔》，第一册，399页，乌鲁木齐，新疆人民出版社，1993。

③ 黑勒·丁师浩译，浩·巴岱汉文全译：《江格尔》，第一册，265页，乌鲁木齐，新疆人民出版社，1993。

④ 黑勒·丁师浩译，浩·巴岱汉文全译：《江格尔》，第一册，297页，乌鲁木齐，新疆人民出版社，1993。

⑤ 黑勒·丁师浩译，浩·巴岱汉文全译：《江格尔》，第一册，6页，乌鲁木齐，新疆人民出版社，1993。

⑥ 黑勒·丁师浩译，浩·巴岱汉文全译：《江格尔》，第一册，162页，乌鲁木齐，新疆人民出版社，1993。

这些套语，大同小异，是歌手在演唱中根据同类型的人物灵活运用，或增或减，成为程式化的语言。

《江格尔》也有许多情景套语，如每章的开头描绘幸福家园，结尾描绘庆功的盛宴，以及战斗的场面、见面的礼节、烧茶、睡觉等，都各自有程式化的语言。

如写幸福家园："那里没有战乱，世世代代安宁和平；那里没有穷困，家家户户丰衣足食，过着幸福美好的日子；那里没有冬天，一年四季都是夏天；那里没有春天，一年四季都是秋天。微风习习地吹拂，细雨绵绵地降落。"① "在那美丽的阿日本巴国土，微风习习地吹拂，细雨绵绵地降落。那里只有温暖的夏天，没有严寒的冬天；那里只有丰硕的秋天，没有干旱的春天。……那里没有穷苦百姓，户户家家丰衣足食；那里没有兵荒马乱，人民过着幸福的生活。"②

如写盛宴："阿拉德尔江格尔诺颜，举行隆重的迎亲婚礼。设了八十昼夜的盛宴，摆了六十昼夜的酒席，喝了七十昼夜的美酒。"③ "举行隆重的阿尔扎酒宴，盛宴持续了八十个昼夜，酒会延续了七十个昼夜，歌舞延续了六十个昼夜，众英雄正尽情地欢乐。"④

如描绘战斗的场面："（洪古尔和胡日勒占布拉汗的儿子）两人绕着一天的路程，用绵羊般的石头击打；二人绕着一个上午

---

① 黑勒·丁师浩译，浩·巴岱汉文全译：《江格尔》，第一册，250页，乌鲁木齐，新疆人民出版社，1993。

② 黑勒·丁师浩译，浩·巴岱汉文全译：《江格尔》，第一册，299页，乌鲁木齐，新疆人民出版社，1993。

③ 黑勒·丁师浩译，浩·巴岱汉文全译：《江格尔》，第一册，300页，乌鲁木齐，新疆人民出版社，1993。

④ 黑勒·丁师浩译，浩·巴岱汉文全译：《江格尔》，第一册，303页，乌鲁木齐，新疆人民出版社，1993。

的路程，用犍牛般的石头击打。二人抱成一团，彼此使钩绊腿；二人撕到之处，撕下一把把皮肉；二人抓到之处，抓下一把把皮肉。这样搏斗了好几个年头，二人依然不见输赢。"① "（赛力汗塔巴格和阿日黑萨尔海）绕着一天的圈子，甩着绵羊般的石头，击打对方的额顶；绕着一个晌午的圈子，投着犍牛般的石头，击打对方的胸脯。从伸手能抓到的地方，撕下一把把皮肉，扔到对方的脸上；从伸手能揪到的地方，扯下一把把皮肉，扔到对方的身上。揪呀打呀谁也赢不了谁，如此这般搏斗了好几年。"②

如描绘见面亲吻的礼节："阿拉德尔江格尔诺颜，一把拉过铭彦英雄，抱起来放在右膝上，亲了亲他那红扑扑的脸蛋；抱起来放在左膝上，吻了吻他那红润润的脸蛋道：……"③ "圆梦的诺颜贡布说罢，一把抱住洪古尔英雄，把他放在右膝上，热乎乎地亲了他的右脸；把他放在左膝上，热乎乎地吻了他的左脸说道：……"④

如描绘烧茶、喝茶、睡觉："铭彦……支起图拉嘎锅灶，点着叫梭梭的柴禾，煮起赞丹叶的红茶，取出干得发硬的饽饽，泡在浓浓的红茶里，美美地吃了一顿。然后他支起生牛皮的帐篷，像皮条一样伸腰躺下，像红柳一般卧在地上，睡了七七四十九天。"⑤ "洪古尔把水引进自己的锅里，烧起叫梭梭的柴禾，熬了

---

① 黑勒·丁师浩译，浩·巴岱汉文全译：《江格尔》，第二册，673 页，乌鲁木齐，新疆人民出版社，1993。

② 黑勒·丁师浩译，浩·巴岱汉文全译：《江格尔》，第二册，754 页，乌鲁木齐，新疆人民出版社，1993。

③ 黑勒·丁师浩译，浩·巴岱汉文全译：《江格尔》，第二册，585 页，乌鲁木齐，新疆人民出版社，1993。

④ 黑勒·丁师浩译，浩·巴岱汉文全译：《江格尔》，第二册，1042 页，乌鲁木齐，新疆人民出版社，1993。

⑤ 黑勒·丁师浩译，浩·巴岱汉文全译：《江格尔》，第二册，600 页，乌鲁木齐，新疆人民出版社，1993。

一锅赞丹红茶，美美地喝了一顿。然后像皮条一样伸展了腰，像红柳一样躺在地上，连续沉睡了七七四十九天。”①

这些情景描写虽然都带有浓烈的蒙古族的生活习俗特征，如摔跤、见面亲吻等，与元杂剧描绘的订婚、结婚、祭神等汉族的生活习俗特征不同，但在用大同小异的程式化语言来表达方面是一致的，所用的句式基本相同，运用的比喻也大多相同，夸张的手法也近似。可知演员或歌手在遇到相同或近似的情景时，就用已背熟的套语加以变通，或增或减，灵活运用。

三

元杂剧和《江格尔》、宋元话本等在介绍人物、描绘情景等方面都具有强烈的程式化的倾向，那么这些程式化有什么特点呢?

重要的特点是两者在语言上都形成了一些“程式句法”。朝戈金认为，这种程式化的语言的“结构方式是按照这样的原则进行的：基本词组 + 修饰成分 + 句法成分”②。这是民间文学和口传文学的语言特色。

民歌的语言就有程式化的句法。如广东客家情歌《南洋行》(又名《十别妹》)：“一别妹子火船边，心中想起泪涟涟！想起别后难见面，相思两地隔重天!”“二别妹子七州洋，看见海水渺渺茫。船摆如同天转侧，三餐粥饭唔想尝。……”③ 江西革命根据地民歌《十送红军》：“一送红军下南山，秋风细雨缠绵绵，

① 黑勒·丁师浩译，浩·巴岱汉文全译：《江格尔》，第二册，668页，乌鲁木齐，新疆人民出版社，1993。

② 朝戈金：《口传史诗诗学·冉皮勒〈江格尔〉程式句法研究》，145页，南宁，广西人民出版社，2000。

③ 丘峻编：《情歌唱答·南洋行》，见叶春生等编：《典藏民俗学丛书》，中册，933页、934页，哈尔滨，黑龙江人民出版社，2003。

山里野鹿哀号叫，树树梧桐叶落完。红军啊，几时人马再回山?”“二送红军大道旁，红漆桌子两边放，桌上摆着送行酒，酒儿里边掺蜜糖。红军啊，恩情似海不能忘。……”①两首民歌的“基本词组”是“别”或“送”，句法结构也都是用“几别”、“几送” +对象和地点，形成排比的句式，“修饰成分”则不相同，送别的对象或是“妹子”或是“红军”；送别的地点或是“火船边”或是“大道旁”。

宋元话本的套语也有这样的“程式句法”，如形容老妇人的基本词组是“鸡皮”、“鹤发”，修饰成分是“满体”、“通头”，而“通头”可改为“如银”。

《江格尔》在介绍人物时所用的套语也运用了这样的结构方式，如写美女，基本词组是“她的眼睛、眉毛、嘴唇”，修饰成分是各种比喻：“恰似孔雀的花冠”、“犹如通红的胭脂”，句法成分是用一连串的排比句形容女子的美丽，其中可以变通的是修饰成分——各种比喻，“孔雀的花冠”既可形容达赖格日勒公主的眼睛，也可形容阿盖公主的眉毛。又如写谋士基本词组是“有计有谋的某人”，句法成分是用“他能追述过去的往事，也能预卜未来的吉凶”突出其人物的特点，修饰成分是用夸张的修辞手法：“过去九十九年”、“未来九十九年”，这里的修饰成分也是可以变化的，形容阿拉坦策吉用“九十九年”，形容江格尔则用“十二年”。这些程式化的句法很方便演员即兴演出，“因为它像其他许多已经定型了的程式一样，被歌手牢牢地掌握在手中，成为他演唱中即兴表演曲库中的‘常备片语’了”②。

---

① 中国民间文艺研究会、中国社会科学院文学研究所各民族民间文学组编：《中国歌谣选》第一集《近代歌谣》，360页，上海，上海文艺出版社，1978。

② 朝戈金：《口传史诗诗学·冉皮勒〈江格尔〉程式句法研究》，149页，南宁，广西人民出版社，2000。

元杂剧介绍人物时也常有这种结构方式的套语。如奸人自嘲做坏事的套语是："凭着我一片好心，天也与我半碗饭吃。"(《朱砂担》第三折邦老语)"凭着我这一片好心，天也与俺这条儿糖吃。"(《燕青博鱼》第三折搽旦语)基本词组是"我一片好心"，修饰成分是"半碗饭"或"条儿糖"，句法成分是"凭着我一片好心，天也与我……吃"，其中可以变更的是修饰成分，只要是食物便可。

元杂剧和《江格尔》在描绘情景时也有这种结构方式的程式化语言，但"修饰成分"和"句法成分"都是可以改变的。如元杂剧写李逵杀敌，"基本词组"是"举起板斧来砍下"，"修饰成分"是"一只手揪住衣领，一只手攥住腰带，滴留扑摔个一字，阔脚板踏住胸脯，……觑着脖子上"，"腰带"可改为"脚腕"，"脖子"可改为"嘴缝鼻凹"。又如《江格尔》写幸福家园，"基本词组"是："没有战乱，没有穷困，没有冬天，一年四季都是夏天和秋天。""修饰成分"是："微风习习地吹拂，细雨绵绵地降落"，" 那里只有温暖的夏天，没有严寒的冬天；那里只有丰硕的秋天，没有干旱的春天。""温暖的"、"严寒的"、"丰硕的"、"干旱的"的修饰语可有可无；"微风习习地吹拂，细雨绵绵地降落"的修饰句子可放在这组句子的前面，也可放在后面；"没有战乱，没有穷困"的基本句子同样可放在这组句子的前面，也可放在后面。

元杂剧和《江格尔》程式句法不同的地方在于，元杂剧的套语多用在说白，而很少用在曲词，《江格尔》则全诗广泛运用；元杂剧的套语变更少些，《江格尔》则修改套语的灵活性更大些。这是因为元杂剧毕竟主要由文人作家创作剧本供演员演出，曲词完全是作家个性化的文本创作；而《江格尔》完全是民间歌手的创作，民间文学、口传文学的特色更强些。

四

综上所述，元杂剧和《江格尔》、宋元话本等民间文学在介绍人物、描绘情景等方面的语言都有强烈的程式化倾向，非常方便演员学习、记忆、演出，它们的程式化也有不同的地方；那么，这种比较有何意义？

首先，这种程式化体现了元杂剧对纵向的汉族的民间文学创作传统的继承和发展。元杂剧的程式句法是在汉族的民歌、话本等民间文学的基础上发展而来的。

其次，这种程式化体现了元代的汉族和少数民族的文学艺术在横向创作上的交融。虽然我们没有材料直接说明元杂剧的作者和《江格尔》的作者有交流，但是元杂剧和《江格尔》在语言创作上多方面运用程式化的创作方法，在本质上有相同之处，有一种天然的联系，那就是，它们都是深受平民百姓欢迎的口传文学，在汉、蒙古族人民文化交融的过程中，各种口传文学也得到了交流。

最后，通过这些比较，使我们能消除一些认识的误区，进一步认识元杂剧的口传文学的特征。比如对元杂剧被前人诟病为“雷同”的套语，从俗文学、口传文学的角度来研究，就未可厚非。

概而言之，通过对元杂剧和《江格尔》等民间文学的程式句法的比较，使我们能从更广阔的视野去研究元杂剧，不但从汉民族文学的角度去研究，而且从多民族文学交融的角度去研究；不但从雅文学、精英文学的角度去研究，而且从俗文学、口传文学的角度来进行研究，使元杂剧的本质特征更为全面地显示出来。

第五节　元杂剧艺术对章回小说的影响——以元杂剧三国戏和《三国演义》为例

小说与戏剧虽是两种不同的体裁，但在内容和艺术上可以互相借鉴，这是文学史上由来已久的事实。元杂剧多取材于唐人传奇和民间故事，在艺术上也往往受后者的影响。如《西厢记》取材于唐元稹小说《莺莺传》，吸收其抒情委婉、文词绮丽的长处，形成剧作如同"花间美人"的艺术风格；《倩女离魂》取材于唐传奇《离魂记》，也继承了原小说的浪漫主义艺术手法；明代小说《水浒传》取材来源之一是元代水浒戏；小说盛行后，又出现大量从小说改编的水浒戏。前人对此多有论述，在此不再赘述。

但是前人对元杂剧和古代小说的关系研究多集中于题材流变的研究，对艺术方面的探索较为薄弱。实际上，小说与戏剧这对姐妹艺术互相提携，"金针互度"，各具光彩。不但元杂剧在艺术上借鉴唐传奇、宋元话本，而且其艺术对元末明初的章回小说也有反作用，形成一种互动的关系。为集中笔墨，以元杂剧的三国戏和章回小说《三国演义》为例进行说明。

《三国演义》的题材来源主要有三个方面：（1）史料，以陈寿的《三国志》、裴松之的《三国注》为主；（2）民间传说故事，以《三国志平话》为主；（3）金元戏曲，以元杂剧中的三国戏为主。而在艺术上主要借鉴话本小说和元杂剧。因此，《三国演义》这部小说继承、借鉴元杂剧的艺术手法，是完全可能的。

其次，《三国演义》的创作年代与元杂剧繁盛的时代相距甚近，其作者罗贯中就是一位杂剧、小说兼而有之的双栖作家。学术界对《三国演义》成书的时代意见有三：（1）元末明初；

(2) 明初；(3) 明中叶。我同意第一种意见。因为据明无名氏《录鬼簿续编》载："罗贯中，太原人，号湖海散人，与人寡合。乐府隐语，极为清新，与余为忘年交，遭时多故，各天一方。至正甲辰复会。别来又六十余年，竟不知其所终。"并载罗贯中作有杂剧《赵太祖龙虎风云会》、《忠正孝子连环谏》、《三平章死哭蜚虎子》三种。"至正甲辰"是元惠宗至正二十四年（1364），离元亡只有四年；"遭时多故"正是元末明初的政治大动乱，可知罗贯中为元末明初人。他所创作的杂剧，从题目上看，都以政治斗争题材为主，与《三国演义》的题材近似。另外，正史、平话提供的关于三国故事的材料较简单，缺乏长篇小说所需要的细节，而元杂剧在塑造人物形象、铺叙情节方面都比正史、平话细致得多，也使罗贯中在创作《三国演义》时必须借鉴元杂剧的艺术。

元杂剧艺术对《三国演义》的影响主要有哪几方面呢？

其一，是元杂剧以酣畅为美的审美观对《三国演义》这部文学巨著的形成有重要影响。三国史料、三国故事的流传由来已久，为什么以此为题材的长篇小说出现在元末明初，而不是在隋、唐、宋代？为什么《三国演义》这部我国章回小说的开山之祖叙述战争场面是如此笔酣墨满，描写人物是如此鲜明饱满，远远超过了简略粗糙的《三国志平话》？以往论者多认为，《三国志平话》是民间创作，而《三国演义》是文人的深加工，自然有文野之分；但为何元以前的文人群星璀璨，各领风骚，却没有人惠顾这个题材，写成长篇巨著？余以为，不同时代的文人的不同审美观在其中发挥了重要作用。在元代之前，中国汉族传统的审美观是以简练、含蓄为美的，"简古"、"简明"、"含蓄"是对诗文常用的赞语。欧阳修和尹洙同时为钱惟演的"双桂楼"

作记，修千余言，洙止五百字，修“服其简古”①。在这种审美观的制约下，元以前的汉族文学少有长篇的叙事作品。唐宋文人即使以三国题材写小说，也只能是言简意深的短篇，绝非气势恢弘的长篇。而我国少数民族却多有长篇史诗式的作品，如蒙古族的《江格尔》、藏族的《格萨尔王》都是英雄史诗。《江格尔》是由数万诗行组成的鸿篇巨制，用饱满的激情、明快的笔调写古代英雄江格尔的征战事迹，大量采用铺陈、夸张、反复等手法，反映出古代蒙古族以酣畅为美的审美观。蒙古族进入中原，建立起元朝大帝国之后，他们固有的文化和审美趣味，对汉族固有的文化和审美趣味产生冲击，最后融合成一种新的文化、新的审美观，元杂剧就集中地体现了这种融合。元杂剧既保留了中国古典诗词长于抒情、富于诗情画意的长处，又吸收了少数民族和市井市民所喜闻乐见的叙事抒情通俗明快、饱满酣畅的特色，其审美倾向以自然、酣畅、阳刚为主，突破了长期以来以简练含蓄为贵的传统审美观念，抒情则畅快淋漓，富有气势；叙事则曲折多变，尽而无遗；写景则绘声绘色，形容曲尽。尤其是《西厢记》这部五本二十一折的长剧，是中国汉族文学史上第一部篇幅最长、叙事抒情最为酣畅的文学巨著，它由改编唐人小说和金人诸宫调而成，获得了“天下夺魁”的巨大成功，对时人和后人影响深远，远在剧坛之外。罗贯中在作《三国演义》的艺术构思之时，既没有走唐传奇“言简意深”之路，也不屑走《三国志平话》“零散粗略”之路，而是借鉴元杂剧改造文言小说、民间故事为长篇叙事作品的经验，以酣畅美代替简练美，以丰富的细节充实人物性格，以情节的充分展开描绘出威武雄壮的战争画卷。审美观的重大转变，使罗贯中超越了前代的小说家，成为中国长篇章回小说的创始人。

---

① （宋）邵伯温著：《邵氏闻见录》，卷八，81页，北京，中华书局，1981。

且看一个例子。小说第二十一回写曹操与刘备煮酒论英雄，史无记载（《三国志》中仅有曹操与诸将论英雄），而《三国志平话》仅载："曹相请玄德筵会，名曰'论英会'。吓得皇叔坠其筋骨。会散。"情节和人物性格都十分简单。元杂剧《莽张飞大闹石榴园》①却用了整整一折（第三折）写曹操请刘备到石榴园凝翠楼赴宴，论天下英雄，备以闻雷掩饰震惊："（曹操云）……且休说古往今来的将军，则说俺两个谁是英雄好汉？（刘末云）丞相，曹、刘好汉。（曹操云）玄德公差了也。你好汉则说你好汉，我好汉则说我好汉，怎么'曹刘好汉'？你待说我好汉来恐怕某灭了你，你待说你好汉来恐怕我怪你，我想来，汉家十八路诸侯都不敢与我作对，惟有你敢与某作对。（做怒拍卓科）（刘末做掩耳科）（曹操云）玄德公你怎的？（刘末云）小官平生有些惧雷。（曹操云）你看他说谎，晴天白日，万里无云，那得雷来？（夏侯敦云）是有雷响，我也害怕。"情节饱满，描写细致，将曹操的咄咄逼人和刘备的善于韬晦写得鲜明突出。《三国演义》继承了这种善于展开情节、笔墨饱蘸的写法，进一步将刘备的"韬晦"加以浓笔渲染，在"论英会"之前，就写刘备在后园种菜，以示自己并无政治野心；宴会"斗智"时，又将元杂剧中原来曹操与杨修论天下英雄的内容移至刘备身上，写刘备故作糊涂，历数除曹、刘之外的各路诸侯为英雄，直到曹操点明刘备方是他的对手，却又"巧借闻雷来掩饰"他心中的震惊。毫无疑问，小说比元杂剧写得更为精彩，刘备、曹操的形象更为丰满，"韬晦之计"成为小说著名的策略经典。另一例子是小说第七十一回写黄忠与夏侯渊的定军山之战。《三国志》仅有"一战斩渊"、《三国志平话》仅有"赶上再战，斩夏侯渊于

① 此剧为脉望馆本所载，以往论者多定为"元末明初"之剧，而王季思主编《全元戏曲》收入此剧，从之而定为元剧，以下举例的元杂剧略同。

马下”等简单叙述，而元杂剧《阳平关五马破曹》却用许多细节描绘战斗的过程：“（黄忠唱）他手持着宣花斧、轻轮金蘸刀，那里雄威气势夸年少；你道我霜髯雪鬓年纪老，咱两个目前交战分个强弱。我这里连肩带臂大刀芟，他那里遮截架解忙哀告。”“连肩带臂大刀芟”的细致动作描写，将黄忠老当益壮的英雄气概写得具体可感。小说吸收这一细节，写得更为酣畅：“黄忠一马当先，驰下山来，犹如天崩地塌之势。夏侯渊措手不及，被黄忠赶到麾盖之下，大喝一声，犹如雷吼。渊未及相迎，黄忠宝刀已落，连头带肩，砍为两段。”小说并将元杂剧中黄忠不服老的情节加以浓笔渲染，既写黄忠在葭萌关时敌将张郃讥笑其老，黄忠怒曰：“竖子欺吾年老！吾手中宝刀却不老！”又写他在定军山请战时，军师孔明怕他年老不敌夏侯渊，他奋然答曰：“……军师言吾老，吾今并不用副将，只将本部兵三千人去，立斩夏侯渊首级，纳于麾下。”将黄忠的形象塑造得更为鲜明突出，“似黄忠不服老”成为后世对老英雄的赞词。由此可见，罗贯中对元杂剧三国戏着重取其“神”而不仅是取其“形”，他也会吸收元杂剧的某段情节，某个细节，但不局限于此，而主要是吸收元杂剧“酣畅”之“神”，发挥自己的创作才能，泼墨如云地展示情节，刻画人物，从而使小说青出于蓝而胜于蓝。

其二，《三国演义》受元杂剧艺术影响，是借鉴元杂剧的“题目正名”和“连本戏”的体制，开创了章回体的小说结构。《三国志平话》分为“卷上”、“卷中”、“卷下”，并不是章回体，它的题目为字数不一的单句；而元杂剧每剧都有“题目正名”，均为七言或八言整齐的对偶句，这与《三国演义》的回目十分相似，甚至小说的有些回目就是原封不动地照搬元杂剧的题目正名的。试举数例比较之，见表4－2。

表 4－2

《三国志平话》	元杂剧三国戏	小说《三国演义》
桃园结义	英雄汉涿郡两相逢 刘关张桃园三结义 （脉望馆本 52 册）	宴桃园豪杰三结义 斩黄巾英雄首立功 （第一回）
董卓弄权 三战吕布	辕门外单气张飞 虎牢关三战吕布 （《元曲选外编》册二）	发矫诏诸镇应曹公 破关兵三英战吕布 （第五回）
王允献董卓貂蝉 吕布刺董卓	银台门诈传授禅文 锦云堂暗定连环计 （《元曲选》册四）	王司徒巧使连环计 董太师大闹凤仪亭 （第八回）
曹公赠云长袍 云长千里独行	灞陵桥曹操赐袍 关云长千里独行 （《元曲选外编》册三）	美髯公千里走单骑 汉寿侯五关斩六将 （第二十七回）
孔明下山	关云长提闸放水 诸葛亮博望烧屯 （《元曲选外编》册三）	荆州城公子三求计 博望坡军师初用兵 （第三十九回）
赤壁鏖兵	七星坛诸葛祭风 （《录鬼簿》载王仲文剧名）	七星坛诸葛祭风 三江口周瑜纵火 （第四十九回）

从表 4－2 中的比较可见，《三国演义》的回目不但借鉴了元杂剧题目正名的内容，而且还模仿其对偶句的形式，而对《三国志平话》的题目就仅止于借鉴内容。原因很简单，《三国志平话》的题目粗略而缺乏文采，元杂剧三国戏的题目正名鲜明醒目，便于招徕观众；在同样要争取观众的说书艺术中，作家同样需要鲜明醒目、既通俗而又有文采的好题目。罗贯中借鉴元

杂剧的题目正名作回目，从此奠定了中国章回小说的回目体制：必定是对仗工整的对句，既点出本回中的主要人物和主要事件，又抑扬顿挫，朗朗上口，便于说书和记忆。

《三国演义》的章回体和元杂剧的体制也有一定的关系。《三国演义》之前的中国小说，无论是魏晋志怪小说，还是唐传奇、宋元话本，都从未有过"章回"这个体制。罗贯中这个艺术构思是从天上掉下来的吗？非也。熟习元杂剧的罗贯中完全知道，元杂剧有一种"连本戏"的体制，就是当剧作的内容突破了"一本四折"的通常容量时，可以用几本戏连续演出的办法来解决，如《西厢记》是五本二十一折；《西游记》是六本二十四出；假如要表演整个三国故事，将《桃园三结义》、《连环计》、《博望烧屯》、《千里独行》等三国戏按时间顺序连缀起来，作连本戏来演出，也就是气势磅礴的大作了。罗贯中借鉴元杂剧连本戏的形式，每一回的容量相当于一本戏，如第一回《宴桃园豪杰三结义》就近乎元杂剧《刘关张桃园三结义》，第五回《破关兵三英战吕布》就略似元杂剧《虎牢关三战吕布》，而众多的章回连缀起来，就形成了这部我国章回小说的开山之作《三国演义》。

其三，《三国演义》受元杂剧艺术影响，是塑造类型化的人物形象。类型化人物形象的特点是，共性对个性占有突出的优势，以比较纯净的形态呈现，而排除形象中杂乱的因素，明确、集中地表现该类型人物典型的性格特征。而《三国演义》就塑造了许多光彩照人、流芳千古的类型化人物，如后世视张飞为勇莽的代名词，诸葛亮为智慧的化身，关羽则因"义"而被推到神道的宝座上。的确，在《三国演义》之前的小说人物画廊里，从未出现过这样富有光彩的类型化人物形象；但是，在《三国演义》之前的元杂剧，却不乏这样的类型化艺术典型。由于元杂剧以旦、末、净、杂划分演员行当，某一行当适于演某一类型的人物，剧中人多有类型化的倾向。且不说元杂剧三国戏中刘备的仁、关羽的义、张飞的莽、孔明的智、曹操的奸已一如《三国演义》般类型化，其他元杂剧中人物，如包公的清正廉明、料事如神，红娘的聪明伶俐、热心助人，都以比较纯净而鲜明的形态呈现，成为不朽的类型化艺术典型，如包公成为公正、智慧的清官化身，红娘为成人之美、牵线搭桥者的代称等。《三国演义》塑造人物的手法与此十分相似，而类型化的倾向比元杂剧更为突出。它突出人物形象的某一主要特征，而排除原始材料中不利于显现这个特征的其他因素，如小说为了突出刘备“仁厚贤德”这个特征，就去除了《三国志》中关于刘备“喜狗马、音乐、美衣服”的豪奢心性的描写；为了突出曹操奸雄的性格特征，去除了《三国志》中关于曹操生活节俭的描写，将其临终遗令“葬毕，皆除服”，“敛以时服，无藏金玉珍宝”改为遗令妻妾“多居铜雀台中，每日设祭，必令女伎奏乐上食”。小说的人物语言动作也多程式化，写武将对阵，往往先互相对骂，然后大怒而战；写道士一如元杂剧“大笑三声，大哭三声”，写妇女则统统为政治斗争而牺牲个人，貂蝉以美人计除董卓，糜夫人投井死以换取阿斗之生，都是如此。这种类型化的手法使小说的主要人物性格非常鲜明，达到家喻户晓的地步，但也带来了人物性格缺少层次、缺少变化、缺乏个性的毛病，从而使某些人物性格显得单薄或虚假。如第五十四回写孙权妹妹孙夫人在孙刘联姻的政治斗争中，完全是服从政治需要嫁给刘备，东吴方面企图以刘备作人质换取荆州，不惜刀兵相见，在这种既关乎东吴和兄长利益又关乎孙夫人自己终身大事的矛盾中，看不到她应有的感情波澜和心理冲突，在这一点上，小说还不如元杂剧《隔江斗智》的孙安小姐，她在周瑜、孙权定计要她“等刘备拜罢堂，着小姐暗里刺杀刘备”时，已从自身利益出发大为不满：“我本待诵雎鸠淑女诗，怎着我仗龙泉行剑客事，你只怕耽误了周元帅在三江口，哎，怎不想断送我孙夫人一世儿。”及见了刘备，一见钟情：“我看玄德生得目能顾耳，两手过膝，真有帝王仪表，以为丈夫，也不辱没了我孙安小姐。”在这种感情支配下，她保护刘备冲出周瑜的重兵包围，从而使这场斗争以刘备一方的胜利告终。元杂剧中孙夫人的感情合情合理，富有个性色彩，比小说中的孙夫人更为真实可信。由此可见，元杂剧的人物以类型化为主，但又在类型化中见个性化；而《三国演义》人物形象的类型化倾向更为鲜明突出，个性化则较为淡薄。

其四，《三国演义》继承了元杂剧的某些艺术技巧，往往能发扬光大，有不少生花妙笔。许多论者盛赞小说“三顾茅庐”中用烘托法写孔明出场的高超，实际上，这种手法在元杂剧中早已有之，但小说将其运用得更为炉火纯青。元杂剧《单刀会》写关羽出场是在第三折，第一、二折都是铺垫和烘托，写乔公和司马徽极言关羽的英武过人，劝鲁肃放弃索还荆州的幻想。元杂剧《莽张飞大闹石榴园》的主角张飞也是第二折才出场，第一折则由简雍大赞张飞“气昂昂健勇神威”一番，也是烘托陪衬之法。《三国演义》将这种艺术技巧大为发展，不但有如元杂剧般的正面陪衬，徐庶赞誉孔明：“以某比之，譬犹驽马并麒麟，寒鸦配鸾凤耳。”司马徽荐孔明：“每常自比管仲、乐毅，其才不可量也。”还有元杂剧所不具有的旁衬：刘、关、张二次访孔明不遇，只见到了荷锄而歌的农夫，满腹经纶而无意功名的孔明之友崔州平、石广元、孟公威，抱膝长歌的孔明之弟诸葛均，骑驴吟诗的孔明岳父黄承彦等，这些邻居、朋友、亲人虽不言孔明如何了得，但他们的雅量高致，已造成一种氛围，从旁衬托出孔明潇洒飘逸的隐士风度。此外，小说还以景物烘托人，写孔明居处的景致是：“山不高而秀雅，水不深而澄清”，“只见门上大书一联云：‘淡泊以明志，宁静以致远。’”以环境的清雅衬托出人的清雅。凡此种种，都比元杂剧的衬托手法有了长足的进步，一次次“引弓不发”的访人不遇，一次次巧妙的正衬、旁衬、人衬、景衬，将读者的好奇心提到了最高度，当诸葛亮正式出场亮相时，他的形象就深深印在读者的脑海里了。其次，《三国演义》还借鉴了元杂剧的人物造型技巧，以富有鲜明特征的人物造型，突出类型化的人物性格特点。《三国志》和《三国志平话》虽然都有程度不同的人物外貌描写，但是远没有元杂剧三国戏舞台造型那样具体、真切，尤其是元杂剧后期的内府本，剧后多附有“穿关”，规定了剧中人的服饰打扮，更给罗贯中塑造小说人物的造型，提供了具体可感的借鉴。如小说“三顾茅庐”写孔明出场时“面如冠玉，头戴纶巾，身披鹤氅，飘飘然有神仙之概”。而《三国志·诸葛亮传》仅写他“身长八尺，容貌甚伟”。《三国志平话》也只写他“年始三旬，髯如乌鸦，指甲三寸，美若良夫”，“面如傅粉，唇似涂朱”。都没有提供关于孔明“羽扇鹤袍”道士形象的描绘，其造型均未显示出“智慧”、“飘逸”的特征。小说的孔明造型来自于元杂剧的舞台形象，元杂剧《阳平关五马破曹》剧后的“穿关”对孔明的服饰规定是：“卷云冠，红云鹤道袍”、“羽扇”。这个“鹤袍羽扇”的舞台造型，为罗贯中塑造足智多谋、风度飘逸的孔明形象，提供了直观的借鉴。从此，“羽扇鹤袍”、“羽扇纶巾”非孔明莫属，苏轼《念奴娇》词写周瑜的“羽扇纶巾，谈笑间，强虏灰飞烟灭”，反被人质疑了。小说的吕布形象也类此，第五回写吕布是：“头戴三叉束发紫金冠，体挂西川红锦百花袍，身披兽面吞头连环铠，腰系勒甲玲珑狮蛮带”，“束发金冠簪雉尾”。《三国志平话》并没有“三叉冠”、“百花袍”、“雉鸡尾”的描写，元杂剧却多有此造型，《三战吕布》第三折张飞唱：“吕布那三叉紫金冠上翎插着那雉鸡，他那百花袍铠是唐猊。”《关云长刀劈四寇》剧后的“穿关”也写吕布的服饰为“三叉冠、雉鸡翎”。显然，小说借鉴了元杂剧中的吕布造型，塑造了骁勇而风流潇洒的“人中吕布”形象。

元杂剧艺术对明代小说的影响远非一部《三国演义》。元杂剧水浒戏中“举起我那板斧来，觑着脖子上，可叉!”的粗豪勇猛的李逵形象就为《水浒传》所继承；元杂剧《西游记》中孙悟空、猪八戒、沙僧、铁扇公主等角色的性格和扮相，都为明代小说《西游记》所借鉴，限于篇幅，这里就不再详述了。

第五章 人物篇——元杂剧的主要人物类型和元代的市井文化

由于元杂剧和城市经济、市民观众的密切关系，它的人物形象，深深地打上了市井文化的烙印。繁荣的城市经济、市民观众的品味、活跃的青楼文学，都对元杂剧的创作产生重要的影响。元杂剧中的书生、小姐、商人、官吏的形象，已不是纯粹的传统儒家文化意义上的形象，而是渗入了市民的价值观、审美观。由于市井文化的渗入，元杂剧出现了许多个性鲜明、生动活泼的人物形象，在中国的叙事文学史上是一个重大的突破。当然，由于元杂剧的作家们仍然是饱读儒家诗书的下层文人，他们笔下的人物形象仍然保留着儒家文化的痕迹。元杂剧中的人物形象，是元代市井文化和传统儒家文化相结合的产物。

第一节 从两个韩翃形象看市井文化对元杂剧书生形象的影响

一、《柳氏传》与《金钱记》中的两个韩翃形象之比较

乔吉的杂剧《金钱记》取材于唐人许尧佐的小说《柳氏传》。清人黄文暘《曲海总目提要》上册云："《金钱记》，元乔梦符撰，缘唐人许尧佐《章台柳传》，柳归韩翃，翃大历才子，

故剧以翃名。翃字君平，此曰飞卿，唐温飞卿亦才子，合以寓意也。王辅之女，小字柳眉，亦借韩妾章台柳之意。又添入贺知章，又因有李生，故借李白点染。"①

许尧佐《柳氏传》② 云：

> 天宝中，昌黎韩翃，有诗名。性颇落托，羁滞贫甚。有李生者，与翃友善，家累千金，负气爱才。其幸姬曰柳氏，艳绝一时，喜谈谑，善讴咏。李生居之别第，与翃为宴歌之地。而馆翃于其侧。翃素知名，其所候问，皆当时之彦。柳氏自门窥之，谓其侍者曰："韩夫子岂长贫贱者乎！"遂属意焉。李生素重翃，无所吝惜。后知其意，乃具膳请翃饮。酒酣，李生曰："柳夫人容色非常，韩秀才文章特异。欲以柳荐枕于韩君，可乎？"韩惊栗，避席曰："蒙君之恩，解衣辍食久之，岂宜夺所爱乎？"李坚请之。柳氏知其意诚，乃再拜，引衣接席。李坐翃于客位，引满极欢。李生又以资三十万，佐翃之费。翃仰柳氏之色，柳氏慕翃之才，两情皆获，喜可知也。明年，礼部侍郎杨度擢翃上第，屏居间岁。柳氏谓翃曰："荣名及亲，昔人所尚。岂宜以濯浣之贱，稽采兰之美乎？且用器资物，足以待君之来也。"翃于是省家于清池。岁余，乏食，鬻妆具以自给。天宝末，盗覆二京，士女奔骇。柳氏以艳独异，且惧不免，乃剪发毁形，寄迹法灵寺。是时侯希逸自平卢节度淄青，素藉翃名，请为书记。洎宣皇帝以神武返

① （清）黄文晹：《曲海总目提要》，上册，卷三，103页，天津，天津古籍书店影印，1992。

② 见《太平广记》卷485《杂传记类》，又见张友鹤选注：《唐宋传奇选》，16~18页，北京，人民文学出版社，1982。

正，翃乃遣使间行求柳氏，以练囊盛麸金，题之曰："章台柳，章台柳，昔日青青今在否？纵使长条似旧垂，亦应攀折他人手。"柳氏捧金呜咽，——左右凄悯，——答之曰："杨柳枝，芳菲节，所恨年年赠离别。一叶随风忽报秋，纵使君来岂堪折！"无何，有蕃将沙吒利者，初立功，窃知柳氏之色，劫以归第，宠之专房。及希逸除左仆射，入觐，翃得从行。至京师，已失柳氏所止，叹想不已。偶于龙首冈见苍头以驳牛驾辎軿，从两女奴。翃偶随之。自车中问曰："得非韩员外乎？某乃柳氏也。"使女奴窃言失身沙吒利，阻同车者，请诘旦幸相待于道政里门。及期而往，以轻素结玉合，实以香膏，自车中授之，曰："当遂永诀，愿置诚念。"乃回车，以手挥之，轻袖摇摇，香车辚辚，目断意迷，失于惊尘。翃大不胜情。会淄青诸将合乐酒楼，使人请翃。翃强应之，然意色皆丧，音韵凄咽。有虞侯许俊者，以材力自负，抚剑言曰："必有故。愿一效用。"翃不得已，具以告之。俊曰："请足下数字，当立致之。"乃衣缦胡，佩双鞬，从一骑，径造沙吒利之第。候其出行里余，乃被衽执辔，犯关排闼，急趋而呼曰："将军中恶，使召夫人！"仆侍辟易，无敢仰视。遂升堂，出翃札示柳氏，挟之跨鞍马，逸尘断鞅，倏忽乃至。引裾而前曰："幸不辱命。"四座惊叹。柳氏与翃执手涕泣，相与罢酒。是时沙吒利恩宠殊等，翃、俊惧祸，乃诣希逸。希逸大惊曰："吾平生所为事，俊乃能尔乎？"遂献状曰："检校尚书、金部员外郎兼御史韩翃，久列参佐，累彰勋效，顷从乡赋。有妾柳氏，阻绝凶寇，依止名尼。今文明抚运，遐迩率化。将军沙吒利凶恣挠法，凭恃微功，驱有志之妾，干无为之政。臣部将兼御史中丞许俊，族本幽、蓟，雄心勇决，却夺柳氏，归于韩翃。义切中抱，虽昭感激之诚；事不先闻，固乏训齐之令。”寻有诏：柳氏宜还韩翃，沙吒利赐钱二百万。柳氏归韩，翃后累迁至中书舍人。然即柳氏，志防闲而不克者；许俊，慕感激而不达者也。向使柳氏以色选，则当熊、辞辇之诚可继；许俊以才举，则曹柯、渑池之功可建。夫事由迹彰，功待事立。惜郁堙不偶，义勇徒激，皆不入于正。斯岂变之正乎？盖所遇然也。

从小说的描述可知，小说着意歌颂的不是男主角韩翃，而是女主角柳氏和义士许俊。小说结尾云：“向使柳氏以色选，则当熊、辞辇之诚可继；许俊以才举，则曹柯、渑池之功可建。”作者认为柳氏如果被选入宫，就会像汉元帝的女官冯婕妤为皇帝挡住熊免遭伤害、汉成帝的女官班婕妤不肯与皇帝同车那样，成为名留青史的贤德女子；认为许俊如果被重用，会像春秋时的曹沫、蔺相如那样为国家立功。确实，小说中的柳氏主动追求韩翃，“自门窥之”，“遂属意焉”；遇战乱又“剪发毁形，寄迹法灵寺”，保存名节，是个多情而贤德的女子。而许俊，与韩翃偶然相识而拔刀相助，竟敢冒犯皇帝宠爱的蕃将，夺回柳氏，确是“雄心勇决”、“义切中抱”的豪侠之士。在这两个人物的对比之下，韩翃就显得黯然失色了，他处处是一个被动的接受者：柳氏是李生主动介绍给他，“以资三十万”赠送给他的；在战乱中失去柳氏之后，他仅是“叹想不已”，而没有积极寻回柳氏，在道逢柳氏之后，也是柳氏主动约他再见面，并赠以玉合香膏作留念；从权豪手中夺回柳氏，是靠义士许俊之力；夺柳氏的善后工作，是靠上司侯希逸上书皇帝，得到皇帝恩准，方能免祸。在韩、柳悲欢离合的过程中，韩翃完全是一个被动懦弱、任人支配的角色。

其二，小说中的韩翃，是一个遵守封建礼教、将功名置于爱情之上的传统文人。当李生要将柳氏送给韩翃时，他“惊栗”推辞，认为“岂宜夺所爱乎?”是个不夺他人之所好的谦谦君子；中举之后，又听从柳氏“荣名及亲”的劝告，抛下柳氏去省亲，以光宗耀祖，是个孝子；他为了追求功名，抛下柳氏数年，令她经济来源断绝，“鬻妆具以自给”。失去丈夫保护的柳氏终为强豪所劫，与韩翃将爱情置于功名之下有很大关系。韩得知柳为蕃将所劫，仅与柳氏惨然而别，并没有做“第三者”或是夺回柳氏，虽对柳氏有情，却是“发乎情，止乎礼”，没有越出封建礼教的雷池半步。

其三，韩翃对柳氏的态度，也体现了传统文人的妇女观。在封建社会里，男尊女卑，妇女是没有独立人格和地位的，《大戴·礼记》说：“女者，如也；子者，孳也；女子者，言如男子之教而长其义理者也；故谓之妇人。”① 《白虎通·嫁娶篇》亦云：“（女子）阴卑不得自专，就阳而成之。”②男子可以三妻四妾，而女子只能从一而终，因女子要“就阳而成之”。在《柳氏传》中，柳氏是个“幸姬”，地位低下，只不过像件货物一样被人送过来、抢过去。韩翃对李生送来的这件礼物——柳氏是喜爱的，但并不十分重视和珍惜。在个人功名和安危与柳氏的感情产生矛盾时，他毫不犹豫就选择了前二者而抛弃了后者。因此，他在得知柳氏被蕃将所劫时，仅止于悲凄，而没有试图夺回，他不想为了爱情而得罪权贵。女性在他心目中，是远远比不上男性的功名利禄、性命安危的。

对比《柳氏传》，乔吉的《金钱记》从主题到故事情节都有了很大的改变，尤其男主角韩翃的形象发生了本质性的改变，成

①② 陈东原：《中国妇女生活史》，2页，上海，上海文艺出版社影印本，1990。

为一个崭新的书生形象。

其一，剧作将身份低微的妓女柳氏改变为府尹之女柳眉；定情物也由民间的玉合香膏变为皇帝御赐的金钱；帮助韩翃成就婚姻的也不是武将许俊，而是唐代著名的文人贺知章和李白。作者作这些重大改变，是为使韩翃的追求对象更有价值和品位，为韩翃能不顾生死追求柳眉提供一个能为当时观众理解的合理依据。

其二，剧中的韩翃不是一个被动接受爱情、步步遵守礼法的谦谦君子，而是一个主动出击、热烈大胆追求爱情的“狂生”，将功名利禄、封建礼教、门第观念、个人安危统统置之脑后的痴情人。他出身贫寒，“无爷娘、无兄弟、无亲眷”，“生涯是断简残篇”（第二折）。但在九龙池遇见官家小姐柳眉之后，不顾身份低微，立刻展开了热烈的追求：“小娘子去了也。方才说道：‘心间万般哀苦事，尽在回头一望中。’又与我这五十文金钱为信物。我也不顾生死，不问那里赶将去。”（第一折）① 为了追求心上人，将生死置之度外。贺知章劝他：“你若要赶他，必然是宰相人家女子，不是耍处。”他却说：“遮莫是王侯世家，直赶到香闺绣闼。”（第一折）王府的仆役张千斥责他，他又反唇相讥：“你道是侯门深似海，我正是色胆大如天。”（第二折）为了追求爱情，将门第观念视之蔑如。王府尹以“擅入园中，非奸即盗”的罪名将他吊打，他举出司马迁等“几个做贼的古人”为自己辩解（第二折）；后来，柳眉送他的金钱信物被王府尹发现，再次被吊打，他也没有一句悔过求饶之语（第三折）。剧中的韩翃，不畏权势、不畏舆论、不畏拷打，一往无前地追求爱情，是一个勇敢反抗封建礼教的书生形象。

其三，与《柳氏传》中那个为了功名而置心上人于危难之

① 王学奇主编：《元曲选校注》，第一册，上卷，215 页，石家庄，河北教育出版社，1994。下文引元杂剧均见此书。

中的韩翃不同，剧中的韩翃是将爱情置于功名之上的。韩翃也追求功名，剧的开头，写他参加科举考试，“博得个名扬天下，才能勾宴琼林饮御酒插宫花。”（第一折韩翃唱词）但是，当爱情来临时，他就将功名置之脑后了：“我若见小姐一面呵，便不做那状元郎我可也不曾眉皱!”（第三折）本该在客舍静心等候放榜的他，却入了王府做教书先生以接近柳眉；在放榜高中之时，他却被当作奸情败露之人而吊在王府中。韩翃这种所为，被封建卫道士王府尹视作“乱作胡为”、“无廉耻”（第三折），被正统文人贺知章视作“贪恋酒色”、“不肯求进”（第一折），但在作者乔吉看来，韩翃却是一个值得称道的书生形象，因而在剧的结尾，给他一个高中状元、奉旨成婚的美满结局，这是对韩翃主张自由婚姻、将爱情置于功名之上的思想的肯定。

其四，剧中的韩翃是一个鲁莽冒失、可笑而又可爱的喜剧形象。如果说，《西厢记》中的张生是个“傻角”，此剧中的韩翃也是个“傻角”，不过比张生多了几分鲁莽与狂气。他在赏花时遇上了柳眉，追随柳眉的车子直到王府，明知“侯门深似海”而贸然撞入，结果被吊打了一顿，此为一傻。韩翃当时已考科举，连贺知章也说他不日便会“除授官职”，他却为了接近柳眉而低声下气地做王府的教书先生，此为二傻。终日把玩柳眉赠他的定情信物——金钱，结果被王府尹发现，再次被吊打，此为三傻。然而三傻均为对柳眉痴情所至，故又傻得可爱。韩翃之傻，虽然鲁莽幼稚，却充满生气勃勃的青春气息，具有纯情痴迷的浓郁人情味，故其傻能为观众所谅解，令观众发出善意的笑声。剧中的韩翃，不再是小说中那个懦弱怕事、悲悲切切的书生形象，而是一个天不怕地不怕、热情鲁莽的喜剧形象。

二、从韩翃故事的流变看市井文化对书生形象的改造

《柳氏传》中被动懦弱的韩翃，变为《金钱记》中主动勇敢的韩翃，这其中的转变过程是如何发生的？其中有什么重要因素发生了作用？笔者认为，这是宋元以来的市井文化对作家创作产生作用的结果。

历史上的韩翃，是以诗人的身份出现的，以能诗而著称。《新唐书》卷二百三“卢纶传”附“韩翃传”云：“纶与吉中孚、韩翃、钱起、司空曙、苗发、崔峒、耿湋、夏侯审、李端皆能诗齐名，号‘大历十才子’。”“翃字君平，南阳人，侯希逸表佐淄青幕府，府罢，十年不出。李勉在宣武，复辟之。俄以驾部郎中知制诰。时有两韩翃，其一为刺史，宰相请孰与，德宗曰：‘与诗人韩翃。’终中书舍人。”①

韩翃以《寒食》诗而闻名：“春城无处不飞花，寒食东风御柳斜。日暮汉宫传蜡烛，轻烟散入五侯家。”但是更为后人关注的是他那首收入《全唐诗·附词》的词《章台柳·寄柳氏》：“章台柳，章台柳，往日依依今在否？纵使长条似旧垂，也应攀折他人手。”

由这首词，出现了一系列有关韩翃爱情故事的小说、戏曲作品，许尧佐的传奇小说《柳氏传》是其滥觞。

唐人孟棨的《本事诗》② 中也记载了韩翃与柳氏的恋爱故事，人物形象和故事情节与《柳氏传》基本相同，但也略有差别。首先，柳氏的身份由李生的幸姬变为“妓柳氏”，地位更为

① （宋）欧阳修、宋祁撰：《新唐书》，第18册，5785～5786页，北京，中华书局，1975。

② （清）永瑢、纪昀等纂修：《景印文渊阁四库全书》，第1478册，234页，台北，台湾商务印书馆股份有限公司，1986。

低下。其次，韩翃对柳氏的态度更守封建礼法，在李生以“秀才当今名士，柳氏当今名色，以名色配名士，不亦可乎”劝韩取柳氏时，韩“殊不意，恳辞不敢当”，后“追让之”，比《柳氏传》中的韩翃更道貌岸然；在战乱中失去柳氏后，也没有什么具体行动夺回柳氏，甚至在许俊拔刀相助时，也不主动写信给柳氏，而是在满座人“皆激赞”的情况下，才“不得已”地写了封信给许俊带给柳氏。总之，《本事诗》中的韩翃更守礼法，更懦弱无能。

《古今图书集成·博物汇编·草木典·柳部》载有《青锁诗话》，亦记韩翃、柳氏故事，与《本事诗》近似，但较简短：

> 韩翃少负才名，邻居有李姓者，每将妓柳氏至其居，必邀韩同饮。既久愈狎。柳每以隙壁窥韩所往来。语李曰：“韩秀才甚贫，然所与游皆名人，是必不久贫贱。”李深颔之。一日，具馔邀韩，酒酣，谓韩曰：“秀才当今名士，柳氏当今名色；以名色配名士，不亦可乎？”遂命柳从坐接韩。未几成名，从辟淄青，置之都下。连三岁不果迓。寄诗曰：“章台柳，章台柳，往日依依今在否？纵使长条似旧垂，也应攀折他人手。”柳答曰：“杨柳枝，芳菲节，可恨年年赠离别。一叶随风忽报秋，纵使归来不堪折。”后果为蕃将沙吒利所劫，翃会入中书，道逢之，谓永诀矣。是日，临淄大校置酒，疑翃不乐，具告之。有虞候将许俊以义烈自许，即诈取得之。时沙吒利宠殊等，翃惧祸，诉于侯希逸，以事闻诸朝，诏柳氏归韩。①

此载不著撰人名。宋人刘斧有《青琐诗话》，惜仅在陶宗仪的《说郛》（宛委山堂本）引八十一中有节选内容，未见全书，

① 《古今图书集成》，第56册，67357页，中华书局、巴蜀书社，1986。

而节选中无韩翃故事，未知是否就是《古今图书集成》中之《青锁诗话》。

如果此载为刘斧所作，那么在唐代和宋代，韩翃、柳氏的故事广为流传，可能是真有其事。故事中的韩翃，均以多情而守礼的君子形象出现，符合当时社会对文人理想品格的要求。

在宋代，有话本《章台柳》（见《醉翁谈录》），因话本已佚，内容不详；但从题目可知，仍是《柳氏传》的延续系统。

金院本亦有同题材的剧作《杨柳枝》，取柳氏答韩翃诗首句"杨柳枝"作剧名，见陶宗仪《南村辍耕录》卷二十五"院本名目"。剧本已佚，但从剧名可知，仍是《柳氏传》的继承者。

宋元间南戏有《韩翃章台柳》一剧，《九宫正始》征引，或题《韩翃》，或题《章台柳》，或题《芙蓉仙》。剧本今不存，仅存佚曲六支，收在《九宫正始》等曲谱中，钱南扬《宋元戏文辑佚》已录：

> 【中吕过曲】【古轮台】可人意，嫩白深红尽开拆，装点名园尽皆异。争媚逞娇，好似杨妃出浴温泉，侍儿扶起。艳体奇妆，雕栏玉槛，堪怜堪惜。仿疑是金谷楼中，避风台畔，结倚芳姿，细腰佳丽，捧心恁标致。堪爱处，尽日问他俏无语。
>
> 【羽调近词】【金凤钗】和风扇，柳荡烟，似我愁眉常敛。梨花带雨盈盈，他也学人泪脸。愁嫌，翩翩粉蝶穿绣帘，呢喃燕子语画檐，使离人愁转添。守香闺绣针懒拈，寻芳倦将花草沾。闷冗愁兼，尽伊人拘检。【合】你那里争知，因他瘦得恹恹？
>
> 【前腔】熏风起，暑气加，水阁齐铺湘簟。阶前喷火葵榴，真个红颜似染。炎炎，日长困人离绪兼，愁肠怕人闲语咕，镇日无言口似钳。看鲛绡与伊泪淹，山遥水远鱼雁潜。皱损眉尖，漫教人思念。【合前】

【前腔】金风动，送晚凉，又见庭梧叶飐。飘飘桂子芬芳，时送清香冉冉。寒蟾，秋光皎洁开宝奁，银河耿耿横素蟾，照离人愁思恹。促织儿叫得恁忺，叮当响铁马画檐。斗合心嫌，有谁人怜念。【合前】

【前腔】朔风动，黯冻云，冷逼寒灯无焰。孤眠怕整鲛绡，任他销金帐掩。寒严，鹅毛乱舞飞絮挦，羊羔纵美不喜添，痛可人如刃签。把冤家自题自呫，他共谁情正粘。信息难传，忍将人抛闪。【合前】

【双调引子】【捣练子】情默默，恨悠悠，终朝长自泪双流。欲见情夫难得遘，捱一日似三秋。①

从曲意可知，第一首为韩翃游赏初遇柳氏之曲；第二至六曲为柳氏思念韩翃之辞。

元杂剧亦有以韩翃柳氏故事为题材的作品，《录鬼簿续编》载钟嗣成有《寄情韩翃章台柳》（简称《章台柳》）一剧，剧本已佚，仅存剧目。从剧名看，剧中女主角仍是妓女柳氏，此剧仍是《柳氏传》故事的沿袭。

韩翃故事的另一系统是女主角为柳眉儿的戏剧，《录鬼簿》（曹本）卷上载石君宝有杂剧《柳眉儿金钱记》，贾本《录鬼簿》载石君宝有杂剧《李太白匹配金钱记》，剧本均已佚，仅存剧名。从剧名看，主要人物柳眉儿、李白都与乔吉的《金钱记》同，当与乔吉之作为同一韩翃故事系统。石君宝的戏剧活动时间早于乔吉，乔吉很可能受到石君宝之作的启发，创作了《金钱记》。

现在的问题是：两种韩翃故事系统是如何转变的？《柳氏传》中的妓女柳氏如何变成小姐柳眉儿？韩翃如何从懦弱书生变成勇敢狂生？定情信物如何从玉合香膏变为钱币？辅助韩翃婚姻成功的人物如何从武将许俊变为文人贺知章、李白？

---

① 钱南扬：《宋元戏文辑佚》，257页，上海，上海古典文学出版社，1956。

先看故事中女主角的转变。宋元南戏《韩翃章台柳》的残曲【中吕过曲】【古轮台】云："争媚逞娇，好似杨妃出浴温泉，侍儿扶起。艳体奇妆，雕栏玉槛，堪怜堪惜。"另一曲【羽调近词】【金凤钗】也云："和风扇，柳荡烟，似我愁眉常敛。梨花带雨盈盈，他也学人泪脸。"已将柳氏比作杨贵妃，其曲词"出浴温泉"、"柳荡烟"、"梨花带雨"令人想起白居易歌咏李、杨故事的长诗《长恨歌》："春寒赐浴华清池，温泉水滑洗凝脂。侍儿扶起娇无力，始是新承恩泽时。""归来池苑皆依旧，太液芙蓉未央柳。芙蓉如面柳如眉，对此如何不泪垂？""玉容寂寞泪阑干，梨花一枝春带雨。"白诗以"柳如眉"形容美女杨贵妃，很可能使石君宝、乔吉受到启发，这样，从南戏《韩翃章台柳》到元杂剧《金钱记》就形成了这样一条演变路径：柳氏—杨贵妃—柳如眉—柳眉儿。另外，女主角身份由卑贱变成高贵也符合元杂剧作家对女性较为尊重的态度。王实甫杂剧《西厢记》中的张生，为了追求相国小姐莺莺而放弃上京赶考；关汉卿《玉镜台》中的温峤，为了得到妻子刘倩英的爱而处处赔小心，都表明了元杂剧作家的价值取向。因此，石君宝、乔吉等人在改造韩翃故事的时候，将任人抢夺的柳氏，改塑为尊贵的府尹小姐柳眉儿，就是顺理成章之事了。

再看韩翃形象的转变。现存的有关韩翃的金元戏曲，除《金钱记》外，剧本已不存，难以窥见韩翃形象的转变过程。但从《金钱记》塑造韩翃新形象的几个主要情节：追车、接受金钱、当教书先生等，可以找到前人影响的痕迹。《金钱记》的重要情节是柳眉儿赠开元通宝钱币给韩翃作定情物，而这一情节在宋元南戏《朱文太平钱》中已有之。此剧剧目载徐渭《南词叙录·宋元旧篇》，剧本已佚，仅存三支曲，其中《杵歌》一曲女主角唱："逢君后，更无物，表奴心坚，中间有一百个太平钱，一齐都赠贤。"① 此剧因剧本不存，未知详细剧情，但福建莆仙戏有同名剧《朱文太平钱》其剧情可资参考：朱文到东京投亲未遇，寄居王行首店中，王的养女一粒金爱慕朱文，夜托终身，赠以太平钱作定情物。后钱为王婆拾得，诈云此为女儿鬼魂所赠，朱惧而离店，后一粒金赶上朱文，结成夫妇。②乔吉很可能受南戏《朱文太平钱》的影响，将定情物由《柳氏传》的玉合香膏改为开元通宝金钱，从而塑造出痴情书生韩翃的形象。其次，唐人张泌的《浣溪沙》词云："晚逐香车入凤城，东风斜揭绣帘轻，漫迴娇眼笑盈盈。消息未通何计是？便须佯醉且随行，依稀闻道太狂生。"③ 词中描写书生佯醉追逐美人香车的情节，与《金钱记》中韩翃乘醉追赶柳眉儿香车相似，也与《柳氏传》中柳氏乘车与韩翃道中相逢的情节相联系。这样，在韩柳相遇这个情节上，从《柳氏传》到《金钱记》就形成了这样一条演变路线：韩翃与乘车的柳氏相逢—书生追逐美人香车—韩翃追赶柳眉儿香车。这个情节的改动，突出了韩翃在追求爱情时的主动性。联系当时元杂剧言情剧中的书生形象，如《西厢记》中的张生，在追求莺莺时也是相当主动的；这种剧坛创作风气，必然也影响了乔吉，使他很可能选择张泌词中狂生追车的情节，来塑造韩翃狂放的形象。至于剧中写韩翃放弃等待科举考试放榜，屈身入王府做教书先生，以接近心上人柳眉儿，类似的情节已在关汉卿的杂剧《玉镜台》中出现过，温峤为接近表妹刘倩英，就充当教书先生，指点倩英弹琴写字。乔吉很可能也受到前辈剧作家的影响，创作了韩翃乔装教书先生的情节，塑造将爱情置于功名之上的新韩翃形象。

辅助韩翃婚姻成功的人物，随着女主人公身份的改变，韩翃

①② 钱南扬：《宋元戏文辑佚》，52页，上海，上海古典文学出版社，1956。
③ 张璋、黄畬编：《全唐五代词》，600页，上海，上海古籍出版社，1986。

性格变得坚强，已不需要武将来从强豪中夺回韩翃的心上人，而变为与韩翃的名诗人身份相称的名士。石君宝的《李太白匹配金钱记》的题目已表明李白是辅助韩翃成功的重要人物，乔吉的《金钱记》则除李白外还有名诗人贺知章，都与韩翃身份相称，使这个爱情故事更具"名士风流"的意味。

从《柳氏传》到《金钱记》的故事流变过程中可知，元杂剧后期作家乔吉吸收了唐词、金院本、宋元南戏、元杂剧同类题材作品的养料，吸收了市井文化中重视爱情胜于功名、追求婚姻自由平等的思想，塑造出一个勇敢、痴情、狂放的新韩翃形象。

三、《金钱记》作者乔吉的市民意识

《金钱记》中韩翃的形象能转变为一个具有市民思想意识的新形象，还与它的作者乔吉有密切关系。

乔吉是一个市民化的下层文人，具有浓厚的市民意识。钟嗣成《录鬼簿》卷下云："乔吉甫：吉甫字梦符，太原人。号笙鹤翁，又号惺惺道人。美容仪，能词章。以威严自饬，人敬畏之。居杭州太乙宫前。有题西湖《梧叶儿》百篇，名公为之序。江湖间四十年，欲刊所作，竟无成事者。至正五年二月，病卒于家。"① 陶宗仪《南村辍耕录》卷八也载："乔孟符吉博学多能，以乐府称。"② 乔吉的散曲《【双调】·自叙》也描述了他的生活状况："厌行李程途，虚花世态，潦草生涯。"③ 可见，乔吉是个由山西太原迁往浙江杭州的文人，博学多才，终生未仕，生活潦倒。他"在江湖间四十年"，长期生活在社会下层，深受市井文

① 中国戏曲研究院编：《中国古典戏曲论著集成》，册二，126 页，北京，中国戏剧出版社，1959。

② （元）陶宗仪：《南村辍耕录》，103 页，北京，中华书局，1959。

③ 隋树森编：《全元散曲》，上册，611 页，北京，中华书局，1964。

化的熏染。他多次在散曲中表现对官场功名的厌恶情绪："官无事乌鼠当衙"（《【双调】·荆溪即事》）①，"功名两字酒中蛇"（《【双调】卖花声·悟世》）②。但实际上，在他的内心深处，仍有对入仕的渴望，只不过现实的黑暗使他无法实现理想，只好以对隐居生活的歌颂来掩盖他在仕途上的失意。他的《【折桂令】自述》道："不应举江湖状元，不思凡风月神仙。"③ 虽然"不应举"，仍念念不忘"状元"。他流浪江湖，不是像晋、唐时的隐士那样隐居山间，而是沉醉于市井青楼，在醇酒美人中寻找自己的精神寄托。在其散曲中有大量的赠妓之作，与歌妓李楚仪的关系尤为密切，《全元散曲》载有乔吉赠李楚仪的散曲七首。他对戏剧演员和演出也十分熟悉，其散曲《【越调】斗鹌鹑·歌姬》云："教坊驰名，梨园上班，院本诙谐，宫妆样范。""不枉了唤声妆旦。"④ 其生活可用《【正宫】绿么遍·自述》来概括："不占龙头选，不入名贤传。时时酒圣，处处诗禅，烟霞状元，江湖醉仙。笑谈便是编修院。留连，批风抹月四十年。"⑤ 表现出身隐而心不隐的心态，与宋代的柳永颇为近似。柳永词《鹤冲天》自称"才子词人，自是白衣卿相"⑥；《西江月》词自称"风流才子占词场，真是白衣卿相"⑦，与乔吉的"烟霞状元"、"江湖状元"如出一辙。乔吉的"批风抹月"的生活方式，也和柳永的"忍把浮名，换了浅斟低唱"相似，都是仕途失意后一

① 隋树森编：《全元散曲》，上册，607页，北京，中华书局，1964。

② 隋树森编：《全元散曲》，上册，632页，北京，中华书局，1964。

③ 隋树森编：《全元散曲》，上册，597页，北京，中华书局，1964。

④ 隋树森编：《全元散曲》，上册，643页，北京，中华书局，1964。

⑤ 隋树森编：《全元散曲》，上册，574页，北京，中华书局，1964。

⑥ （宋）柳永著，薛瑞生校注：《乐章集校注》，239页，北京，中华书局，1994。

⑦ （宋）柳永著，薛瑞生校注：《乐章集校注》，261页，北京，中华书局，1994。

种补偿心理的反映。因此，乔吉和柳永一样，是市民化的文人，他们的创作具有较浓的市民文学特色。当然，他们也受到传统儒家文化的影响，但对比起传统文人来说，他们的市民气息要浓烈些。

首先，乔吉的杂剧题材以言情为主，体现了市民文学重视日常生活，重视人情味的审美趣味。乔吉现存的三部杂剧——《扬州梦》、《金钱记》、《两世姻缘》都是描写才子佳人悲欢离合的言情剧，是市民喜闻乐见的题材。有些论者认为："这种才子佳人的恋爱剧翻来覆去，千篇一律。上者远不如《西厢》，下者流于庸俗。"① 乔吉的剧作成就诚然不能与王实甫的《西厢记》相比，但"流于庸俗"的评价却是贬之过低。与柳永词的语言相比，乔吉的剧作语言还是文雅清丽的，为何论者能容忍柳词的"语词尘下"，称之为"市民文学作家"，而对乔吉的剧作却责之甚苛呢？其实，乔吉的思想意识与柳永甚为近似，就是喜欢写贴近人情、为市民喜闻乐见的作品，这里既有主观的因素，也有客观的原因。柳永、乔吉都是市民化的文人，本身就是市民的一分子，当然具有市民的思想意识、审美趣味；他们长期流浪江湖，卖文为生，其作品必须适应广大市民的欣赏趣味，才能解决自己的生计问题，作品题材就未免有媚俗的倾向。

其次，乔吉的杂剧作品雅俗共赏，而以通俗为主。李开先评他的剧作"蕴藉包含，风流调笑，种种出奇而不失之怪；多多益善而不失之烦；句句用俗而不失其为文"②。即言其剧作风格既含蓄又活泼诙谐；情节曲折而不怪诞；内容丰富而不冗繁；语言通俗而有文采。因而其剧既能为市民所理解欣赏，也能为文人

① 刘大杰：《中国文学发展史》，下册，877 页，北京，中华书局，1963。

② 转引自（清）姚燮：《今乐考证》，见中国戏曲研究院编：《中国古典戏曲论著集成》，册十，124 页，北京，中国戏剧出版社，1990。

所击节称赏。王骥德《曲律·杂论》则云:“乔(吉)、张(可久)盖长吉(李贺)、义山(李商隐)之流。然乔多凡语,似又不如小山更胜也。”① “多凡语”即是多俗语,因而乔吉的杂剧语言以通俗为主,更易于为市民大众所接受。乔吉还特别重视戏曲的结构,尝云:“作乐府亦有法,曰‘凤头,猪肚,豹尾’六字是也,大概起要美丽,中要浩荡,结要响亮,尤贵在首尾贯穿,意思清新。”② 而当时许多文人评曲家如燕南芝庵、周德清等都仅注意戏曲的音律和词采,评杂剧如同唐宋文人评诗词,体现出雅文学的传统。乔吉注意杂剧和散曲的结构,是吸收宋元话本等俗文学注意故事结构巧妙、情节曲折的经验,用于戏曲创作,可说独具慧眼。

乔吉既然是这样一位具有市民思想情趣的作家,又长期生活在南方杭州等地,他能吸收宋元话本、南戏的创作经验,创造出具有市民思想意识的崭新韩翃形象,也就不足为奇了。此外,他还有以剧中人自况的倾向,乔吉现存的三个剧作的男主角分别是韩翃(《金钱记》)、杜牧(《扬州梦》)、韦皋(《两世姻缘》),这三个人都是唐人,均以文才出众和风流多情而著称。乔吉很欣赏这三个古人,往往用以自比。他的散曲《【双调】折桂令·会州判文从周自维扬来道楚仪李氏意》云:“文章杜牧风流,……老我江湖,少年谈笑,薄幸名留。”③ 即以杜牧自况。乔吉杂剧中韩翃等风流才子的形象,实际上是现实中的乔吉和乔吉的理想的反映。

乔吉在《金钱记》中塑造的韩翃形象,是和《西厢记》中

---

① (明)王骥德:《曲律》卷第四,见中国戏曲研究院编:《中国古典戏曲论著集成》,册四,156页,北京,中国戏剧出版社,1990。

② (元)陶宗仪:《南村辍耕录》,卷八,103页,北京,中华书局,1959。

③ 隋树森编:《全元散曲》,上册,601页,北京,中华书局,1964。

的张生一脉相承的，他们都有着共同的特征：既有传统文人的才学志向，又有元代市民追求婚姻平等自由的思想意识，是元代新型书生的代表。

从《柳氏传》和《金钱记》两个韩翃形象的差异，可以看到宋元话本、南戏等俗文学对元杂剧创作的影响；更可看到元代市井文化对元杂剧创作的影响：市井文化既改造了作家本身，也改造了他们笔下的人物——成为市民化的书生形象。

第二节　在闺阁文学和青楼文学的交叉坐标上——元杂剧妇女形象新论

元杂剧中的妇女形象大胆泼辣，性格鲜明，却又不失传统妇女的善良忠贞，成为中国戏剧史画廊上光彩照人的女性形象。其成功的奥秘何在？笔者认为，这是传统儒家文化和元代市井文化结合的产物，尤其是传统闺阁文学和元代青楼文学结合的产物。在中国古代文学作品中，描写妇女的作品多是抒发闺中妇女情感的，抒情委婉含蓄，语言文雅绮丽，体现在诗词等雅文学体裁上，被称为“闺情诗”、“闺情词”等。另一方面，在良家妇女不能抛头露面的封建社会里，歌妓的文学艺术活动成为古代女性文学艺术史的一个组成部分，如唐代的薛涛以诗名，宋代的严蕊以词名，元代的朱帘秀以曲名等。此外，还有众多男性作家给歌妓的酬唱之作，或他们以歌妓生活为题材的作品，多体现在散曲、戏曲、小说等俗文学体裁上，形成所谓“青楼文学”。青楼文学作品一般抒情直率，语词艳丽而通俗。闺阁文学和青楼文学既有区别，又因不同时代、不同文学体裁有不同程度的融合。在元代，城市经济的繁荣使青楼文学有了长足的发展，这种融合尤为明显。如果说，传统闺阁文学是一条纵线，元代青楼文学就是一条横线，而元杂剧的部分妇女形象就是两条线交叉坐标上的产物。

一、传统闺阁文学和元代闺阁文学的特点

为了论述元杂剧的妇女形象，我们有必要先探讨传统闺阁文学这条“纵线”的一些特点。

元杂剧的作家虽然沉屈下僚，但却是“淹通闳博之士”（臧晋叔《元曲选序二》），饱读的是以儒家经典为主的书籍，接受的是传统儒家文化的教育。而传统雅文学中的闺阁小姐，是儒家文化的产物。《礼记·经解》引孔子语：“其为人也，温柔敦厚，《诗》教也。”① 唐代宋若华著《女论语·立身章》说：“凡为女子，先学立身，立身之法，惟务清贞。清则身洁，贞则身荣。行莫回头，语莫掀唇，坐莫动膝，立莫摇裙，喜莫大笑，怒莫高声。”“立身端正，方可为人。”② 因此，传统雅文学中的闺阁小姐，多是温柔敦厚、贞静端庄的形象，如唐传奇《莺莺传》中怨而不怒的崔莺莺，宋词中“泪眼问花花不语”（欧阳修《蝶恋花词》）的哀怨无助的弃妇等。元代闺阁文学受元代崇尚理学的哲学思想的影响，是传统闺阁文学的沿袭。元代理学家吴澄、许谦等都是朱熹学派的嫡传弟子，而元诗人王恽尊崇宋元理学，刘因既是诗人也是理学家。元代闺阁文学主要表现在诗歌领域，诗人们着力塑造温柔而多情的妇女形象，抒情委婉含蓄，语词文雅。著名的女诗人有管道升、郑端允、孙蕙兰、曹妙清等。

如孙蕙兰的诗《偶成》：

> 庭院深深早闭门，停针无语对黄昏。碧纱窗外初生

---

① 北京大学哲学系美学教研室编：《中国美术史资料选编》，87页，北京，中华书局，1985。

② 陈东原：《中国妇女生活史》，115页，上海，上海文艺出版社，1990。

月，照见梅花欲断魂。①

写闺中女子“伤春”的孤独寂寞的心情，刻画出伊人冉弱静好的形象，抒情婉曲，语言柔弱文雅。

除了女诗人之外，一批男诗人的代言体诗篇也描写了女性的生活，如朱德润的闺情诗《对镜写真》：

千金《画史》托铅华，难写春心半缕霞。两面秋波随彩笔，一奁冰影对钿花。情怜晓月秦川雁，思逐朝阳汉树鸦。不信云间望夫石，解传颜色到君家。②

此诗前半段写女子对镜自画倩影，自怜幽独，篇末方点出思夫之情。描写女性情思也委婉深挚。

除了抒情委婉含蓄之外，元代闺阁文学要求“雅正”，描写恋情多写精神生活，不涉床笫之欢，可谓“言情不言性”。这与元代理学家对人们的道德要求是一脉相承的。

如郭钰的《长相思》：

长相思，相思者谁？自从送上马，夜夜愁空帏。晓窥玉镜双蛾眉，怨君却是怜君时。湖水浸秋藕花白，伤心落日鸳鸯飞。为君种取女萝草，寒藤长过青松枝。为君护取珊瑚枕，啼痕灭尽生网丝。人生有情甘白首，何乃不得长相随。潇潇风雨，喔喔鸣鸡。相思者谁？梦寐见之。③

此诗写女子思人，层层深入，写尽九曲柔肠，将女子对爱情的忠贞不渝写得十分动人。但是仅止于写相思，并没有写感官享

① （元）孙蕙兰：《绿窗遗稿》，见（清）顾嗣立编：《元诗选》，初集三，2521页，北京，中华书局，1987。

② （元）朱德润：《存复斋集》，见（清）顾嗣立编：《元诗选》，初集二，1618页，北京，中华书局，1987。

③ （元）郭钰：《静思集》，见（清）顾嗣立编：《元诗选》，初集三，2134页，北京，中华书局，1987。

乐。上文的《对镜写真》诗亦是如此。“言情不言性”可说是元代闺情诗的普遍特点。

元诗中的女性形象，温柔驯良，忠于爱情，又高雅不俗，是儒家文化所要求的淑女形象。

元杂剧作家饱读诗书，既受传统闺阁文学的影响，又受到元代闺阁文学的影响，他们的妇女观，自然会深深打上儒家文化的烙印。

二、元代青楼文学的特点

元杂剧是以元代歌妓为主要演员的，为了论述元杂剧的妇女形象，我们也有必要考察一下元代青楼文学这条“横线”。

元代都市存在着一支庞大的妓女队伍，据《马可波罗行纪》记大都有妓女二万余人。其中的歌妓多参与杂剧、散曲的演出活动，据夏庭芝的《青楼集》、陶宗仪的《南村辍耕录》、隋树森的《全元散曲》等书的记载，有姓名的歌妓有159人，部分歌妓如朱帘秀、梁园秀、张怡云等还参加了散曲的创作。元散曲中还存在着大量男作家的赠妓之作，据粗略统计，《全元散曲》标明赠妓的小令就有120多首，套数36套。可以说，元代的青楼文学主要体现在散曲领域。

元代青楼文学的第一个特征，是塑造了众多美丽多情而又泼辣刚强的歌妓形象。如汤式的散曲《【商调】望远行·四景题情·夏》：

> 藕花风拂拂爽透书斋，静挽挽门半开，不觉的伤人心动人情感人怀。梅香，我多管少欠他相思债，我则索咬定着牙儿耐。他若是来时节，那一会罪责，玉纤手忙将这俏冤家面皮儿掴。嗏，实实的要个明白，乔才，你

莫不也受了王魁戒？①

从曲提到“王魁”看，引用的是“王魁负桂英”的典故，女主人公当是个妓女。曲中的女子，对心上人一往情深，但又泼辣不饶人，正是那些情深款款而又野性未驯的都市妓女形象。

元代青楼文学的第二个特点，是描写恋情既言情又言性，不避对“性”的描写，违反了儒家文化对女性“贞洁”的观念。

如张可久的《【双调】折桂令·歌姬施氏》：

照冰壶秋水芙渠，姓出西家，名满东吴，鸾镜妆残，霓裳曲破，翠管诗余。娇滴滴眉云眼雨，香馥馥腕玉胸酥。同醉仙都，偷寄银笺，暗解罗襦。②

既抒发作者对歌妓容貌才艺的倾慕之情，也坦率描绘床笫之欢，透露出“青楼”生活的气息。

元代青楼文学的第三个特点，是抒情直率，语言浅白，具有鲜明的俗文学特色。如歌妓真氏的《【仙吕】解三酲》：

奴本是明珠擎掌，怎生的流落平康？对人前乔做作娇模样，背地里泪千行。三春南国怜飘荡，一事东风没主张，添悲怆。那里有珍珠十斛，来赎云娘。③

用浅白的口语，诉说歌妓生涯的悲酸，表达从良的渴望。抒情真率，毫无隐晦之处。

元代青楼文学的第四个特点，是具有青楼调笑的谐趣之风。宾客到歌楼妓馆为的是寻欢买笑，酒席之间的酬唱很少端庄严肃，而是或幽默诙谐，或调笑嘲讽，以宾主开怀为目的。

如汤式的《【中吕】谒金门·闻嘲》：

你鸣珂巷艳娃，我梁园内社家，两下里名相亚。你

---

① 隋树森编：《全元散曲》，下册，1600页，北京，中华书局，1964。
② 隋树森编：《全元散曲》，上册，866页，北京，中华书局，1964。
③ 隋树森编：《全元散曲》，下册，1144页，北京，中华书局，1964。

知音律我撑达，不在双渐苏卿下。你歌舞吹弹，我琴棋书画。你会放顽我煞撒会要。你恁般俊煞，我那般俏煞，也索向奶奶行陪些话。①

作者用市井俗语如“撑达”、“俊煞”、“俏煞”等来形容郎才女貌，显得十分滑稽，是文人与歌妓的戏谑调笑之作。元代青楼文学表达的是下层市民追求感官享受的审美情趣，追求对不受传统道德约束的自由的渴望，实际上是元代市井文化的一个组成部分。

元杂剧作家与元杂剧主要演员——歌妓关系密切，如关汉卿有给朱帘秀的《【南吕】一枝花》（轻裁虾万须）；乔吉有赠李楚仪的《【双调】折桂令·贾侯席上赠李楚仪》，都有散曲赠妓；杨显之则被名演员顺时秀称为“伯父”（《录鬼簿》卷上）。元代青楼文学对元杂剧作家的影响是显而易见的。

三、在闺阁文学和青楼文学交叉坐标上的元杂剧妇女形象

由于元散曲和元杂剧有同样的套曲，有众多同时在散曲、杂剧领域进行艺术活动的作家与演员，更因为杂剧的主要演员为歌妓，以元散曲部分作品为代表的青楼文学对元杂剧有明显的影响；另一方面，深受儒家文化教育的元杂剧作家，又保留着他们对传统闺阁文学的喜好；于是，在他们笔下，一种既有闺阁文学情怀，又有青楼文学风姿的女性形象出现了。这是闺阁文学和青楼文学交叉坐标上的产物，是完全不同于前代文学作品的崭新的妇女形象。

（一）塑造聪明美丽而泼辣大胆的歌妓形象

元杂剧中的歌妓同元散曲中的歌妓一样，美丽多情而又泼辣

① 隋树森编：《全元散曲》，下册，1594页，北京，中华书局，1964。

不驯。且看关汉卿杂剧《金线池》第二折中杜蕊娘的唱词：

【梁州第七】这厮阑散了虽离我眼底，忔憎着又在心头。出门来信步闲行走。遥瞻远岫，近俯清流。行行厮趁，步步相逐。知他在那搭儿里续上绸缪？知他是怎生来结做冤仇？俏哥哥不争你先和他暮雨朝云，劣奶奶则有分吃他那闲茶浪酒，好姐姐几时脱离了舞榭歌楼。不是我出乖弄丑，从良弃贱，我命里有终须有，命里无枉生受。只管扑地掀天无了休，着甚么来由！

曲中写杜蕊娘怀疑心上人韩辅臣移情别恋，既爱又恨，其泼辣的声口，与汤式散曲中的歌妓如出一辙。杜蕊娘形象的出现，说明元代歌妓地位的提高，也表现了她们的理想追求。歌妓可以要求情人以同样的忠贞回报她们的“再不接客”；杜蕊娘对韩辅臣的变心大发脾气，直到韩辅臣道歉求情才重归于好，这不仅表现出她的泼辣性格，还显示出歌妓对感情专一、平等的追求。

在现存的18种妓女题材的剧作中，旦本戏有12种，说明歌妓多是这类戏的主角。在与书生相恋的过程中，歌妓往往显得积极主动，《曲江池》中的李亚仙，主动邀请书生郑元和同席饮酒：“妹夫，那里有个野味儿，请他来同席，怕做什么？”（第一折）无名氏《百花亭》中的歌妓贺怜怜在春游中遇见书生王焕，也主动吟诗传情，这都和闺阁文学中矜持含蓄的淑女形象完全不同，而是青楼文学在元杂剧妇女形象创作上的反映。

然而，我们也应看到，元杂剧的作者多是男性下层文人，他们塑造的歌妓形象既有真实反映歌妓心声的一面，也有表达文人理想追求、道德评价的另一面。传统闺阁文学中女性对爱情忠贞不渝、不为金钱权势所左右的品格被他们赋予歌妓身上。元杂剧中的歌妓虽然身操贱业，却能“从一而终”，贾仲明《对玉梳》中顾玉香唱道：“尽教他后浪催前浪，（带云）楚臣放心。（唱）休想我新人换旧人。”她们也往往爱有才华的穷书生，而蔑视腰缠万贯的富商，贾仲明《玉壶春》中的歌妓李素兰便忠于穷书生李斌，拒绝山西富商甚舍的追求。这种描写，并非完全是现实生活中歌妓状况的反映，而是深受儒家文化影响的书生们加在歌妓身上的理想色彩。当然，写歌妓忠于书生，也是身处社会底层的文人一种补偿心理的反映，《玉壶春》中的李斌便对甚舍说："你虽有万贯财，争如俺七步才。""我便是桑枢瓮牖，他也情愿的布袄荆钗。"穷书生虽然钱场失意，但却情场得意，得到了心理平衡。

（二）塑造"既言情又言性"的闺阁小姐形象

与传统闺阁小姐含蓄、矜持的形象不同，元杂剧的小姐形象大多泼辣大胆，感情外露，如《墙头马上》的李千金、《萧淑兰》中的萧淑兰等。而且，与传统闺阁文学"只言情不言性"相异，元杂剧写闺中小姐与心上人一见钟情，很快就转而写"性"，这在《墙头马上》第一折李千金的唱词中有明显的表现：

> 【正旦见末科，云】呀，一个好秀才也！（唱）【金盏儿】……和花掩映美容仪。他把乌靴挑宝镫，玉带束腰围，真乃是"能骑高价马，会着及时衣"。……【后庭花】休道是转星眸上下窥，恨不的倚香腮左右偎。便锦被翻红浪，罗裙作地席。（梅香云）小姐休看他，倘有人看见。（正旦唱）既待要暗偷期，咱先有意，爱别人可舍了自己。

李千金从倾慕裴少俊的"美容仪"迅速想到"罗裙作地席"，在传统文人看来，这小姐也太急色儿，太没有小姐身份了。清人梁廷楠便抨击道："此时四目相觑，闺女子公然作此种语，更属无状。"① 显然，这是违反了闺阁文学"不言性"之

① （清）梁廷楠：《曲话》，见中国戏曲研究院编：《中国古典戏曲论著集成》，册八，258页，北京，中国戏剧出版社，1960。

忌，而是青楼文学“既言情又言性”的特点的反映。元杂剧作家十分熟悉歌妓敢爱敢恨、泼辣大胆的思想性格，在塑造闺阁小姐的形象时，往往自觉或不自觉地以一些出众的歌妓形象作为创作的蓝本，从而使他们笔下的小姐形象或多或少地打上青楼文学的印记。

梁廷楠在批评李千金形象的“无状”后谈到整个元曲都有类似的情况：“大抵如此等类，确为元曲通病，不能止摘一人一曲而索其瑕也。”① 确实，李千金式的女子在元杂剧中并非少见，贾仲明杂剧《萧淑兰》中的萧淑兰也主动追求家中的教书先生张世英，唱词中也有“若得咱香腮容并贴，玉体肯相沾，怕什么当家尊嫂恶，恩养劣兄严”之句，也属“无状”之类。

另一方面，元杂剧中仍然存在着有较多传统闺阁文学特色的小姐形象，如《西厢记》中的崔莺莺、《东墙记》中的董秀英等，她们与书生的恋爱经历了诗词唱和、拜月弹琴等精神倾慕的过程，剧中许多描绘相思愁怨的曲词，和传统闺阁文学的闺情诗词很相似。

如《西厢记》第一本楔子写崔莺莺在佛殿散心时唱：

【幺篇】可正是人值残春蒲郡东，门掩重关萧寺中；花落水流红，闲愁万种，无语怨东风。

这种“伤春”的闲愁，与李清照《一剪梅》词的“花自飘零水自流，一种相思，两处闲愁”，孙蕙兰《偶成》诗的“庭院深深早闭门，停针无语对黄昏”何其相似，意境也相仿佛。

这说明，传统闺阁文学在元代杂剧作家心中是有厚重的积淀的，他们一提笔写女性的伤春悲秋，便想起那些优美的闺情诗词，笔下便流淌出唐诗宋词元诗的风韵。

---

① （清）梁廷楠：《曲话》，见中国戏曲研究院编：《中国古典戏曲论著集成》，册八，258页，北京，中国戏剧出版社，1960。

但是，这类闺阁小姐的形象也不完全是传统闺阁文学中小姐的翻版，崔莺莺在经过反复的内心争斗之后，终于抛弃了以父母之命、媒妁之言订下的婚姻，而与张生私自结合，这种反叛性，非传统闺阁文学的淑女形象可言。而且，作家在描写她恋爱过程中的心理活动，也不乏性心理的描写，如《西厢记》第二本第一折莺莺的唱词：

【油葫芦】翠被生寒压绣茵，休将兰麝熏；便将兰麝熏尽，则索自温存。昨宵个锦囊佳制明勾引，今日个玉堂人物难亲近。这些时坐又不安，睡又不稳，我欲待登临又不快，闲行又闷。每日价情思睡昏昏。

将其渴望与张生“温存”、“亲近”的性心理写得非常细腻、逼真，这是讲究“雅正”的闺阁文学所忌讳的。

更为大胆的是莺莺在该剧第四本第三折（长亭送别）的唱词：

【幺篇】年少呵轻远别，情薄呵易弃掷。全不想腿儿相挨，脸儿相偎，手儿相携。你与俺崔相国做女婿，妻荣夫贵，但得一个并头莲，煞强如状元及第。

论者多注意其“但得一个并头莲，煞强如状元及第”是表现莺莺“珍重爱情，轻薄功名，是莺莺思想性格的一大发展”①。但还应注意的是，崔莺莺所珍重的爱情，已不仅是传统闺阁文学的注重精神生活，而是也注重感官享受，是青楼文学“既言情又言性”的反映，是世俗市民的爱情观。

因此，崔莺莺也不是传统意义上的闺阁小姐，她是既有传统闺阁文学色彩、又有元代青楼文学痕迹的一个崭新的小姐形象。与李千金的形象相比，李的青楼文学色彩浓于闺阁文学色彩；崔

① 王季思主编：《中国十大古典喜剧集》，133页眉批，上海，上海文艺出版社，1982。

的闺阁文学色彩则浓于青楼文学色彩。

元杂剧的小姐形象有着这样的浓淡之分，是与作家的思想性格、身份经历有关的。与歌妓较为熟悉并欣赏青楼文学的作家，他们笔下的小姐形象的“青楼”色彩就浓一些；较多欣赏闺阁文学的作家，他们笔下的小姐形象的“闺阁”色彩也就相对多一些。但总的来说，元杂剧中的小姐形象以叛逆型为主，这就不仅仅是从青楼文学，而且要从整个元代社会的反抗思潮上去寻找原因了。

（三）“勾栏喜剧”中的妇女形象

关汉卿笔下有一类喜剧，被称为“勾栏喜剧”，剧中的女主人公往往以牺牲色相去战胜敌手，多有青楼调笑的描写。如《救风尘》第三折写赵盼儿与周舍的一段周旋：

> （云）我好意将着车辆、鞍马、奁房来寻你，你刬地将我打骂。小闲，拦回车儿，咱家去来！（周舍云）早知姐姐来嫁我，我怎肯打舅舅？（正旦云）你真个不知道？你既不知，你休出店门，只守着我坐下。（周舍云）休说一两日，就是一两年，您儿也坐的将去。

其打情骂俏的口吻，很像汤式散曲中与歌妓的戏谑之作。赵盼儿是妓女，她具有青楼调笑之风，可以理解；但元杂剧中某些良家妇女也有类似的作风，就令人奇怪了。如《望江亭》第三折这样描写官太太谭记儿：

> （李稍云）姐姐，你敢是张二嫂么？（正旦云）我便是张二嫂。你怎么不认的我了？你是谁？（李稍云）则我便是李阿鳖。（正旦云）你是李阿鳖？（正旦做打科，云）儿子，这些时吃得好了，我想你来！（李稍云）二嫂，你见我亲么？（正旦云）儿子，我见你可不知亲哩！……

像这样与陌生人自来熟，打情骂俏的作风，深闺中的妇女是不懂得也做不出来的；只有那些阅人无数、久处风尘的妓女才做得出来。从这个意义上说，这样的描写是不符合谭记儿作为一个良家妇女、官太太的身份的。这是熟悉朱帘秀等歌妓的关汉卿，为这些“名角”度身定做的一段戏，可以充分发挥歌妓青楼调笑的特长，以增添喜剧气氛。

下文还写谭记儿以牺牲色相为代价，骗取杨衙内的金牌势剑：

(正旦唱)【鬼三台】不是我夸贞烈，世不曾和个人儿热；我丑则丑、刁决古懒，不由我见官人便心邪，我也立不的志节。官人你救黎民，为人须为彻；拿滥官，杀人须见血。我呵，只为你这眼去眉来，(正旦与衙内做意儿科，唱)使不着我那冰清玉洁。

这种假意与敌人谈情说爱以制敌的手段，与《救风尘》中赵盼儿“风月救风尘”的手段如出一辙。赵盼儿身为妓女，熟习此法，不足为奇，谭记儿能熟练使用此法，则使人觉得有些失真。但是，作为通俗文学，观众关注的是生动活泼的人物，而不是是否真实；关汉卿将歌妓的才能赋予他笔下的人物，并塑造得活灵活现，人们只注意谭记儿的机智、泼辣，而忘却其不够真实了。

但是，无论是赵盼儿也好，谭记儿也好，她们都具有传统妇女善良、忠诚、正直的美德，赵盼儿帮助受难姐妹宋引章，使她脱离花花公子周舍的魔掌，这正是她善良正直品格的表现；谭记儿不畏杨衙内的权势，对丈夫“从一而终”，并用智慧保护自己的婚姻家庭，也是忠于爱情的表现。可以说，这两个人物脸上涂的是青楼文学的色彩，内心充溢的却是闺阁文学的情怀，这正是作家的儒家文化和演员的市井文化交融在一起的结果。

青楼文学对元杂剧的影响有积极的一面，这就是塑造了挣脱封建礼教束缚、刚强泼辣的新女性形象，这些形象既有传统妇女的美德，又突破了传统妇女的一些思想局限，成为元杂剧中一批光彩照人的女性形象。

青楼文学对元杂剧的影响也有消极的一面，某些妇女形象的风度作派与其身份不一致，如李千金、谭记儿等，造成了某种程度上的失真。另外，过分强调对“性”的描写，也使一些妇女形象语词尘下，给人以庸俗的感觉，削弱了这些女性形象的光彩。

此外，元代青楼文学对元杂剧的影响并非是铺天盖地的，而是有限度的，元杂剧有一批妇女形象如窦娥、张翠鸾等便并无青楼文学的色彩。这说明，儒家文化仍然在元杂剧的创作中起着主要作用。元杂剧作家对女性的观念，徘徊在传统与现实之间，寻求着一种统一，这就是既有传统妇女的美德，又能在险恶的现实中生存的刚强女性，这就是元杂剧所塑造的妇女形象。

第三节　元代商业文化和儒家文化对元杂剧的影响——元杂剧商人形象新解

在元杂剧中，出现了一批性格鲜明的商人形象。这在中国的叙事文学史上是一个突破。前代叙事文学作品如唐传奇的主角多为书生、小姐、妓女、帝王将相，而元杂剧的不少作品是以商人为主角的。这种现象的出现，和元代城市经济发达密切相关，使元杂剧的创作深受元代商业文化的影响；另一方面，元杂剧的作家多为受儒家文化教育的下层文人，元杂剧中的商人形象，经过了文人的改造，也带上了儒家文化的痕迹。

一、元代繁荣的城市商业活动和戏剧演出

元代城市经济十分繁荣，以都城大都和南方重镇杭州为最。元代大都被意大利人马可·波罗称为“商业繁盛之城”，“外国

巨价异物及百物之输入此城者，世界诸城无能与比”①。元大都分为南、北二城，北城为忽必烈新建之城，在北；南城为原来燕京的旧城，在南。多数居民住在北城，但南城有许多名胜古迹，如长春宫等，商业中心也在南城。城内有两个主要商业区：一个是城市中心的钟、鼓楼附近地区，另一个是市西顺承门内的羊角市一带。熊梦祥《析津志辑佚》“城池街市”载：“米市、面市，钟楼前十字街西南角。羊市、马市、牛市、骆驼市、驴骡市，以上七处市，俱在羊角市一带。……段子市，在钟楼街西南。皮帽市，同上。……珠子市，钟楼前街西第一巷。……沙剌市，一巷皆卖金、银、珍珠宝贝，在钟楼前。”② 同上书“古迹”又云：“钟楼之制，雄敞高明，与鼓楼相望。本朝富庶殷实莫盛于此。楼有八隅四井之号。盖东、西、南、北街道最为宽广。”③ 可知在宏伟壮丽的钟楼附近，为大都的商业中心，宽广的街道上有米面市、绸缎市、帽子市、珠宝市等，以经营百姓日常用品为主；另一商业中心为羊角市，则是卖牛、羊、马等牲畜的地方。

在钟鼓楼地区，有众多的歌楼酒馆，常有歌舞戏剧演出。《析津志辑佚》“古迹”云：“北，钟楼。此楼正居都城之中。……西斜街临海子，率多歌楼酒馆。”④

另外，大都的砖塔胡同，也是戏曲演出的中心。王宏凯《漫谈砖塔胡同》说：“在元、明、清三朝，砖塔胡同一带长期是戏曲活动的中心地区，即所谓‘勾阑’、‘瓦舍’地带。”“城内有众多的大小勾阑，演出杂剧，砖塔胡同就是其中之一。勾阑内有戏台、戏房（后台）、神楼和腰棚（看台）。大的勾阑可容

① （法）沙海昂注，冯承钧译：《马可波罗行纪》，第二卷，第九四章，汗八里城之贸易发达户口繁盛，379、380页，北京：中华书局，2004。

② （元）熊梦祥：《析津志辑佚》，5页，北京，北京出版社，1983。

③④ （元）熊梦祥：《析津志辑佚》，108页，北京，北京出版社，1983。

数千人，台上锣鼓喧天，台下欢呼喝彩，真是热闹非凡。”①

在节日期间，大都的商业活动和戏剧活动更为兴盛。《析津志辑佚》“岁纪”云：“（二月）八日，平则门外三里许，即西镇国寺，寺之两廊买卖富甚太平，皆南北川广精粗之货，最为饶盛。于内商贾开张如锦，咸于是日。南北二城，行院、社直、杂戏毕集，恭迎帝坐金牌与寺之大佛游于城外，极甚华丽。”②

而杭州在南宋时已是非常繁华的大都市，有“销金锅”之称。在吴自牧的《梦粱录》、周密的《武林旧事》中都有详细记载。在元代，杭州同样繁华，多有元散曲歌咏之。如关汉卿的《【南吕】一枝花·杭州景》：“普天下锦绣乡，寰海内风流地。大元朝新附国，亡宋家旧华夷。水秀山奇，一到处堪游戏。这答儿忒富贵，满城中绣幕风帘。一哄地人烟凑集。”“百十里街衢整齐，万余家楼阁参差。并无半答儿闲田地。……”③和北宋柳永的《望海潮》词中描绘杭州的“烟柳画桥，风帘翠幕，参差十万人家”如出一辙。薛昂夫的散曲《【中吕】山坡羊》也道：“销金锅在，涌金门外，戗金船少欠西湖债。”④杭州的“销金锅”之称一如南宋。杭州的歌舞、戏剧演出也很兴盛，睢玄明散曲《【般涉调】耍孩儿·咏西湖》道：“动箫韶比仙音院大乐犹为最。云山水陆烹炮尽。歌舞吹弹腔韵齐。”⑤夏庭芝《青楼集》载，在“淮浙”或“江浙”进行歌舞、杂剧等艺术活动的歌妓有张心哥、赐恩深、李楚仪等十余人，均可见当时戏剧演出的兴盛。

---

① 北京燕山出版社编：《京华古迹寻踪》，313页，北京，北京燕山出版社，1996。

② （元）熊梦祥：《析津志辑佚》，214页，北京，北京出版社，1983。

③ 隋树森编：《全元散曲》，上册，171页，北京，中华书局，1964。

④ 隋树森编：《全元散曲》，上册，709页，北京，中华书局，1964。

⑤ 隋树森编：《全元散曲》，上册，549页，北京，中华书局，1964。

二、元代商业文化对元杂剧商人形象的影响

在这样繁荣的城市商业氛围之中，元杂剧的创作必然受到当时商业文化的影响。商人的形象、商业的活动成为元杂剧的重要内容，真实反映了元代商人的状况，折射出元代特有的商业文化特色。

（一）商人形象在元杂剧中作为主角出现

在部分元杂剧中，商人是作为主角出现的，往往由“正末”扮演，如《东堂老》中的东堂老李实（字茂卿）、《朱砂担》中的“货郎儿”王文用、《魔合罗》第二折的货郎李德昌、《燕青博鱼》中的卖鱼人燕青；其他在剧中由正末扮演的商人还有：《合汗衫》中的员外张义、《来生债》中的庞居士、《老生儿》的员外刘从善等，这三个人物都以放债为生，亦可视为商人。吴昌龄的《货郎末泥》（见《录鬼簿》卷上）虽有剧目而剧本不存，但从剧名已知“货郎”为主角。值得注意的是，由正末扮演的商人多为正面人物形象，受到作者的颂扬或同情；而那些受到剧作家批评的商人形象，如《玉壶春》中的山西商人甚舍、《青衫泪》中的茶商刘一郎，就非由正末扮演。从众多的商人形象已成为元杂剧的主角，可见元代商业文化已深深影响了元杂剧的创作，商人已走上剧场，争得了自己的一席之地。

（二）与元代流动售货业有关的“货郎”形象

元杂剧中与流动售货业有关的商人形象，有《百花亭》中卖“查梨条”（干果蜜饯）的小贩王小二、《来生债》中卖笊篱的小贩灵兆、《东堂老》第三折中卖菜的小贩扬州奴等，但写得最多的是走村串户卖杂货的“货郎”。

孟汉卿的杂剧《魔合罗》中有个货郎叫高山，售卖“魔合罗”的小商品。魔合罗又称磨喝乐、摩睺罗、摩诃罗，是一种泥塑娃娃，在每年七夕节期间售卖。早在宋代，七夕节已有此物

出售，吴自牧《梦粱录》卷四“七夕”云：“内庭与贵宅皆塑卖磨喝乐，又叫摩睺罗，孩儿悉以土木雕壕，更以造彩装襴座，用碧纱罩笼之，下以桌面架之，用青绿销金桌衣围护，或以金玉珠翠装饰尤佳。”① 元代沿袭此俗，《析津志辑佚》“岁纪”载：“市中小经纪者，仍以芦苇夹棚，卖摩诃罗巧神泥塑，人物大小不等，买者纷然。”②《魔合罗》杂剧真实反映了这种节日商业活动，该剧第一折高山说：“老汉高山是也。……每年家赶这七月七，入城来卖一担魔合罗。”此剧也描绘了元代“货郎”的形象，高山摇着小鼓叫卖：“这个鼓儿是我的衣饭碗儿，着了雨皮松了也；我摇一摇，还响哩。”另外，此剧第一折另一货郎李德昌的唱词也描绘了高山的货郎形象：“【金盏花】……那里这等不朗朗摇动蛇皮鼓？我出门来观觑，他能迭落，快铺谋；他有那关头的蜡钗子，压鬓的骨头梳，他有那乞巧的泥媳妇，消夜的闷葫芦。”此外，无名氏杂剧《鲁智深喜赏黄花峪》第二折写李逵：“打扮做个货郎儿，担着些零碎，去寻那个艳质，他来买我些东西。”“也有些挑线领戏，也有些钗环头篦。”描绘货郎挑着担、摇着鼓，卖些针头线脑、妇女儿童的日用品，是个流动小商贩的形象。

宋画家苏汉臣的《货郎图》③ 描绘一位货郎摇着手鼓，挑着担子售货，与元杂剧中描绘的货郎形象近似，可资参考。这幅图虽不是元人所画，但宋元相距很近，宋代的货郎与元代的货郎比较相似。

① （宋）吴自牧：《梦粱录》，卷四，与《东京梦华录》等5种合订本，23页，北京，中国商业出版社，1982。

② （元）熊梦祥：《析津志辑佚》，220页，北京，北京古籍出版社，1983。

③ 见附图12，见沈从文：《中国古代服饰研究》（增订本），352页，上海，上海书店出版社，1997。

（三）与“扑卖”商业活动有关的商人形象

元代有一种特殊的经商方式叫“扑卖”，又称“博卖”，是用赌博的方式进行售卖商品的活动，用掷钱币作赌博，以钱币的正反面定输赢，赢者可以折合钱买物。这种“扑卖”在南宋已有出现，南宋《西湖老人繁胜录》云：“御街扑卖摩侯罗，……牛郎织女，扑卖盈市。”① 元沿宋俗，“扑卖”也相当盛行，元好问《续夷坚志》中有一文《盗谢王君和》云：“冯翊士人王献可，字君和，元丰中，试京师待榜次。一日晨起，市人携新鱼至，掷骰钱赌之，君和祝骰钱以卜前程，一掷得鱼。市人拊膺曰：‘我家数口绝食已二日，就一熟分人赊此鱼，望获数钱，以为举家之食。子乃一掷胜之，我家食禄尽矣。’君和恻然哀之，不取鱼，又以数钱遗之，市人谢而去。及下第西归，路经渑池，早发山谷间，猝为群盗所执，下路数十里。天明，阁客行囊，一少年忽直前，问君和：‘非京师邸中，乞我鱼不取者乎？今日乃相见于此。’再三慰谢，并同行皆免。”②

这是“博鱼”，用抛钱落地，看钱的正面或背面定输赢。赢者得所博之鱼，输者失钱。

另外，陶宗仪的《南村辍耕录》卷二十四也载：“时有沈氏子，以搏银为业。”③ 可见这种“博卖”的方式在元代是相当盛行的。

李文蔚杂剧《燕青博鱼》第二折写梁山好汉燕青用赌博的方式卖鱼，与元好问所述之事十分相似：“自从医好了我这眼，

---

① （宋）西湖老人：《西湖老人繁胜录》，与《东京梦华录》等合订本，12页，北京，中国商业出版社，1982。

② 江畲经编辑：《历代笔记小说选》（金元明），11页，上海，上海书店，1983。

③ （元）陶宗仪：《南村辍耕录》，卷二十四，289页，北京，中华书局，1959。

问人借了些小本钱，贩卖了些鲜鱼。时遇着三月三清明佳节，到同乐院里博鱼去咱。”剧中描写“博鱼”的过程很细致：“（燕大云）将头钱来，我和你博这尾鱼咱。”（正末唱）“则这新染来的头钱不甚昏，可不算先道的准，手心里明明白白摆定一文文。”“（燕大做博科，云）我博了六个镘儿，我赢了也。”“（正末唱）呀呀呀，我则见五个镘儿乞丢磕塔稳，更和一个字儿急留骨碌滚。……可是他便一博六浑纯。”“镘儿”指钱的背面，“字儿”指钱的正面，“六浑纯”应为“六浑沌”，指所赌的六个钱都为背面，燕大赢，得鱼。弋春源《赌博史》云：“直接擲钱法，从一钱到八钱都可用作赌具。”“钱有字儿（正面）、幕儿（或叫镘，反面）。擲钱法是用一个或几个钱擲出来，根据字、幕的多少决定输赢。凡擲出的几枚钱全是字儿或幕儿叫‘浑沌’，简称‘成’，可赢最高的彩注。”① 可证。剧中的燕青为生计而“博鱼”不幸赌输，而燕大就像元好问文中的那位王君和，虽赌赢而不取鱼，从而使燕青感恩戴德。燕青的形象，正是元代社会中那些贫穷而心存侥幸的小商贩形象。“博鱼”的商业活动也带有鲜明的元代商业文化特色。

（四）与饮食商业文化有关的商人形象

元代的饮食文化南北交融，汉族和少数民族交融。元人忽思慧《饮膳正要》卷一载蒙古皇室的食谱《聚珍异馔》以羊肉为主，如“马思答吉汤”、“八儿不汤”、“沙乞某儿汤”等都以羊肉和“回回豆子”为主要原料。但有些菜色将羊肉和产于南方的食品如鱼、瓜、菜等合煮，如“木瓜汤”、“团鱼汤”等，显示出南北饮食文化合流、各族饮食文化合流的特色。与之相关的饮食业的商业活动也体现了这种特色。

部分元杂剧写了与“茶文化”有关的商业活动。马致远

① 弋春源著：《赌博史》，41页，上海，上海文艺出版社，1995。

《岳阳楼》第二折写茶店老板郭马儿招待吕洞宾吃了几个品种的茶："头一盏吃了个木瓜，第二盏吃了个酥佥，第三盏吃个杏汤。"木瓜汤和杏汤都是用汉族人民常见的食品制成的茶汤，元代无名氏的《居家必用事类全集》己集"诸品茶·干木瓜汤"云："干木瓜去皮净四两，白檀一两，沉香半两，茴香炒一两，豆蔻半两，……加盐，沸汤点服。"① 其"杏酪汤"又云："板杏仁用三两半，……逐个掐去皮尖，入小砂盆子内细研。次用好蜜一斤，于铫子内炼三两沸，看涌掇退候半冷，旋倾入杏泥又研，如是，旋添入研和匀。"② 而"酥佥"即少数民族爱吃的酥油茶："（正末接茶科，云）郭马儿，你这茶里面无有真酥？（郭云）无有真酥，都是什么？（正末云）都是羊脂。"《饮膳正要》卷二"酥签"云："金字末茶两匙头，入酥油同搅沸汤点之。"《居家必用事类全集》己集"诸品茶·酥签茶"也云："将好酥于银石器内溶化，倾入江茶末搅匀，旋旋添汤搅，成稀膏子散在盏内，却着汤侵供之。"③ 郭马儿这个茶店老板既出售汉族人喜吃的木瓜茶、杏茶，也出售少数民族喜吃的酥油茶，体现了元代饮食业商业文化的特色。元人赵孟頫有《斗浆图》④，描绘了裹巾子、齐膝短衣、卖茶汤的小商贩形象，与元杂剧描写的卖茶的小商贩近似，可资参考。与茶文化有关的元杂剧商人形象还有《青衫泪》中的茶商刘一郎，是贩卖茶叶的巨商，还有众多写茶

---

① （元）无名氏：《居家必用事类全集》，己集，见《续修四库全书》编纂委员会编：《续修四库全书》，第1184册，532页，上海，上海古籍出版社，2002。

② （元）无名氏：《居家必用事类全集》，己集，见《续修四库全书》编纂委员会编：《续修四库全书》，第1184册，531页，上海，上海古籍出版社，2002。

③ （元）无名氏：《居家必用事类全集》，己集，见《续修四库全书》编纂委员会编：《续修四库全书》，第1184册，529页，上海，上海古籍出版社，2002。

④ 见附图1，见沈从文：《中国古代服饰研究》（增订本），427页，上海，上海书店出版社，1997。

商冯魁与书生双渐、歌妓苏卿三角恋爱的元杂剧，如王实甫的《苏小卿月夜贩茶船》、纪君祥的《信安王断复贩茶船》等，虽仅存剧目，但已知是写宋元时流行的双渐、苏卿、冯魁的故事；元散曲多有此题材的作品，如周文质的《【越调】斗鹌鹑·咏小卿》套曲、王晔《【双调】庆东原》等十六支咏此故事的小令。

元杂剧还有些剧作描写了与“酒文化”有关的商业活动。剧中多有店小二卖酒的情节。如郑廷玉杂剧《看钱奴》第二折，店小二见穷秀才周荣祖一家在风雪中受寒，将“早晨间供养的利市酒三钟儿”“与那秀才钟吃”，描绘酒家为求生意兴隆而在店中摆“利市酒”；《岳阳楼》第一折吕洞宾对酒保说：“小二哥，打二百长钱酒来。”高文秀《遇上皇》杂剧第一折赵元也对店小二说：“店小二哥，打二百钱酒，你慢慢的荡来我饮者。”第二折酒保云：“曲律竿头悬草稕。……今日清早晨，开开这酒店，且挑起这望竿，烧的镟锅热热的，看有甚么人来吃酒。”都说明，元代酒店外面有“望竿”，竿头“悬草稕”作招牌，有“镟锅”为客人热酒，而每客酒一般为“二百钱”。酒店有时也卖下酒菜，《岳阳楼》第一折酒保云：“师父，我买活鱼来做按酒。”是卖酒兼卖下酒菜。剧中的店小二多有套语：“买卖归来汗未消，上床犹自想来朝。为甚当家头先白，晓夜思量计万条。”是辛苦经营、本小利微的小商人形象。

（五）与典当业有关的商人形象

元代高利贷盛行，与之相关的“解典库”（当铺）也比比皆是。元代当铺利息高，穷人经常还不起钱，当物被没收；借高利贷无法偿还，只好卖儿卖女。《元典章》卷二十七“户部”卷之十三《钱债·私债》：“至元十九年四月二十七日中书省闻奏，随路权豪势要之家，出放钱债，逐急用度添利息，每两至于五分或一倍之上。若无钱归还呵，除已纳利息外，再行倒换文契，累算利钱，准折人口头疋事产，实是于民不便。”[①] 同上书上卷《钱债·解典》还记载有人以珍珠典当换中统钞，过期不得赎还的事件。[②]

元杂剧中有许多靠放债为生的“员外”形象，张国宾《合汗衫》杂剧第一折张文秀云：“俺在这竹竿巷马行街居住，开着一座解典铺。有金狮子为号，人口顺都唤我做金狮子张员外。”无名氏杂剧《鸳鸯被》楔子刘员外云：“小生姓刘，双名彦明，家中颇有钱财，人皆员外称之。今日开开这解典库，看有什么人来。”这些员外放的是“羊羔儿利”的债，一年就本利翻一番，刘员外云：“自从李府尹借了我十个银子，今经一年光景，不见回来，算本利该二十个银子还我。”（第一折）《窦娥冤》中的蔡婆放的也是“羊羔儿利”的债。借债人还不起高利贷，只好卖儿卖女，卖自己。像《窦娥冤》中窦天章将女儿给蔡婆当童养媳顶债，《鸳鸯被》中李玉英被迫嫁刘员外顶债等，都反映了元代高利贷盛行的状况，是元代社会现实的真实反映。

三、元代下层剧作家眼中的商人形象

元杂剧中的商人形象，一方面，既是元代社会真实商业文化的反映，另一方面，他们又是元杂剧作家塑造出来的，经过了下层文人的加工，并非完全是元代社会中商人的翻版，而是带有某种儒家文化的痕迹。

（一）受黑暗势力压迫的小商贩形象

这一类的商人多为走街串巷、披星戴月售卖商品的流动商贩，元代称“货郎”，元剧作家对这类商人视为“同为天涯沦落人”，对其地位低下和饱受恶势力压迫抱有深切的同情。《朱砂

① 《元典章》，中册，1083页，北京，中国广播电视出版社影印元刊本，1998。
② 《元典章》，中册，1087页，北京，中国广播电视出版社影印元刊本，1998。

担》第一折王文用自云："想俺这为商贾的，索是艰难也呵。（唱）【仙吕·点绛唇】带月披星，忍寒受冷，离乡井。过了些芳草长亭，再不曾半霎儿得这脚头定。""小人做个小货郎儿。"道尽"货郎"生涯的辛酸。剧作描绘王文用后来被强盗白正追杀，谋财害命，表现了当时恶势力的横行、时世的黑暗，也表现了剧作家对小商贩的深切同情。《魔合罗》中的李德昌去南昌做买卖，自称"小人也是货郎儿"（第一折），中途病卧古庙，后来也被谋财害命。另一货郎高山则有三桩戒愿："一不与人家作媒，二不与人家做保，三不与人家寄信。"（第一折）也反映了世道险恶、小商贩怕惹祸上身的谨慎心理。这些货郎地位低下，和元杂剧大部分作家同为社会下层之人，因而剧作家比较了解他们的疾苦，有同病相怜之感。有些曲词，不独立写小商贩的辛酸，实际上是写普遍下层人民的痛苦心声："【混江龙】你看那人间百姓，在红尘中都要干营生。两下里行船走马，各要夺利争名。船尾分开横水绿，马蹄踏破乱山青。则他这摇鞭举棹可便也休相竞，多则为两匙儿羹粥干忙了那一世，落的这前程。"（《朱砂担》第一折王文用唱段）这段曲词可谓"以他人之酒杯浇自己之块垒"，剧作家通过描绘小商贩的不幸遭遇，也倾诉了自己在社会底层艰难谋生、苦苦挣扎的辛酸。在元杂剧的"货郎"身上，既有元代社会饱受迫害的小商贩的写照，也有被称为"老九"的元代寒士的影子。

（二）有君子之风的儒商形象

由于元代知识分子的地位低下，有部分士人迫于生计，弃儒从商，像元代诗人萨都剌年轻时就曾到吴、楚地经商谋生。① 另一诗人丁鹤年也曾"卖药以自给"②。这一类的商人，虽然从事

① （清）顾嗣立：《元诗选》初集，二册，1230页，北京，中华书局，1987。
② （清）顾嗣立：《元诗选》初集，三册，2293页，北京，中华书局，1987。

的是商业活动，但他们的伦理道德观念、价值观仍是属于儒家范畴的，在他们身上，较少铜臭气、市侩味，而多有君子之风，我们称之为“儒商”。田兆元、田亮在《商贾史》中将这种“儒商”的特点概括为“贾服儒行”：“由于‘万般皆下品，唯有读书高’这样的传统价值观的支配，弃儒从商的商贾们大多以儒家伦理规范自己的经营活动，影响所及，促进了商人伦理的形成，使流传数千年之久的对商人的偏见——‘无商不奸’的观念开始动摇。”并说明“贾服儒行”表现在四个方面：“商人伦理规范之一是节俭。”“诚信不欺是商人伦理的第二个方面。”“‘贾服儒行’还表现在乐善好施、修祠堂助饷助赈、兴水利筑道路、抚孤恤贫等方面。”“‘贾服儒行’还指对文章诗书之事的喜好。”①

秦简夫杂剧《东堂老》中李茂卿（东堂老）就是这样一个“贾服儒行”的儒商，由正末扮演。他在剧中出现时，已经闲居在家，但唱词中交代，他早年是经商为生的。第二折卜儿（其妻）云：“老的，你把那少年时挣人家的道路（经商的方法），也说与孩儿知道咱。”正末（东堂老）唱：“【滚绣球】想着我幼年时血气猛，为蝇头努力去争。哎哟！使的我到今来一身残病。我去那虎狼窝不顾残生，我也可问甚的是夜，甚的是明，甚的是雨，甚的是晴。我只去利名场往来奔竞，那里也有一日的安宁？投至得十年五载，我这般松宽的有，也是我万苦千辛积攒成，往事堪惊。”他早年经过勤劳经商，获得晚年宽松的生活；但他更重视的是儒家“忠孝”、“仁义礼智信”的学说，第三折他唱道：“则理会的诗书是觉世之师，忠孝是立身之本，这钱财是傥来之物。”因此，他受邻居赵国器之托，暗地里买下其子扬

---

① 田兆元、田亮著：《商贾史》第三章“儒商·贾服儒行”，97～103页，上海，上海文艺出版社，1997。

州奴出售的祖屋，教育扬州奴改掉好逸恶劳、挥霍浪费的恶习，勤劳经商；最后他遵守信义，将赵家家产当众归还扬州奴。在东堂老李茂卿身上，体现了儒家学说中“孝道”、“信义”的学说；而扬州奴荡尽家产，是最大的不孝；他最后改邪归正，守住祖业，是最大的“孝”的表现。李茂卿的形象，也符合上文所述“贾服儒行”的四个表现——节俭、诚信、乐善、喜文，是一个光彩照人的儒商形象。在这个人物身上，体现了元杂剧作家对商人的理想：挣钱而不贪钱，既能通过勤劳经商解决生计问题，在艰险的社会中生存，又能保持儒家的道德观念，做一个品德高尚的人。

另一位儒商是《来生债》中的庞居士，也由正末扮演。他虽靠放债为生，但见欠债者李孝先重病在身，无力还债，就当面将欠债文书烧了，还给李孝先两个银子做盘缠。最后，他将家财沉入海底，“再不做那天北的这经商，我也再不做那江南的贾客。”（第三折）隐居修道，最终“合家儿证果朝元”（第四折），修炼成仙。庞居士虽然曾以放债积累了丰厚的家财，但后来觉悟到金钱乃万恶之源，积德行善，周济穷人，抛弃财富，脱离名利场。这个行善的商人形象，也体现出元杂剧作家对商人的理想：为商者应为富施仁，才是好商人。

元杂剧作家受的是传统儒家的文化教育，饱读诗书，为“高才博艺”（钟嗣成《录鬼簿序》）之士，因此，他们在塑造商人形象时，将自己的儒家理想赋予笔下的正面人物；另一方面，元代社会中也确实存在着“儒商”这类商人。元杂剧中儒商的形象，是元代现实和作家理想结合的产物。

（三）受书生、妓女鄙视的富商形象

在描写书生、妓女、商人三角恋爱的元杂剧的爱情剧里，多有富商的形象出现，他们腰缠万贯，财大气粗，但文化水平较低，受到书生、妓女的鄙视责骂，最终在情场角逐中败北。贾仲明《玉壶春》杂剧中书生李玉壶讥笑山西商人甚舍说："一弄儿打扮的实难赛，大信袋，滴溜着三山骨；硬布衫，拦截断十字街。""细端详，语音儿是个山西客，带着个高一尺和顶子齐眉的毡帽，穿一对连底儿重十斤壮乳的麻鞋。"（第三折）甚舍虽"羊绒细段有数十车"（第三折），却形象粗蠢，不解风情，为歌妓李素兰所唾弃。马致远《青衫泪》中也塑造了一个粗蠢的富商形象，第二折刘一郎云："都道江西人，不是风流客。小子独风流，江西最出色。小子刘一郎是也。浮梁人氏，带着三千引细茶来京师发卖。"结果他也遭到名妓裴兴奴的鄙视："到如今划地教共猪狗同眠！"这是儒家思想中"重文轻商"的思想在起作用，也是作为贫寒士子的元剧作家的爱情理想和补偿心理的表现，在现实生活中未必如此，恐怕大多数穷书生的心上人是会被富商抢走的。元杂剧中商人败北的结局，并非完全真实地反映元代商人的现实，而多数是穷书生理想的反映。

（四）为富不仁的放债者形象

元杂剧中受作者批判的另一种商人形象是那些开解典库、放高利贷的"员外"的形象。对于这些为富不仁的商人，作者往往用夸张和嘲弄的手法，讽刺他们的贪财和吝啬的性格，并给他们一个悲剧的结局。无名氏《鸳鸯被》中的刘员外，借给李玉英父亲十个银子作盘缠赴京请罪，过了一年，就要李玉英还二十个银子，李被迫以身抵债，去玉清庵成就亲事。不料刘员外被巡更卒捉住，关了一夜，秀才张瑞卿误入庵中，与李玉英成就姻缘。作者运用误会巧合，狠狠嘲弄了这个放债逼婚的奸商。无名氏的《看钱奴》杂剧写贾仁"有万贯家财，鸦飞不过的田产物业，油磨坊，解典库，金银珠翠，绫罗段匹，不知其数"（第二折），但十分吝啬，只用一贯钱就买了穷书生周荣祖的儿子。可悲的是，他只是个替别人看守家财的"看钱奴"，"一文也不使，半文也不用"（第二折），在他死后，他的财产又回归钱财的原主周荣祖一家。作者用夸张的手法嘲讽他的极度吝啬，他的死是因为狗舔了他手指头上的烧鸭油而得病，死前嘱咐儿子不要买棺材办丧事，用喂马槽就可以了。元杂剧作家对这些乘人之危、夺人骨肉的高利贷者痛恨在心，因而极尽嘲讽之能事，并给以“看钱奴”这样可悲的命运。在这些商人形象上，可以看到元杂剧作家对高利贷和放债者的批判，但并非完全是元代社会中放高利贷者的真实反映。在现实中，这些放债者不但不倒霉，反而可能是安享财富，骄奢淫逸。剧中放高利贷者的悲剧结局，也只是元杂剧作家的理想愿望而已。

综上所述，元杂剧中形形色色的商人形象，反映了元代商人地位的提高，反映了元代商业文化对元杂剧的影响；另一方面，剧中的商人形象又是元代贫寒士人眼中的商人形象，带有寒士的心态，文人的道德观念，打上了儒家文化的印记，成为中国戏剧史上富有独特风采的商人形象。

第四节 元代平民眼中的清官清吏——元杂剧清官形象对元代现实的切合与背离

元杂剧的公案剧，现存将近二十种：

如关汉卿的《感天动地窦娥冤》、《包待制智斩鲁斋郎》、《包待制三勘蝴蝶梦》、《钱大尹智勘绯衣梦》，李潜夫的《包待制智赚灰阑记》，孟汉卿的《张孔目智勘魔合罗》，武汉臣的《包待制智赚生金阁》，郑廷玉的《宋上皇御断金凤钗》、《包龙图智勘后庭花》，孙仲章的《河南府张鼎勘头巾》，王仲文的《救孝子贤母不认尸》，无名氏的《包待制陈州粜米》、《神奴儿大闹开封府》、《包龙图智赚合同文字》、《玎玎珰珰盆儿鬼》、《海门张仲村乐堂》、《十探子大闹延安府》、《硃砂担滴水浮沤记》、《冯玉兰夜月泣江舟》等。

在这些剧作中，有九种是包公戏，包拯（包公）是元代公案剧主要的清官形象，其次还有清吏张鼎、清官钱大尹等形象。

以往的论者多认为，元杂剧中的清官清吏形象，是作为元代吏治腐败的一种折射而出现的，正因为有太多的贪官污吏，人民渴望政治清明，将此愿望寄托在清官上，故多出现清官的形象，尤以宋代著名的清官包拯为著。

这些论述无疑是对的，但还存在不少问题。元杂剧的包公形象和历史上的包公有不少差异，与元代现实中的清官形象也不同；在审案过程中不是依法典而是顺乎民意，有时根本就是违反元朝法律的，与现实中的清官既有切合之处，也有背离之处。为什么？笔者认为，这是身处社会下层的元杂剧作家用平民的眼光来审视这些清官，将历史上的清官和现实中的清官改造成自己心目中的清官。在这些清官的形象身上，再一次体现出元代市井文化对元杂剧的深远影响。

一、与元代清官的切合——为民请命

元代吏治腐败，贪官众多，冤狱层出。《元典章·刑部》载："今之官吏，不体圣朝恤刑之意，不思仁恕，专尚苛刻。每于鞫狱问事之际，不察有无赃验，不审可信情节，或惧不获正贼之责，或贪照察之名，或私偏徇，或挟宿怨，不问轻重，辄加拷掠。严行法外，凌辱囚人，不胜苦楚。锻炼之词，何求而不得，致令枉死无辜。"① 《元典章》是官方的法典，也不得不承认有许多官吏贪赃枉法，严刑拷打犯人，造成了许多冤狱。由于实行民族歧视的政策，元朝在各级行政机关及各路府州县设置由蒙古人、色目人担任的"达鲁花赤"一职，是掌印的实权者，但多依仗祖上的功劳"承荫"做官，没有文化，不懂汉语，更不懂

① 《元典章》，中册，1479页，北京，中国广播电视出版社影印元刊本，1998。

律令，是些酒囊饭袋。官员无能，衙门公事便落到下层吏人的身上。吏人从小进衙门，熏染了官场的坏习气，很容易成为“污吏”。《元典章·吏制·司吏》云：“仅至十岁已上，废弃学业，辄就吏门中书写文字。礼义之教，懵然未知；贿赂之情，循习已著。日就月将，熏染成性。”① 这些贪官污吏尸位素餐，不识廉耻，残害百姓，是造成元代冤狱众多的重要原因。

另一方面，元代社会中也存在着清正廉明之官。《元史》卷一百七十二《程钜夫》云：“二十六年，时相桑哥专政，法令苛急，四方骚动。钜夫入朝，上疏曰：‘……臣窃以为宜清尚书之政，损行省之权，罢言利之官，行恤民之事，于国为便。’”“大德四年，迁江南湖北道肃政廉访使。至官，首治行省平章家奴之为民害者，上下肃然。”② 程钜夫是个打击权豪，为民除害的清官。《元史》卷一百七十五《张养浩》又云：“有李虎者，尝杀人，其党暴戾为害，民不堪命，旧尹莫敢诘问。养浩至，尽置诸法，民甚快之。去官十年，犹为立碑颂德。”“天历二年，关中大旱，饥民相食，特拜陕西行台中丞。既闻命，即散其家之所有与乡里贫乏者，登车就道，遇饿者则赈之，死者则葬之。”“夜则祷于天，昼则出赈饥民，终日无少怠。每一念至，即抚膺痛哭，遂得疾不起，卒年六十。关中之人，哀之如失父母。”③ 张养浩也是个为民除害、体恤民瘼的清官。

元杂剧中的清官清吏形象，在“为民请命”、打击强权方面是与元代现实中的清官切合的。历史上的著名清官有宋朝的包拯，以正直清廉、执法如山、惩办贪官而闻名遐迩。元杂剧往往

① 《元典章》，上册，515页，北京，中国广播电视出版社影印元刊本，1998。

② （明）宋濂等撰：《元史》，第十三册，4016页、4017页，北京，中华书局，1976。

③ （明）宋濂等撰：《元史》，第十三册，4090页、4092页，北京，中华书局，1976。

借助包公写元代清官形象。《陈州粜米》中的包公是一个“为百姓分忧”的清官形象，包公在听说灾民小𢢞古控诉两个贪官杨金吾和刘得中借赈灾之名中饱私囊，并打死小𢢞古之父张𢢞古时，不顾两贪官的亲戚刘衙内的讲情与要挟，毅然决定前往陈州判案：“你虽是一人为害，我与那陈州百姓每分忧。”为了查清案情，他化装成庄家老儿，被两个贪官吊在槐树上。经过不避艰险的微服私访，终于掌握了贪官的劣迹和罪证，为民除害。剧作塑造的刚直不阿、为民请命、机智勇敢的包公形象，是历史上包公的再现；与元代不畏权贵的程钜夫、为民鞠躬尽瘁的张养浩等清官也有近似之处。

孟汉卿的杂剧《魔合罗》、孙仲章的杂剧《勘头巾》中的六案都孔目张鼎则是一个“为民请命”的清吏形象。

孔目是唐、宋时衙门中掌管文书的吏员的名称，元代吏制中无此名目，只有“书吏”之职与孔目近似，负责协助按察司官员“纠弹官吏非违，刷磨诸司文案”（《元典章·吏制·书吏》），职位低微，但还有一点权力，可以向主管官员提出异议。《元史·世祖本纪第六》载有一吏人张鼎：“阿里海牙属吏的张鼎，曾参知政事。”但没有足够证据确定此人就是元剧中张鼎的原型。元代人民不满污吏把持官府的状况，希望吏人也能秉公办事，于是借前代吏人名目，创造了清吏张鼎的形象。

在《魔合罗》杂剧第三折中，张鼎发现死囚犯刘玉娘“眼泪不住点儿流下”，根据“眸子不能掩其恶”的经验，怀疑她是受了冤枉，后来查阅案卷，发现人证物证都不足以判案，于是大胆推翻上司的判决，提出复审要求。贪赃枉法的萧令史心中有鬼，指责他多管闲事，他却说：“人命事关天关地，非同小可。”他的刚直不阿触犯了府尹的尊严，被限期三天破案，否则与囚犯一同处斩。这样，破案既关系着为民申冤，又关系着张鼎的生命安危，突出了张鼎冒着生命危险为民请命的高尚品德。在破案过程中，张鼎从追查送信人入手，启发刘玉娘回忆案情，终于找到了卖魔合罗（泥娃娃）的送信人高山，并顺藤摸瓜，使真正的凶手李文道落网。张鼎的机智干练、善于调查研究和逻辑推理，也在破案过程中充分表现出来了。张鼎这一形象对后来的公案戏有一定的影响，如明传奇《双熊梦》和现代昆剧《十五贯》中的况钟就与张鼎有某些类似，都是冒着生命危险秉公断案，经过周密的明察暗访和合乎逻辑的推理，使案情真相大白。

二、与元代清官的背离——用“智”判案而非依法判案

元杂剧的清官形象与元代清官形象有切合之处，但也有背离之处。元代清官处理政务，并没有超出元代法律许可的范围，如程钜夫只是在朝廷上抨击权相，“行恤民之事”，张养浩以“诸法”惩治强豪，令“民甚快之”。而元杂剧中的清官判案，很少引用法典，更多是利用智慧，顺乎民意，巧惩恶人，与元代现实中的清官形象有一定的背离。

元代有许多包公戏写包公判案不是突出其执法如山，尽管史载其“立朝刚毅，贵戚宦官为之敛手，闻者皆惮之”（《宋史·包拯传》）；而是突出其“智”，如《包待制智斩鲁斋郎》、《包待制智赚灰阑记》、《包龙图智勘后庭花》、《包龙图智赚合同文字》等。这是因为元朝法律袒护权贵，清官往往不能按法律给享有特权的凶手以应有的惩罚，人们期望清官能运用智谋，绕过不公平的法律，为民申冤。

恩格斯指出：“官吏既然掌握着公共权力和征税权，他们就作为社会机关而驾于社会之上。……他们作为日益同社会脱离的权力的代表，一定要用特别的法律来取得尊敬，由于这种法律，

他们就享有特殊神圣和不可侵犯的地位了。"① 元朝的法律，正是为了保护官吏、贵族的地位而制定的。《元史·刑法·杀伤》规定："诸部民殴死官长，主谋及下手者皆处死"，"诸有司征科急，民弗堪，致杀其征科者，仍以故杀论"。"诸蒙古人因争及乘醉殴死汉人者，断罚出征，并全征烧埋银"②。官吏杀死平民不用偿命，而平民杀死官吏或汉人杀死蒙古人就一定要偿命，在法律上极不平等。因此，元代官吏和权豪得以任意杀害平民，平章政事阿合马"内通货贿，外示威刑"，有人上书皇帝告他，被他害死在狱中；后来籍没阿合马的家产时，还发现有两张熟人皮。③

元代公案戏也以含蓄的笔调，揭露了元朝法律上的不平等。剧中的杀人凶手多为"权豪势要"，一上场就自称"打死人不用偿命"，打死人后还有恃无恐地声称："你不拣那个衙门告我去。"这种人只能是那些享有种族特权的蒙古人、色目人或达官贵人。《蝴蝶梦》中的权豪势要葛彪，在大街上打死平民王老汉，没有人敢管他，而王老汉的三个儿子为父亲报仇，打死了葛彪，马上就有衙役来将他们逮捕入狱。

在这样不平等的法律面前，如果依律判案，平民肯定遭受灾难。因此，大多为平民身份的元杂剧剧作家们，在描绘清官判案时都很少依法判案，很少出现法律条文，而是站在平民的立场，通过运用智慧惩治强豪。《鲁斋郎》中的鲁斋郎是个权豪势要，夺人妻女，坏事做绝，包公也不能判他死刑，因为无法可依；只能将他的姓名改为"鱼齐即"上报，待皇帝审批后，添加笔画，

① 恩格斯：《家庭、私有制和国家的起源》，见《马克思恩格斯选集》，第四卷，167～168页，北京，人民出版社，1972。

② （明）宋濂等撰：《元史》，第九册，2675页，北京，中华书局，1976。

③ （明）宋濂等撰：《元史·奸臣传》，见《元史》，第十五册，4562页，北京，中华书局，1976。

恢复为“鲁斋郎”，给以处斩。《生金阁》的庞衙内杀死书生郭成，夺他的传家宝生金阁，霸占他妻子，可谓罪大恶极；但包公也不能直接捕他归案，只能借赴宴的机会，智赚生金阁，将他处死。《陈州粜米》中的贪官小衙内刘得中用紫金锤打死灾民张懒古，按元朝法律，刘得中不用偿命；剧中的包公却为张懒古的儿子小懒古做主，判决小懒古用紫金锤亲手打死刘得中，报了杀父之仇。按元朝法律，小懒古打死朝廷命官要偿命，包公又利用刘衙内为救儿子求来的赦书——“则赦活的不赦死的”，赦免了小懒古，保护了小民。这些判决，违反了元朝法律，甚至有些偶然性，但符合人民反抗强权压迫、报仇申冤的理想愿望，顺乎民意。一个充满智慧、为民作主的包公形象，是元代下层剧作家加在包公身上的平民色彩。

三、与宋代清官的背离——平民化的清官

元杂剧中的包公是个平民化了的包公，这对历史上的包公是个改造。历史上的包公“性峭直”、“与人不苟合，不伪辞色悦人”，“人以包拯笑比黄河清”（《宋史·包拯传》）。而《陈州粜米》中的包公却是个和蔼可亲、幽默风趣的老人。剧的第三折写包公与随从张千前往陈州断案，天天吃“落解粥”，张千受不了这般清苦，念叨着要吃“肥草鸡儿”、“茶浑酒儿”。包公不是正颜厉色地指责他贪嘴，而是开玩笑说请他吃背后的剑，巧妙地教育张千要廉洁奉公。接着，剧作又写包公为了查清案情，化装成乡巴佬，为妓女王粉莲笼驴，恭敬地称她为姐姐，甚至答应为王粉莲的妓院看门。这些描写固然表现了包公的机智，但更重要的是表现了包公的幽默风趣、和气亲切的性格特点。历史上的包公无论如何俭朴，也不至于天天吃稀粥，幽默风趣也非他的性格特点。这些性格描写，是民间艺人和书会才人按自己对清官的理解给包公增添的色彩。

其二，剧中的包公的思想比较复杂，有许多思想矛盾和难言的苦衷，这固然是元代吏治腐败的反映，但也说明，此剧的剧作家并非将包公看作神明，而是作为一个凡人看待，如同许多平民一样也“有本难念的经”。《陈州粜米》的包公一出场便唱道：“待不要钱啊，怕违了众情，待要钱啊，又不是咱本谋。只这月俸钱做咱每人情不够。”“我和那权豪每结下些山海也似冤仇，……剩吃了些众人每毒咒。”在险恶的宦海风波里，包公感到寸步难行，甚至产生了退隐的念头：“从今后，不干己事休开口，我则索会尽人间只点头，倒大来优游。”元杂剧中的包公，如同平民一样在险恶的社会中有种种的烦恼，从而拉近了与观众的距离，是一个血肉丰满、平易近人的形象。

综上所述，元杂剧中的清官清吏形象，既是宋代、元代清官形象的反映；又与之有不同，是元代平民眼中的清官，带有平民对政治清明的理想愿望、富于平民的聪明智慧、具有平民浓厚的人情味、甚至有平民的生活习惯等，是一种平民化的清官。在元杂剧的清官清吏身上，再次显现出元代俗文化对元杂剧创作的影响。

第六章　语言篇——元杂剧语言的俗文学、口传文学特色

语言是文化的重要组成部分。元杂剧的语言有继承传统雅文学的成分，其曲词经常化用唐诗宋词的名句，已为前辈学者所指出；另一方面，作为俗文学的体裁，元杂剧的语言更多地运用元代的方言俗语，包括汉族的俗语和少数民族的俗语，构成了以元代市民语言为主的话语体系。元杂剧又有文本传播和口头传播两种传播方式，前人多研究其文本传播的语言特色、雅文学的语言特色，而对其口头传播的语言特色、俗文学的语言特色，则研究不足。本章拟从俗文学、口传文学的角度研究元杂剧语言的特色，充实对元杂剧语言的研究。

第一节　元杂剧的市民话语体系

每个时代、每个时期的社会都有特定的话语体系，反映着不同时代的社会思潮，如“文革”时期的“文斗”、“武斗”、“造反派”、“保皇派”等话语，是当时“以阶级斗争为纲”、“造反有理”的思想的反映。每个阶级、每个阶层也有自己独特的话语体系，反映着不同阶级、阶层的思想，如封建时代的士大夫阶层的话语体系占据了大部分的古籍，反映着以儒家为主的思想。而元杂剧大量运用元代的俗语，形成了以元代市民为主的话语体系，反映着市民的思想和习俗，成为元代民俗文化的一个组成

部分。

元杂剧虽然写了帝王、市民、农民等各阶级、各阶层的人物，但它描写的主要是市民，反映的主要是市民的思想。元杂剧很少反映封建帝王如何治理国家的政治理想，而往往写一些亡国之君、受辱之君，因此它不是反映统治阶级主要思想的作品。元杂剧也很少反映农民的诉求特别是经济上的诉求——对土地的要求，因而它也不是反映农民主要思想的作品。元杂剧写的是元代市民在元代这个特定的时代里如何生存和奋斗的故事，表达的是下层市民在政治、经济等方面的诉求，并建立了一套属于他们的话语体系，这套话语体系为后世的通俗文学作品所认同和继承。

一、元杂剧反映的市民政治诉求和“造反者话语体系”

古典文学中的市民，应与今天的“城市居民”有别，而指“城市人民”，是城市居民之下层者。市民包括下层知识分子、小商人、游民、城市边缘人物等。在元代，下层知识分子即关汉卿、王实甫等“门第卑微，职位不振 ”（钟嗣成《录鬼簿序》）的文人，在元杂剧中则为贫穷书生；小商人则为元杂剧中的货郎、店小二的小本经营者；游民“为失了土地的农民和失了工作机会的手工业工人”①，包括匪、盗、丐、妓等，在元杂剧中则多为梁山好汉和勾栏歌妓；城市边缘人物指那些虽有一定的社会地位，但又受到权贵压迫的官吏、财主等，元杂剧中受奸人陷害的孔目、员外则是这类人物。这四类人构成了元代市民的主体，元杂剧用独特的话语反映着他们的思想和诉求。

先看元杂剧的话语如何反映市民的政治诉求。

在元杂剧的水浒戏里，有一套“造反者话语体系”，称梁山

① 毛泽东：《中国社会各阶级的分析》，见《毛泽东选集》，第一卷，8页，北京，人民出版社，1991。

起义军为“好汉”、“英雄”；称他们的武装斗争为“替天行道”、“与民除害”、“拔刀相助”；称他们的道德观念是“义气”；而与雅文学、主流社会话语所称的“反贼”、“犯上作乱”不同。下面略举数例：

康进之《李逵负荆》第一折王林云：“你山上头领，都是替天行道的好汉。”

李文蔚《燕青博鱼》第四折宋江云：“这的是与民除害，不枉了浪子燕青。”

《李逵负荆》第四折宋江诗云：“李山儿拔刀相助，老王林父子团圆。”

李致远《还牢末》第四折宋江诗云：“俺梁山泊远近驰名，要替天行道公平。忠义堂施呈气概，结交尽四海豪英。”

《还牢末》第四折李逵唱：“将奸夫淫妇都杀坏，方显的义气仁风播四海。”

在元杂剧的水浒戏里，多描写小市民受到歹徒迫害，梁山起义军铲除歹徒，“与民除害”，体现了元代市民“除暴安良”的政治诉求。在这些戏里受迫害的人多是酒店小老板、小商人、孔目等，如《李逵负荆》中被歹徒宋刚、鲁智恩夺去爱女的酒家王林，《燕青博鱼》中受杨衙内欺压的小商人燕大、燕二，《双献功》中受白衙内迫害的孔目孙荣，均属于“市民”的范畴；而在这些戏中的“梁山好汉”也多由出身于市民的人构成，如宋江为司吏，燕青为卖鱼小贩，吴用为“学究”，鲁智深、刘唐、史进都为下级军官，未说明出身的只有李逵。因此，元代的水浒戏描写的梁山起义军应该是“市民起义军”或“游民起义军”，而非“农民起义军”。

王学泰的《〈水浒传〉思想本质新论》认为：“《水浒传》是游民说给游民听的故事”，“水泊梁山好汉的个人成分的构成是以游民和边缘人物为主”。“《水浒传》作为第一部用口语写作的长篇小说不仅在文学史上是具有里程碑意义的作品，而且从中国古代思想史上考察，它也提供了前所未有的思想。它第一次明确地提出了‘造反有理’的思想，同时还为造反者建立了一套属于他们的话语体系，如‘好汉’、‘逼上梁山’等。”① 王学泰对《水浒传》主题思想的分析放在元杂剧的水浒戏里也是合适的，但他将“第一次”的功劳归于《水浒传》却是不合适的，比明代小说《水浒传》时代更早的元杂剧的水浒戏早已“为造反者建立了一套属于他们的话语体系”，称造反者为“英雄”、“好汉”，称他们的造反行动为“替天行道”，具有顺应天意的合理性；目的是“与民除害”，拯救百姓于水火之中，具有正义性；他们的道德规范的最高标准是“义气”，在元杂剧中是指人与人之间互相帮助的道德观念，李逵“路见不平，拔刀相助”就是讲“义气”。在宋元话本《大宋宣和遗事》中虽然客观记载了宋江等人聚啸山林之事，有“忠义”的褒语，但蔑称其为寇：“其呼延绰却带领得李横，反叛朝廷，亦来投宋江为寇。”②并无“好汉”、“英雄”、“替天行道”等颂扬造反者的语言。因此，元杂剧的水浒戏开创了“造反者的话语体系”，并影响了明代小说《水浒传》，这才是中国古代思想史、文学史的真实面目。

元杂剧的水浒戏为什么能开创造反者话语体系？这与元代风起云涌的游民起义、农民起义有关，也与元杂剧作家的市民思想、市民视角有关。且看《元史》中从统治者视角记载的游民起义、农民起义：“至正十一年，盗起汝、颍，均州郧县人田端子等亦聚众杀官吏，孛罗帖木儿将民兵捕斩之。”③ “至正十三

① 王学泰：《〈水浒传〉思想本质新论》，见《新华文摘》，2004 年第 21 期，86 页。

② 无名氏：《新刊大宋宣和遗事》，44 页，上海，中国古典文学出版社，1954。

③ （明）宋濂等撰：《元史》，第十五册，卷一百九十五“忠义三”，4418 页，北京，中华书局，1976。

年，江西贼帅王善寇闽，官军守罗源县拒之。”① “（至正）十三年，泰州白驹场亭民张士诚为乱，破泰州。”②产生如此众多的起义的主要原因是“民饥散为盗”③，也就是元朝的暴敛使百姓无法生存，只好造反。元杂剧作家同情和支持这些“饥散为盗”之民，认为他们“造反有理”，因此不会像统治者那样称之为“贼”、“寇”，而是称为“英雄”、“好汉”；不会把他们的行动称作“为乱”，而是称为“替天行道”，从而形成了一套与统治阶级话语不同的造反者话语体系。

元杂剧反映的市民政治诉求的另一方面是平反冤狱。在这方面也有一套话语体系，如清官多叫“包待制”（包公），残害百姓的奸人往往叫某“衙内”，包公审案是“从公勘问”，为民“做主”，形成“包公戏”。在这些戏中，通过包公平反冤狱，惩治奸人，体现了元代市民对政治清明的希冀。例如：

无名氏《盆儿鬼》第四折包待制云：“张憋古这老儿，在衙门办事年久，无人养济，我着他柴市里讨柴，米市里讨米，养赡终身。……兀的老儿，你有什么衔冤负屈的事，你从实说来，老夫与你做主。”

无名氏《陈州粜米》第四折包待制云：“为陈州亢旱不收，穷百姓四散漂流。刘衙内原非令器，杨金吾更是油头。奉敕旨陈州粜米，改官价擅自征收。紫金锤屈打良善，声冤处地惨天愁。……今日个从公勘问，遣小憋手报亲仇。方才见无私王法，留传与万古千秋。”

---

① （明）宋濂等撰：《元史》卷一百九十五“忠义三”，4421页，北京，中华书局，1976。

② （明）宋濂等撰：《元史》卷一百九十四“忠义二”，4394页，北京，中华书局，1976。

③ （明）宋濂等撰：《元史》卷一百九十四“忠义二”，4405页，北京，中华书局，1976。

武汉臣《生金阁》第三折包待制云:“兀那鬼魂,你有什么负屈衔冤的事,你且回城隍庙中去,到晚间我为你做主,速退。”第四折包待制云:“一行人听我下断;庞衙内倚势挟权,混赖生金阁儿,强迫良人妇李氏为妻,擅杀秀才郭成,又推嬷嬷井中身死,有伤风化,押赴市曹斩首示众。”

包待制名拯,官天章阁待制、龙图阁学士、知开封府等职,原是宋代著名的清官,是个历史人物;但在元杂剧中,与其说他是个历史人物,不如说是一个符号,一个清官的代名词,因为在《盆儿鬼》、《生金阁》等众多的“包公戏”中,前半部分多写冤案的形成,后半部写包公公正判案,对包公的生平经历仅用大同小异的“自报家门”简略说明,并没有详细叙述有关包公的历史故事,而无一例外地将重点放在包公如何“从公勘问”、“为民做主”上面;另外,大多数剧中的包公,已经不是凡人,已成为“日间判人,夜间审鬼”的半人半神的形象,这都说明,元杂剧中“包待制”一语,并非等同于宋史中的包拯,而是元代市民心目中理想清官的代名词,成为反映市民政治诉求的一个“话语”。

“包待制”这一市民话语的形成,与宋元以来的民间文学、市民文学关于包公故事的流传有关。据《宋史·包拯传》载:“拯立朝刚毅,贵戚宦官为之敛手,闻者皆惮之。人以包拯笑比黄河清。童稚妇女,亦知其名,呼曰‘包待制’。”① 则在北宋,老百姓已将包拯称为“包待制”了。至于包拯判案的故事,也见于宋元的笔记小说,如南宋罗烨的《醉翁谈录》的“公案”类有《三现身》的小说名目,与明代冯梦龙的《警世通言》中《三现身包龙图断案》同题材,写孙押司被奸夫淫妇所杀害,其冤魂三次现身显灵,给“日间断人,夜间断鬼”的包公托梦,

① (元)脱脱等撰:《宋史》,卷三百一十六,10317 页,北京,中华书局,1985 年新1版。

包公运用智慧判案，终使冤案大白。① 此书的另一小说《红绡密约张生负李氏娘》，写张生在乾明寺拾得一块红绡，上有女子题诗，约拾绡者来年于此地相会，以鸳鸯灯为号。张生如约，得一美人李氏，二人结为夫妇。后因生计艰难，张生往见父母，为父不纳，寓居行首梁越英店中，梁赠以妆奁，二人成婚。后李氏寻至，告至包公处，包公判李氏为正室，梁氏为侧室。小说中有"遂告于包公待制之厅"之语，可知南宋的老百姓亦称包拯为"包待制"。这些小说描写包公运用智慧判案、公正判案，具有"日间断人，夜间断鬼"的超人本领，均与元杂剧中的"包待制"的判案特点相同。再如河南《陈州府志》记载包拯陈州放粮、惩治不法权贵的故事②，也与元杂剧《陈州粜米》中的包待制为灾民做主，惩治贪官略同。宋元民间文学、市民文学的强大力量，使元代人民将"包待制"看作清官的化身；另外，将汉族的清官包拯神化，战胜了元代的权贵，包含有抗拒蒙古贵族统治的政治诉求在内，"包待制"就自然成为元代市民称呼汉族清官的一个话语了。

而"衙内"，本为唐代掌禁卫的官职，《新唐书·仪卫志上》云："凡朝会之仗，三卫番上，分为五仗，号衙内五卫。"唐末宋初，藩镇相沿以亲子弟管领衙内职，如五代陈洪进在漳州、泉州割据时，以其子为衙内都指挥使、衙内都校等，因而宋时用以呼贵家子弟。③在元代，"衙内"（都指挥使）亦指贵家子弟，

---

① （明）冯梦龙：《警世通言》，144页，福州，福建人民出版社，1981。

② 李春祥：《〈陈州粜米〉与河南淮阳流传的包公放粮故事》，见李春祥：《元杂剧论稿》，202页，开封，河南大学出版社，1988。

③ （元）脱脱等撰：《宋史》四八三卷《陈洪进传》，13960页："洪进子文显、文颢皆为指挥使。"13964页："文颢，始为泉州衙内都指挥使，知漳州。""文项，本文显子，……乃以文项为子，欲应其言。初补泉州衙内都校，又为衙内都监使。"北京，中华书局，1985。

《元史》卷九十九“志第四十九·兵二”云：

> 宿卫者，天子之禁兵也。……方太祖时，以木华黎、赤老温、博尔忽、博尔术为四怯薛，领怯薛歹分番宿卫。及世祖时，又设五卫，以象五方，始有侍卫亲军之属，置都指挥使以领之。……凡怯薛长之子孙，或由天子所亲信，或由宰相所荐举，或以其次序所当为，即袭其职，以掌环卫。虽其官卑勿论也，及年劳既久，则遂擢为一品官。而四怯薛之长，天子或又命大臣以总之，然不常设也。①

则元代统领侍卫亲军之官亦有都指挥使一职，不过以蒙古贵族军官充任，其子孙袭其职，可贵至一品官。这样的贵家子弟，按元朝的法律，享有司法的豁免权，“打死人不用偿命”，因而往往为所欲为，成为欺压百姓的“权豪势要”。元代汉族百姓按唐、宋呼贵家子弟的传统称这类人为“衙内”，反映在元杂剧上，就是出现了一批任意残害百姓而又不受法律制裁的贵家子——“衙内”，《生金阁》中的庞衙内和《延安府》中的葛彪都自称是“累代簪缨之子”，元杂剧《望江亭》中杨衙内自称“我是权豪势要杨衙内”，《双献功》中白衙内也说：“我是那权豪势要之家，打死人不偿命的。”包公最后能惩治这些“衙内”，都必须运用智慧绕过不公平的法律，如《生金阁》中包公骗庞衙内前来赴宴，公正审案，将其正法。

元杂剧的包公戏能建立平反冤狱的市民话语体系，与元代权贵横行、冤狱众多有关，前人对此多有论述，不赘。而“包待制”和“衙内”一正一反的两个话语，包含着宋、元以来的民间文学、市民文学对于清官的期望，对于不法权贵的谴责，具有

① （明）宋濂等撰：《元史》，册八，2523页、2524页，北京，中华书局，1976。

深刻的思想内涵。

二、元杂剧反映的市民思想诉求和“青楼话语体系”

元杂剧的下层人物虽然出身卑微，家境贫寒，但往往以自己的武功、文才、技艺获得了世人的尊重，对世俗的门阀之见提出挑战，表现了市民对地位平等的思想诉求。张国宾杂剧《薛仁贵》第一折薛仁贵云：“自古忠臣良将，都出寒门。”他出身庄农，以“三箭定天山”的军功，被封为平辽公，得以衣锦还乡；武汉臣杂剧《玉壶春》的穷书生李斌唱道：“你虽有万贯财，争如俺七步才，两件儿那一件声名大？你那财常踏着那虎口去红尘中走，我这才但跳过龙门向金殿上排。”李斌以自己的“文才”向商人甚舍的“钱财”挑战，在情场角逐中赢得歌妓李素兰的芳心；关汉卿杂剧《金线池》的歌妓杜蕊娘要求心上人韩辅臣尊重她的感情：“他将我厮看厮待，厮知厮重，厮钦厮敬。”均体现了市民的平等思想。

市民对地位平等的思想诉求，使元杂剧形成了一套“青楼话语体系”，在元杂剧的书生妓女爱情剧里，被主流社会用贬斥的语言描述的倡优、嫖客、妓院，变为用褒奖性语言来描写，如歌妓多称“上厅行首”，嫖客多称“子弟”，妓院多称“花台”等。

“上厅行首”指在官府中入册的妓女中的佼佼者，李致远杂剧《还牢末》中萧娥云：“我原是此处一个上厅行首，为当不过官身，纳了官衫帔子，礼案上除了名字，脱贱为良，嫁了李孔目。”可知“上厅行首”在官府的“礼案”上登录姓名，并有“官衫帔子”。元杂剧中充当女主角的歌妓多为“上厅行首”，均容貌超群，技艺出众，表现出作者对歌妓的赞美和尊重。《玉壶春》第一折李氏云：“有一个女孩儿，小字素兰，幼小间学成歌舞吹弹，做着个上厅行首。……如今十八岁了，诗词歌赋，针指女工，无不通晓，生得十分大有颜色。”《百花亭》的贺妈妈也说："生下这女孩儿贺怜怜，做着个上厅行首。我那孩儿生得十分聪明智慧，谈谐歌舞，搊筝拨阮，品竹分茶，无般不晓，无般不会。占断洛阳风景，夺尽锦绣排场。"这些歌妓不但长得貌美，而且多才多艺，"出得厅堂，入得厨房"，除了妓女身份外，简直完美无缺。剧中的"上厅行首"对此称呼也颇为自豪，因为她还担负着调教其他歌妓技艺的责任，有着"此行之首"的荣誉。《金线池》第二折的"上厅行首"杜蕊娘说："这济南府教坊中人，那一个不是我手下教导过的小妮子？料必没有强似我的。"这一称呼，体现了元代市民对歌妓的尊重和歌妓的自重。

元杂剧为何多称歌妓为"上厅行首"？这与宋、元以来的市民风俗和市民文学有关。在南宋，已出现了专门为官府服务的官妓，比如为官府酒库卖酒的官妓。吴自牧《梦粱录》载：

> 点检所官酒库，……其诸库皆有官名角妓，就库设法卖酒，此郡风流才子，欲买一笑，则迳往库内点花牌，惟意所择，但恐酒家人隐庇推托，须是亲识妓面，及以微利啗之可也。①

周密的《武林旧事》卷六"酒楼"亦载：

> 和乐楼、和丰楼……已上并官库，属户部点检所，每库设官妓数十人，各有金银酒器千两，以供饮客之用。每库有祗直者数人，名曰"下番"。饮客登楼，则以名牌点唤侑樽，谓之"点花牌"。②

说明临安官府不但将酒库，还将部分民间酒楼变为官方卖酒之所，并专门设置官妓侑酒以招徕顾客。这些官妓属于"点检

① （南宋）吴自牧：《梦粱录》卷十《点检所酒库》，79～80页，见孟元老《东京梦华录》（外四种），北京，中国商业出版社，1982。

② （南宋）周密：《武林旧事》，卷六，118页，见孟元老《东京梦华录》（外四种），北京，中国商业出版社，1982。

所”管理，而点检所在官署中的位置是在“上厅”，《梦梁录》卷十“府治”云：

临安府治，……正衙门外左首曰东厅，……东厅侧曰常直司，曰点检所，曰安抚司，曰扁山阁，曰都钱、激赏、公使三库。①

则管理酒库官妓的点检所在衙门左侧的东厅，而左侧又称“上手”，故“东厅”即“上厅”，酒库的官妓即“上厅”点检所所管理的官妓。

至于“行首”，也见于南宋的笔记小说，《西湖老人繁胜录》载：

开煮迎酒候所，有十三库、十马、上马。每库有行首二人，载特髻，著乾红大袖；选像生有颜色者三四十人，戴冠子花朵，著艳色衫子；稍年高者，都著红背子、特髻。②

《梦梁录》卷二“诸库迎煮”也载：

临安府点检所，管城内外诸酒库，每岁清明前开煮，中前卖新迎年，诸库呈复本所，择日开沽呈样，各库预颁告示，官私妓女，新丽妆著，差雇社队鼓乐，以荣迎引。……其官私妓女，择为三等，上马先以顶冠花衫子裆袴；次择秀丽有名者，带珠翠朵玉冠儿，销金衫儿、裙儿，各执花斗鼓儿，或捧龙阮琴瑟；后十余辈，著红大衣，带皂时髻，名之“行首”。③

① （南宋）吴自牧：《梦梁录》，卷十，76页，见孟元老《东京梦华录》（外四种），北京，中国商业出版社，1982。

② （南宋）《西湖老人繁胜录》，5页，见孟元老《东京梦华录》（外四种），北京，中国商业出版社，1982。

③ （南宋）吴自牧：《梦梁录》，卷二“诸库迎煮”，11页，见孟元老《东京梦华录》（外四种），北京，中国商业出版社，1982。

描述了南宋首都临安在每年清明节前，官府酒库开煮新酒，举行庆祝仪式，安排酒库的官妓丽妆迎引，按姿色分三等先后排列，其上等者排在前头，称为“行首”。由此可知，“上厅行首”在宋代常指酒库的官妓之佼佼者，应用范围是有限的。

但到了元代，“上厅行首”已是一个常见的市民话语，泛指官妓之姿色技艺出众者。《清平山堂话本》中的《曹伯明错勘赃记》云：

> 话说大元朝至正年间，……这曹州城内，有一个妓者，唤做谢小桃，年二十二岁，生得千娇百媚，是个上厅行首。①

“大元朝至正年间”一语，说明这是元代话本，可知元时市民称官妓之出众者为“上厅行首”。

在宋元话本中，“上厅行首”用得不多，笔者仅见此例；另外，有近似者“上停行首”，见于《大宋宣和遗事》：“这个佳人，是两京酒客烟花帐子头京师上停行首，姓李名做师师。”②而大量运用“上厅行首”的是元杂剧。

在“青楼文学”的范畴里，“子弟”是妓女对嫖客的称呼或嫖客的自称，《百花亭》第一折“上厅行首”贺怜怜对王焕说：“王舍，你可曾做子弟来么?”王焕答道：“我也曾向烟月所上花台做子弟俫。”关汉卿《谢天香》楔子柳永云：“平生以花酒为念，好上花台做子弟。”均可证。“花台”是对妓院的美称，没有疑问；“子弟”是否是尊称?《玉壶春》第二折李斌云：“做子弟的声传四海，名上青楼，比为官还有好处。做子弟的有十个母儿：一家门，二生像，三谈吐，四串仗，五温和，六省傍，七博

① （明）洪楩编，谭正璧校点：《清平山堂话本》，207页，上海，上海古籍出版社，1987年新1版。

② 无名氏：《新刊大宋宣和遗事》，49页，上海，中国古典文学出版社，1954。

览，八歌唱，九枕席，十伴当。做子弟的须要九流三教皆通，八万四千傍门尽晓，才做得子弟，非同容易也呵。”认为做“子弟”要有十大本领，要长得俊俏，善于穿着打扮，能说会道，脾气温和，知识渊博，知音善唱等等，当然还少不了床上工夫要好，所以是“非同容易也呵”。《百花亭》第一折小贩王小二向贺怜怜介绍王焕也说：“据此生世上聪明，今时独步。围棋递相，打马投壶，撇兰擷竹，写字吟诗，蹴踘打诨，作画分茶，拈花摘叶，达律知音，软款温柔，玲珑剔透，怀揣十大曲，袖褪《乐章集》，衣带鹌鹑粪，靴染气球泥，九流三教事都通，八万四千门尽晓，端的个天下风流，无出其右。”王焕也是个“子弟”，他的本领也够“十大”之数，而其本领的核心是“风流”。在下层市民的眼中，这些“子弟”都是了不起的人物，“比为官还有好处”；而在“上厅行首”的眼中，唯“子弟”的多才多艺、风流俊俏，才能与她们的才色旗鼓相当，获得她们的青睐，“子弟”自然是尊称。

元杂剧为何称嫖客为“子弟”？在春秋战国时期，“子弟”原指后辈，《荀子·非十二子》云：“遇长则修子弟之义。”《史记·项羽纪》又云：“且籍与江东子弟八千人渡江而西，今无一人还，纵江东父兄怜而王我，我何面目见之？”“子弟”指对“父兄”而言的后辈。在晋代，“子弟”有时具体指子侄，《世说新语·言语》：“谢太傅（安）问诸子侄：‘子弟亦何预人事，而正欲使其佳？’”而在宋、元代，因为城市经济的繁荣，娼妓的众多，涉足花街柳巷的多为年青之辈，因而称嫖客为“子弟”。孟元老《东京梦华录》卷二《饮食果子》云：

更有百姓入酒肆，见子弟少年辈饮酒，近前小心供过，使令买物命妓，取送钱物之类，谓之“闲汉”。①

灌圃耐得翁《都城纪胜》“茶坊”也云：

茶楼多有都城子弟占此会聚，习学乐器，或唱叫之类，谓之“挂牌儿”。……水茶坊，乃娼家聊设桌凳，以茶为由，后生辈甘于费钱，谓之“干茶钱”。②

都反映出在南宋时，年青“子弟”借酒楼茶坊结识妓女，作狭邪游。从而“子弟”一词就由“后辈”变为“嫖客”之义了。

由此我们也可以理解，在恪守儒家文化的元杂剧作家的笔下，“子弟”有时指“子女后辈”的意思，如秦简夫杂剧《东堂老劝破家子弟》，或是指社会上的浪荡子，此剧的第四折东堂老骂柳隆卿、胡子传两个骗子为“两个风流子弟”，那么应是蔑称了。

值得注意的是，《都城纪胜》中的“子弟”还有“演员”之义，他们“习学乐器，或唱叫之类”，是一批业余演员。因此，后世的“子弟”有时也指演员，明南戏《白兔记》云：“今日利（戾）家子弟，搬演一本传奇。”“借问后行子弟，戏文搬下未曾？”“戾家”是和“行家”——专业演员相对的业余演员，此剧中的“子弟”是和《都城纪胜》中那些学戏的“子弟”同类的“票友”。

在元代“青楼文学”的语汇中，还有两个蔑称，就是称妓女为“弟子”，称妓女的儿子为“弟子孩儿”，都是骂人的话。元杂剧《酷寒亭》第一折赵用唱：“恋着那送旧迎新泼弟子，全

① （宋）孟元老：《东京梦华录》（外四种），17页，北京，中国商业出版社，1982。

② （宋）灌圃耐得翁：《都城纪胜》，7页，见孟元老《东京梦华录》（外四种），北京，中国商业出版社，1982。

不想生男育女旧娇娃。”斥责孔目郑嵩迷恋妓女萧娥，抛弃发妻萧县君，“泼弟子”之“泼”是劣、贱的意思，“泼弟子”即“下贱的妓女”，是实指的骂词。《东堂老》第三折扬州奴云：“柳隆卿、胡子传，我一世里不曾见你两个歹弟子孩儿。”“歹弟子孩儿”亦为骂词，但不一定实指该人是妓女的儿子。

在宋以前，“弟子”一词原非骂词，在战国时代，“弟子”指老师的学生，《论语·雍也》云：“哀公问曰：‘弟子孰为好学?’”孔子的学生就是弟子。到了唐代，因唐玄宗选乐工数百人，自教法曲于梨园，这批乐工被称为皇帝梨园弟子，后世遂称伶人为弟子。到了宋代，因伶人多为妓女充任，能歌善舞之官妓也称弟子，宋人朱彧《萍洲可谈》卷三云：“娼妇，州郡隶狱官，以伴女囚。近世择姿容，习歌舞，迎送使客，侍宴好，谓之弟子，其魁谓之行首。”① 可知在宋代，“弟子”指隶属于官府的官妓，以姿容和歌舞迎送使客。在元代，“弟子”则泛指妓女，“弟子孩儿”成为骂词可证。“弟子”一词的演变，经历了学生—皇帝的伶人学生—官妓兼伶人—妓女的路径，由褒义之词变为贬义之词。

值得注意的是，同在元杂剧中，既有对歌妓的尊称“上厅行首”，又有对她们的蔑称“弟子”，这一方面反映出时人对她们的矛盾心理：既肯定她们的姿容技艺，又否定她们的道德操守；另一方面是在不同作家、不同题材的作品里，采取了不同的态度，如关汉卿、石君宝等与歌妓相熟的作家，在他们描写书生、妓女相恋的爱情剧里，多是“上厅行首”的尊称；而对于秦简夫这样善写家庭伦理剧的作家，比较恪守儒家的伦理道德，就多用蔑称“弟子”和“弟子孩儿”了。

---

① （宋）朱彧：《萍洲可谈》，卷三，见《丛书集成初编》，第2754册，46页，北京，中华书局，1985。

“上厅行首”、“子弟”、“弟子”等市民话语，虽然在宋代已存在，但是宋代的市民文学只是这些话语的孕育阶段；它们的大量使用却是在元代，尤其是在元杂剧中广泛使用，因此，我们说元杂剧形成市民的“青楼话语体系”是言之成理的。

三、元杂剧反映的市民经济诉求和“商人话语体系”

元代城市经济发达，商业繁荣，商人阶层人数众多，元杂剧也反映了他们的经济诉求，形成了一套“商人话语体系”。

与传统文学重文士轻商人的话语体系不同，元杂剧肯定经商致富和家庭私有财产，“挣人家”、“做买卖”、“家私”、“家缘家计”是商人及其家庭的常用话语，对经商致富的人也往往尊称为“员外”。

《东堂老》第二折东堂老之妻说：“老的，你把那少年时挣人家的道路，也说与孩儿知道咱。”东堂老唱道：“想着我幼年时血气猛，为蝇头努力去争。哎哟！使的我到今来一身残病。我去那虎狼窝不顾残生，我可也问甚的是夜，甚的是明，甚的是雨，甚的是晴。我只去利名场往来奔竞，那里也有一日的安宁？投至得十年五载，我这般松宽的有，也是我万苦千辛积攒成，往事堪惊。”突出其“挣人家”是“万苦千辛积攒成”，是勤劳致富。武汉臣《老生儿》楔子李氏也说：“老的也，想着你幼年时南头里贩贵，北头里贩贱，乘船骗马，渡江泛海，做买做卖，挣揣下许大来家私。”也用赞扬的口吻述说商人的“做买卖”、“挣家私”。《救风尘》第一折赵盼儿唱：“你可便宜，只守着铜斗儿家缘家计。”“家私”、“家缘家计”都是家产的意思。

元人重视家庭私有财产，特别是小家庭的财产，元杂剧中多有“分家私”、“分家缘”的语言。《老生儿》第四折刘从善唱：“我把这泼家私做三分儿分。”《陈州粜米》第三折包公唱：“都只是庄农每争竞桑田，弟兄每分另家缘。”《合汗衫》：“好家私水底纳瓜，亲子父在拳中的这掿沙。”元杂剧这些话语是元人风俗的反映，元人杨瑀《山居新话》卷四云：“江西吕道山师夔，至元间，分析家私作十四分。”① 这种风俗，主要是商品经济发达的城市市民的风俗，而传统的农耕社会是几世同堂的大家庭，是比较少闹分家产的。

元杂剧中往往称有钱人为“员外”，他们多有“解典铺”、田地、油坊等，放债或佣工经营，是商人或财主。《合汗衫》第一折张义云：“俺在这竹竿巷马行街居住，开着一座解典铺。有金狮子为号，人口顺都唤我金狮子员外。”《看钱奴》第二折陈德甫云：“此处有一人是贾老员外，有万贯家财，鸦飞不过的田产物业，油磨坊，解典库，金银珠翠，绫罗段匹，不知其数，他是个巨富的财主。”

“员外”本为官名，指正员之外之官。晋武帝始设员外散骑常侍，员外散骑侍郎，简称员外郎。隋时各部设员外郎一人，侍郎不在时，代行政务。唐以后直至明清，各部均有员外郎。② 但元杂剧的这些“员外”并没有官职，《灰阑记》第二折祗从云：“不是什么员外，俺们这里有几贯钱的人，都称他做员外，无过是个土财主，没品职的。”

为何元人会将这些商人、财主给以官名“员外”呢？这首先是受到宋元话本的影响，在这些作品中，也多称有钱的商人、财主为“员外”，如《志诚张主管》：“话说东京汴州开封府界身子里，一个开线铺的员外张士廉，……家有十万赀财，用两个主

① （元）杨瑀：《山居新话》，卷四，见《文渊阁四库全书》第1040册，372页。

② （伪蜀）马鉴：《续事始》，见（明）陶宗仪等编：《说郛三种》，卷十，210页：“员外官：晋武帝置员外散骑常侍，又置员外散骑侍郎。”203页：“诸司员外郎：隋文帝置。”上海，上海古籍出版社，1988。

管营运。”①更为重要的是，这个称呼表现了元代市民对这类人的尊重与敬畏，因为他们有钱，可以支配、控制穷人，与官员有某些相似之处；但他们又非有实职的官，近似正员之外之官——员外，故而尊称之。其次是反映了元代商人地位的提高，商人中的富有者对自己社会地位的重视，他们不甘心于做平民百姓，而要挤入统治阶级的行列，而实际上又未能成功，只有以“员外”聊以自慰罢了。

四、元杂剧的市民话语体系对后世通俗文学作品的影响

元杂剧的市民话语体系对后世通俗文学作品有深远的影响。明清的戏曲、小说常沿用元杂剧的某些话语，这些话语为市民大众所喜闻乐见，却为统治者和上层文人所鄙视或避忌，形成了与雅文学话语体系相异的俗文学话语体系，不但在表层上有文雅和通俗之分，而且在深层上有贵族和平民不同思想、审美情趣之别。元杂剧对开创这一俗文学话语体系功莫大焉。下面分类以说明之。

（一）造反者话语体系

元杂剧“水浒戏”中的“好汉”、“义气”、“替天行道”等颂扬造反者的语言，直接被明代章回小说《水浒传》和“水浒戏”所运用，构成了武装造反者的话语体系。

《水浒传》第七十一回《忠义堂石碣受天文，梁山泊英雄排座次》中何道士云：“此石都是义士大名镌在上面：侧首一边是‘替天行道’四字，一边是‘忠义双全’四字。”

明代无名氏杂剧《梁山五虎大劫牢》第一折宋江云：“寨名水浒住梁山，好汉英雄透胆寒。”第五折宋江云：“久镇梁山显

① 程毅中、程有庆校点：《京本通俗小说》，39页，南京，江苏古籍出版社，1991。

姓名，替天行道有功能。拔刀相助扶危困，骤马逢迎敢战争。忠义堂前英勇将，扶持寨主宋公明。”①

这些小说戏曲都将统治者视为“反贼”的宋江领导的武装力量称为“英雄”、“好汉”，其武装斗争不是什么“犯上作乱”，而是“替天行道”，这些褒奖性的语言，其源概出于元杂剧。至于元杂剧“水浒戏”的主题思想为明代小说《水浒传》所继承，已为论者所熟知。

（二）“青楼话语体系”

元杂剧的书生妓女爱情戏关于妓女和嫖客的语言，如“上厅行首”、“子弟”、“弟子孩儿”等，影响了明清的小说、戏曲，形成“青楼话语体系”。

明代小说如：

凌濛初《二刻拍案惊奇》中《小道人一着饶天下，女棋童两局注终身》云：“此日只为邀请王维翰秀才书石，特接着上厅行首谢天香在会上相陪饮酒。”②

冯梦龙《醒世恒言》中《卖油郎独占花魁》云：“所以子弟行中，有了潘安般貌，邓通般钱，自然上下和睦，做得烟花寨内大王，鸳鸯会上的主盟。”③

《二刻拍案惊奇》中《赵县君乔送黄柑，吴宣教干偿白镪》云：“便宜了这弟子孩儿！”④

明代戏曲如：

---

① 傅惜华编：《水浒戏曲集》，第一集，127页、140页，上海，上海古籍出版社，1985。

② （明）凌濛初：《二刻拍案惊奇》，上册，23页，西宁，青海人民出版社，1981。

③ （明）冯梦龙：《醒世恒言》，上册，27页，福州，福建人民出版社，1981。

④ （明）凌濛初：《二刻拍案惊奇》，上册，314页，西宁，青海人民出版社，1981。

凌濛初《宋公明闹元宵》杂剧第二折周美成云："此间有个上厅行首李师师，乃是当今道君皇帝所幸。此女风情不凡，委是烟花魁首；亦且善能赏鉴，钟爱文人。"①

同上剧第九折丑（杨太尉）问净（李逵）："你是那里的狗弟子孩儿？见了俺杨太尉站也不站起来，从人拿住者！"②

都是如同元杂剧一样对妓女尊称"上厅行首"，对嫖客尊称"子弟"，对他们的才貌褒奖有加，甚至连妓女的名字都如关汉卿的杂剧《谢天香》一样称为谢天香；当然，骂人的话"弟子孩儿"也如元杂剧一样包含着对妓女的蔑视。

更为重要的是，明代的戏曲小说继承了元杂剧的"青楼话语体系"所蕴涵的市民的民主平等思想，出现一批具有尊重下层市民的民主思想的作品，如冯梦龙"三言"中的《卖油郎独占花魁》，写卖油郎秦重尊重、爱怜歌妓莘瑶琴，终成秦晋之好；《杜十娘怒沉百宝箱》写歌妓杜十娘不甘心于被人当作商品买卖，以沉江自尽来维护自己作为一个人的尊严等，都是对元杂剧的市民话语的深层继承。

（三）商人话语体系

元杂剧的家庭伦理剧常见的"挣人家"、"家私"、"家缘家计"、"员外"等有关商人的话语也被明清戏曲、小说所大量运用。

《二刻拍案惊奇》中《青楼市探人踪，红花场假鬼闹》佥宪道："你仗我势做二爷，挣家私勾了，还要管我！"③

《古今小说》卷二十一："家中也有些小家私，都被他赌博，

① 傅惜华编：《水浒戏曲集》，第一集，208页，上海，上海古籍出版社，1985。

② 傅惜华编：《水浒戏曲集》，第一集，223页，上海，上海古籍出版社，1985。

③ （明）凌濛初：《二刻拍案惊奇》，上册，85页，西宁，青海人民出版社，1981。

消费得七八了。”

《宋公明闹元宵》杂剧第六折丑（鸨母）云：“儿，这是太平桥张小乙哥。他引了一个大财主，是山东梁员外，送了一百两金子为见面礼，要与你吃一杯儿酒。”①

同元杂剧一样，称土财主、阔商人为“员外”，赞赏经商致富，称为“挣家私”；重视家庭私有财产，称为“家私”、“家缘家计”。《青楼市探人踪，红花场假鬼闹》一篇，写张廪生为争家私，贿赂官府的杨佥宪，反被杨所杀害；杨佥宪也图谋霸占侄子的家私，结果杀人之事败露，下狱身死，因无子，其家私反归侄儿。小说中的“争家私”的激烈争斗一如《老生儿》等元杂剧，也从深层反映了明人继承元代市民重视私有财产的思想。

综上所述，元杂剧的市民话语体系，吸收了宋元以来的民间文学、市民文学的话语养分，形成了具有鲜明特征的话语，体现了元代市民反抗暴政、追求自由平等的思想，肯定商人致富、重视私有财产的观念，对文人风流韵事大加赞赏的审美趣味，反映出元代市民在政治、思想、经济等方面的诉求，是元代民俗文化的重要组成部分，并对后世俗文学产生了深远的影响。

第二节 元杂剧的语言和元代的市井语言技艺

一、元杂剧中市井语言技巧的运用

我国古代的民众在长期的日常生活中，发挥他们的聪明才智，创造了许多语言技艺，如隐语、谚语、歇后语、顶真、嵌字、双关语、叠字等。使用这些语言技艺的目的，是用以表现他

---

① 傅惜华编：《水浒戏曲集》，第一集，219 页，上海，上海古籍出版社，1985。

们自己的智慧，也用以测量别人的智慧，有时是为了某种团体（如江湖中人、宗教中人）保持神秘的需要，运用这些语言技艺使团体外之人不能知晓。顾颉刚为钱南扬的《谜史》作序说："在下级社会里，使用谜语和隐语的能力真大。一个特别的团体（例如走江湖的技士，礼斗的瞽者），他们有特别的语言，或者完全用反切说话而与普通的反切迥然不同，使得在这个团体以外的人们无法探知他们的秘密。一般的民众，则欢喜用歇后语，他们不愿意明明白白地说一件事，凡是可以转弯的总要转上几个弯。""凡是方言中的谚语、成语、谜语、隐语，他们都会得尽量地使用，用得又恰当，所以座上的客人也就因所操方言之相同而感到最亲切的激刺。"①

这些古代的语言技艺，因人群聚集的缘故在市井中运用得最多，成为元代的市井语言技艺的重要来源。

元杂剧作家尽量地使用为元代市民所喜闻乐见的语言技巧，用得又恰当，因而令勾栏中的观众感到亲切和有趣，为之拍掌叫好，从而增添了元杂剧的艺术魅力。下面以这些语言技巧的功能和效果分类说明之。

（一）以句子结构巧妙而取胜的语言技巧

1. 独韵体。

此为每句的末字都是同一个字，整首曲用独韵，如马致远《荐福碑》第二折张镐唱："【叨叨令】往常我青灯黄卷学王道，划地来红尘紫陌寻东道。如今十个九个人都道，都道是七月八月长安道。困杀人也么哥，兀的不困杀人也么哥！看书生何日得朝闻道！"除衬字叠句外，通篇押"道"字韵，抒发张镐怀才不遇的苦闷心情，是为"独韵体"。

① 顾颉刚：《〈谜史〉序》，见叶春生主编：《典藏民俗学丛书》，上册，570页，序作于1920年7月17日，见序末。哈尔滨，黑龙江人民出版社，2003。

2. 顶真体。

顶真又叫“顶针续麻”，为民歌中常用手法，上一句结尾的字或词为下一句开始的字或词，或上一章结尾的句子为下一章开始的句子，形成回环往复的效果。在汉乐府《平陵东》中已有之：“平陵东，松柏桐，不知何人劫义公。劫义公，在高堂下，交钱百万两走马。两走马，亦诚难，顾见追吏心中恻。心中恻，血出漉，归告我家卖黄犊。”①顶真体有两式：一是每句蝉联的，称为“联珠格”；二是章和章之间的一句蝉联的，称为“连环体”②。联珠格如广东儿歌《月光光》：“月光光，照地堂；年卅晚，摘槟榔；槟榔香，摘子姜；子姜辣，买葡突；葡突苦，买猪肚；猪肚肥，买牛皮；牛皮薄，买菱角；菱角尖，买马鞭；……”③连环体如王安石《忆金陵三首》：“覆舟山下龙光寺，玄武湖畔五龙堂。想见旧时游历处，烟云渺渺水茫茫。/烟云渺渺水茫茫，缭绕芜城一带长。蒿目黄尘忧世事，追思尘迹故难忘。/追思尘迹故难忘，翠木苍藤水一方。闻说精庐今更好，好随残汴理归艎。”④ 三首诗中，上首诗的末句和下首诗的首句蝉联。

元杂剧中运用顶真体，大多用“联珠格”，少有“连环体”；“联珠格”还分为以字蝉联、以词组蝉联、以句蝉联三种。

以字蝉联如郑光祖《㑳梅香》杂剧第一折正旦（樊素）唱：“【赚煞】你道信步出兰庭，庭院悄人初静。静听是弹琴那生，生猜咱无情似有情。情知咱甚意来听？听沉罢过初更，更阑也休

① （宋）郭茂倩：《乐府诗集》，第二册，410页，北京，中华书局，1979。

② 陈望道：《修辞学发凡》，217页，上海，上海教育出版社，1979年新1版。

③ 刘万章编：《广州儿歌甲集》，见《典藏民俗学丛书》，上册，541页，哈尔滨，黑龙江人民出版社，2003。

④ （宋）王安石撰：《王荆公诗注补笺》，卷四十三，832页，（宋）李壁注，李之亮补笺，成都，巴蜀书社，2002。

得消停。停待甚忙将那脚步儿行，行过那梧桐树儿边金井。井阑边把身躯儿掩映，映着我这影儿啊，好着我嫌杀月儿明。”运用“庭”、“静”、“生”、“情”等单字首尾相连构成顶真体，表现了樊素这个“㑳梅香”有意撮合小姐裴小蛮与书生白敏中的婚事的巧思。

以词组蝉联如石君宝《曲江池》杂剧第一折正旦（李亚仙）唱：“【寄生草】……少年人乍识春风面，春风面半掩桃花扇。桃花扇轻拂垂杨线，垂杨线怎系锦鸳鸯，锦鸳鸯不锁黄金殿。”作者运用词组构成顶真体，用“春风面”、“桃花扇”、“垂杨线”、“锦鸳鸯”等词组前后句相连，描绘了李亚仙与郑元和彼此一见钟情的情景。

以句蝉联如马致远《汉宫秋》杂剧第三折驾（汉元帝）唱：“【梅花酒】……返咸阳，过宫墙；过宫墙，绕回廊；绕回廊，近椒房；近椒房，月昏黄；月昏黄，夜生凉；夜生凉，泣寒螀；泣寒螀，绿纱窗；绿纱窗，不思量。【收江南】呀！不思量除是铁心肠，铁心肠也愁泪滴千行。”以短句“过宫墙”、“绕回廊”、“近椒房”、“月昏黄”等首尾相连构成顶真体，描绘了汉元帝一步一回头的舞台形象，抒发了他痛失昭君的悲怆之情与思念她的九转柔肠。又如《柳毅传书》第一折正旦（龙女三娘）唱：“【那吒令】为一言半语，受千辛万苦。受千辛万苦，想十亲九故。想十亲九故，在三江五湖。”以“受千辛万苦”、“想十亲九故”等句首尾蝉联，抒发了龙女饱受丈夫虐待的痛苦心情。

“连环体”如费唐臣《贬黄州》第四折苏轼唱：“【梅花酒】……贫无义，富无恩；富无恩，岂是人；岂是人，类飞禽；类飞禽，颇曾论；颇曾论，处人伦；处人伦，傲饥贫；傲饥贫，莫生嗔；莫生嗔，闭贤门；闭贤门，使牛人。【收江南】使牛人怎做孟尝君，似仲尼不遇叹麒麟。……”【梅花酒】一曲除以句蝉联外，它的结尾和【收江南】一曲的开头蝉联；另外《汉宫秋》第三折汉元帝唱【梅花酒】一曲的结尾亦和【收江南】一曲的开头蝉联，均为“连环体”。

此外还有隔句蝉联的顶真体，可视为连环体的变体。如《张生煮海》第一折正旦（龙女琼莲）唱：“【那吒令】听疏剌剌晚风，风声落万松；明朗朗月容，容光照半空；响潺潺水冲，冲流绝涧中。”用“风”、“容”、“冲”等单字隔句首尾相连，描绘了琼莲听张羽弹琴时琴声回旋动听的情景。

3. 嵌字体。

嵌字则是将某字某词巧妙嵌入对联、诗、词、曲中，以体现作者的巧思，也是民歌的常用手法。如《乐府诗集》卷二十六《江南》：“江南可采莲，莲叶何田田。鱼戏莲叶间，鱼戏莲叶东，鱼戏莲叶西，鱼戏莲叶南，鱼戏莲叶北。”① 嵌入“鱼戏”二字，起强调的作用。

元杂剧运用嵌字体，既体现作者的巧思，也起强调某字或词的作用；有嵌单字和嵌词组两种。

嵌单字如萧德祥《杀狗劝夫》杂剧第三折孙二唱：“【煞尾】……他壮厮趁，他壮厮挺；吃饭处，白厮捱；买酒处，白厮逞；做事处，干厮哄；爱女处，干厮迎。”在一连串结构相同或近似的句子中嵌入“厮”字，突出了孙二对柳隆卿、胡子转两个光棍的极度蔑视。又如关汉卿《裴度还带》杂剧第三折裴度唱：“【醉太平】……这一座十疏九漏山神庙，如十花九冽寒冰窨，似十摧九塌草团瓢。”将“十”和“九”的数字嵌入曲中各句，形成嵌字体，渲染山神庙的陈旧残破。

嵌词组如乔吉的《金钱记》杂剧第一折韩翃唱：“【那吒令】俺则见香车载楚娃，各剌剌雕轮碾落花；王孙乘骏马，扑腾腾金

① （宋）郭茂倩：《乐府诗集》，第二册，卷二十六，384 页，北京，中华书局，1979。

鞭袅落花；游人指酒家，虚飘飘青旗扬落花。”作者运用隔句嵌入词组“落花”二字，渲染了韩翃初遇柳眉时落英缤纷的美景，烘托他们美好的爱情。

（二）以猜测的兴致吸引人的语言技巧

1. 隐语。

“隐语”何解？它是古代民间的语言技艺之一，据钱南扬的《谜史》考证，隐语起源于春秋战国时期：“周秦两汉之书，不载‘谜’字，宋刻本说文解字有之，则后人增入也。古谓之‘隐’。《韩非子·喻老》：‘右司马御座而与王隐语。’是也。亦谓之‘廋’。《国语·晋语》：‘秦客为廋辞于朝。’是也。《集韵》：‘隐，廋语也。’”“《文心雕龙·谐隐》云：‘隐者，隐也。遁辞以隐意，谲譬以指事也。’”①明人田汝成《西湖游览志余》卷二十五也云：“古之所谓廋词，即今之隐语也，而俗谓之谜。”② 可知隐语近似谜语，又谓之“廋语”。因此《录鬼簿》中载元杂剧作家曾瑞卿“德隐语”、朱凯“诗禅隐语精”，都指该作家精于类似谜语的技艺。但隐语与谜语还是有差别的，主要在于雅俗之别。明人郎瑛《七修类稿》卷二十六“隐语始”条云：“谜即隐语也，但句多而文不雅。”③谜语即隐语中较为通俗“不雅”的一类。

隐语又分为谜语、拆白道字、缩脚字、切脚语、暗语等。

《后汉书· 五行志·一》载童谣云：“千里草，何青青；十

① 叶春生主编：《典藏民俗学丛书》，上册，577 页，哈尔滨，黑龙江人民出版社，2003。

② （明）田汝成：《西湖游览志余》，卷二十五，见《文渊阁四库全书》，第 585 册，610 页。

③ （明）郎瑛：《七修类稿》，卷二十六，见《续修四库全书》，第 1123 册，183 页，上海，上海古籍出版社，2002。

日卜，不得生。”范晔按：“千里草为董，十日卜为卓。”① 此童谣即为“董卓”的谜语，兼用了“拆白道字”的技巧。宋人黄庭坚《两同心》词云：“你共人，女边着子，争知我、门里挑心。”②即为“好闷”的“拆白道字”。

黄庭坚另一词《西江月》云：“断送一生惟有，破除万事无过。”③则是“酒”的“缩脚字”，因韩愈《遣兴》诗云：“断送一生惟有酒。”其另一诗《赠郑兵曹》云：“破除万事无过酒。”④ 黄词将韩诗末字的“酒”字缩去了。顾颉刚《谜史序》云：“这样把四字的成语只说了前三字而实际上应用其隐去的末一字的，叫做‘缩脚字’。”⑤ 可证。

至于切脚语，即以二字反切一字，宋人洪迈《容斋三笔》卷十六云：“世人语音，有以切脚而称者，亦间见之于书史中。如以‘蓬’为‘勃笼’。‘槃’为‘勃阑’，‘铎’为‘突落’，‘叵’为‘不可’，……”⑥乾隆本《杭州府志》中《风俗》云：“杭州有以二字反切一字以成声者，如以‘秀’为‘鲫溜’，以‘团’为‘特栾’，以‘精’为‘鲫令’，以‘俏’为‘鲫跳’，以‘孔’为‘窟笼’。”

暗语则为行会性的隐语，钱南扬《汉上宧文存》中《市语汇钞·引辞》云：“江湖各行各业，为保守其内部秘密，往往流行一种特有之语言，非局外人所能了解。明祝允明《猥谈》云：

① （南朝宋）范晔撰：《后汉书》，卷二十三，62页，上海，上海古籍出版社、上海书店1986年版《二十五史》本。

② 唐圭璋编：《全宋词》，第一册，401页，北京，中华书局，1965。

③ 唐圭璋编：《全宋词》，第一册，400页，北京，中华书局，1965。

④ 《全唐诗》，851页、835页，上海，上海古籍出版社，1986。

⑤ 叶春生主编：《典藏民俗学丛书》，上册，570页，哈尔滨，黑龙江人民出版社，2003。

⑥ （宋）洪迈：《容斋三笔》，卷十六，见《文渊阁四库全书》，第851册，656页。

‘本金元阛阓谈吐，所谓鹘伶声嗽，今所谓市语也。’”“又如唐孙棨《北里志》，呼假母为‘爆炭’；崔令钦《教坊记》，呼天子为‘崖公’，以欢喜为‘蚬斗’；宋张仲文《白獭髓》，有‘掀也’、‘火里’，自注云：‘此银匠谚语。’”①

元杂剧大量运用了隐语的语言技巧。

拆白道字如范子安《竹叶舟》杂剧楔子行童云：“师父，外面有个故人，自称耳东禾子即夕，特来相访。……我说与你，这个叫做拆白道字：耳东是个陈字，禾子是个季字，即夕是个卿字，却不是你的故人陈季卿来了也?”“耳东禾子即夕”即为“陈季卿”的拆字。

又如王实甫《西厢记》杂剧第三本第二折红娘唱：“【耍孩儿】……写着道西厢待月等得更阑，着你跳东墙女字边干。”“女字边干”即“奸”字的拆字，是红娘讽刺张生与莺莺约会之语。

再如《西厢记》第五本第三折红娘唱：“我拆白道字辨与你个清浑。……君瑞是个肖字，这壁著个立人；你是个木寸马户尸巾。”净（郑恒）云；“木寸马户尸巾，你道我是个村驴屌。”红娘通过拆白道字的语言技巧，巧妙赞美张生是个“俏”书生，讽刺郑恒是个“村驴屌”。

再如《东堂老》第一折柳隆卿诗云：“不养蚕桑不种田，全凭马扁度流年。”“马”、“扁”即为“骗”字的拆字，作者用漫画化的手法让柳隆卿自嘲为骗子。

谜语如无名氏《连环计》杂剧第二折写道人（太白金星所化）取一匹布给董卓，“两头两个口字，中间里有两行字，写着道：千里草青青，卜曰十长生”。下文王允解谜道：“那草字着

① 钱南扬：《汉上宧文存》中《市语汇钞》，117页、118页，上海，上海文艺出版社，1980。

个千字里字，卜字着个曰字十字，可不是董卓二字?”“布上两头一个口字，分明是藏着吕布二字。”蔡邕又解释道：“这布足足一丈，单主着董卓数足，早晚死也，若死必在吕布之手。”此剧运用《后汉书·五行志》所载童谣暗示董卓必死于吕布之手。

又如戴善夫《风光好》杂剧正末（陶谷）云：“这一片素光粉壁，未曾绘画，驿吏取笔砚来，我待学春秋隐语，因而感怀，成十二字，书于此处，料无有解者。（做写科）（念云）川中狗，百姓眼，虎扑儿，公厨饭。”第二折宋齐丘云：“太守，你解此意么？乃春秋战国之时，多有作者，号曰隐语。说他正大，则看这十二个字上，便见他平日所守。川中狗者，蜀犬也，蜀字着个犬字，是个‘獨（独）’字。百姓眼者，民目也，民字着个目字，是个‘眠’字。虎扑儿者，爪子也，爪字着个子字，是个‘孤’字。公厨饭者，官食也，官字着个食字，是个‘馆’字。团句道：‘独眠孤馆’，此人客况动矣。”此剧的隐语出于无名氏《千文虎序》的记载：“宋陶谷使于南唐，因书十二字于官舍壁间曰：‘西川狗，百姓眼，马包儿，御厨饭。’宋齐丘解之，十二字包四字云：‘独眠孤馆’。”①

以上谜语，兼用拆白道字的语言技巧，使剧中人和观众都处在“猜谜”的兴致之中，增添了剧作的艺术趣味。

缩脚字如《陈州粜米》第三折搽旦（王粉莲）云：“我骑上那驴子，忽然的叫了一声，丢了个撅子，把我直跌下来，伤了我这杨柳细，好不疼哩。”“杨柳细”即为“杨柳细腰”的缩脚字，指腰。

暗语如乔吉《两世姻缘》第一折正旦（玉箫）唱：“则这伙木鹦哥嘴骨邦的在仙音院，搽一个红颊腮似赤马猴，舒着双黑爪

① （明）郎瑛：《七修续稿》“诗文类”，见《续修四库全书》第1123册，373页，上海，上海古籍出版社，2002。

老似通臂猿。”“木鹦哥”指不会演唱的妓女，“爪老”指手，均为妓院中暗语。钱南扬《汉上宧文存》中《金陵六院市语》云：“‘爪老’者，手也。”① 可证。

谐音隐语如《曲江池》第一折外旦（刘桃花）云：“姐姐，我瞎汉跳渠，则是看前面便了。”“前面”即为“钱面”的谐音，全句为“看在钱的面上”的隐语。

又如《伍员吹箫》第一折费得雄云：“自家非别，乃是费无忌的靴后跟。”“靴后跟”即“掌子”，为“长子”的谐音，“靴后跟”即“长子”的隐语。此句指费得雄为费无忌的长子。

2. 谚语。

谚语是流传于民间的简练通俗而富有意义的语句，大多反映人民生活和斗争的经验，如《晋书·刘牢之传》：“鄙语有之：高鸟尽，良弓藏；狡兔殚，猎犬烹。”②“鄙语”即当时下层人民的谚语，此谚语批判统治者在胜利后杀戮功臣。又如宋元话本《错斩崔宁》：“上山擒虎易，开口告人难。”③ 指求人艰难。另一宋元话本《冯玉梅团圆》：“自古道：‘瓦罐不离井上破。’”④ 指坏事做得多，终会栽倒在坏事上。

元杂剧中的谚语反映元代下层人民生活和斗争的经验，有些在宋元笔记小说中有所记载，有些在多剧中运用，具有比喻形象通俗、语言同中有异的特点。

① 钱南扬：《汉上宧文存》中《市语汇钞》，129页，上海，上海文艺出版社，1980。

② （唐）房玄龄等撰：《晋书》，卷八十四，256页，上海，上海古籍出版社、上海书店1986年版《二十五史》本。

③ 无名氏著，程毅中、程有庆校点：《京本通俗小说（等五种）》，67页，南京，江苏古籍出版社，1991。

④ 无名氏著，程毅中、程有庆校点：《京本通俗小说（等五种）》，88页，南京，江苏古籍出版社，1991。

无名氏《陈州粜米》杂剧第一折张㩲古唱：“【上马娇】哎，你个萝卜精，头上青。”“萝卜精，头上青”为宋、元时谚语，以萝卜的上半截叶子是青的，下半截却在泥土里，喻表里不一。宋人朱弁《曲洧旧闻》卷八云：“元符末都城童谣，有‘家中两个萝卜精’之语，语多不能悉记，而其末章云：‘撞着潭州海藏神。’至崇宁中，卖馂馅者又有‘一包菜’之语，其事皆验。而京于靖康初贬死于长沙，岂‘潭州海藏’亦应于此耶。”①以“两个萝卜精”讽刺蔡京父子是两个表里不一的贪官。此剧用“青”、“清”的谐音及此谚语讽刺贪官杨金吾表面清廉，实质贪污。

关汉卿《玉镜台》杂剧第三折温峤唱：“【幺篇】我求灶头不如求灶尾，为甚我今日媒人根前，做小伏低，教他款慢里，劝谏的俺夫妻和会，兀的是罗帏中用人之际。”《陈州粜米》第三折张千对刘衙内、杨金吾云：“你两个真傻厮，岂不晓得求灶头不如求灶尾。”“求灶头不如求灶尾”为元时谚语，比喻向主管的人请求，还不如走底下人的门路。②关剧指温峤求刘倩英成亲不果，转而求媒人劝解倩英；《陈》剧指张千谓求包公不如求他。

萧德祥《杀狗劝夫》杂剧第一折孙二唱：“把我赶在破瓦窑中捱冻馁，教人道披着蒲席说家门。”张国宾《合汗衫》第四折张义唱：“俺正是披着蒲席说大言。”“披着蒲席说家门”、“披着蒲席说大言”指穷人自夸身世，而“说家门”使人联想到元杂剧的“自报家门”，此语也当为元时谚语。

郑德辉《周公摄政》第三折周公唱：“客旅每报知，这的是

---

① （宋）朱弁：《曲洧旧闻》，卷八，见《丛书集成初编》，第2768册，59页，北京，中华书局，1985。

② 陆澹安编著：《戏曲词语汇释》，217页，上海，上海古籍出版社，1981。

真实，可知道路上行人口胜碑。我只为君王幼小权监国，除此外别无他意。”王伯成《贬夜郎》第三折李白唱：“【二煞】拈起纸笔，标是实，教千年万古传于世。看了书中有女颜如玉，路上行人口胜碑。”“路上行人口胜碑”为元时谚语，指老百姓的评价胜于史书的定论。

杨文奎《儿女团圆》第二折韩弘道唱：“哎！你可便休道是拾得一个孩儿落得价摔。”白朴《墙头马上》第二折李千金唱：“你则是拾的孩儿落的摔，你待致命图财。”无名氏《争报恩》第二折李千娇唱：“他将我这一双业种阴图害，可正是拾得孩儿落的摔。”“拾得孩儿落的摔”意为与自己无关痛痒，乐得牺牲，“休道是”、“你则是”、“可正是”都说明此语为元时流行的谚语。

3. 歇后语。

歇后语多为人民熟悉的诙谐而形象的语句，一般前句为形象的比喻，后句为释义，如《错斩崔宁》：“哑子漫尝黄蘖味，难将苦口对人言。”①

元杂剧的歇后语也是前句为形象的比喻，后句为释义，有时结合谐音，显得巧妙生动。

萧德祥《杀狗劝夫》杂剧第一折孙二唱：“【赚煞】你便骂我一千场，便拷我三十顿，我则索狼吃幞头心儿自忍。”贾仲明《对玉梳》第一折正旦（顾玉香）云：“他则索狼吃幞头，心儿里自忍。”“狼吃幞头——心儿自忍”为当时歇后语，幞头为宋元时服饰，指一种帽子，狼吃了幞头吞不下吐不出，意为有苦说不出，只有自己忍耐。

马致远《任风子》杂剧第三折正末（任屠）唱：“哎，你个

① 无名氏著，程毅中、程有庆校点：《京本通俗小说（等五种）》，76页，南京，江苏古籍出版社，1991。

绿豆皮儿姐姐疾忙退。”高文秀《遇上皇》第四折净（臧府尹）云：“当初我强要他媳妇，指望要害了他，今日做了府尹，我便绿豆皮儿，请退，媳妇也还他，我受死去吧。”“绿豆皮儿——青（请）退”为元时歇后语，青退，指绿豆脱皮青色退去，成为“请退”的谐音。元人宋方壶散曲《【南吕】一枝花·妓女》云：“无钱的郎君好厮离，绿豆皮儿你请退。”可证。

贾仲明《玉壶春》第二折鸨母云：“那厮初来时，使了些钱钞，如今筛子里喂驴——漏豆了。”秦简夫《东堂老》第一折扬州奴云：“我如今不比往日，把那家缘过活都做筛子喂驴漏豆了。”“筛子里喂驴——漏豆（露斗）”亦为元时歇后语，比喻财产花光，露出穷相，“露斗”与“漏豆”为谐音。

关汉卿《救风尘》第三折赵盼儿唱：“我为甚不敢明闻，肋底下插柴自稳，怎见你便打他一顿?”无名氏《神奴儿》第四折包拯唱：“我见他两次三番如丧神，早难道肋底下插柴自稳。”“肋底下插柴——自稳”亦为元时歇后语，指在烦恼和痛苦中忍着，也可指在困境中自稳（自作镇定）。此语又作“胁底下插柴内忍”，无名氏《冻苏秦》第四折苏秦唱：“今日个驷马雕轮，公吏每忙跟，兀良胁底下插柴内忍，全不想冰雪堂无事哏。”“稳”、“忍”字音相近，“肋”、“胁”字形相似，此歇后语体现出口传文学的变异性。

（三）以绘声绘色、形象生动感染人的语言技巧

1. 叠字体。

叠字也是民间文学常用的语言技巧。如《诗经》中写妇女们采摘野菜的民歌《周南·芣苢》：“采采芣苢，薄言采之。采采芣苢，薄言有之。/采采芣苢，薄言掇之。采采芣苢，薄言捋之。/采采芣苢，薄言袺之。采采芣苢，薄言襭之。”三段诗除几个动词改变外，基本相同，形成重章；再加上“采采”叠字的反复运用，使此民歌有一唱三叹之妙。

元杂剧大量运用叠字体，几乎达到了极致，有二字连叠、三字连叠等，起强调、渲染的作用。

《西厢记》第一本第三折张生唱："【紫花儿序】等待那齐齐整整，袅袅婷婷，姐姐莺莺。"基本上两字一叠，渲染莺莺的非凡的美丽。

无名氏《货郎旦》杂剧第四折副旦（张三姑）唱："【六转】我只见黑黯黯天涯云布，更那堪湿淋淋倾盆骤雨。早是那窄窄狭狭沟沟堑堑路崎岖，知奔向何方所。尤喜的消消洒洒断断续续出出律律忽忽噜噜阴云开处，我只见霍霍闪闪电光星炷。怎禁那萧萧瑟瑟风，点点滴滴雨，送的来高高下下凹凹凸凸一搭模糊。早做了扑扑簌簌湿湿渌渌疏林人物，倒与他妆就了一幅昏昏惨惨潇湘水墨图。"大量运用两字连叠的语言技巧，绘声绘色地描绘春郎一家在风雨中逃难的凄惨情景。

三字叠如《王粲登楼》第三折许达歌云："忽闻帘外杵声摇，声上声低声转高。罗袖长长长绕腕，轻轻播播播风飘。看看看是谁家女，巧巧巧手弄砧杵。停停听是两娉婷，玉腕双双双擎举。湾湾湾月在眉峰，花花花向脸边红。星眼眼长长出泪，多多多滴捣衣中。衽开衽入衽纹波，叠叠重重重数多。相相相唤邻家女，欲裁未裁裁绮罗。……"运用二字叠和三字叠句，抒发了许达悲秋的思绪。

还有一字连续叠用的，如《王粲登楼》第三折许达歌云："秋天秋月秋夜长，秋日秋风秋渐凉。秋景秋声秋雁度，秋光秋色秋叶黄。"隔字连用12个"秋"字，渲染出浓烈的秋天景色。

2．象声词。

元杂剧多用四字组成象声词，绘声绘色地形容景物、人物，这些象声词多有约定俗成的特征，在多剧中反复运用（有时略有变更），显见是当时的口语。元杂剧作家将这些百姓喜闻乐见的象声词运用到剧中，增添了剧作的语言魅力。

萧德祥《杀狗劝夫》杂剧第二折孙二唱：“【叨叨令】则被这吸里忽剌的朔风儿那里好笃簌簌避，又被这失留屑历的雪片儿偏向我密濛濛坠。将这领希留合剌的布衫儿扯得来乱纷纷碎，将这乞量曲律的胳膝儿罚他去直僵僵跪。兀的不冻杀人也么哥，兀的不冻杀人也么哥，越惹他必丢匹搭的响骂儿这一场扑腾腾气。”

关汉卿《谢天香》杂剧第三折谢天香唱：“【醉太平】吓得我连忙跪膝，不由我泪雨似扒推，可又早七留七力来到我跟底，不言语立地。我见他出留出律两个都回避。相公将必留不剌拄杖相调戏，我不该必丢不搭口内失尊卑，这的是天香犯罪。”

康进之《李逵负荆》杂剧第二折李逵唱：“【叨叨令】那老儿一会家便哭啼啼在那茅店里，他这般急张拘诸的立，那老儿一会家便怒吽吽在那柴门外，他这般乞留出律的气。那老儿一会家便闷沉沉在那酒瓮边，他这般迷留没乱的醉。那老儿托着一片席头便慢腾腾放在土坑上，他这般壹留兀渌的睡，似这般过不的也么哥，似这般过不的也么哥！他道俺梁山泊水不甜，人不义。”

“失留屠历”、“七留七力”“乞留出律”等象声词在各剧中重复运用，大致相同，显见是当时流行的俗语；它们或生动形容人物的表情动作，或模仿描绘打雷闪电等景物的声音物态，都增添了剧作的语言魅力。

二、元代市井文化中的语言技巧

元杂剧大量运用了先秦以来民间就流行的俗文学语言技巧，如隐语、谚语、歇后语等，但更多地运用了元代的市井语言技巧。因为散曲与杂剧的密切关系，演员和作家往往兼擅散曲和杂剧，因此，元杂剧的许多市井语言技巧如“独韵体”、“顶真体”、“嵌字体”、“叠字体”均来自于元散曲。另外，元杂剧的作家和演员都擅长于隐语、顶真续麻等技艺，以表现其巧思。元代的市井文化深深影响了元杂剧语言技巧的运用。

元代的市井文化继承历代的市井文化尤其是宋代的“瓦舍文化”而来，其语言技巧主要体现在歌妓乐工和杂剧、散曲作家身上。

“瓦舍文化”的主力是歌妓和乐工，他们多出身贫寒，少有受正规文化教育的机会，他们吹拉弹唱的各种技艺都是由艺人师徒（母女、父女）相授而成，《青楼集》载歌妓陈婆惜“善弹唱，声遏行云”，“女观音奴，亦得其仿佛，不能造其妙也”①。连枝秀“引一髽髻，曰闽童，亦能歌舞。有招饮者，酒酣则自起舞，唱《青天歌》，女童亦舞而和之”②。因而，他们的表演往往质朴通俗，具有很强的俗文学色彩。

另一方面，元代歌妓乐工受到竞争谋生的压力，必须钻研歌唱的语言技艺，往往在宴会上用巧妙的修辞手法即席赋词曲，以博得满堂彩。他们逞才献艺的方法是利用汉字结构的特点，进行组合或拆开，如拆白道字、顶真续麻、嵌字、隐语等。

《青楼集》多记元代歌妓有此才艺：“梁园秀……又善隐语。”③“刘婆惜……应声曰：‘青青子儿枝上结，引惹人攀折。其中全子仁，就里滋味别。只为你酸留意儿难弃舍。’”④记载歌妓刘婆惜运用“嵌字体”将官员全普里庵拨里的字“子仁”嵌入咏青梅之曲内。元人赵彦晖散曲《【仙吕】点绛唇·席上咏

① （元）夏庭芝：《青楼集》，见中国戏曲研究院编：《中国古典戏曲论著集成》，册二，33页，北京，中国戏剧出版社，1959。

② （元）夏庭芝：《青楼集》，见中国戏曲研究院编：《中国古典戏曲论著集成》，册二，29页，北京，中国戏剧出版社，1959。

③ （元）夏庭芝：《青楼集》，见中国戏曲研究院编：《中国古典戏曲论著集成》，册二，17页，北京，中国戏剧出版社，1959。

④ （元）夏庭芝：《青楼集》，见中国戏曲研究院编：《中国古典戏曲论著集成》，册二，38页，北京，中国戏剧出版社，1959。

妓》也赞颂歌妓的语言技巧："更那堪续麻道字无差错。"①元杂剧也多有歌妓熟悉此类技艺的描写，关汉卿杂剧《救风尘》第一折卜儿（鸨母）云："止有这个女孩儿，叫做宋引章。俺孩儿拆白道字，顶真续麻，无般不晓，无般不会。"吴昌龄《东坡梦》杂剧第一折苏轼评歌妓白牡丹也云："此女甚是聪慧，莫说顶真续麻，拆白道字，诙谐嘲谑，便是三教九流的说话，无所不通，无所不晓。"

不独歌妓，那些与歌妓相熟的文人也多熟习此类市井语言技巧。张可久散曲《【双调】折桂令·九月八日谜社会于文昌宫》云："试登高先做重阳，篱落黄花，奣臼橙香，隐语诗工，清樽酒美，胜地文昌。"②可知张可久与友人于重阳节前借庙会做"谜社"竞赛"隐语"技艺。张可久另一首散曲《【中吕】上小楼·春思》："东风酒家，西施堪画。打令续麻，擷竹分茶。"③也写文人与歌妓在酒宴上"打令续麻"。元杂剧中那些与歌妓相恋的士子也多有此类技艺，关汉卿《金线池》第三折杜蕊娘云："拆白道字，顶针（真）续麻，搊筝拨阮，你们都不省得，是不如韩辅臣。"可知杜蕊娘的恋人——书生韩辅臣具有"拆白道字"、"顶真续麻"等技艺。《录鬼簿》卷下载赵君卿、吴中立、朱凯、董君瑞、李邦杰等元曲家善作隐语；《录鬼簿续编》也载钟嗣成、罗贯中、谷子敬、丁仲明、贾仲明等杂剧作家善作隐语，可见当时"隐语"这一语言技巧极为下层文人所喜爱。

元杂剧作家在剧作中运用隐语、"拆白道字"、"顶真续麻"等语言技巧，一可以逞自己之才艺，二可以发挥歌妓的特长，促进演出效果，何乐而不为。

---

① 隋树森编：《全元散曲》，下册，1232页，北京，中华书局，1964。
② 隋树森编：《全元散曲》，上册，961页，北京，中华书局，1964。
③ 隋树森编：《全元散曲》，上册，948页，北京，中华书局，1964。

元散曲的作家经常在宴会上与歌妓酬唱，更深谙市井语言技巧。元散曲作为酒席文学的重要特点，就是娱宾遣兴，往往逞巧思于文词以戏玩，市井语言技巧恰好适应了这种需要，因而为散曲家们所喜好。故钟嗣成《录鬼簿后志》评论元曲家说："但于学问之余，事务之暇，心机灵变，世法通疏，移宫换羽，搜奇索怪，而以文章为戏玩者，诚绝无而仅有也。"这些"戏玩"的散曲有多种语言技巧，任讷的《散曲概论》卷二"内容"列有52种"体"：短柱体、独木桥体、叠韵体、独韵体、顶真体、叠字体、嵌字体、反复体、回文体、重句体、连环体、集句名体、集调名体、集药名体、檃括体等，足见散曲语言技巧的丰富多彩。

现举数种与元杂剧语言技巧有关之"体"说明之：

吕济民的散曲《【双调】蟾宫曲·赠玉香》："可人儿暖玉生香，弄玉团香，惜玉怜香。画蛾眉玉鉴遗香，伴才郎玉枕留香。捧酒卮玉容喷香，摘花枝玉指偷香。问玉何香？料玉多香，见玉思香，买玉寻香。"①通篇押"香"字韵，是"独韵体"；又在曲中嵌入歌妓"玉香"的名字，又是"嵌字体"，既表现了对歌妓玉香的倾慕和赞美，又表现了作者的巧思。

乔吉的散曲《【越调】小桃红·效联珠格》则运用了顶真体的"联珠格"的语言技巧，写思妇的闺情："落花飞絮隔朱帘，帘静重门掩。掩镜羞看脸儿嬱，嬱眉尖。眉尖指屈将归期念，念他抛闪。闪咱少欠，欠你病厌厌。"②上句末字与下句首字相同，构成流转如珠的"顶真体"。

无名氏的散曲《【双调】珍珠马（南）·情》则运用了顶真体的"连环体"："……【步步娇（南）】暗想当年，罗帕上把新诗写，偷绾同心结。心猿乖，意马劣。都将软玉温香，嫩枝柔

① 隋树森编：《全元散曲》，下册，1155页，北京，中华书局，1964。

② 隋树森编：《全元散曲》，上册，588页，北京，中华书局，1964。

叶，琴瑟正和协。不觉花影转过梧桐月。/【雁儿落（北）】不觉的梧桐月转过西银台上，昏惨惨灯将灭。怎禁他纱窗外铁马儿敲，这些时一团娇香肌瘦怯。/【沉醉东风（南）】一团娇香肌瘦怯，半含羞翠钿轻贴。微笑对人悄说：休负了今宵月。等闲间将海棠偷折，山盟共设，不许暂时少撇。若有个负心的教他随灯儿便灭。/【得胜令（北）】呀，若有一个负心的教他随灯灭，惨可可山盟海誓对谁说。……”①全套曲共 17 支曲子，除开头和结尾两支曲外，都是上首曲的末句与下首曲的首句基本相同，造成连环相扣、回环往复的特殊效果。

乔吉运用“叠字体”的散曲名篇则是《【越调】天净沙·即事》：“莺莺燕燕春春，花花柳柳真真，事事风风韵韵，娇娇嫩嫩，停停当当人人。”②全篇均为两字重叠，显示作者的巧思。

乔吉、关汉卿都是杂剧、散曲的双栖作家，他们将在散曲中的“顶真体”、“叠字体”等语言技巧运用到杂剧中，是自然而然之事。

三、元杂剧运用市井语言技巧的文化内涵

元杂剧大量运用市井语言技巧，具有深刻的文化内涵。

随着元代城市经济的繁荣，市民队伍的扩大，市民群体产生了自我肯定、自我欣赏、自我表现的意识，他们要在文学艺术作品中表现自己的聪明才智，表现自己的审美趣味，运用语言技巧便反映出他们自我表现的心态。顾颉刚《〈谜史〉序》说：“我们要求知道民众的生活，言语便是民众生活中很重要的一种。他们的谚语是他们的道德法律；他们的成语是他们的词藻；他们的谜语隐语是他们智慧的钥匙；谜语和隐语，他们可以用来表现自

① 隋树森编：《全元散曲》，下册，1861 页，北京，中华书局，1964。
② 隋树森编：《全元散曲》，上册，592 页，北京，中华书局，1964。

己的智慧，用来量度别人的智慧，用来做出种种秘密的符记。”①元杂剧有一大批作家善作隐语，有些并以此语言技巧而著称，《录鬼簿续编》云：“丁仲明，徐景祥门弟子，极工于隐语，时人皆称‘丁猜’。”② 他们在杂剧中大量运用市井语言技巧，便体现出元代市民的聪明智慧，是他们自我肯定意识的反映。

元杂剧的这种市井语言技巧，以通俗、巧妙、谐趣、不规范为特征，区别于雅文学的以文雅、含蓄、精练、具有规范性为特征的语言技巧。这种市井语言技巧，语言通俗而贴近生活，巧妙而有趣，体现出市民大众追求奇巧有趣的审美趣味。钱南扬《〈谜史〉·引子》说：“‘试问为什么要猜谜?’答语是：‘因为猜谜是很有趣的事情，可以借此消遣。’”③ 《录鬼簿续编》也云：“李时英，……所作隐语极妙。”④ 均可见“有趣”、“巧妙”是市民追求的审美趣味。

元杂剧“求灶头不如求灶尾”等谚语，“绿豆皮儿——青（请）退”等歇后语，均为用老百姓日常生活常见之物作比喻，通俗易懂，生动活泼，为元代市民所喜闻乐见。元杂剧的顶真体、嵌字体等巧妙的语言结构，隐语、歇后语的别出心裁，都能体现出下层人民的智慧，并能以其奇与巧给观众以惊喜，故无论元杂剧的作家或演员都乐此不疲。

其次，元杂剧大量运用市井语言技巧，反映了元杂剧和民间

---

① 叶春生主编：《典藏民俗学丛书》，上册，569 页，哈尔滨，黑龙江人民出版社，2003。

② （元）钟嗣成等著：《录鬼簿》（外四种），110 页，上海，上海古籍出版社，1978。

③ 叶春生主编：《典藏民俗学丛书》，上册，574 页，哈尔滨，黑龙江人民出版社，2003。

④ （元）钟嗣成等著：《录鬼簿》（外四种），104 页，上海，上海古籍出版社，1978。

文学的密切关系，体现出口传文学语言的传承性和变异性。王永生在《民间文学的变异性与“改旧编新”论》中说：“民间文学的变异性，同民间文学的集体性、口头性、传承性等基本特征又是密切相关的。由于它是集体创作，传播者便可自认为是再创造者，往往将对作品的加工、润色，看作极自然的事，并不存在一般文人创作中的抄袭、篡改以及尊重原作者等类似问题。由于它是口头创作，在一般情况下处于口耳相传的情况，单凭记忆保存，加之口传也难于保持原貌。”① 顾颉刚《〈广州儿歌〉序》也说：“我们可以知道歌谣是会走路的：它会从江苏浮南海而至广东，也会从广东超东海而至江苏。究竟哪一首从哪里出发的呢？这未经详细的研究。我们不敢随便断定。我们只能说这两地的民间文艺确有互相流传的事实。”② 刘万章在《〈河南谜语〉序》引顾此文后说：“其实，不独歌谣为然，就是民间传说、谜语，……都有这样的可能性（指互相流传）。”③ 元杂剧虽然有文人参加创作，但还有大量的无名氏即民间艺人的作品，无论是文人之作还是民间艺人之作，都大量运用市井语言技巧，这些技巧所具有的传承性和变异性，使元杂剧也具有了某种民间文学的特性。

元杂剧中的谚语、象声词有些在多剧中运用，就具有语言同中有异的特点，体现出口传文学语言在传承中变异的特色，由于其变异性，也造成了一些谚语、象声词的不规范。马致远《黄粱梦》第二折正末（院公）唱：“【双雁儿】哥哥也，恰如赵杲送灯台，便道不的，山河易改。”白朴《墙头马上》第二折正旦

---

① 王永生：《民间文学的变异性与“改旧编新”论》，见中国民间文艺研究会上海分会编：《民间文艺集刊》，第二集，254页，上海，上海文艺出版社，1982。

②③ 叶春生主编：《典藏民俗学丛书》，中册，1264页，哈尔滨，黑龙江人民出版社，2003。

（李千金）唱："你道为甚着你个丫环迎少俊，我则怕似赵杲送曾哀。"杨文奎《儿女团圆》第二折正末（韩弘道）唱："哎！他也恰便似赵杲送曾哀。"张国宾《薛仁贵》第二折正末（薛仁贵之父）唱："【双雁儿】恰便似送曾哀赵藁不回来。哎哟！儿也，我则道父子每相间隔，不想孩儿也俨然在。""赵杲送灯台"为宋、元时谚语，指一去不回来，欧阳修《归田录》云："俚谚云：'赵老送灯台，一去更不来。'不知是何等语，虽士大夫亦往往道之。"① "俚谚"说明此为民间谚语，而"赵老"、"赵杲"、"赵藁"和"灯台"、"曾哀"都为声音近似之语，体现出民间谚语在口传中变异的特色。

元杂剧大量运用四个字的象声词，如"乞量曲律"、"七留七力"、"出留出律"、"乞留出律"等词声音都大致相同；"必丢匹搭"、"必丢不搭"等词也声音近似，都是当时流行的象声词。而其书写的不规范，显示出口传文学在传承中变异的特征。

综上所述，元杂剧由于深受"瓦舍文化"的影响，大量吸收市井语言技巧，其语言具有通俗、形象、巧妙、谐趣等特点，闪现着下层作家和演员的智慧之光，增添了元杂剧的艺术魅力；而其语言的不规范、同中有异，体现出鲜明的口传文学的特征，值得我们加以注意。

第三节　元杂剧中汉语和蒙古语结合运用的特点及其方式

众所周知，元杂剧的语言，以汉语为主，但也夹杂着蒙古语，这与当时民族大融合的时代特点有关，也与元杂剧作家主要为汉族作家有关。以往有许多学者对元杂剧中的蒙古语进行了研

① （宋）欧阳修：《归田录》，67页，与王闢之《渑水燕谈录》合订本，徐世琤选译，杭州，浙江古籍出版社，1984。

究，如戴望舒、周贻白、方龄贵等①，他们的工作对我们了解元代的蒙古语有很大的帮助。

但是，前人对元杂剧中的蒙古语的研究多集中在考证和翻译蒙古语方面，对其更深入的研究还不够充分。比如，元杂剧中蒙古语的运用有什么特点？与汉语采取怎样的结合运用的方式？为什么会产生这样的特点和方式？体现出什么文化内涵？本文试图从这几方面进一步研究元杂剧中汉语和蒙古语结合运用的状况，从语言的角度探讨元杂剧和少数民族文化、元代民俗文化的关系。

一、元杂剧中蒙古语运用的特点

在元代，蒙古语是统治阶级的主要语言，而最广大的平民百姓用的是汉语，这种社会状况使元代文学的语言出现了异乎他代文学的特点，就是汉语与蒙古语交杂，元杂剧也是如此。

统观现存的元杂剧，其蒙古语的运用有三个特点。

第一个特点，是随意将蒙古语用在描写各种少数民族的题材的剧作中，不论是何时代、何少数民族，都是在汉语中夹杂着蒙古语，而非仅仅用在描写蒙古族的题材的剧作里。

如无名氏杂剧《射柳捶丸》写的是宋代抗辽的故事，从敌将叫耶律万户来看，应是辽国人，应说契丹语；但剧中却让辽国人说蒙古语，第三折辽将阻孛云："我骑一匹撒因的抹邻。"又云："来者何人？趁早下马受降，但道个不字，我都哈剌儿了。""撒因"是"好"的意思，"抹邻"是"马"之意，"哈剌"指

① 戴望舒：《谈元曲的蒙古方言》，载戴望舒、吴晓铃编：《小说戏曲论集》，北京，作家出版社，1958；周贻白：《中国戏曲中之蒙古语》，载1946年1月《文章》杂志创刊号；方龄贵：《元明戏曲中的蒙古语》，上海，汉语大词典出版社，1991。

"杀"，都是蒙古语。[1] 关汉卿杂剧《哭存孝》写唐代沙陀人的故事，也用了蒙古语。第一折李克用云："某乃李克用是也。某袭封幽州节度使，因带酒打了段文楚，贬某在沙陀地面，已经十年。"同折李存信云："米罕整斤吞，抹邻不会骑。弩门并速门，弓箭怎的射？撒因答剌孙，见了抢着吃。喝的莎塔八，跌倒就是睡。若说我姓名，家将不能记。一对忽剌孩，都是狗养的。""米罕"指肉，"弩门"指弓，"速门"指箭，"答剌孙"指酒，"莎塔八"指醉，"忽刺孩"指盗贼，也都是蒙古语。马致远杂剧《汉宫秋》写汉代与匈奴关系的故事，第三折匈奴王云："把都儿！将毛延寿拿下。""把都儿"即蒙古语"勇士"的意思。

其实，在历史上，辽国用契丹语，沙陀又称突厥沙陀，用突厥语，匈奴用匈奴语，与蒙古语都是不同的语言甚至是不同的语族。薛宗正《突厥史》第二节"突厥语言"云："据十九世纪比较语言学家的研究，世界语言谱系图上出现了一个庞大的语系——阿尔泰语系。这个语系分为东、西两大语族。东部语族又被称为通古斯语族，包括满、蒙、锡伯、达斡尔等族的语言。突厥语则被归为西部语族，又称突厥语族。其中包括了现代维吾尔、哈萨克、土尔克、裕固、撒拉、图瓦、乌兹别克、柯尔柯孜、土耳其、鞑靼、雅库特、诺盖、卡拉卡帕克、库慕特、哈卡斯、巴什泰、巴尔基尔、楚瓦什等民族所操的语言。"[2]则突厥语属西阿尔泰语族，蒙古语属东阿尔泰语族，两者不能混为一谈。有的学者认为："蒙古语的归属问题，一派认为属于东支，另一

---

① 见（元末明初）火源洁译：《华夷译语》，经厂刊本，载《涵芬楼秘笈》第四集，北京，北京图书馆出版社，2000；（明）岷峨山人：《译语》，载《西北史地文献》第79册，兰州，兰州古籍书店，1990；贾敬颜、朱风合辑：《蒙古译语、女真译语汇编》，天津，天津古籍出版社，1990。下文将蒙古语翻译成汉语的依据均见以上书，不再出注。

② 薛宗正：《突厥史》，712页，北京，中国社会科学出版社，1992。

派主张阿尔泰语应分为三支，蒙古语、达斡尔语属其中支。”①即认为阿尔泰语系应分为突厥语族、通古斯语族、蒙古语族三支，契丹语属于通古斯语族②，和蒙古语也不能混为一谈。至于汉代的匈奴语，林干《匈奴通史》云：“匈奴人的语言一般认为是属于阿尔泰语系，但究属该系中的蒙古语族，抑属突厥语族，则尚未有定论，但以倾向于突厥语族的居多。”③则匈奴语也极有可能与蒙古语分属不同的语族。而且匈奴在东汉后期已逐渐衰亡，被鲜卑所取代，其语也渐渐消亡，是否能影响到相隔时代久远的元代蒙古语，还是个值得怀疑的问题。

但是，元代汉族平民百姓对于历史上的少数民族的知识知之甚少，一律都称作“番”：番王、番将、番地等等，对于他们所持的语言，也就一律以当时的统治民族——蒙古族的语言而视之。那些属于平民阶层的元杂剧作家，也具有这种“朦胧”意识，将各个少数民族混写到一个剧中，如《射柳捶丸》既有被称为“北番”的契丹人耶律万户，也有称为“党项”的部将，说白中还有“剿除匈奴，平定了丑虏，累建大功”（第四折）之语。党项人属西夏国，而非属辽国，此剧将宋代的辽、西夏、汉代的匈奴都混在一起了。对各种少数民族既不能区分，对于他们的语言更不了解，一律用时人较为熟悉的蒙古语加于少数民族的人物之口，也就很自然了。

元杂剧运用蒙古语的这种随意性，体现了俗文学历史知识缺乏、文化水平不高的特点，也体现了俗文学不重视知识性，而重视娱乐性的特点。文化水平不高的平民观众只会注意剧作是否好

① 薛宗正：《突厥史》，713 页，北京，中国社会科学出版社，1992。

② 薛宗正：《突厥史》，712 页，阿尔泰语图系，北京，中国社会科学出版社，1992。

③ 林干：《匈奴通史》，3 页，北京，人民出版社，1986。

看，而不会去考证历史事实是否真实。

元杂剧运用蒙古语的第二个特点是多有军事用语，如马、弓箭、杀等，有些生活用语如喝酒、吃肉、醉等，也往往与军人有关。《射柳捶丸》、《哭存孝》、《汉宫秋》、《存孝打虎》等剧运用蒙古语多关乎军事征战，多有“抹邻”（马）、“弩门速门”（弓箭）、“哈剌”（杀）等语。

元杂剧运用蒙古语的这个特点，与元代城市的驻军有关。元代军制，有蒙古军、探马赤军、汉军、新附军几种，《元史》卷九十八“志第四十六”“兵一”云：“若夫军士，则初有蒙古军、探马赤军。蒙古军皆国人，探马赤军则诸部族也。”“既平中原，发民为卒，是为汉军。”“其继得宋兵，号新附军。”①则蒙古军为蒙古人，探马赤军为色目人，汉军为原金朝的汉人，新附军为原南宋的汉人。这些军队，有些是皇宫的禁军，多由蒙古军担任；有些是驻守京师或各地城市的守军，负责修城、屯田、护卫等任务，多由探马赤军、汉军、新附军担任。《元史》卷九十九载：“至元二十五年，尚书省奏，那海那的以汉军一万人，如上都所立虎贲司，营屯田，修城隍。”②“至元二年十二月，增侍卫亲军一万人，内选女直军三千，高丽军三千，阿海三千，益都路一千。”“十四年五月，以蒙古军与汉军相参，备都城内外及万寿山宿卫，仍以也速不花领围宿事。”③可知这些京城的守军，由蒙古人、女真人、高丽人、汉人等组成，他们在京城既承担军务，也要生活，要吃饭穿衣，看戏娱乐，《析津志辑佚》载：“中卫营在漷州东南，距京师百五十里。混一以来，兵革堰息，

① （明）宋濂等撰：《元史》，册八，2508 页、2509 页，北京，中华书局，1976。

② （明）宋濂等撰：《元史》，册八，2526 页，北京，中华书局，1976。

③ （明）宋濂等撰：《元史》，册八，2531 页，北京，中华书局，1976。

每岁銮舆行幸上京，则分其大半，以备扈从，余则留屯于营力田，以供储偫。久之，生养蕃息居聚，视上郡等。”① 可知守军也成为形成城市的一股力量，成为市民的一部分，老百姓与他们有一定的来往，对少数民族语言尤其是对蒙古语有一定的了解，因而，为了适应这些军士娱乐的需要，元杂剧有一定的少数民族题材的军事征战的作品，剧中就出现了汉蒙交杂的语言。

元杂剧的这个语言特点，体现出在元代这个民族大融合的时代里，各族语言交融的特点。

元杂剧运用蒙古语的第三个特点是多用在反面人物身上，多用在插科打诨、营造谐趣气氛之处。如《哭存孝》用蒙古语嘲弄奸人李存信、康君立只会喝酒吃肉，不会弯弓骑射；又如《射柳捶丸》的敌将阻孛、党项用蒙古语自嘲是酒囊肉袋，打仗只会逃走；《黑旋风》里的权贵白衙内与郭念儿私奔，相约："若见了你呵，跳上马，牙不约儿赤便走。""牙不约儿赤"是蒙古语"走去"之意，也用在奸人身上。

元杂剧的这个语言特点，与蒙古军人、蒙古贵族多欺压平民百姓有关，汉族平民作家的剧作就用蒙古语丑化军人、贵族，反映出对他们的民族抗拒情绪。

从以上元杂剧对蒙古语的运用的随意性、军事性、嘲讽性的三个特点，可以看出元代平民百姓对蒙古语具有抗拒的心态，故而多用在嘲讽奸人身上；但又在一定程度上接受了蒙古语，从多剧运用蒙古语便可知，其心态是复杂的。另一方面，对蒙古语的运用的随意性也反映出元杂剧作为俗文学历史知识有所欠缺的缺点。

---

① （元）熊梦祥：《析津志辑佚》，35页，北京，北京古籍出版社，1983。

二、元杂剧中汉语与蒙古语结合运用的几种方式

元代蒙古族的统治者的行政命令必须被翻译成汉语，才能使汉族平民百姓所理解，在长期汉族、蒙古族杂居的过程中，元人的语言也出现了汉蒙语混用的状况，甚至有些蒙古语也转化成为了汉语。这种社会的语言状况使元杂剧出现了汉语与蒙古语结合运用的三种方式。

第一种方式是把汉族平民百姓也耳熟能详的蒙古语夹杂在汉语的句子中，这是最常见的方式，不用翻译，观众也能清楚地了解句意。这些“耳熟能详”的蒙古语，通过它们在元杂剧中的频繁使用便可知晓，如打剌孙（酒）、米罕（肉）、弩门速门（弓箭）、抹邻（马）、哈喇（杀死）等，在众多元杂剧中使用，如《降桑椹》、《小尉迟》、《哭存孝》、《射柳捶丸》等剧都用了打剌孙（或近似音“答剌孙”、“打剌苏”），运用频率最高的蒙古语是“哈喇”（或“哈剌”），在《赚蒯通》、《勘头巾》、《盆儿鬼》、《谢金吾》、《伍员吹箫》、《单鞭夺槊》、《五侯宴》、《射柳捶丸》、《汉宫秋》等剧中都有运用，个中原因，耐人寻味，可能是蒙古军在征战的过程中，大呼“哈喇”之故，也可能是因为蒙古兵经常杀死汉族平民之故。

元杂剧的这种汉蒙语言结合的方式，如同今天香港歌星混用中英文唱歌、而当地的听众都能理解类似，其中的英语为常用语，为港人所耳熟能详，如 baby、taxi、star 等，实际上就是港人平常汉英语合用的语言习惯的反映。由此我们可以推知，当时元人也有汉蒙语合用的语言习惯，此种语言为富有时代气息的“新潮”之语言，元杂剧作家为适应观众的时尚趣味，不时地在剧作中插入几句观众熟悉的蒙古语，使剧作更受观众欢迎。因此，元杂剧的这种汉蒙语言结合的方式，实际上就是元代社会尤其是元代城市的语言状态的真实反映。

第二种方式是将蒙古语借用、转化为汉语，成为汉语的新词汇。如“胡同”、“把势”、“歪剌骨”等都源自蒙古语，后来已成为汉语的一部分。

“胡同”在元杂剧中原称“衚衕”，指街巷。武汉臣《玉壶春》杂剧第二折李玉壶唱：“我是个翠红堆傅粉的何郎，花衚衕画眉的张敞。”王实甫《丽春堂》杂剧第一折乐善唱：“万草千花御苑东，簌翠偎红采绣中，满地绿茸茸。更打着军兵簇拥，可兀的似锦衚衕。”“花衚衕”、“锦衚衕”都指“美丽繁华的街巷”的意思。

元人为什么称街巷为“衚衕”？据张清常先生的考证，“衚衕”原为蒙古语“水井”之意，因北京城区有许多街巷有水井，就由“有水井处”转为“街巷”的意思，后来“衚衕”又转化为“胡同”。①

“衚衕”在明代社会生活中仍称街巷，但在通俗小说中简化为“胡同”，《金瓶梅词话》第四十六回：“月娘便问：‘他家去那里？’经济道：‘这条胡同内，一直进去，中间一座大门楼，就是他家。’”② 明人沈榜《宛署杂记》卷五“街道”云：“（宛平）总计坊凡十有三，其以衚衕名者凡三百一十二。衚衕本元人语，字中从胡、从同，盖取胡人大同之意。”③下文还列举了“草场衚衕”、“绵花衚衕”、“眼井衚衕”等名目，可知在明代，“衚衕”和“胡同”通用，都指街巷。

到了今天，北京的巷子仍称胡同，但它的蒙古语的出处已经很少人知道了，这个名词已经融入了汉语之中。

---

① 张清常：《胡同与水井》，载《语文教学与研究》，1984年第4期。

② （明）兰陵笑笑生著：《金瓶梅词话》，第四十六回，583～584页，北京，人民文学出版社，1985。

③ （明）沈榜：《宛署杂记》，卷五，34页，北京，北京古籍出版社，1980。

“把势”也是一个由蒙古语转为汉语的例子。《玉壶春》杂剧第二折李玉壶唱：“若是我老把势展旗幡立马停骖，着那俊才郎倒戈甲抱头缩项，俏勤儿卸袍盔纳款投降。”自许为风流子弟中的“老把势”，指“行家里手”的意思。“把势”在今天的北方语言中仍指“内行”、“行家里手”，对擅长某种手艺的人就称之为“好把势”或“好把式”。据元末明初的汉蒙语辞典《华夷译语》（鞑靼馆下续增本）“人物门”中“巴黑石”一词与“把势”音近似，意为“师傅”①，说明“把势”源于蒙古语。张清常、刘铭恕等先生也考证，“把势”或“把式”源于蒙古语的“八合识”或“八哈失”，也意为“师傅”。②

“歪剌骨”在元杂剧中是对妇女的骂词。《窦娥冤》第一折张驴儿骂窦娥说：“这歪剌骨，便是黄花闺女，刚刚的扯一把，也不消这等使性。”《酷寒亭》第二折赵用骂萧娥说：“我骂你这歪剌骨，我骂你这泼东西。”为何元人以“歪剌骨”骂妇女？清人翟灏《通俗编》引南宋人洪迈《俗考》云：“瓦剌虏人最丑恶，故俗诋妇女之不正者曰‘瓦剌国’。”③则在南宋，已有对妇女的骂词“瓦剌国”，而它的来源，是蒙古族的部族之一瓦剌人。④ 明人沈德符《万历野获编》卷二十五“俚语”条亦云：“北人詈妇之下劣者曰‘歪剌骨’。询其故，则云牛身自毛骨皮肉以至通体无一弃物，惟两角内有天顶肉少许，其秽逼人，最为

① 《华夷译语》（鞑靼馆下续增本），见贾敬颜、朱风合辑：《蒙古译语、女真译语汇编》，71页，天津，天津古籍出版社，1990。

② 张清常：《漫谈汉语中的蒙古语借词》，载《中国语文》，1978年第3期；刘铭恕：《现代汉语中的一个蒙古语——把式》，载《兰州大学学报》，1983年第4期。

③ （清）翟灏：《通俗编》，卷二十二，见《续修四库全书》，第194册，501页，上海，上海古籍出版社影印“无不宜斋雕本”，1995。

④ 瓦剌人为蒙古部族的历史，见白翠琴著：《瓦剌史》，长春，吉林教育出版社，1991。

贱恶，以此比之粗婢。后又问京师之熟谙市语者，则又不然。云往时宣德间，瓦剌为中国频征，衰弱贫苦，以其妇女售与边人，每口不过酬几百钱，名曰瓦剌姑，以其貌寝而价廉也。二说未知孰是。"①沈德符对"歪剌骨"的解释有二：一是指牛角中的臭肉，二是指"貌寝而价廉"的瓦剌妇女，而未作最后的结论；但其对"瓦剌姑"的解释与南宋对妇女的骂词"瓦剌国"同源，应更为可信。"歪剌骨"一语，明代小说也用之，《金瓶梅词话》第十一回云："这西门庆听了，心中大怒，走到后边厨房里，不由分说，向雪娥踢了几脚，骂道：'贼歪剌骨！我使他来要饼，你如何骂他？'"②因此，"歪剌骨"是一个由蒙古语"瓦剌国"或"瓦剌姑"同音转化而来的汉语。

元杂剧将蒙古语借用、转化为汉语，显示了当时各民族语言的融合，也显示了汉语对外来语言的包容性，它能将富有生命力的外来语变为自己的新语汇，如今天的卡拉 OK、迪斯科，等等，都是由外来语转化而来。

元杂剧中汉语与蒙古语结合运用的第三种方式，是整句或整段运用蒙古语，然后再通过"通事"翻译成汉语。元代各级官府均设有翻译官，称"译史"或"通事"，属于"吏制"中的下级官员。《元典章》"吏部卷之六·吏制·译史通事"云："通事译史出身：至元二十年九月，御史台承奉，中书省劄付来呈定夺各道按察司奏差，通事译史出身，送吏部。照得至元二十年正月初九日，呈奉省判河东山西道按察司译史八剌脱因勾当七年告迁，议得按察司译史同书吏出身。"③也有平民毛遂自荐给蒙古人

① （明）沈德符：《万历野获编》，中册，650～651页，北京，中华书局，1959。

② （明）兰陵笑笑生著：《金瓶梅词话》，第十一回，118页，北京，人民文学出版社，1985。

③ 《元典章》，507页，北京，中国广播电视出版社，1998。

做翻译的，宋人彭大雅《黑鞑事略》云："其言语有音而无字，多从假借，而声称译而通之，谓之通事。"① "其见物则欲，谓之撒花。"② 徐霆疏："燕京市学，多教回回字及鞑人译语，才会译语，便做通事，使随鞑人行打恣作威福，讨得撒花，讨得物事吃。"③ 这种"通事"实际上是蒙古贵族的狗腿子，借翻译之机向平民百姓作威作福，索要钱物。

在元杂剧中大量翻译蒙古语，比较少见，仅见于黄元吉的《黄廷道走流星马》。《录鬼簿续编》的佚名作品中有《流星马》，可知黄元吉的活动年代在元末明初，虽然此剧结尾有"都庆贺一统江山大明国"之语，可证此剧写于明代，但王季思主编的《全元戏曲》仍将其收入，因此我们仍将此剧视作反映了元杂剧语言状况的剧作。

此剧的第二折多用汉字译音的蒙古语。剧中写唐太宗时，万国朝贡，唯沙陀野驴万户不进贡。野驴万户有一匹日行千里的流星马，唐朝廷派幽州都总管李道宗去取此马，李则派他的"深通六国之语，能写他邦番字"的女婿黄廷道去办此事。黄廷道到了雁门关，假装投降野驴万户，并娶万户的女儿荼荼为妻，三年不归。黄妻满堂娇前往寻夫，与黄盗流星马逃走，野驴万户命荼荼率兵追赶，荼荼被黄说服，归顺唐朝，并将流星马进贡唐朝。野驴万户最后也率兵归附唐朝。此剧的第二折写满堂娇（由旦儿扮演）寻夫，假装黄廷道的妹妹进入山口，遇见荼荼和黄廷道，荼荼（由正旦扮演）的语言多为蒙古语，由通事作

① （宋）彭大雅撰，徐霆疏证：《黑鞑事略》，见《续修四库全书》，第423册，534页，上海，上海古籍出版社影印明嘉靖二十一年抄本，2002。

② （宋）彭大雅撰，徐霆疏证：《黑鞑事略》，见《续修四库全书》，第423册，537页，上海，上海古籍出版社影印明嘉靖二十一年抄本，2002。

③ （宋）彭大雅撰，徐霆疏证：《黑鞑事略》，见《续修四库全书》，第423册，535页，上海，上海古籍出版社影印明嘉靖二十一年抄本，2002。

翻译：

（正旦云）莽古歹哈答剌五者。（通事云）者者者帖儿各。（千户引旦儿上，云）我是这雁门关千户，拿住这妇人，他说和这里的官人关亲，不曾杀坏他。到帐房里见通事官人去。来到也。（做见科）（通事云）那颜哈剌咬儿赤剌？（千户云）小官把雁门关，拿住这个妇人，他说道和官人关亲，我不曾杀坏他，一迳的拿来见官人来。（通事云）也麦哈剌咬儿赤剌？（旦儿云）不省的达达官人番语，我则说的汉儿话。（通事云）你是汉儿人，你不省的俺达达番语，我问你是什么人？（旦儿云）我是官人亲眷。（通事云）呀，呀，呀，娘子休怪，通事不知。你则在这里，我报复与俺官人娘子知道去了。（通事见科）（正旦云）莽古歹赤年空俺？（通事云）也隐迷都也麦哈杯。（正旦云）赤哈敦哈剌咬儿赤剌？（通事出问旦儿云）你从那里来？（旦儿云）俺从长安城中来。（通事云）你可走了多少路程？（旦儿云）我行了二千里田地。（通事见正旦云）倚看民（安）火牙儿哈茶儿也也来。（正旦云）民安倚看火牙儿哈茶儿，铁儿高赤呵妈萨赤来者备？（通事问旦儿云）你从那个口子里过来？（通事见正旦云）也七阿妈萨一来四。（正旦云）雁门关赤哩赤哈仙赤来者备？（通事见旦儿云）俺把口子的官人，不曾问你什么人，怎生放你过来？（旦儿云）我说是官人的妹子，不曾挡我，着我过来了。（通事见正旦云）托勤那颜阿斤堆儿来。（正旦云）也麦，那颜阿斤堆引度赤来者备？撒因，撒因，亦来，亦来！（通事见旦儿云）俺官人娘子见是亲眷，十分欢喜，娘子有请。

据火源洁译《华夷译语》、岷峨山人《译语》、《至元译语》、《鞑靼译语》等元末明初的汉蒙语辞典的翻译，“莽古歹”是“达达”（蒙古人）的意思，在此剧中指“手下的达达”、“小的们”；“帖儿各”是“车子”，“那颜”是“官人”，“哈剌”是“人”，“也麦”是“什么”，“赤”是“你”，“哈敦”是“娘子”，“倚看”是“行”，“民安”是“千”，“火牙儿”是“二”，“哈茶儿”是“地”，“也来”（同“亦来”、“一来”）是“来”，“呵妈萨”（同“阿妈萨”）是“山口子”，“阿斤”是“女孩”，“堆儿”是“妹子”，“撒因”是“好”之意。

再据上下文连贯看和通事的翻译，此段的大意是：

（正旦云）小的们看着。（通事云）有车子的声音。（千户引旦儿上，云）我是这雁门关千户，拿住这妇人，他说和这里的官人关亲，不曾杀坏他。到帐房里见通事官人去。来到也。（做见科）（通事云）官人是什么人？（千户云）小官把雁门关，拿住这个妇人，他说道和官人关亲，我不曾杀坏他，一迳的拿来见官人来。（通事云）你是什么人？（旦儿云）不省的达达官人番语，我则说的汉儿话。（通事云）你是汉儿人，你不省的俺达达番语，我问你是什么人？（旦儿云）我是官人亲眷。（通事云）呀，呀，呀，娘子休怪，通事不知。你则在这里，我报复与俺官人娘子知道去了。（通事见科）（正旦云）你有何事？（通事云）有千户和一个妇人来了。（正旦云）那妇人从哪里来？（通事出问旦儿云）你从哪里来？（旦儿云）俺从长安城中来。（通事云）你可走了多少路程？（旦儿云）我行了二千里田地。（通事见正旦云）行了二千里田地来。（正旦云）行了二千里田地，从那个口子里过来？（通事问旦儿云）你从那个口子里过来？（通事见正旦云）从前边的口子过来。（正旦云）从雁门关过来吗？（通事见旦儿云）俺把口子的官人，不曾问你什么人，怎生放你过来？（旦儿云）我说是官人的妹子，不曾挡我，着我过来了。（通事见正旦云）她是官人的妹子。（正旦云）什么？是官人的妹子？好，好，来，来！（通事见旦儿云）俺官人娘子见是亲眷，十分欢喜，娘子有请。

通过通事的翻译，元杂剧的观众大致可以听懂剧情，不会造成理解障碍。从此剧可反映出当时的汉族百姓对大段的蒙古语仍然不熟悉，需要通过翻译才能理解。正因为如此，元杂剧较少出现这第三种汉语与蒙古语结合运用的方式，仅此剧一例。而此剧保留了许多元代的蒙古语，成为古代蒙古语的文化遗存，是值得论者注意的。

综上所述，元杂剧中蒙古语的运用有随意性、军事性、嘲讽性的三个特点，体现出元代平民百姓对蒙古语既抗拒又接受的复杂心态；也反映出元杂剧作为俗文学历史知识有所欠缺的缺点；而元杂剧中汉语与蒙古语结合运用的三种方式，则显示了蒙古语在元代被翻译、混用、至转化为汉语的状况，说明了中华民族在历史长河中各族文化包括语言文化互相吸收、互相融合的事实。

第四节　元杂剧中的南北方言及其结合运用

方言是口传文学的重要组成部分，研究元杂剧和口传文学的关系，必须研究元杂剧对方言的运用。元杂剧是用北方歌曲和北方方言演唱的戏曲，为人们所熟知；但是，到了元代后期，随着南方经济的复苏，元杂剧创作和演出的重心南移，出现了众多南方籍和北方籍移居南方的元杂剧作家，元杂剧也受到南方歌曲和南方方言的影响。

对于元杂剧在音乐上受南曲的影响，已有论者进行研究，但对于元杂剧在语言上受南方方言的影响，则少见有论述。元杂剧如何运用南北方言？后期元杂剧中南北方言如何结合运用？这是本文试图解决的问题。

一、元杂剧的总体语言为全国通用的“中原音”

元杂剧的兴起在北方，前期的活动中心在大都、真定、平阳等北方地区，主要用北方的方言演唱，元代后期，南方经济繁荣，大量的元杂剧作家南迁，杂剧戏班也到南方演出谋生，为适应南方人的语言习惯，元杂剧在语言上吸收了南方的方言，形成南北语言交杂的状况。但这种“交杂”并非半斤八两，而是以北方方言为主，其总体语言为全国通用的“中原音”。

元末的江西高安人周德清，在泰定甲子年（1324）作了《中原音韵》一书，以规范元杂剧的创作。他是南方人，又工元曲，但他没有写什么《高安音韵》，而是写以中原地区方言为主的《中原音韵》，说明元杂剧的语言是以“中原音”为主体。他要了解和北曲相关的方言、方音，并要掌握它的规律，于是他搜集前人作品中所用的韵脚，写成了这部韵谱。此书共分十九韵，每韵有阴平、阳平、上声、去声四部分，而入声派入三声，《中原音韵·作词十法》：“知韵无入声，止有平、上、去三声。”①而没有入声，正是从元代到今天的中国北方语言的特征之一。他还根据当时“中原之音”盛行的社会语言状况，提出元杂剧的语言的“必宗中原之音”主张，使元杂剧的语言成为全国通用的语言，《中原音韵·正语作词起例》说：“亳州友人孙德卿长于隐语，谓：‘《中原音韵》三声，乃四海所同者，不独正语作词。夫曹娥义社，天下一家，虽有谜韵，学者反被其误，半是南方之音，不能施于四方，非一家之义；今之所编，四海同音，何

---

① （元）周德清：《中原音韵》，见中国戏曲研究院编：《中国古典戏曲论著集成》，册一，231页，北京，中国戏剧出版社，1959。

所往而不可也？诗禅得之，字字皆可为法。'"①"混一日久，四海同音，上自缙绅讲论治道，及国语翻译，国学教授，言语，下至讼庭理民，莫非中原之音。"②其《中原音韵·序》又云："言语一科，欲作乐府，必正言语，欲正言语，必宗中原之音。"③他并把关汉卿、郑光祖、白朴、马致远等元杂剧的名家之作作为"宗中原之音"的楷模："其备，则自关、郑、白、马一新制作，韵共守自然之音，字能通天下之语，……"④元杂剧的语言"宗中原之音"、"能通天下之语"，是流行于全国的北方语言，元杂剧因而成为全国观众都能欣赏的剧种，和今天的"国剧"——京剧相似。

"中原"包括哪些范围呢？《辞源》云："中原，地域名。狭义的中原，指今河南一带。广义的中原，指黄河中下游地区或整个黄河流域。"⑤元代的首都在大都，元杂剧前期的中心也在大都，周德清所指的"中原"当为"广义的中原"，即今天黄河流域的陕西、山西、河南、河北、山东一带，其所指的"中原音"应以大都所在的河北地区的方言为主。

现在北京的许多方言都可在元杂剧中找到它们的踪迹。齐如山《北京土话》云："'撺掇'者，怂恿也。各种说部中皆恒用之。如《红楼梦》第二十九回、《儿女英雄传》第八回等等，皆有之。"⑥而元杂剧《西厢记》第三本第二折红娘唱："问什么

---

① （元）周德清：《中原音韵》，见中国戏曲研究院编：《中国古典戏曲论著集成》，册一，212页，北京，中国戏剧出版社，1959。

② （元）周德清：《中原音韵》，见中国戏曲研究院编：《中国古典戏曲论著集成》，册一，213页，北京，中国戏剧出版社，1959。

③④ （元）周德清：《中原音韵》，见中国戏曲研究院编：《中国古典戏曲论著集成》，册一，175页，北京，中国戏剧出版社，1959。

⑤ 《辞源》，第一册，87页，北京，商务印书馆，1979。

⑥ 齐如山：《北京土话》，128页，北京，北京燕山出版社，1991。

他遭危难？撺断得上竿，掇了梯儿看。”将“撺掇”一词分开说，但“怂恿”之意仍在，指莺莺怂恿张生追求自己，又临时变卦。

齐如山此书又云：“平地起孤堆：凡做事无凭藉，由自己开始做起者，皆曰‘平地起孤堆’。《李逵负荆》杂剧，李逵唱有此语。”①按，元杂剧《李逵负荆》第二折李逵唱：“休怪我村沙样势，平地上起孤堆。”言李逵要自己出头，为王林打抱不平。

又同上书云：“‘水米不沾牙’者，不吃东西也。”②《西厢记》第三本第三折红娘唱：“那生呵，二三日来水米不沾牙。”谓张生因犯相思病而饮食俱废。

又同上书云：“死不临侵的：凡人精神颓丧，低头闷闷不语者，人必讥其为‘死不临侵的’。”③ 元杂剧《墙头马上》第三折李千金唱：“被老相公亲向园中撞见者，唬的我死临侵地难分说。”用此语描写李千金在她与裴少俊同居之事被裴父发现后的惊慌、颓丧的心情。

用齐如山的《北京土话》对应元杂剧可以得知，今天的北京方言有许多源自元代大都的方言，当时活跃在大都的元杂剧作家如王实甫、白朴等都在他们的剧作中运用了大都的方言。

元杂剧中有许多河北方言，至今还在运用。如《单刀会》第三折关平云：“父亲，他那里筵无好会，则怕不中么？”李行健主编《河北方言词汇编》说：“[不行] 不中。”④说明“不中”一词为河北方言，是“不行”、“不妥”的意思。

又“夜来”一词，为“昨天”之意，元杂剧《墙头马上》

---

① 齐如山：《北京土话》，300 页，北京，北京燕山出版社，1991。
② 齐如山：《北京土话》，303 页，北京，北京燕山出版社，1991。
③ 齐如山：《北京土话》，308 页，北京，北京燕山出版社，1991。
④ 李行健主编：《河北方言词汇编》，651 页，北京，商务印书馆，1995。

第三折院公云："夜来两个小使长把墙头上花都折坏了，今日休教出来，只教书房中要，则怕老相公撞见。"此语也为河北方言，《河北方言词汇编》说："［昨儿个］即昨天：夜来。"①

"多喒"又作"多咱"，也是河北方言，为"大概"、"随时"之意。《河北方言词汇编》说："［早晚］随时、任何时候的意思：多喒。"②元杂剧《争报恩》第一折李千娇云："这早晚王腊梅还不到房里歇息，多咱又和丁都管钩搭去了。"

"装么"一词，又作"妆幺"，也是河北方言，是"做假"、"装模作样"的意思。《河北方言词汇编》说："［装扮］伪装做假：装么。"③ 元杂剧《秋胡戏妻》第二折罗大户云："这也是你李家大户无缘法，非关是我女儿忒煞会妆幺。"

"妮子"一词，元杂剧有《诈妮子调风月》一剧，《河北方言词汇编》则说："［女孩儿］妮子。"④

可见以大都为主的河北方言是元杂剧大量运用的方言，这也符合元杂剧前期以大都为创作和演出中心的历史事实。

山西平阳地区是元杂剧创作和演出的另一重点，活跃着石君宝、孔文卿、李行甫等山西籍的元杂剧作家。因此元杂剧也运用了许多山西方言。如"头口"一语，马致远《任风子》第二折任屠云："我只推杀那先生，其实赶头口去。你家去磨下刀，烧下汤，我便赶将头口来也。"温端政、侯精一主编《山西方言调查报告》"古词语"说："今南区牲口仍多叫头口。"⑤

又"担杖"一语，元杂剧《七里滩》第一折严光唱："系着

① 李行健主编：《河北方言词汇编》，640页，北京，商务印书馆，1995。
② 李行健主编：《河北方言词汇编》，677页，北京，商务印书馆，1995。
③ 李行健主编：《河北方言词汇编》，382页，北京，商务印书馆，1995。
④ 李行健主编：《河北方言词汇编》，345页，北京，商务印书馆，1995。
⑤ 温端政、侯精一主编：《山西方言调查报告》，86页，太原，山西高校联合出版社，1993。

条粗麻绳，携着条旧担杖。”《山西方言调查报告》“古词语”说：“担杖：1. 扁担。…… 2. 整个担子，指行李货物等。……这个词及其两个义项，今文水仍保存着。”①

河北方言“夜来”一词也见于山西方言，《山西方言调查报告》“古词语”说：“夜来：昨天。……这个词今山西方言也用得非常普遍。”②

元杂剧兴盛的另一地区是山东东平，东平剧坛有高文秀、李好古、张寿卿等杂剧名家；元杂剧中也多有以山东宋江起义为题材的“水浒戏”，因此，山东方言也常见于元杂剧。

如山东方言“马勺”，又作“马杓”，张鹤泉《聊城方言志》说：“马勺：头大把短的勺子，旧时饲养牲畜时多用来添加饲料。”③元杂剧《桃花女》楔子桃花女云：“到今夜晚间三更前后，你倒坐着门限上，披散了你头发，将马杓儿去那门限上敲三下，叫三声石留住哥哥，他便不死了也。”《李逵负荆》第三折李逵唱：“打这老子没肚皮揽泻药，偏不的我敦葫芦摔马杓。”以往的注释者多将“马杓”解释成“舀水器物”④，或“盛酒和舀水的用具”⑤，是不够准确的，没有解释出“马”之意，是不了解方言之故。

又如“执料”一词，指料理事务。董绍克、张家芝主编《山东方言词典》说：“执料：指派、料理。”⑥元杂剧《争报恩》楔子李千娇云：“丁都管，相公去了也，你前后执料去。”《救风

①② 温端政、侯精一主编：《山西方言调查报告》，86页，太原，山西高校联合出版社，1993。

③ 张鹤泉：《聊城方言志》，99页，北京，语文出版社，1995。

④ 王季思等选注：《元杂剧选注》，267页，北京，北京出版社，1980。

⑤ 顾肇仓选注：《元人杂剧选》，168页，北京，人民文学出版社，1956。

⑥ 董绍克、张家芝主编：《山东方言词典》，386页，北京，语文出版社，1997。

尘》第一折卜儿云："大姐，你在家执料，我去请那一辈儿老姊妹去来。"

"摩挲"指抚摩。《山东方言词典》说："摩挲：用手抚摩。"①元杂剧《燕青博鱼》第一折燕青唱："我把手摩挲揪住马。"《西厢记》第三本第二折红娘唱："老夫人手执着棍儿摩挲看。"

"撇清"，指装作清白。《山东方言词典》说："撇清：1. 得了便宜再说漂亮话。2. 为证明与自己无关或摆脱干系而表白。"②《燕青博鱼》第三折燕青唱："你这个养汉精，假撇清，你道是没奸夫抵死来瞒定。"又《金线池》第三折杜蕊娘唱："画船儿赶到豫章城，撇什么清！投至得你秀才每忒寡情，先接了冯魁定。"

又"梯气"又作"梯己"，《山东方言词典》说："梯己：特殊照顾。"③《争报恩》楔子王腊梅云："我有心要和你吃几钟梯气酒儿，你心下如何？"

以上的山东方言多见于《李逵负荆》、《争报恩》、《燕青博鱼》等"水浒戏"，由此也可反证剧作的题材也影响到作家所采用的方言。

河南开封原为北宋都城所在地，是宋杂剧的最兴盛之所。在元代，依然活跃着郑廷玉、孟汉卿等河南籍的作家。因此，元杂剧也运用了不少河南方言。

如"腌臜"一词，为"肮脏"之意，卢甲文《郑州方言

① 董绍克、张家芝主编：《山东方言词典》，365页，北京，语文出版社，1997。

② 董绍克、张家芝主编：《山东方言词典》，291页，北京，语文出版社，1997。

③ 董绍克、张家芝主编：《山东方言词典》，405页，北京，语文出版社，1997。

志》说："腌臜：肮脏。"①元杂剧《赚蒯通》第三折蒯通唱："休笑我面色腌臜，形容儿猥琐。"《度柳翠》楔子行者云："有了，有了，香积厨下烧火的那腌臜和尚，也算一个。"

又如"头里"，《郑州方言志》说："头里：先。"②《救风尘》第二折周舍云："我骑了马，离了汴京，来到郑州，让他轿子在头里走。"指周舍骑马在后、宋引章坐轿在前走。

元杂剧运用的河南方言中也有一些与河北、山东方言相同的词语，如河北方言"妮子"也见于《郑州方言志》："妮子：女孩儿。"③河北方言"中"，今天的河南也在运用，《郑州方言志》："中：行。"④另外，从句子结构看，《救风尘》第二折卜儿云："可是中也不中？"其重复的问句也是河南话的特点。又如"梯气"为山东方言，《郑州方言志》也有此语："说梯气话儿：说悄悄话。"⑤

河南方言之所以与河北、山东等北方地区的方言有重叠，是因为它在北宋曾是流行全国的"官话"，是狭义的"中原音"，至今河南话与"国语"——普通话还有许多相似之处，张启焕、陈天福、程仪《河南方言概况》说："河南话属北方方言（即北方官话）的一种，……河南话跟北方话区的代表方言——北京话——比较起来，尽管在语音、词汇和语法方面都存在一定的差别，但是一致的程度还是比较高的，共同性大于差异性。"⑥

同样的道理，以大都为主的河北方言之所以与山西、山东、

① 卢甲文：《郑州方言志》，125页，北京，语文出版社，1992。
② 卢甲文：《郑州方言志》，128页，北京，语文出版社，1992。
③ 卢甲文：《郑州方言志》，93页，北京，语文出版社，1992。
④ 卢甲文：《郑州方言志》，124页，北京，语文出版社，1992。
⑤ 卢甲文：《郑州方言志》，119页，北京，语文出版社，1992。
⑥ 张启焕、陈天福、程仪：《河南方言概况》"前言"，新乡，河南师范大学科研处，1982。

河南等北方地区的方言有交叉，是因为它在元代是流行全国的“官话”，是广义的“中原音”，元杂剧大量运用北方的方言，尤以大都为主的河北方言为多，就使它的语言具有了“官话”的性质，使它成为元代流行全国的最大的剧种。

二、元杂剧中南方方言的运用

在元代后期，随着南方经济的复苏和发展，元杂剧的创作和演出中心南移，重点在杭州、扬州一带。因此，后期的元杂剧吸收了南方方言尤其是江浙方言；但只是吸收其文字，仍以北方音出之，并没有改变其“北曲”的性质。

元杂剧后期发展的重心在杭州，《元刊杂剧三十种》中如《古杭新刊霍光鬼谏》等点明“古杭”出版的剧作就有七种，以杭州为中心向周边放射，江浙一带的元杂剧的创作和演出十分兴盛，《录鬼簿》和《录鬼簿续编》记载的江浙籍的杂剧作家有：

杭州：金仁杰、范子安、沈和甫、鲍吉甫、陈存甫、范冰壶、王仲元、萧德祥、王晔、李时英、须子寿。

建康（今南京）：谷子敬。

嘉禾（今嘉兴）：陆进之。

庆元（元路名，治所在鄞县，即今宁波市）：汪勉之。

京口（又称京江，即今镇江）：唐以初。

松江（今属江苏省）：李用之。

扬州（又称广陵）：陆登善、睢景臣、张鸣善、李唐宾。

无锡：陈伯将。

湖州：张以仁、金文质。

仪真（今江苏省仪征市）：孙子羽。

象山（今属浙江省）：汤舜民。

晋陵（今江苏省常州市）：陶国瑛。

另外，长期生活在江浙地区的其他籍贯的元杂剧作家有：

杭州：郑光祖、秦简夫、乔吉、朱凯、曾瑞、周仲彬、丁埜夫、郝经、杨景贤、钟嗣成。

常州：宫大用、汪元亨。

以上共计38人，其中以杭州、扬州的作家为多。

这样一大批元杂剧作家生活在江浙方言地区，他们的戏曲创作不可避免地受到当地方言的影响，这是元杂剧中出现南方方言的雄厚创作基础。

元杂剧运用江浙方言主要有以下几种方式：

（一）以市井俗语入剧

如“剪绺”，又称“剪柳”，是一个江浙地区的方言俗语，指偷东西或小偷。明人田汝成《西湖游览志余》，卷二十五“委巷丛谈”云：“宋时临安，……夹剪衫袖，以掏财物，谓之‘剪绺’。”① 今人李荣主编《苏州方言词典》也说：“剪绺，扒手。”②元无名氏杂剧《渔樵记》第二折朱买臣妻玉天仙云：“由你写，或是跳墙蓦圈，剪绺搠包儿，……你则管写不妨事。”此处写玉天仙嫌夫贫而索要休书，任由夫写休妻的理由，“剪绺”应作“偷东西”之解。

再如“丫头”，吴地指地位低贱的女子。陶宗仪《南村辍耕录》卷十七云：“吴中呼女子之贱者为‘丫头’。”③元杂剧《云窗梦》第二折卜儿（鸨母）云：“这丫头也不挣钱，不如卖了吧。”此“丫头”指妓女。

（二）以隐语入剧

隐语近似谜语，但比谜语较为文雅。江浙地区的元杂剧作家

---

① （明）田汝成：《西湖游览志余》，卷二十五，见《文渊阁四库全书》“史部·地理类”第585册，616页。

② 李荣主编、叶祥苓编纂：《苏州方言词典》，136页，南京，江苏教育出版社，1993。

③ （元）陶宗仪：《南村辍耕录》，208页，北京，中华书局，1959。

多擅隐语。《录鬼簿》卷下载杭州人吴本世“好为词章、隐语、乐府”。长期生活在杭州的朱凯也编有“《升平乐府》及隐语”。《西湖游览志余》卷二十五也道：“古之所谓廋词，即今之隐语也，而俗谓之谜。”“钱塘杨景贤以善谜名。”① 均可证。积习所至，他们也常以隐语入剧。

如“海老”，又称“海郎”，是“酒”的隐语。宋人陈元靓编《新编纂图增类群书类要事林广记》中《绮谈市语·饮食门》云：“酒：……海老，新蒭。”② 宫大用杂剧《范张鸡黍》第一折王仲略云：“这里有的是海郎，打半瓶吃吧。”“海郎”即“海老”，指酒。

又如“爪老”，是“手”的隐语。清光绪十年吟杏山馆《新刻江湖切要》中《金陵六院市语》：“‘爪老’者，手也。”③ 乔吉杂剧《两世姻缘》第一折玉箫唱：“舒着双黑爪老似通臂猿。”

再如“捌包儿”，掉包（以次充好）的隐语。乾隆本《杭州府志》卷七十四《风俗》云：“《辍耕录》言杭州人好为隐语以欺外方，……暗换易物曰‘捌包儿’。”④《渔樵记》第二折玉天仙云：“由你写，或是跳墙蓦圈，剪绺捌包儿，……你则管写不妨事。”乔吉杂剧《扬州梦》第四折杜牧唱：“谁着你调罨子画兰堂，捌包儿锦营花阵。”都用了此杭州隐语。

“杓子”，则是“蠢人”的隐语。乾隆本《杭州府志》卷七

① （明）田汝成：《西湖游览志余》，卷二十五，610页，见《文渊阁四库全书》第585册。

② （宋）陈元靓编：《新编纂图增类群书类要事林广记》中《续集》卷八，见《续修四库全书》“子部·类书类”，第1218册，444页，上海，上海古籍出版社，2002。

③ 转引自钱南扬：《汉上宧文存》，129页，上海，上海文艺出版社，1980。

④ 转引自乾隆本《杭州府志》卷七十四《风俗》，今本《南村辍耕录》未见此条记载。

十四《风俗》云："《辍耕录》言杭州人好为隐语以欺外方，……粗蠢人曰'杓子'。"① 元杂剧《百花亭》第一折王焕唱："着那等干眼热滑张杓俫。"王伯良《曲律》："小厮曰俫。""杓俫"即"杓子"，指粗蠢的人。

（三）以二字合音为一字入剧

《南村辍耕录》卷十七云："宋张文潜《明道杂志》云：经传中无'婶'、'妗'二字，婶字乃'世母'二字合呼，妗字乃'舅母'二字合呼也。"②《正德松江府志》卷四《风俗》亦云："方言语音皆与苏、嘉同，……至于音之讹则有以二字合为一字，如'世母'为'婶'、'舅母'为'妗'、'什么'为'些'之类。"③ 秦简夫杂剧《东堂老》第三折旦儿云："婶子，我不是叫化的，我是翠哥。"就用了二字合呼字"婶"。

元杂剧后期的剧作大量吸收了南方方言，但仍用"中原音"演出。周德清《中原音韵》云：

> 泰定甲子秋，复闻前章余论："四海之人，皆称'父'，（去声），母，（为'姥'音）……'道士'呼为'讨死'……"之类，犹平声之所论也。入声以平声次第调之，互有可调之音。且以开口陌以唐内盲至德以登五韵，闭口缉以侵至乏以凡九韵，逐一字调平、上、去、入，必须极力念之，悉如今之搬演南宋戏文唱念声腔。……齐史沈约，字休文，吴兴人，将平、上、去、入制韵。……南宋都杭，吴兴与切邻，故其戏文如《乐昌分镜》等类，唱念呼吸，皆如约韵——昔陈之《后

---

① 转引自乾隆本《杭州府志》卷七十四《风俗》，今本《南村辍耕录》未见此条记载。

② （元）陶宗仪：《南村辍耕录》，209页，北京，中华书局，1959。

③ 《正德松江府志》，见《天一阁藏明代地方志选刊续编》，上海书店据明正德刻本影印。

庭花》曲，未必无此声也——总亡国之音，奚足为明世法！惟我圣朝兴自北方，五十余年，言语之间，必以中原之音为正，鼓舞歌颂，治世之音，始自太保刘公、牧庵姚公、疏斋卢公辈，自成一家；今之所编，得非其意乎？彼之沈约不忍弱者，私意也，且一方之语，虽渠之南朝亦不可行，况四海乎？予生当混一之盛时，耻为亡国搬戏之呼吸，以中原为则，而又取四海同音而编之，实天下之公论也。①

周德清认为“今之搬演南宋戏文唱念声腔”是“亡国之音”，元杂剧“耻为亡国搬戏之呼吸”，又惧四海不能流行，因而，“言语之间，必以中原之音为正”。可见元杂剧用的仍是“中原之音”，即使用了南方方言，也只用其书面语，而不用其南音。这种关系，大概如今天的北方语言吸收了粤语“埋单”、“打的”等语汇，但仍用北方音出之相似。

三、南北方言在元杂剧中的结合运用

元代是个民族大融合的时代，南人北迁或北人南迁的情况普遍存在。而对于兴起于北方的元杂剧，其作家的迁徙主要是北人南迁。如郑光祖以山西平阳人移居杭州，山西人白朴早年居真定、晚年徙家金陵等。另外，由于元杂剧是全国流行的剧种，戏班在全国流动演出，如小春宴“自武昌来浙西”演出；② 连枝秀为“京师角妓”，后为女道士，游历至江南松江，仍与徒弟歌舞

① （元）周德清：《中原音韵》，见中国戏曲研究院编：《中国古典戏曲论著集成》，册一，219～220页，北京，中国戏剧出版社，1959。

② （元）夏庭芝：《青楼集》，见中国戏曲研究院编：《中国古典戏曲论著集成》，册二，39页，北京，中国戏剧出版社，1959。

演出。[1] 在南北人互相迁徙的过程中，在南北作家、演员交流的过程中，一些北方语也变成了南方语，一些南方语也变成了北方语，在元杂剧中出现南北方言结合运用的情况。

先看元杂剧中的北方语变为南方语的例子：

“包弹”一语，又称“褒谈”、“褒弹”，指批评褒贬。此语既见于前期北方作家的剧作，也见于后期南方作家的剧作。如前期河南彰德人郑廷玉的《金凤钗》第二折赵鹗云：“写染得无褒弹，吟咏的忒风骚。”由山西太原迁居杭州的后期作家乔吉的《金钱记》第一折韩翃云：“这娇娃是谁家？寻包弹觅破绽，敢则无纤掐。”

此语是由河南流传至江浙之语。乾隆本《杭州府志》中《风俗》云：“事多褒贬曰‘包弹’，盖宋人以包孝肃多所弹劾，故云‘包弹’，畏惮之词也。”清人翟灏《通俗编》也云：“包弹：王楙《野客丛书》：包拯为台官，严毅不恕，朝列有过，必须弹击。故言事无瑕疵者，曰‘没包弹’。”[2]包拯知河南开封府，长期在河南活动，“包弹”应原为河南语。而此语又见于乾隆本《杭州府志》之《风俗》，可见后来此语已变为南方方言，故前后期南北杂剧作家均共用之。

又如“可怜见”一语，指可怜、爱惜。同见于北方籍和南方籍的元杂剧作家的剧作。郑廷玉的《金凤钗》第三折贾长寿云：“东岳爷爷，可怜见俺父亲患病在床。”杭州人王晔《桃花女》第二折彭大云：“上圣可怜见，救小人咱！”

此语本为北方方言。宋人编写的《景宋残本五代史平话》

---

① （元）夏庭芝：《青楼集》，见中国戏曲研究院编：《中国古典戏曲论著集成》，册二，28页，北京，中国戏剧出版社，1959。

② （清）翟灏：《通俗编》，卷十七，见《续修四库全书》，第194册，444页，上海，上海古籍出版社，2002。

中《唐史平话》卷下云："彦章曰：咱本郓州一匹夫，……血战十五年，势穷力屈，拿赴军前，分甘一死。纵陛下可怜见小人勇武，欲全而生我，咱有何面目可以见天下之人？"① 即可能五代时北方已有"可怜见"一语，至少在宋时北方已有此语。又《元典章》卷21"户部""免征"云："如今将在先旧拖欠下的钱粮，交中书省官人每提调着，奉圣旨追征，有可怜见呵，依在先体例，……交住罢了，百姓也不生受。"②则元代北方也有此语。而乾隆本《杭州府志》中《风俗》云："谓爱惜人曰'可怜见'。"即后来此语也变为南方方言了。

再如"鏖糟"指不洁净，引申为贪财好色之徒。《燕青博鱼》第一折燕大云："兄弟也，我怎生顶着屎头巾走？"搽旦云："你哥哥更是鏖糟头。"因上句"屎头巾"指妻有外遇，"鏖糟头"为反唇相讥之语，言其本身就不干净，是个好色之徒。

此语也本为北方方言。《汉书》卷五十五《卫青霍去病传》云："合短兵，鏖皋兰下。"原注："晋灼曰：俗谓尽死杀人为鏖糟。""师古曰：鏖谓苦击而多杀也。皋兰，山名也。言苦战于皋兰山下而多杀虏也。"③ 则汉代北方已有此语，惟其意与后世不同，指杀尽敌人，血污狼藉。朱熹编《二程语录》卷十六云："温公（司马光）薨，朝廷命伊川先生主其丧事。是日也，祀明堂礼成，而二苏（轼、辙）往哭温公。道遇朱公掞问之，公掞曰：'往哭温公，而程先生以为庆吊不同日。'二苏怅然而反，

---

① 《景宋残本五代史平话》，见《古本小说集成》，第261册，94页，上海，上海古籍出版社据"毘陵董氏诵芬室新刊"本影印。该书袁世硕《前言》云："此书可断为宋人旧编。"

② 《元典章》，中册，846页，北京，中国广播电视出版社，1998。

③ （东汉）班固撰：《汉书》，2479页、2480页，北京，中华书局，1962。

曰：‘鏖糟陂里叔孙通也。’” 原注：“言其山野。”① 二苏为四川人，则在宋代，“鏖糟”一语已流传至四川，而其意已转为“山野”。而元代江浙人陶宗仪的《南村辍耕录》卷十“鏖糟”条云：“俗以不洁为鏖糟。”②则在元代，此语已演变为南方方言，其意转为“不洁”。

再看元杂剧中南方方言变为北方方言的例子：

如“方头”，谓不通时宜的人。此语多见于元代北方籍贯的作家的剧作。如平阳籍作家孔文卿《东窗事犯》第三折岳飞魂云：“臣这方头，又不曾写犯由，也合三思然后再追求。”有些杂剧将此词发展为“不劣方头”、“方头不劣”、“方头不律”等，指倔强、蛮不讲理。如关汉卿《绯衣梦》第三折：“俺这里有个裴炎，好生方头不劣。”郑廷玉《金凤钗》第二折赵鹗云：“见一个方头不律的人，欺负一个老的，要扯他跳河，问他要二百钱。”孔文卿、关汉卿、郑廷玉都是北方人，那么，此语应是源于北方方言了吧？不，恰恰相反，是源于南方方言。唐代余杭人罗隐《堠子》诗云：“未能惭面黑，只是恨头方。”③ 则唐代江浙地区已有此语。《南村辍耕录》卷十七也说：“俗谓不通时宜者为‘方头’。”④乾隆本《杭州府志》中《风俗》亦云：“言人不通时宜者曰‘方头’。”说明由唐至清此语都为吴地方言。而元代北方籍贯作家的剧作多用此语，说明此语在元代已由南方方言变为北方方言。

又如“屎头巾”，又称“绿头巾”，谓人妻有淫行者，河北

① （宋）朱熹编：《二程语录》，见《丛书集成初编》，第622册，263页，北京，中华书局，1985。

② （元）陶宗仪：《南村辍耕录》，124页，北京，中华书局，1959。

③ （清）彭定求等编：《全唐诗》，下册，1664页，上海，上海古籍出版社，1986。

④ （元）陶宗仪：《南村辍耕录》，206页，北京，中华书局，1959。

真定人李文蔚的杂剧《燕青博鱼》第二折燕青唱："哎！哥也，你是个好男儿，休戴着这一顶屎头巾。"此语原为吴地市井俗语。唐人封演《封氏闻见记》卷九"奇政"载："李封为延陵令，吏人有罪不加杖罚，但令裹碧头巾以辱之。随所犯轻重，以日数为等级，日满乃释。吴人著此服出入州乡以为大耻，皆相劝励，无敢僭违赋税。"① 则在唐代，"绿头巾"只是犯罪的耻辱标记，但已是吴地市井俗语。在元代，官方规定娼家男子必须带绿头巾，《元典章》"礼部"卷之二"礼制二"中"服色·娼妓服饰等第"云："娼妓之家家长并亲属男子，裹青头巾。"② 元末明初人朱权的《太和正音谱》云："子昂赵先生曰：娼夫之词，名曰'绿巾词'。"则在元代，此词的内涵转为娼夫的耻辱标志；明人郎瑛《七修类稿》，卷二十八"绿头巾"条云："吴人称人妻有淫行者为'绿头巾'。今乐人朝制以碧绿之巾裹头，意人言拟之此也。"③则此词的含义由"娼夫"再转为"妻有淫行者"，仍为吴地方言。任讷《曲谱·元曲中方言》云："绿头巾，谓之屎头巾。"这些记载说明，此词从宋代到明代，都为吴语方言；但从《元典章》的元代官方对娼夫戴绿头巾的规定，元代北方籍贯的作家的剧作也运用此词，说明此词也流行到了北方，也成为了北方的方言。

综上所述，元杂剧中南北方言的综合运用，体现了地域文化、俗文化对元杂剧语言的影响。但元人始终认为元杂剧是"北曲"，元杂剧的主体语言仍是全国通用的文言和以大都方言为主的北方方言，南方方言在元杂剧中的分量仍是较少的，并不

---

① （唐）封演：《封氏闻见记》，见《丛书集成初编》，第275册，120页，北京，中华书局，1985。

② 《元典章》，中册，1125～1126页，北京，中国广播电视出版社，1998。

③ （明）郎瑛：《七修类稿》，卷二十八，见《续修四库全书》第1123册"子部·杂家类"，198页。

影响元杂剧的“蒜酪味”和“蛤蜊味”的总体风格。并且，因为元杂剧仍用“中原音”演唱，没有给各地的观众造成语言障碍，与明清时期一些主要用江浙方言创作和演唱的地方戏不同，这正是它作为“一代之文学”的独特之处。

结 语

13世纪，一群落魄的知识分子在中国的大地上游荡，或提着灰罐搠笔卖字，或在勾栏瓦舍粉墨登场，或在官衙当刀笔小吏，备尝人间辛酸。在遭到上层社会的抛弃之时，他们却在社会的底层找到了自己生存和发展的事业，创造了中国戏曲发展史上的第一个黄金季节，这，就是元杂剧的作家们。元杂剧产生在元代这个特定的历史时期，注定了它是一种“草根文化”，与元代民俗文化有着千丝万缕的关系。曾几何时，我们沉醉于文雅优美的唐诗，情意缠绵的宋词，但当我们走进元杂剧的世界时，却发现它与我们曾接受过的传统雅文学是那么不同，它通俗甚至庸俗，粗豪甚至粗野，酣畅甚至繁复，但异常鲜活，即使是人物的破口大骂都那么活灵活现。如果不从元代民俗文化去探讨元杂剧生长的土壤，我们不可能真正看懂元杂剧。本书从传播、审美、题材、艺术、人物形象、语言六个方面探讨了元杂剧与元代民俗文化的关系，说明元杂剧的思想和艺术深深扎根在中国的民俗文化之中，力求更为全面地、更深入地研究元杂剧。

元代的民俗文化，不仅仅是汉族的民俗文化，还包括少数民族的民俗文化，尤其是元代的统治民族蒙古族的民俗文化。因此，本书也从民族文化的角度研究了蒙古族、女真族的民俗文化与元杂剧的关系。但是由于笔者知识结构的原因，对这方面的研究还有待深入。

本书研究元杂剧与元代民俗文化的关系，当然并非否定元杂剧与传统雅文化的关系。元杂剧作家受的主要是传统儒家的文化教育，他们的剧作思想和创作方法深深地打上了儒家文化的烙印，而儒家文化是传统雅文化的重要组成部分。只是前人对此已多有论述，本书本着“人详我略”的原则，对此仅作略谈。

元杂剧与元代民俗文化的密切关系，为当今的剧坛提供了有益的借鉴。现在，我们常常谈论戏曲危机的问题，新的文学艺术体裁不断出现，对古老的戏曲艺术是不断的冲击，出路究竟在哪里？如果我们的戏曲研究者能研究当今民俗文化的特点，比如当今的节日文化、宗教文化、商业文化、流行语言的特点，比如不但研究当代的城市市民文化的特点，而且研究农村农民文化的特点，用以改造我们的戏曲创作和演出，应当会对戏曲的振兴大有裨益。

参考书目

一、专著典籍

（一）文艺类

王季思主编：《全元戏曲》，北京，人民文学出版社，1999。

徐沁君校点：《新校元刊杂剧三十种》，北京，中华书局，1980。

（明）臧晋叔编：《元曲选》，北京，中华书局，1958。

隋树森编：《元曲选外编》，北京，中华书局，1959。

（明）赵琦美辑：《脉望馆钞校本古今杂剧》，见古本戏曲丛刊编辑委员会辑：《古本戏曲丛刊四集》，上海，上海商务印书馆据赵氏稿本景印，1958。

王学奇主编：《元曲选校注》，石家庄，河北教育出版社，1994。

杨家骆主编：《全明杂剧》，台北，台湾鼎文书局，1979。

傅惜华等编：《水浒戏曲集》，上海，上海古籍出版社，1985。

钱南扬编：《宋元戏文辑佚》，上海，上海古典文学出版社，1956。

王季思主编：《中国十大古典喜剧集》，上海，上海文艺出版社，1982。

王季思主编：《中国十大古典悲剧集》，上海，上海文艺出版社，1982。

李修生主编：《全元文》，南京，江苏古籍出版社，1997。

隋树森编：《全元散曲》，北京，中华书局，1964。

王季思等选注：《元散曲选注》，北京，北京出版社，1981。

唐圭璋编：《全金元词》，北京，中华书局，1979。

（清）顾嗣立编：《元诗选》，北京，中华书局，1987。

（宋）郭茂倩编：《乐府诗集》，北京，中华书局，1979。

（清）彭定求等编：《全唐诗》，上海，上海古籍出版社，1986。

张璋、黄畬编：《全唐五代词》，上海，上海古籍出版社，1986。

唐圭璋编：《全宋词》，北京，中华书局，1965。

无名氏著：《新刊大宋宣和遗事》，上海，中国古典文学出版社，1954。

（明）凌濛初撰：《二刻拍案惊奇》，西宁，青海人民出版社，1981。

（明）冯梦龙撰：《醒世恒言》，福州，福建人民出版社，1981。

无名氏等原著，程毅中等校点：《京本通俗小说》（等五种），南京，江苏古籍出版社，1991。

（明）洪楩编，谭正璧校点：《清平山堂话本》，上海，上海古籍出版社，1987。

张友鹤选注：《唐宋传奇选》，北京，人民文学出版社，1982。

程毅中辑注：《宋元小说家话本集》，济南，齐鲁书社，2000。

兰陵笑笑生著：《金瓶梅词话》，北京，人民文学出版社，1985。

江畬经编辑：《历代笔记小说选》（金元明），上海，上海书店，1983。

（元）陶宗仪等著：《说郛三种》，上海，上海古籍出版社影印明刊本，1986。

《笔记小说大观》，扬州，江苏广陵古籍刻印社影印上海进步书局本，1983。

（宋）孟元老等著：《东京梦华录》、《都城纪胜》、《西湖老人繁胜录》、《梦粱录》、《武林旧事》五种合订本，北京，中国商业出版社，1982。

《景宋残本五代史平话》，见《古本小说集成》第261册，上海，上海古籍出版社据“毘陵董氏诵芬室新刊”本影印。

王歌行、左可国、刘宏亮整理：《岭·格萨尔王·霍岭战争》，北京，中国民间文艺出版社，1986。

徐国琼、王晓松译，降边嘉错、耿予方校：《格萨尔王传·姜岭大战》，北京，中国藏学出版社，1991。

黑勒·丁师浩译，浩·巴岱校订：《江格尔》，汉文全译本四册，乌鲁木齐，新疆人民出版社1993年出版第一、二册，1999年出版第三、四册。

色道尔基、梁一孺、赵永铣编译评注：《蒙古族历代文学作品选》，呼和浩特，内蒙古人民出版社，1980。

《丛书集成初编》，北京，中华书局据商务印书馆1935—1937年版重印，1991。

（清）永瑢、纪昀等纂修：《景印文渊阁四库全书》，台北，台湾商务印书馆股份有限公司，1986。

诚成企业集团（中国）有限公司组织编纂：《传世藏书》，海南国际新闻出版中心，1996。

（清）何文焕辑：《历代诗话》，北京，中华书局，1981。

丁福保辑：《历代诗话续编》，北京，中华书局，1983。

（宋）欧阳修撰，徐世琤选译：《归田录》，杭州，浙江古籍出版社，1984。

（宋）邵伯温撰：《邵氏闻见录》，北京，中华书局，1983。

（宋）柳永著，薛瑞生校注：《乐章集校注》，北京，中华书局，1994。

（元）杨维桢著：《东维子集》，见《四部丛刊》集部，上海，上海涵芬楼借印江南图书馆藏鸣野山房钞本。

（明）沈德符撰：《万历野获编》，北京，中华书局，1959。

（明）沈榜著：《宛署杂记》，北京，北京古籍出版社，1980。

（宋）朱熹编：《二程语录》，见《丛书集成初编》，第622册，北京，中华书局，1985。

（唐）封演撰：《封氏闻见记》，见《丛书集成初编》，第275册，北京，中华书局，1985。

（二）历史类

（东汉）班固撰：《汉书》，北京，中华书局，1962。

（唐）房玄龄等撰：《晋书》，上海，上海古籍出版社、上海书店1986年版《二十五史》本。

（宋）欧阳修、宋祁撰：《新唐书》，北京，中华书局，1975。

（宋）王溥撰：《唐会要》，北京，中华书局，1955。

（元）脱脱等著：《宋史》，北京，中华书局，1985年新一版。

（元）脱脱等撰：《金史》，见《二十五史》本，上海，上海古籍出版社，1986。

（明）宋濂等撰：《元史》，北京，中华书局，1976。

《大元圣政国朝典章》，北京，中国广播电视出版社影印元刊本，1998。

道润梯步新译简注：《蒙古秘史》，呼和浩特，内蒙古人民出版社，1979。

冯承钧译：《多桑蒙古史》，上海，上海世纪出版集团、上海书店出版社，2003。

黄时鉴点校：《通制条格》，见元代史料丛刊，杭州，浙江古籍出版社，1986。

黄时鉴辑点：《元代法律资料辑存》，见元代史料丛刊，杭州，浙江古籍出版社，1988。

（明）田汝成撰：《西湖游览志余》，见《文渊阁四库全书》“史部·地理类”，第585册。

（三）民俗类

（元）熊梦祥著：《析津志辑佚》，北京图书馆善本组辑，北京，北京古籍出版社，1983。

（元）陶宗仪著：《南村辍耕录》，北京，中华书局，1959。

（元）钟嗣成等著：《录鬼簿》（外四种），上海，上海古籍出版社，1978。

（元）钟嗣成、贾仲明著，浦汉明校：《新校录鬼簿正续编》，成都，巴蜀书社，1996。

（元）忽思慧著：《饮膳正要》，影印《四部丛刊》续编本子部。

（法）沙海昂注，冯承钧译：《马可波罗行纪》，北京，中华书局，2004。

（宋）彭大雅撰，徐霆疏证：《黑鞑事略》，见《续修四库全书》，第423册，上海，上海古籍出版社影印明嘉靖二十一年（1542）抄本，2002。

（四）哲学类

庄子撰，曹础基注：《庄子浅注》，北京，中华书局，1982。

（明）黄宗羲等编：《宋元学案》，北京，中国书店，1990。

（五）宗教类

《大藏经》，台北，台北佛陀教育基金会，1990。

（宋）普济撰：《五灯会元》，北京，中华书局，1984。

（清）如林辑：《三教源流圣帝佛帅搜神记》，紫贵堂藏版，咸丰乙卯年镌。

（六）语言类

（元末明初）火源洁译：《华夷译语》，经厂刊本，载《涵芬楼秘笈》第四集，北京，北京图书馆出版社，2000。

（明）岷峨山人：《译语》，载《西北史地文献》第79册，兰州，兰州古籍书店，1990。

二、论著

（一）文艺类

中国戏曲研究院编：《中国古典戏曲论著集成》，北京，中国戏剧出版社，1959—1960。

王国维著：《宋元戏曲史》，北京，东方出版社，1996。

（日）青木正儿著：《元人杂剧概说》，北京，中国戏剧出版社，1957。

张庚、郭汉城主编：《中国戏曲通史》，北京，中国戏剧出版社，1980。

廖奔、刘彦君著：《中国戏曲发展史》，太原，山西教育出版社，2000。

（日）田仲一成著：《中国演剧史》，东京，东京大学出版会，1998。

胡忌著：《宋金杂剧考》，上海，上海古典文学出版社，1957。

叶德均著：《戏曲小说丛考》，北京，中华书局，1979。

王季思著：《王季思学术论著自选集》，北京，北京师范学院出版社，1991。

钱南扬著：《汉上宧文存》，上海，上海文艺出版社，1980。

廖奔著：《宋元戏曲与民俗》，北京，文化艺术出版社，1989。

翁敏华著：《中国戏剧与民俗》，台北，学海出版社股份有限公司，1997。

黄竹三著：《戏曲文物研究散论》，北京，文化艺术出版社，1998。

郝誉祥著：《民间目连戏中庶民文化之探讨》，台北，台湾文史哲出版社，1998。

赵景深、邵曾祺编：《元明北杂剧总目考略》，郑州，中州古籍出版社，1985。

赵景深著：《读曲小记》，北京，中华书局，1959。

《西域戏剧与戏剧的发生》，乌鲁木齐，新疆人民出版社，1992。

庄一拂编著：《古典戏曲存目汇考》，上海，上海古籍出版社，1982。

（英）阿契尔著：《剧作法》，北京，中国戏剧出版社，1964。

游国恩、王起等主编：《中国文学史》，北京，人民文学出版社，1964。

刘大杰著：《中国文学发展史》，北京，中华书局，1963。

袁行霈主编：《中国文学史》，北京，高等教育出版社，1999。

马学良等编：《中国少数民族文学史》，北京，中央民族学院出版社，1992。

胡士莹著：《话本小说概论》，北京，中华书局，1980。

谭正璧著，谭寻补正：《话本与古剧》，上海，上海古籍出版社，1985。

汤易水著：《散曲艺术谈》，杭州，浙江古籍出版社，1995。

李春祥著：《元杂剧论稿》，开封，河南大学出版社，1988。

（二）民俗类

钟敬文著：《钟敬文文集·民俗学卷》，合肥，安徽教育出版社，1999。

雪犁主编：《中华民俗源流集成》，兰州，甘肃人民出版社，1994。

那木吉拉著：《中国元代习俗史》，北京，人民出版社，1994。

中国艺术研究院曲艺研究所撰：《说唱艺术简史》，北京，文化艺术出版社，1988。

陶慕宁著：《青楼文学与中国文化》，北京，东方出版社，1993。

朝戈金著：《口传史诗诗学：冉皮勒〈江格尔〉程式句法研究》，南宁，广西人民出版社，2000。

《京华古迹寻踪》，北京，北京燕山出版社，1996。

弋春源著：《 赌博史》，上海，上海文艺出版社，1995。

田兆元、田亮著：《商贾史》，上海，上海文艺出版社，1997。

叶春生主编:《典藏民俗学丛书》, 哈尔滨, 黑龙江人民出版社, 2003。

(三) 历史类

薛宗正著:《突厥史》, 北京, 中国社会科学出版社, 1992。

林干著:《匈奴通史》, 北京, 人民出版社, 1986。

白翠琴著:《瓦剌史》, 长春, 吉林教育出版社, 1991。

孙进己、张旋如等著:《女真史》, 长春, 吉林文史出版社, 1987。

(德) 傅海波、(英) 崔瑞德编, 史卫民、马晓光、刘晓等译:《剑桥中国辽西夏金元史》, 北京, 中国社会科学出版社, 1998。

陈高华著:《元大都》, 北京, 北京出版社, 1982。

陈东原著:《中国妇女生活史》, 上海, 上海文艺出版社, 1990。

史卫民著:《元代社会生活史》, 北京, 中国社会科学出版社, 1996。

(四) 哲学、宗教类

恩格斯著:《家庭、私有制和国家的起源》, 见《马克思恩格斯选集》第四卷, 北京, 人民出版社, 1972。

詹石窗著:《南宋金元的道教》, 上海, 上海古籍出版社, 1989。

任继愈主编:《中国道教史》, 上海, 上海人民出版社, 1990。

乔继堂著:《中国人的偶像崇拜》, 台北, 台北市百观出版社, 1993。

(俄) 马林诺夫斯基:《两性社会学》, 北京, 中国民间文艺出版社, 1986。

(五) 语言类

陈望道著:《修辞学发凡》, 上海, 上海教育出版社, 1976。

石汝杰著:《吴语读本, 明清吴语和现代苏州方言》, 东京, 日本株式会社好文出版社, 1996。

钱乃荣著:《当代吴语研究》, 上海, 上海教育出版社, 1992。

齐如山编著:《北京土话》, 北京, 北京燕山出版社, 1991。

李行健主编:《河北方言词汇编》, 北京, 商务印书馆, 1995。

温端政、侯精一主编:《山西方言调查报告》, 太原, 山西高校联合出版社, 1993。

张鹤泉编著:《聊城方言志》, 北京, 语文出版社, 1995。

卢甲文编著:《郑州方言志》，北京，语文出版社，1992。

张启焕、陈天福、程仪编著:《河南方言概况》，新乡，河南师范大学科研处，1982。

贾敬颜、朱风合辑:《蒙古译语·女真译语汇编》，天津，天津古籍出版社，1990。

三、方志

《中国地方志集成》，江苏古籍出版社、上海书店、巴蜀书社据光绪八年（1882）江苏书局刻本影印，1992。

《天一阁明代方志选刊续编》，上海，上海书店据明弘治刻本影印。

《杭州府志》，乾隆刻本。

许宝华、汤珍珠主编:《上海市区方言志》，上海，上海教育出版社，1988。

四、类书

（清）陈梦雷等辑:《古今图书集成》，中华书局、巴蜀书社影印雍正四年本，1986。

《中国大百科全书·戏曲曲艺卷》，北京，中国大百科全书出版社，1983。

北京大学哲学系美学教研室编:《中国美学史资料选编》，北京，中华书局，1985。

（宋）陈元靓编:《新编纂图增类群书类要事林广记》，见《续修四库全书》编纂委员会编:《续修四库全书》“子部·类书类”第1218册，上海，上海古籍出版社，2002。

（清）翟灏编:《通俗编》，见《续修四库全书》“经部·小学类”第194册，上海，上海古籍出版社，2002。

（明）郎瑛编:《七修类稿》，见《续修四库全书》第1123册，上海，上海古籍出版社，2002。

（明）郎瑛编:《七修续稿》，见《续修四库全书》第1123册，上海，上海古籍出版社，2002。

五、词典、曲谱

方龄贵编:《元明戏曲中的蒙古语》，上海，汉语大词典出版社，1991。

龙潜庵撰:《宋元语言词典》，上海，上海辞书出版社，1985。

顾学颉、王学奇著:《元曲释词》，北京，中国社会科学出版社，1983。

李荣主编，叶祥苓编纂:《苏州方言词典》，南京，江苏教育出版社，1993。

吴连生、骆伟里等编著:《吴方言词典》，上海，汉语大词典出版社，1995。

董绍克、张家芝主编:《山东方言词典》，北京，语文出版社，1997。

丁福保编纂:《佛学大词典》，北京，文物出版社，1984。

《曲谱》，北京，中国书店影印本，1990。

六、图册

《中国历史地图册》第七册（元明时期），北京，中华地图学社，1975。

沈从文撰:《中国古代服饰研究》（增订本），上海，上海书店出版社，1997。

后　记

我的故乡广州，素有“花城”的美称；我为之工作了二十余年的中山大学，则有“花园式校园”的称号。广州的许多街道旁榕树矗立，浓阴如盖；中山大学校道旁的紫荆花树成排，远望如彩带飘拂。阳春三月，广州农民运动讲习所的红棉树花红欲燃，如诗如画；中山大学图书馆旁的杜鹃花姹紫嫣红，引来年青学子在花丛中拍照。美哉，花城；美哉，中山大学。

我的宿舍旁有几棵白兰花树，在初夏的五六月时，小白花满树开放，香气四溢，有小鸟在树上婉转地啼鸣，可称得上“鸟语花香”；狂风暴雨之后，它们又落英缤纷，黄叶满地，令清洁工人颇为烦恼。当我构思这部书稿时，是从阳台上俯看这几棵树的；而当我完成此书时，却是仰望它们了。不知不觉，物换星移，多年过去，如今终于画上了一个句号。曾经想象完成此书时的欢欣，没想到真的完成时，却只有一声叹息：“树犹如此，人何以堪！”

当做一件事倾注了许多精力，跨越了长时间时，这长长的一段历程，就成为了自己生命中的一部分；或者说，这件事自己本身就是一个活生生的生命。这本书就如同我屋前的这棵白兰花树，秉承着大自然赐予的生命，既会开放小白花，给人们带来几缕芳香；也会黄叶飘零，任秋风无情地扫去。阳光灿烂也好，狂风暴雨也好，它只是在校园一隅生长、生长；路人欣赏它也好，匆匆走过也好，它也只是一味向上生长、生长。

感谢为这棵树的生长洒下阳光雨露的人们。我的恩师王季思虽然早在1996年离去，但他对元杂剧研究的执着和辉煌的成果，始终照亮着我的心灵；以他的名义设立的“广东中华文化王季思学术基金”，更使这部书稿的出版得到经济上的支持。此书的部分篇章曾为参加学术会议的论文，得到黄天骥师、吴国钦师、黄竹三教授等学术前辈的批评指点。黄天骥师更是在百忙中抽出时间审阅全稿，使此书最终得以出版。广东高等教育出版社的工作人员也为此书倾注了大量的精力。我的研究生周华娆、陈方曾为我打印了前期的部分稿件。……正是有这许多人的帮助，才能使这棵树茁壮成长。

我把这棵树栽在广州、栽在中山大学的校园里了，和许许多多的树在一起，幸甚。

罗斯宁

2006年10月

于中山大学